高等学校计算机基础课规划教材

Visual Basic 程序设计教程

吴长海　陈　达　主编

科学出版社

北　京

内 容 简 介

本书是根据教育部高等学校非计算机专业计算机基础课程教学分委员会提出的大学非计算机专业计算机课程的教学基本要求编写的。全书共分为11章，内容包括 Visual Basic 集成开发环境、Visual Basic 对象及操作、Visual Basic 程序设计基础、顺序结构、选择结构、循环结构、常用控件、数组、过程、菜单制作、对话框及文件。本书的特点是以读者为本，在写作风格上力争叙述简明、重点突出、概念清晰、深入浅出，在内容上力争内容丰富、取材合理、举例得当。为了配合读者学习本书中的内容，帮助读者全面掌握有关 Visual Basic 程序设计的知识以及有效指导读者掌握程序设计的方法和技巧，我们还编写了与本书配套的《Visual Basic 程序设计实验教程》。

本书可作为高等学校 Visual Basic 程序设计相关课程的教材，也可供参加计算机等级考试的读者学习参考。

图书在版编目(CIP)数据

Visual Basic 程序设计教程/吴长海，陈达主编. —北京：科学出版社，2010.2

高等学校计算机基础课规划教材

ISBN 978-7-03-026501-2

Ⅰ. ①V… Ⅱ. ①吴…②陈… Ⅲ. ①BASIC 语言－程序设计－高等学校－教材 Ⅳ. ①TP312

中国版本图书馆 CIP 数据核字(2010)第 015568 号

责任编辑：张颖兵/责任校对：梅 莹

责任印制：彭 超/封面设计：苏 波

科 学 出 版 社 出版

北京东黄城根北街 16 号

邮政编码：100717

http://www.sciencep.com

武汉市新华印刷有限责任公司印刷

科学出版社发行 各地新华书店经销

*

2010 年 1 月第 一 版 开本：787×1092 1/16

2010 年 1 月第一次印刷 印张：19

印数：1—4 000 字数：468 000

定价：37.00 元

(如有印装质量问题，我社负责调换)

《Visual Basic 程序设计教程》编委会

主　编　吴长海　陈　达

主　审　赵　臻　白春清

副主编　吴劲芸　王　慧　蒋厚亮

编　委　解　丹　蔡晓鸿　常　凯　邓文萍
邓贞嵘　胡　芳　李卫平　刘　艳
彭　瑜　沈绍武　孙杨波　夏　炜
肖　勇　熊壮志　扬海峰　曾洁玲
张　威　周　婷　陈　冲　胡胜森
雷　宇　付　颖　徐盛秋

前　言

Visual Basic 是 Microsoft 公司推出的基于 Windows 环境的计算机程序设计语言，它继承了 BASIC 语言简单易学的优点，又增加了许多新的功能。由于 Visual Basic 采用面向对象的程序设计技术，摆脱了面向过程语言的许多细节而将主要精力集中在解决实际问题和设计友好界面上，使开发 Windows 应用程序更迅速、更简捷。Visual Basic 已成为众多计算机爱好者学习计算机程序设计的首选语言，它在各个领域中应用非常广泛，许多计算机专业和非计算机专业的人员常利用它来编制开发多媒体软件、数据库应用程序和网络应用程序等。

Visual Basic 程序设计课程的教学主要在两个方面，即程序设计语言和可视化界面设计。程序设计语言是介绍 Visual Basic 的基本知识、基本语法、编程方法(算法设计)，通过这部分的学习，学生将获得分析问题、解决问题的能力，这应该是本课程的重点，又是难点。可视化界面设计在实际应用中是不可缺少的，因为用户界面是可以直接在屏幕上画出来的，所以 Visual Basic 的界面设计是比较容易掌握和实现的。

本书的作者都是工作在大学计算机教学第一线的教师，具有丰富的程序设计教学经验。本书在编写中力求加强程序设计基础训练，本着实用性的原则对内容有所取舍，全书分为 10 章，每一章都围绕教学目标循序渐进、由浅入深地介绍 Visual Basic 中最基本、最常用的内容，通过大量精心设计的编程实例，对所讲述的原理、概念加以辅助说明，读者可以通过这些实例加深对 Visual Basic 编程的基本原理、方法的掌握与理解。

本书在内容体系结构的安排上，符合学习计算机程序设计知识的要求，在第 1～2 章介绍 Visual Basic 集成开发环境和简单的应用程序设计，使读者对 Visual Basic 编程有初步认识；在第 3～7 章主要围绕“程序设计”这个主题，学习 Visual Basic 的语言基础、三种基本结构的程序设计、数组、过程与函数等程序设计基础，强化对程序设计方法的训练。除在第 1～2章介绍“面向对象”的可视化程序设计的概念和方法外，在第 6～10 章着重介绍面向对象的一些编程技术，通过实例分析，并加以编程实现，使读者掌握 Visual Basic 可视化程序设计的通用方法与步骤，为以后学习其他面向对象编程语言打下一个坚实的基础。

本书每一章后附有多种类型的习题，帮助读者复习、巩固所学知识，培养读者的实际编程能力。

本书在编写中存在的不足与错误之处疏漏之处在所难免，敬请广大读者和同行批评指正。

作　者

2009 年 10 月

目　　录

第1章 Visual Basic 基础

Microsoft Visual Basic(以下简称 VB,本书所采用的版本为 VB 6.0)提供了开发 Microsoft Windows(R)应用程序最迅速、最简捷的方法。不论是 Microsoft Windows 应用程序的资深专业开发人员还是初学者,VB 都为他们提供了整套工具,以方便开发应用程序。它以其简单易学、功能强大的特点而深受广大编程人员的青睐。

1.1 Visual Basic 概述

1.1.1 Visual Basic 的发展

计算机程序设计语言通常分为三种:①机器语言,是最初的计算机编程语言,由二进制编码组成,是计算机唯一可以直接识别的语言,非专业计算机人员很难掌握机器语言的编制;②汇编语言,是 20 世纪 50 年代广泛使用的计算机语言,即使用助记符来替代表示二进制机器语言代码,一般人员也难以掌握;③高级语言,是人们为了解决机器语言和汇编语言难以识别和推广应用的不足而设计出的程序设计语言,它的特点是接近于人类的自然语言和数学表达式的语言,一般非计算机专业人员经过学习,就可以很好地掌握这种语言。

VB 就是一种高级语言,它是 Microsoft 公司推出的可视化开发工具组件 Visual Studio 的组件之一,是基于 BASIC 语言的可视化程序设计语言。VB 既继承了 BASIC 语言的简单易懂的特点,又采用了面向对象、事件驱动的编程机制,提供了一种所见即所得的可视化程序设计方法。

Basic 是英文 Beginner's All-purpose Symbolic Instruction Code(初学者通用符号指令代码)的缩写,它是专门为初学者设计的高级语言。VB 是 Microsoft 公司于 1991 年推出的基于窗口的可视化程序设计语言。VB 的语法与 BASIC 语言的语法基本相同,因此 VB 也具有易学易用的特点,此外它还提供了一套可视化设计工具,大大简化了 Windows 程序界面的设计工作,同时其编程系统采用了面向对象、事件驱动机制,与传统 BASIC 有很大的不同。

1992 年推出了 VB 2.0,以后陆续推出了 VB 3.0,VB 4.0 等版本,1998 年推出的 VB 6.0,其功能十分强大,应用 VB 6.0 可以方便地完成小型的应用程序、大型的数据库管理系统、多媒体信息处理、功能强大的 Internet 应用程序等各项任务。

Windows 2000 成功推出后,Microsoft 又推出了功能更强大的版本 VB 6.0.net,它具有更强大的功能,完全面向对象,和 Visual C++.net 一起构成了 Microsoft 编程工具的核心。

VB 中的 Visual 是"可视化的"、"形象化的"的意思,指的是开发图形用户界面(GUI)的方法,不需编写大量代码去描述界面元素的外观和位置,而只要把预先建立的对象添加到屏幕上即可。如果编程者已使用过诸如 Paint 之类的绘图程序,则实际上已掌握了创建用户界面的必要技巧。专业人员可以用 VB 实现其他任何 Windows 编程语言的功能,而初学者只要掌握几个关键词就可以建立实用的应用程序。

VB 6.0 有三种版本，可以满足不同的开发需要。

(1) 学习版。这是 VB 6.0 的基础版本，适用于初学者，可用来开发 Windows 应用程序。该版本包括所有的内部控件(标准控件)、网络(Grid)控件、Tab 对象以及数据绑定控件。

(2) 专业版。该版本为专业编程人员提供了一整套用于软件开发、功能完备的工具。它包括学习版的全部功能，同时包括 ActiveX 控件、Internet 控件、Crystal Report Writer 和报表控件。

(3) 企业版。这是 VB 6.0 的最高版本，使得专业编程人员能够开发功能强大的分布式应用程序。该版本包括专业版的全部功能，同时具有自动化管理器、部件管理器、数据库管理工具、Microsoft Visual SourceSafe 面向工程版的控制系统等。

1.1.2 Visual Basic 的特点

VB 是一种可视化的、面向对象和采用事件驱动方式的结构化高级程序设计语言，可用于开发 Windows 环境下的各类应用程序。VB 6.0 有以下主要特点。

(1) 可视化编程。在运用传统的程序设计语言设计程序时，都是通过编写程序代码来设计用户界面，而 VB 采用可视化程序设计方法，开发人员利用系统提供的大量可视化控件，按设计要求的屏幕布局，在屏幕上画出各种图形对象"部件"，并设置这些图形对象的属性，VB 便自动产生界面设计代码。开发人员不必为界面设计而编写大量的代码，从而大大提高了程序设计的效率。

(2) 面向对象的程序设计。VB 是应用面向对象的程序设计(OOP)，把程序和数据封装起来作为一个对象，并为每个对象赋予应有的属性，从而实现程序设计的要求。在设计对象时，不必编写建立和描述每个对象的程序代码，而是用工具画在界面上，VB 自动产生对象的程序代码并封装起来。每个对象以图形方式显示在界面上，都是可视的。

(3) 结构化程序设计语言。VB 是在 BASIC 语言的基础上发展起来的高级程序设计语言，具有其结构化程序设计的特点，接近于自然语言和人类的逻辑思维方式，语句简单易懂。VB 6.0 的编程器支持彩色代码，可自动进行语言检查，同时具有功能强大且使用灵活的调试器和编译器。VB 6.0 以编译和解释两种方式来运行程序，即在设计程序过程中，随时可以运行程序，且在整个程序设计好后，可以编译生成执行文件(.exe)，脱离 VB 环境，直接在操作系统下运行，还可打包制作成安装程序。

(4) 事件驱动的编程机制。VB 6.0 通过事件来执行对象的操作。事件驱动模型在传统的或"过程化"的应用程序中，应用程序自身控制了执行哪一部分代码和按何种顺序执行代码。从第一行代码执行程序并按应用程序中预定的路径执行，必要时调用过程。在事件驱动的应用程序中，代码不是按照预定的路径执行，而是在响应不同的事件时执行不同的代码片段。事件可以由用户操作触发，也可以由来自操作系统或其他应用程序的消息触发，甚至由应用程序本身的消息触发。

(5) 访问数据库。VB 6.0 系统具有很强的数据库管理功能。利用数据控件和数据库管理窗口，可以直接建立或处理 Microsoft Access 格式的数据库，并提供了强大的数据存储和检索功能。同时，VB 6.0 还能直接编辑和访问其他数据库，如 Btrieve，dBASE，FoxPro，Paradox 等。VB 提供开放的数据库连接(Open Data Base Connectivity)，即 ODBC 功能，它可通过直接访问或建立连接方式使用并操作后台大型网络数据库，如 SQL Server，Oracle 等。VB 6.0 还提供了一种新的数据库访问技术，即 ADO，通过该技术，能方便地访问多种数据库中的数据。

1.1.3 Visual Basic 的运行

1. VB 的运行环境

(1) 硬件要求。奔腾以上 CPU,16 MB 以上内存,100 MB 以上硬盘,VGA 或更高分辨的显示器。

(2) 软件要求。Windows 95/98/2000/2003/XP 及以上版本。

2. VB 的启动

开机并进入中文 Windows 后,可以用多种方法启动 Visual Basic 6.0。

(1) 使用**开始**菜单中**程序**命令。操作如下:①单击 Windows 工具栏中**开始**按钮,指向弹出的菜单中**程序**命令,弹出下一个级联菜单;②再指向 **Microsoft Visual Basic 6.0 中文版**,弹出下一个级联菜单,即 VB 6.0 程序组;③单击 **Microsoft Visual Basic 6.0 中文版**命令,即可进入 VB 6.0 编程环境。

(2) 使用**我的电脑**。操作如下:①双击**我的电脑**图标,弹出一个窗口,然后单击 VB 6.0 所在的硬盘驱动器盘符,将打开相应的驱动器窗口;②单击驱动窗口的 **vb60** 文件夹,打开 **vb60** 窗口;③双击 **vb6.exe** 图标,即可进入 VB 6.0 编程环境。

(3) 使用**开始**菜单中**运行**命令。操作如下:①单击**开始**按钮后,再单击**运行**命令,将弹出一个对话框;②在**打开**栏内输入 VB 6.0 启动文件的名字(包括路径),如 **c:\vb98\vb6.exe**;③单击**确定**按钮,即可启动 Visual Basic 6.0。

(4) 建立启动 VB 6.0 的快捷方式。

3. VB 的退出

退出 VB 的方法与退出其他 Windows 应用程序基本相同,主要有三种:①在**文件**菜单中,单击**退出**命令;②单击标题栏右边的**关闭**按钮;③按 Alt+F4 组合键。

4. VB 的工作模式

(1) 设计模式。可进行用户界面的设计和代码的编辑,以完成应用程序的开发。

(2) 运行模式。运行应用程序。此时不可编辑界面和代码。

(3) 中断模式。暂时中断应用程序的运行。此时可以编辑代码,但是不能编辑界面。

1.2 Visual Basic 的集成开发环境

VB 启动后的初始窗口,如图 1.1 所示。该窗口列出 VB 能够建立的应用程序类型,该窗口中有三个选项卡:①新建,用于建立工程(程序文件);②现存,用于选择和打开已经建立好的工程;③最新,用于列出最近使用过程。单击**打开**按钮后,就可以创建“标准 EXE”类型的应用程序,并进入如图 1.2 所示的集成开发环境。

1. 标题栏

标题栏是屏幕顶部的水平条,它显示的是应用程序的名字。

标题栏的标题为**工程一 Microsoft Visual Basic 6.0 [设计]**,此时 VB 集成开发环境处于设计模式,标题栏的最左端是窗口控制菜单按钮,右端是**最小化**、**最大化/还原**和**关闭**按钮。

2. 菜单栏

菜单栏中显示所使用的 VB 命令,除了提供标准**文件**、**编辑**、**视图**、**窗口**和**帮助**菜单之外,还提供编程专用的功能菜单,例如**工程**、**格式**或**调试**。

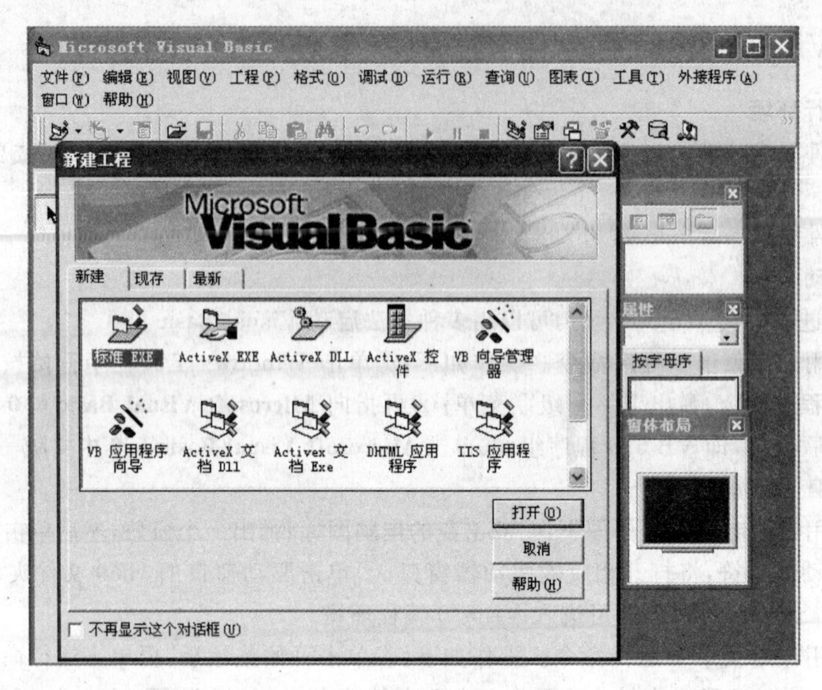

图 1.1　Visual Basic 6.0 初始窗口

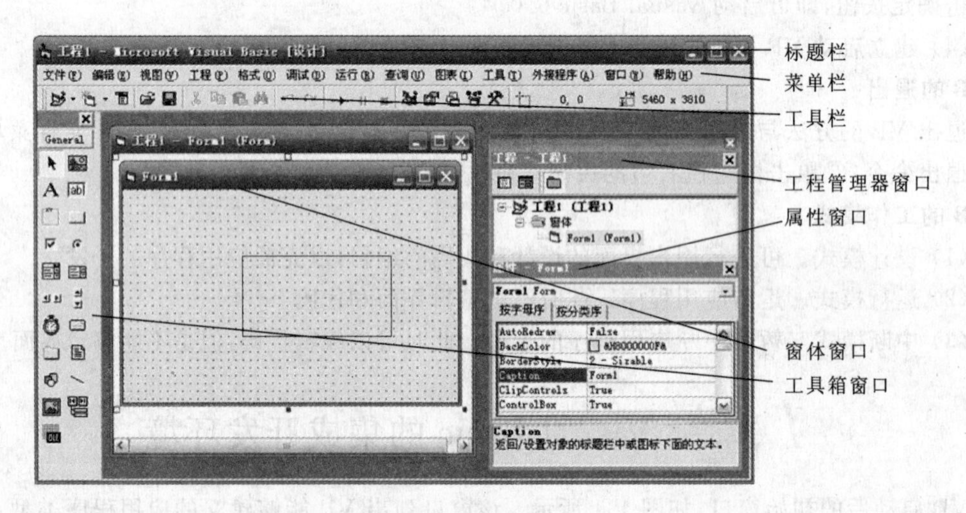

图 1.2　集成开发环境

3. 上下文菜单

上下文菜单也称快捷菜单，它包括了对象经常执行的操作。右击要使用的对象即可打开上下文菜单。在上下文菜单中出现的菜单命令取决于右击鼠标键所在环境和对象。例如，右击工具箱时显示的上下文菜单，在上面显示有**部件**对话框、**隐藏工具箱**及**添加选项卡**等菜单项。

4. 工具栏

在编程环境下提供对于常用命令的快速访问。单击工具栏上的按钮，则执行该按钮所代表的操作。按照缺省规定，启动 VB 之后显示**标准**工具栏。附加的**编辑**、**窗体设计**和**调试**工具栏可以用**视图**菜单中**工具栏**命令移进或移出。工具栏能紧贴在菜单条之下，或以垂直条状紧贴在左边框上。如果将它从菜单下面拖开，则它能“悬”在窗口中。

5. 窗体窗口

在 VB 集成开发环境中，窗体(Form)窗口是一个非常重要的窗口，用户进行的整个程序设计过程，几乎都是围绕着窗体窗口进行的，如图 1.3 所示。

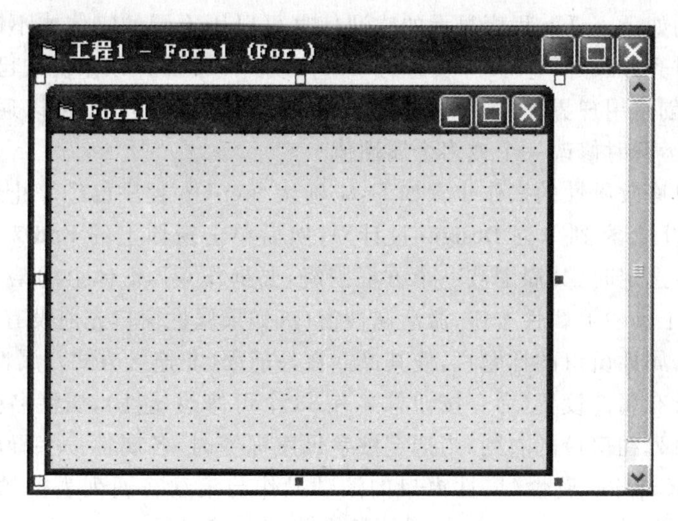

图 1.3　窗体窗口

窗体窗口中可以包括菜单、按钮、列表框、滚动条以及其他一些界面元素，在典型的 Windows 程序中你会看到这些元素。当启动了 VB 开发环境后，一个名称为 Form1 的窗体作为缺省窗体显示在屏幕上。这个窗体上有标准的网格线(由小点组成)，它用于对齐程序用户界面中的元素。使用鼠标可以调整窗体的大小，窗体既可以只占屏幕的一部分，也可以占据整个屏幕空间。通过在**工程**菜单中**添加窗体**菜单项，可以增加新的窗体。

注意，每个窗体都是用户界面中的一个窗口。如果使用过程中窗体的一部分被编程工具覆盖，用户既可以关闭编程工具，也可以把编程工具所占空间缩小，还可以单击窗体的标题条并拖曳窗体，直到窗体的隐藏部分显现为止。在开发环境的屏幕上移动窗体并不影响程序运行时的窗体位置。这类运行时的特性由窗体布局窗口控制。要设置新窗体的起始位置，只需要在窗体布局窗口中拖曳小的预览窗体到所需位置即可。

窗体上布满供对齐用的网格点，网格点的距离可以通过**工具**菜单中**选项**命令，在**通用**标签的**窗体设置网格**中输入宽度和高度来改变。在程序运行中网格是不可见的。

6. 属性窗口

属性(Properties)窗口如图 1.4 所示，主要用来设置窗体和控件的属性。

(1) 对象列表框。单击其右边的下拉按钮可以打开当前窗体所包含对象的列表。

(2) 排序选项卡框。有**按字母序**和**按分类序**两个标签，默认显示的是**按字母序**排列。

(3) 属性列表框。分为左右两部分，左边列出对象的属性名，右边列出其相应的属性值。不同的对象属

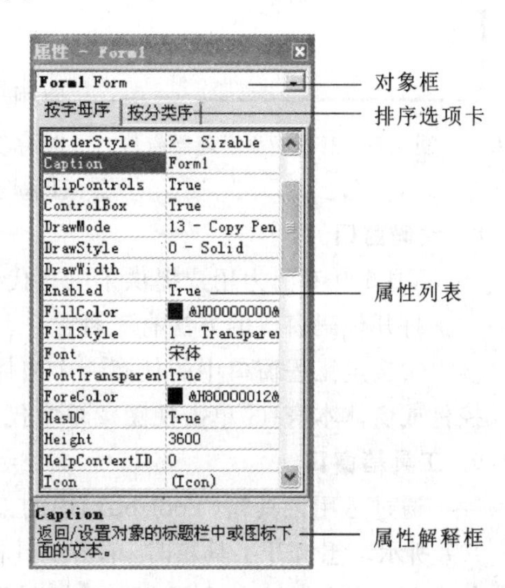

图 1.4　属性窗口

性也不同，用户可根据需要对该属性值进行设置和修改。

(4) 属性解释框。在属性列表框选定某属性后，解释显示所选属性的含义。

在属性窗口中可以改变窗体上用户界面元素的特性，或称做属性。属性是用户界面中对象性质的描述。例如，StepUp 程序显示的欢迎信息可以用不同的字体或不同的字号显示，也可以采用不同的对齐方式(VB 6.0 中可以像 Excel 或 Word 那样以系统中已经安装的任何字体显示文字)。在创建用户界面时，可以使用属性窗口修改属性值；也可以通过在代码窗口中编写代码，在程序运行时修改一个或多个属性值。

通过属性窗口修改属性的操作步骤如下：①确认 StepUp 程序已经停止运行(当程序停止运行时，在标题条上会看到单词 **Design**(设计))，然后单击窗体上的 **End** 对象。当 **End** 对象(一个命令按钮)被选定时，其周围被一个方框围绕，要操作 VB 窗体上的某个对象，必须先选定该对象；②单击工具栏上**属性**按钮，激活属性窗口(如果属性窗口先前没有打开，此时将显示在屏幕上)；③双击属性窗口的标题栏，使其漂浮在最前面(非连接方式)，属性窗口列出了窗体上第二个按钮的所有属性设置(命令按钮总共有 33 个可修改属性)，属性名排列在窗口左列，各个属性的当前值列在窗口的右列，当选定**按字母序**标签时，各属性按字母顺序排列；④滚动列表框，直到看见 **Caption** 属性(属性窗口的滚动操作与滚动普通列表框的操作是一样的)；⑤双击 **Caption** 属性(在左列)，Caption 属性的当前值加亮显示在右列，一个光标在它的右边闪烁；⑥按 Del 键，键入 **Quit**，然后按 Enter 键，这样就把 **Caption** 属性的值从 **End** 修改为 **Quit**，窗体上该按钮的标题就被改变了，下次运行程序时，相应命令按钮上显示 **Quit**；⑦将属性窗口调整到工程窗口上面的可连接位置。

7. 工程资源管理器窗口

工程资源管理器(Project Explorer)窗口，如图 1.5 所示，其标题栏下面有三个按钮。

(1) 查看代码按钮。切换到代码窗口，显示和编辑代码。

(2) 查看对象按钮。切换到窗体窗口，显示和编辑对象。

(3) 切换文件夹按钮。切换文件夹显示方式。

工程资源管理器窗口中列出当前工程中的窗体和模块。使用工程资源管理器可创建、打开和保存工程，添加、删除和保存文件，在工程中添加控件，制作和运行可执行文件，设置工程选项，使用向导和外接程序等。

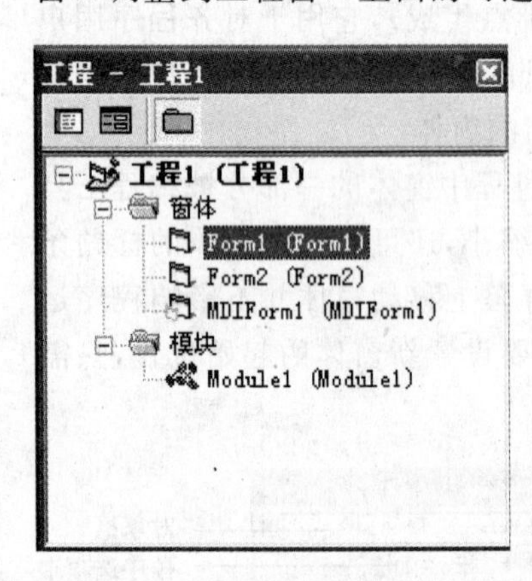

图 1.5 工程资源管理器窗口

8. 代码窗口

VB 6.0 专门为用户提供了书写代码(Code)的编辑窗口，如图 1.6 所示。

打开代码窗口的方法有三种：

①选定工程窗口中的任意一个窗体或标准模块，并单击**查看代码**按钮；②双击窗体窗口的控件或窗体本身；③单击**视图**菜单中**代码窗口**命令。

9. 工具箱窗口

通过运用工具箱(Tool box)中的工具(或称做控件)来向窗体上添加用户界面元素，如图 1.7 所示。想打开工具箱时，单击工具栏上**工具箱**按钮即可。典型情况下，工具箱放置在屏幕的左部。工具箱中包含了可以添加到用户界面中的各种控件——图片、标签、按钮、列表框、滚

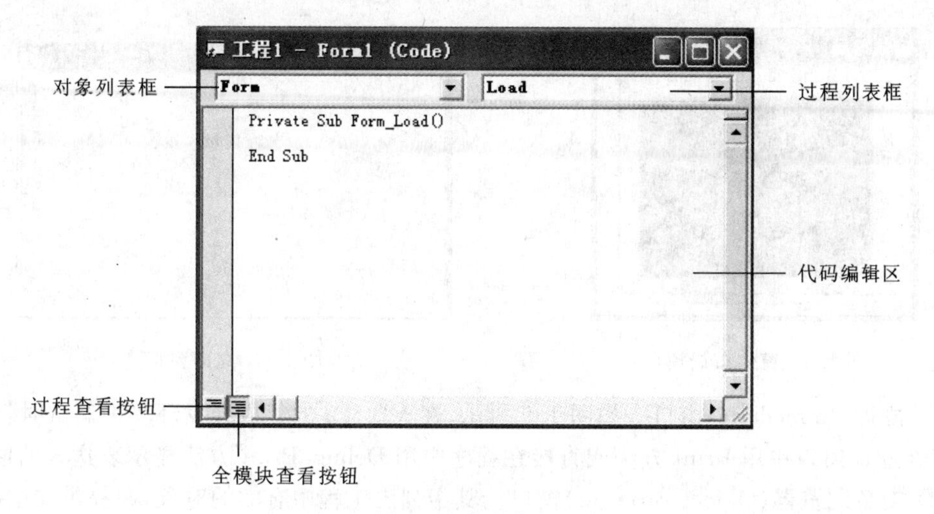

图 1.6 代码窗口

动条、菜单以及几何图形等。添加到窗体上的每个控件都变成了应用程序中的对象,或称做可编程用户界面元素。在程序运行时用户就会看到这些界面元素,并能够像其他 Windows 应用程序中的标准对象那样进行操作。

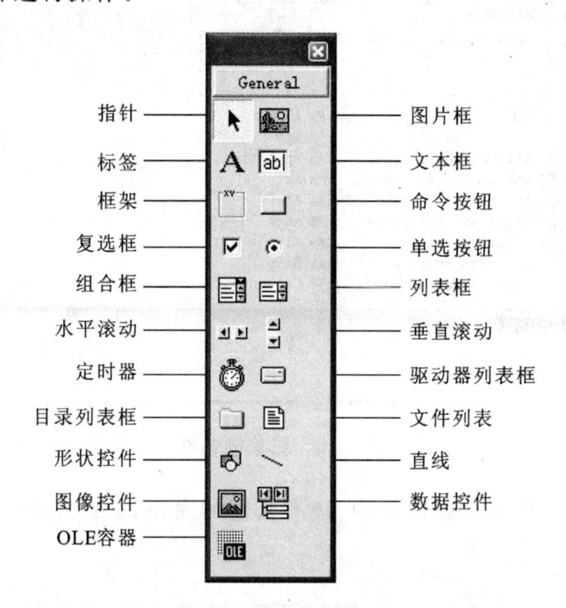

图 1.7 工具箱窗口

工具箱还包含了一些特殊控件,利用它们可以在 VB 程序中创建执行特殊"后台"操作的对象。这些功能强大的对象完成非常有用的功能,但程序运行时用户并不能在界面中看到它们。这些对象包括操作数据库信息的对象、协同 Windows 应用程序工作的对象、跟踪程序运行时间的对象等。

10. 其他窗口

(1) **窗体布局**(Form Layout)窗口。其中有一个表示显示器屏幕的图像,屏幕图像上又有表示窗体的图像,它们标示了程序运行时窗体在屏幕中的位置。用户可拖动窗体图像调整其位置,如图 1.8 所示。

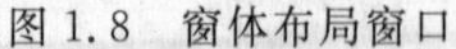
图 1.8 窗体布局窗口

图 1.9 立即窗口

(2) **立即**(Immediate)窗口。如图 1.9 所示,在 VB 6.0 的集成开发环境中调试时,用户可以直接在立即窗口中用 Print 方法或直接在程序中用 Debug. Print 方法显示表达式的值。

(3) **对象浏览器**(Object Browser)窗口。其中列出工程中有效的对象,并提供在编码中漫游的快速方法,如图 1.10 所示。可以使用**对象浏览器**浏览在 VB 6.0 中的对象和其他应用程序,查看对那些对象有效的方法和属性,并将代码过程粘贴进自己的应用程序。

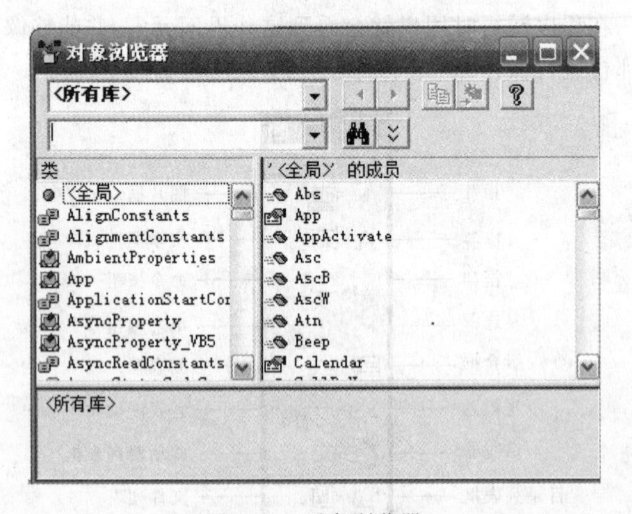

图 1.10 对象浏览器

在 Visual Basic 6.0 集成开发环境中,还有其他的窗口,如调色板、数据视图窗口、本地窗口和监视窗口。

习 题 1

一、单选题

1. Visual Basic 中的控件分为两类,一类是 ActiveX 控件,另一类是( )。

   A. 文本控件　　B. 标准控件

   C. 基本控件　　D. 图形控件

2. 窗体文件的扩展名是( )。

   A. bas　　B. cls

   C. res　　D. frm

3. 下列说法正确的是( )。

A. 属性的一般格式为对象名_属性名称，可以在设计阶段赋予初值，也可以在运行阶段通过代码来更改对象的属性

B. 对象是有特殊属性和行为方法的实体

C. 属性是对象的特性，所有的对象都有相同的属性

D. 属性值的设置只可以在属性窗口中设置

4. 下列说法正确的是(　)。

A. 在活动窗体中只能通过拖动右上角和左下角的小方块来在高度和宽度上缩放控件

B. 若一个控件上有4个黑色的小方块，表明该控件是活动的

C. 窗体中活动控件只能有一个

D. 非活动控件在窗体是隐藏的

5. 在 Visual Basic 中，被称为对象的是(　)。

A. 窗体　　B. 控件

C. 控件和窗体　　D. 窗体、控件和属性

6. Visual Basic 标题栏上显示了应用程序的(　)。

A. 大小　　B. 状态

C. 位置　　D. 名称

7. Visual Basic 程序设计采用的编程机制是(　)。

A. 可视化　　B. 面向对象

C. 事件驱动　　D. 过程结构化

8. Visual Basic 6.0 分为三种版本，不属于这三种版本的是(　)。

A. 学习版　　B. 专业版

C. 企业版　　D. 业余版

9. 确定窗体控件启动位置的属性是(　)。

A. Width 和 Height　　B. Width 或 Caption

C. StartUpPositon　　D. Top 和 Left

10. 新建一个窗体，其 BorderStyle 属性设置为 Fixed Single，但运行时却没有最大化和最小化按钮，可能的原因是(　)。

A. BorderStyle 的值设为 Fixed. Single，此项设置值的作用即禁止最大化和最小化按钮

B. 窗体的 MaxButton 和 MinButton 值设为 False

C. 正常情况下新建的窗体都没有最大化和最小化按钮

D. 该窗体可用鼠标拖动边框的方法改变窗体的大小

11. 下列说法错误的是(　)。

A. 标准模块也称程序模块文件，扩展名是 bas

B. 标准模块由程序代码组成

C. 标准模块只用来定义一些通用的过程

D. 标准模块不附属于任何一个窗体

12. 在设计阶段，当双击窗体上的某个控件时，打开的窗口是(　)。

A. 工程资源管理器窗口　　B. 工具箱窗口

C. 代码窗口　　D. 布局窗口

13. 下列说法错误的是(　)。

A. Caption 为只读属性，运行时对象的名称不能改变

B. 设置 Height 或 Width 的数值单位为 twip，是 1 点的 1/20

C. Icon 属性用来设置窗体最小化时的图标

D. 用来激活属性窗口的快捷键是 F4 键

14. 下列说法错误的是(　)。

A. 对象的操作由对象的属性、事件和方法来描述

B. Visual Basic 是面向对象的程序设计，Visual Basic 中只有窗体和控件两种对象

C. 属性是对象的特征，不同的对象有不同的属性

D. 对象事件在代码窗口中体现过程

15. 建立一个新的标准模块，应该选择(　)菜单中**添加模块**命令。

A. **工程**　　B. **文件**

C. **工具**　　D. **编辑**

16. 下列可以启动 Visual Basic 的方法是(　)。

A. 打开**我的电脑**，找到存放 Visual Basic 所在系统文件的硬盘及文件夹，双击 **VB6.exe** 图标

B. 在 DOS 窗口中，键入 Visual Basic 的路径，执行 Visual Basic 可执行文件

C. 利用“开始”菜单中的“程序”命令可启动 Visual Basic

D. A 和 C

17. 激活菜单栏的快捷键是(　)。

A. F4　　B. F10

C. F5　　D. Ctrl

18. 一个工程一般包含的文件的类型是(　)。

A. *.vbp　*.frm　*.frx　　B. *.vbp　*.cls　*.bas

C. *.bas　*.ocx　*.res　　D. *.frm　*.cls　*.bas

19. 在代码编辑器中，续行符是用来换行书写同一个语句的符号，表示续行符的是(　)。

A. 一个空格加一个下划线　　B. 一个下划线

C. 一个连字符　　D. 一个空格加一个连字符

20. 下列说法错误的是(　)。

A. 标准模块的扩展名是 bas

B. 标准模块由程序代码组成

C. 标准模块只用来定义一些通用的过程

D. 标准模块不附属于任何一个窗体

二、填空题

1. Visual Basic 6.0 共有________种版本，它们分别是________________。

2. 与传统的程序设计语言相比，Visual Basic 的两个最显著的特点是________和________。

3. Visual Basic 6.0 的集成开发环境主要由 5 个窗口组成，这 5 个窗口分别是系统主窗口、工具箱窗口、工程设计窗口、________和________。

4. 使用 Visual Basic 进行 Windows 编程所涉及的三个关键概念分别是________、________和________。

5. Visual Basic 应用程序可以在三种不同的状态下进行浏览，这三种状态是指________、________和________。

第2章 Visual Basic 对象及操作

对象是 VB 中的重要概念，本章将介绍 VB 中最基本的两种对象即窗体和控件。

2.1 基本概念

2.1.1 对象

在 VB 中，对象分为两类，一类是由系统设计好的，称为预定义对象，可以直接使用或对其进行操作；另一类由用户定义。

对象是 VB 应用程序的基础构件。窗体和控件都是对象，被称为对象的还有数据库、图表等，对象具有属性和方法，并响应外部事件。在开发一个应用程序时，必须先建立各种对象，然后围绕对象进行程序设计。

1. 对象的属性

属性是指对象的特征。每一种对象都有一组特定的属性，在属性窗口中可以看到对象的大部分属性。每个属性都有一个缺省值，如果不改变该值，应用程序就使用该缺省值，如果缺省值不能满足要求，就要对它重新设置。

设置对象属性的方法有两种：①在属性窗口中对属性进行设置；②在程序中用代码形式进行设置。

用代码设置对象属性的一般格式为

```
对象名 . 属性名=属性值
```

例如，

```
Form1 . Caption="欢迎学习 VB6.0"
```

2. 对象的事件

对象的事件（Event）是指 VB 预先设置好的、能够被对象识别的动作。如装入（Load）、单击（Click）、双击（DblClick）、移动鼠标（MouseMove）等。不同的对象能够识别的事件也不完全相同。响应某个事件后，所执行的操作是通过若干行程序代码来实现的。

3. 事件过程

对象能识别并感应到某一事件发生时所执行的程序代码称为事件过程。

事件过程的形式为

```
Private Sub 对象名_事件名()
    VB 程序代码
End Sub
```

例如，

```
Private Sub Form_load()
   Form1.Caption="欢迎使用 VB6.0"
End Sub
```

4. 对象的方法

所谓方法是指对象本身所包含的一些特殊函数或过程,利用对象内部自带的函数或过程,可以实现对象的一些特殊功能和动作。

在程序中调用方法的一般形式为

```
对象名.方法名  参数列表
```

例如,

```
Form1.Print  "abc"
```

VB程序的执行是由事件来驱动的,事件驱动应用程序的典型工作过程是:①启动应用程序,装载和显示窗体,在窗体上建立对象;②设置对象的属性,对象等待事件的发生;③编写代码,事件发生后,如果在相应的事件过程中存在代码,就执行代码;④应用程序等待下一次事件。

2.1.2 简单 Visual Basic 程序的创建

按照图 2.1 要求,设计创建一个程序窗口,在窗口中添加三个命令按钮,一个文本框。该程序实现的功能:①单击按钮 1,在文本框中显示**欢迎使用 Visual Basic 6.0** 字符内容;②单击按钮 2,清除文本框中显示的内容;③单击按钮 3,退出程序。

图 2.1 界面设计示例

1. 创建用户窗口界面

启动 Visual Basic 6.0,创建一个"标准的 EXE"工程窗体,如图 2.2 所示。可以用鼠标拖动窗口边线调整窗口的大小,在此将窗口的高度(Height)调整为 4000、宽度(Width)调整为 6000(可以在属性窗口中查看,下同)。

注意:创建的工程窗口默认名称是**工程 1**,窗体窗口的名称是 **Form1**,我们的程序设计任务主要是在窗体窗口 **Form1** 上进行的。

单击工具箱中的命令按钮(CommandButton)控件,此时鼠标指针在窗体上呈十字光标形状,表示拖动鼠标就可以在窗体上画命令按钮控件对象了。

将鼠标指针移动到窗体左偏下位置,按下鼠标左键,然后向右下方拖曳鼠标,画出第 1 个命令按钮,如图 2.3 所示。第 1 个按钮的名称及标题都默认为 **Command1**。

注意,按钮的名称(Name)和按钮的标题(Caption)是两个不同的属性,默认值都是一样的 **Command1**。

画出按钮对象后,拖动命令按钮可以移动按钮在窗体上的位置。在按钮边缘上的 8 个控制点上拖动鼠标,可以调整按钮对象的大小。在此我们调整按钮 1 的高度(Height)为 800、宽

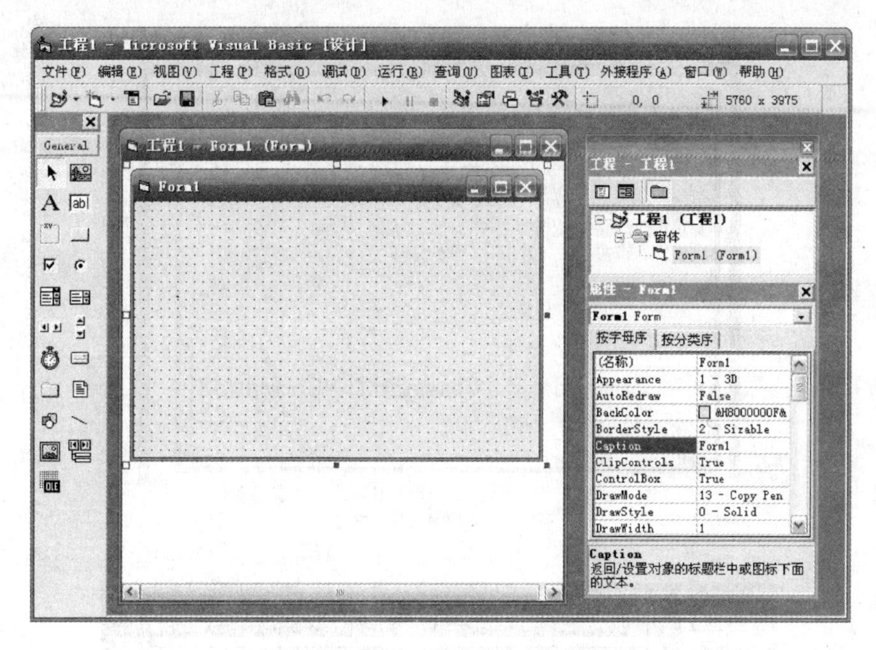

图 2.2　新的工程窗口及窗体窗口

度(Width)为 2000,如图 2.4 所示。也可以在属性窗口中直接输入对应的高度、宽度值 **800** 和 **2000**。

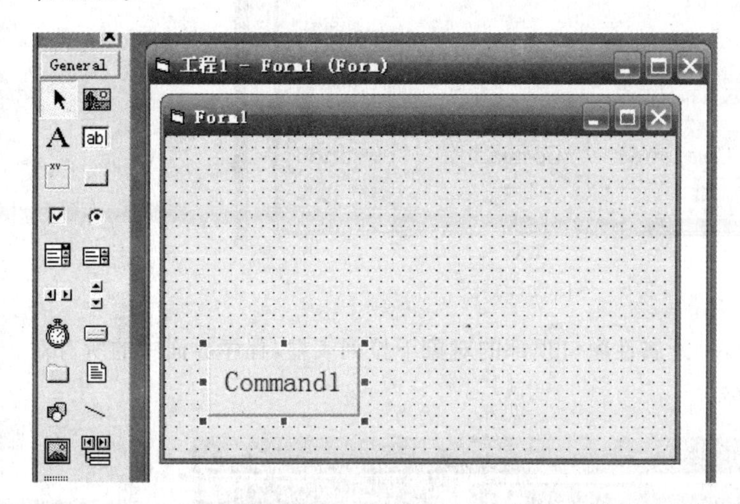

图 2.3　界面设计之一

图 2.4　调整按钮的高度和宽度

按建立第 1 个按钮的方法建立第 2 和第 3 个命令按钮,高度 Height 都是 800,宽度为 1500 即可。

注意,为了窗体的整齐和美观,三个命令按钮高度应一样,如图 2.5 所示。

如果画出的对象不合要求或有错误的话,可以调整对象的大小和位置,也可以删除该对象后重新画。

单击工具箱上的文本框(TextBox)控件,然后把鼠标指针移动到窗体上,鼠标指针呈“十”字形状。在窗体的上步拖动鼠标画出一个文本框对象,如图 2.6 所示,默认名称为 **Text1**,高度和宽度分别为 1000 和 5000。

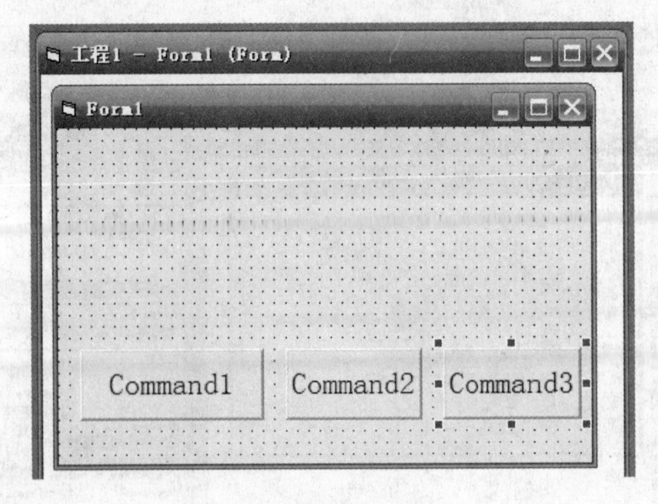

图 2.5 界面设计之二

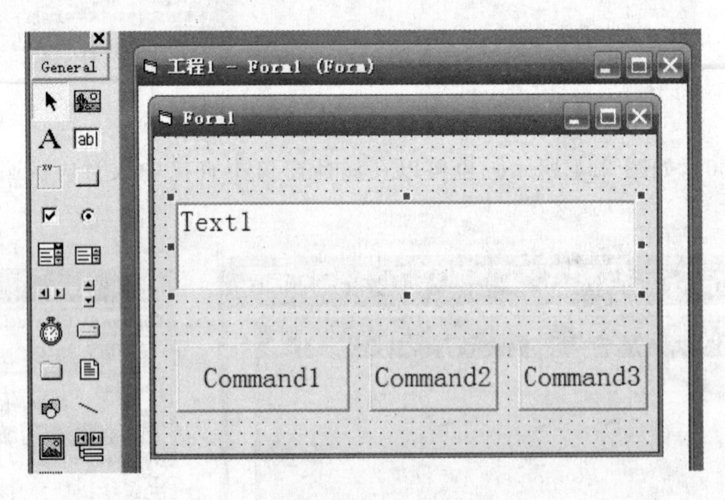

图 2.6 界面设计之三

完成窗体上添加控件对象后，打开属性窗口顶部的对象下拉列表框，程序界面中的所有对象显示在列表框中，如图 2.7 所示。

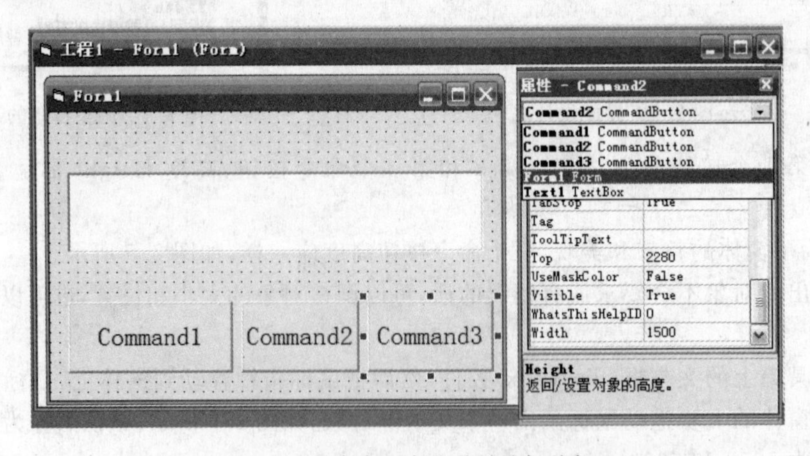

图 2.7 程序窗口中的系列对象列表

2. 设置控件对象的属性值

设置或修改对象的属性,可以通过改变对象属性窗口中的对应属性值来完成。方法是首先选定窗体上的对象,然后在属性窗口中找到要修改的属性名称,再改变其属性值。

在窗体窗口中选定命令按钮 **Command1**,然后在属性窗口中左列找到并选择 **Caption** 属性,如图 2.8 所示。此时可以看到按钮 1 的默认属性值是 **Command1**。将其改为**请单击此按钮**即可,如图 2.9 所示。

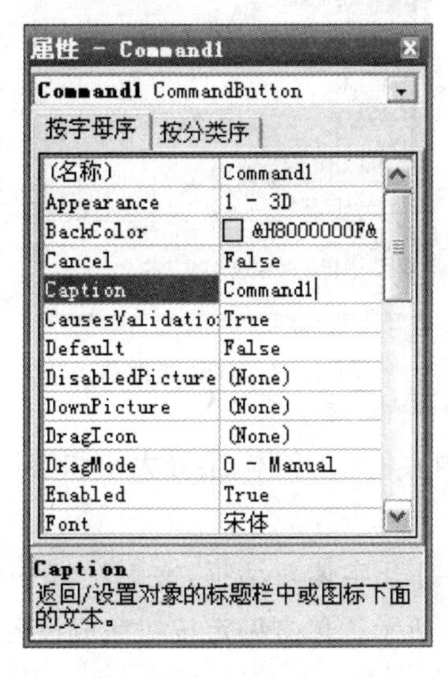

图 2.8　**Caption** 属性

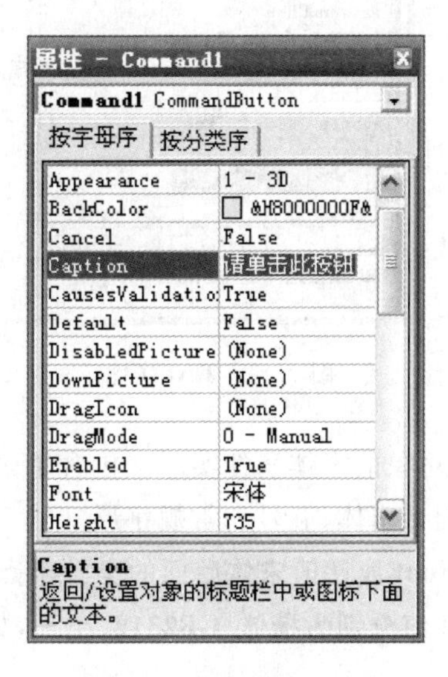

图 2.9　**Caption** 属性值

按照此方法分别改变按钮 2、按钮 3 的标题属性值为**清屏**、**程序结束**。改变了标题属性值后的三个按钮对象的外观如图 2.10 所示。

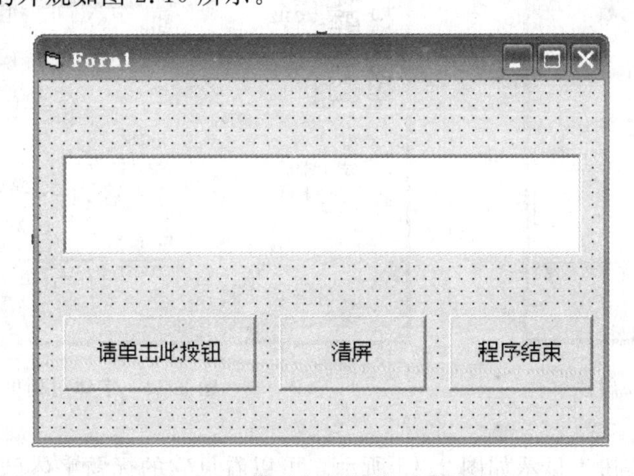

图 2.10　修改标题属性后的按钮

设置完三个命令按钮的标题属性后,在窗体窗口中选定文本框对象 **Text1**,然后在属性窗口中左列找到并选定 **Text** 属性,如图 2.11 所示。此时可以看到文本框 **Text1** 的默认文本属性值是 **Text1**。删除其值,使其成为空值即可,如图 2.12 所示。

接下来,设置所有对象的字体(Font)属性值。在窗体窗口中选定命令按钮 1,然后在属性窗口左列找到并选择 **Font** 属性,如图 2.13 所示。此时可以看到按钮 1 的 Font 属性值是**宋体**。

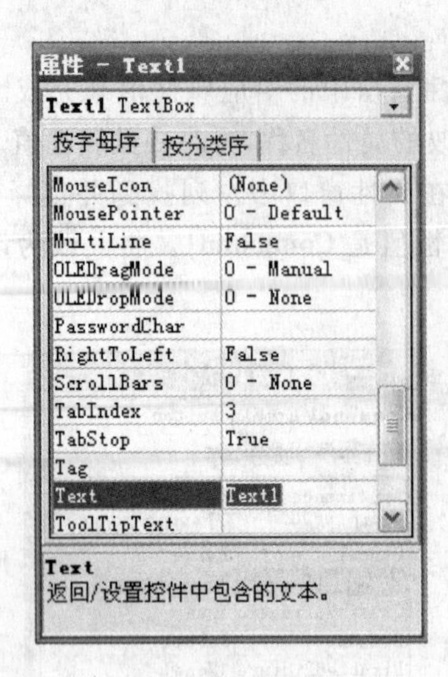

图 2.11 **Text** 属性

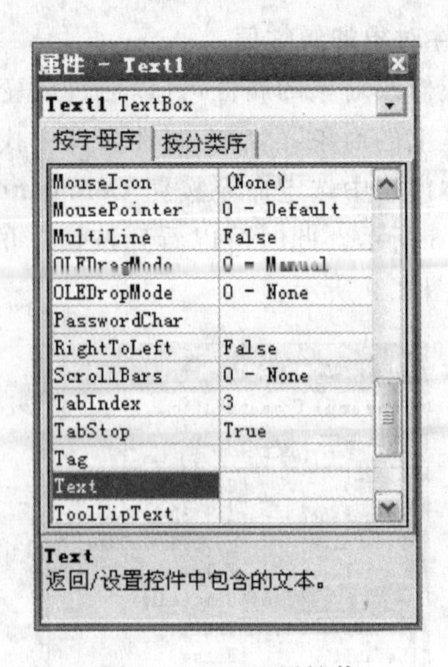

图 2.12 **Text** 属性值

注意,对象的字体属性实际上包含了多项属性内容值,有字体、字号大小和字形等,默认的属性值分别为宋体、五号和常规字形。

单击 **Font** 属性值**宋体**后面的小省略点按钮,打开**字体**对话框,在对话框中设置按钮 1 的字体属性值分别为**楷体_GB2312**、**小三**,如图 2.14 所示。单击**确定**按钮完成设置。

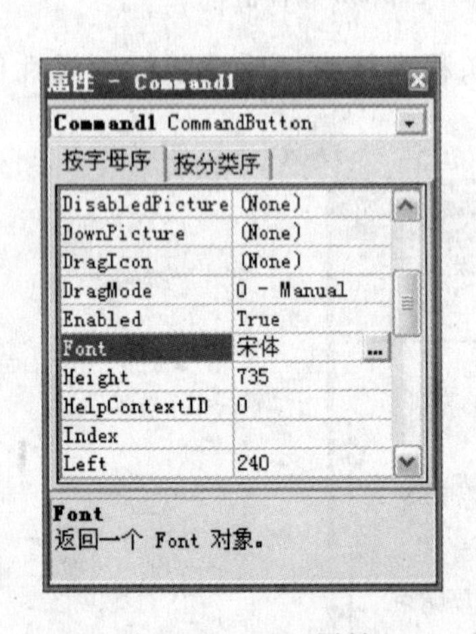

图 2.13 Font 属性

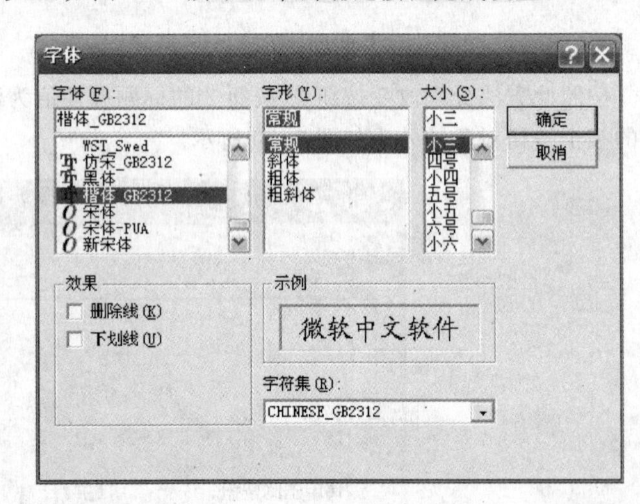

图 2.14 **字体**对话框

改变字体后的按钮 1 显示如图 2.15 所示。可以看见它的标题字体已经是楷体_GB2312、小三号字体了。

按照此方法分别设置按钮 2、按钮 3 的字体属性值同按钮 1,也是楷体_GB2312、小三号字;设置文本框的字体属性值为**楷体_GB2312**、**24**。完成后的窗体界面如图 2.16 所示。

注意,因为文本框中还没有任何字符文字,即 Text 属性值还是空的,所以设置完文本框的字体后,文本框还是不会有任何显示。

至此已经完成各控件对象的主要属性值设置,见表 2.1 所示。

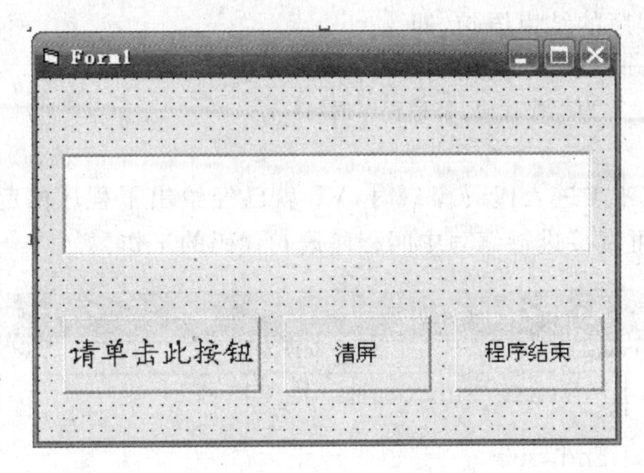

图 2.15　按钮 1 完成字体设置的效果

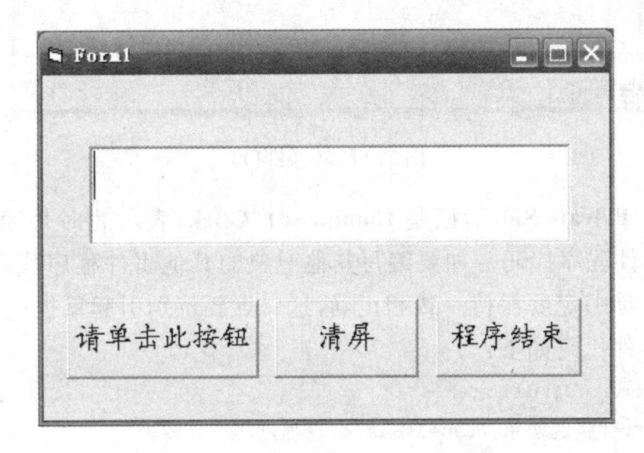

图 2.16　所有对象完成字体设置的效果

表 2.1　对象的主要属性值表

对象名称	Name (名称)	Caption (标题)	Text (文本)	Height (高度)	Width (宽度)	FontName (字体)	FontSize (字号)
Form1	Form1(默认)	Form1(默认)	(无)	6000	4000		
Command1	Command1(默认)	请单击此按钮	(无)	800	2000	楷体_GB2312	小三
Command2	Command2(默认)	清屏	(无)	800	1500	楷体_GB2312	小三
Command3	Command3(默认)	程序结束	(无)	800	1500	楷体_GB2312	小三
Text1	Text1(默认)	(无)	空	5000	1000	楷体_GB2312	24

3. 编写对象的事件代码

所谓的事件代码，也就是当程序运行时候，在分别单击三个按钮对象后，它们将分别执行的操作任务。它们是：①单击按钮 1，在文本框中显示**欢迎使用 Visual Basic 6.0** 字符内容；②单击按钮 2，清除文本框中显示的内容；③单击按钮 3，退出程序。

双击窗体上的命令按钮 1，系统显示代码窗口，如图 2.17 所示。

注意，在窗体窗口中任一个控件对象上双击，都将打开代码窗口；或在窗体上双击，也将打开代码窗口，在其中可以编写程序代码。

在代码窗口中的编写程序代码语句，一定要使用 Private Sub……作为程序语句的起始语

句，用 End Sub 作为程序的结束语句，即

```
Private Sub Command1_Click()
    (事件代码，也称为程序代码，俗称程序语句)
End Sub
```

实际上，在双击按钮 1 进入代码窗口时，VB 就已经给出了程序的起始语句和结束语句，如图 2.17 所示，所以可直接进行编写中间程序语句代码的工作。

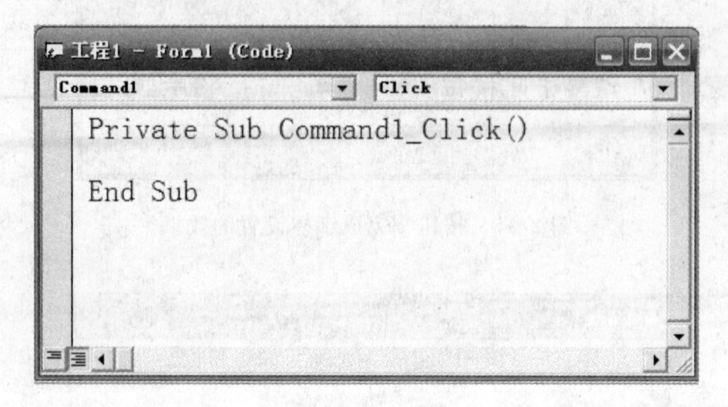

图 2.17　代码窗口

注意，图 2.17 中 **Private Sub** 后面是 **Command1_Click**，表示此时是编写命令按钮 1 对象 **Command1** 的单击事件程序代码。如要编写其他对象的其他事件程序代码，Private Sub 后面的对象名称和事件名称一定要保持一致和正确，这一点要特别引起重视。

按钮 1 的单击事件代码如下：

```
Private Sub Command1_Click()
    Text1.Text="欢迎使用 Visual Basic6.0"
End Sub
```

如图 2.18 所示，此时按钮 1 的事件代码编写完成。单击图中右上角的关闭按钮，关闭代码窗口即可。

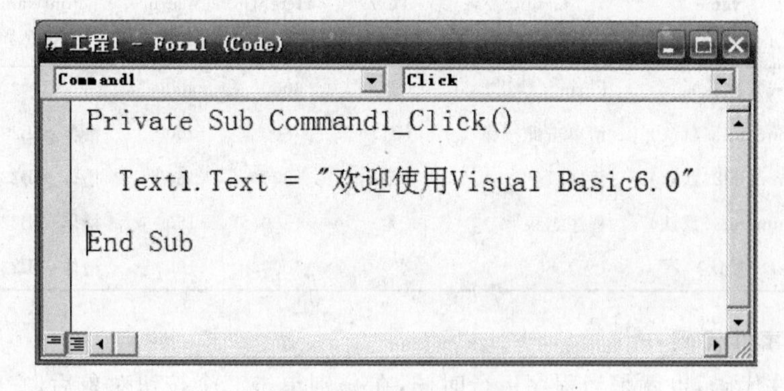

图 2.18　输入代码语句

按同样的方法，设置编写按钮 2、按钮 3 的单击(Click)事件代码。设置按钮 2 的事件代码如下：

```
Private Sub Command2_Click()
    Text1.Text=""
End Sub
```

设置按钮 3 的事件代码如下：

```
Private Sub Command3_Click()
    End
End Sub
```

所有命令按钮的事件代码，在代码窗口显示如图2.19所示。此时所有按钮的事件代码编写完成。单击图中右上角的“关闭”按钮，关闭代码窗口，完成全部程序代码设计工作。

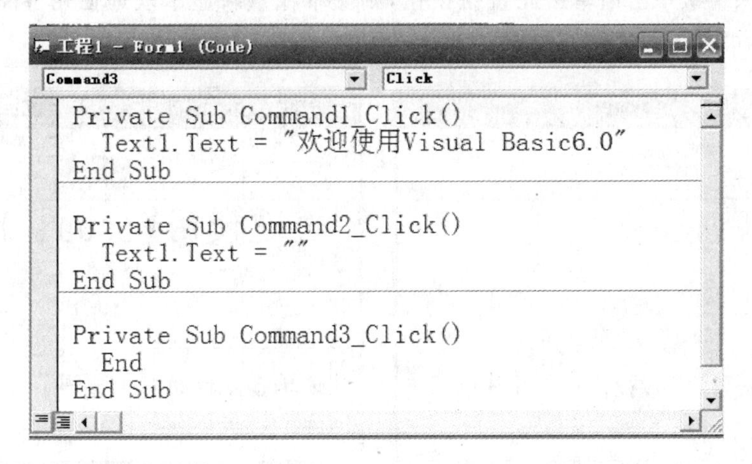

图2.19　三个按钮的单击(Click)事件代码语句

4. 程序的调试、运行

程序界面设计和程序事件代码设计完成后，就可以调试程序、运行程序了。

调试程序是指一般程序设计完成后，难免会有一些错误，如程序代码设计有功能错误、语法错误及逻辑错误等；或代码虽没有错误，但用户输入时产生输入错误等。通过调试运行，可发现并找出程序有错误的语句代码，并加以改正。

另外，好质量的程序不仅仅是程序代码及功能的完整与正确，运行后窗口界面的美观与整洁也有很重要的作用。所以调试、运行程序，还要对所有控件对象在窗口界面中的位置、大小、对象上的文字大小等外观因素进行整体效果的修改和调整。

以上整个程序设计完成后，呈现如图2.20所示的界面状态。

图2.20　完成程序设计后的界面

程序运行可以通过**运行**菜单中**启动**命令或工具栏上的**启动**按钮，还可以直接按 F5 热键来运行程序。

程序运行后，显示如图 2.21 所示的程序运行界面。单击**请单击此按钮**按钮，就可以在文本框中显示**欢迎使用 Visual Basic 6.0**，如图 2.22 所示。此时，如果单击**清屏**按钮，则将清除文本框中的内容。如果再次单击**请单击此按钮**按钮，则文本框重新显示**欢迎使用 Visual Basic 6.0**。若想退出程序，可单击**程序结束**按钮。

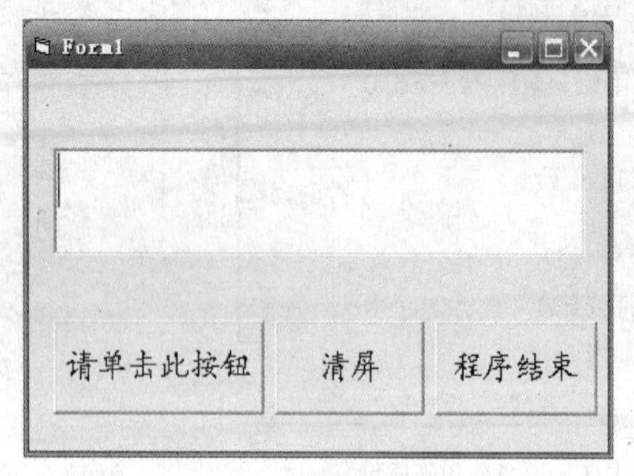

图 2.21　程序运行之一

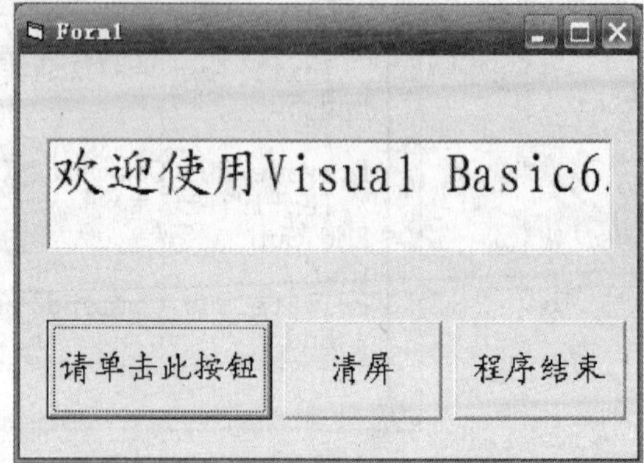

图 2.22　程序运行之二

以上程序运行过程如没有问题，程序设计任务就是真正完成了。如果在运行中发现有错误，如不能在文本框中显示文字，或不能清除文本框中文字，或不能正常退出程序，就需要修改、调试程序，直到能正确实现程序的设计要求为止。

这个程序比较简单，但却体现了 VB 应用程序设计的全过程。可以看出，这一过程比传统的程序设计过程快捷、方便，大大简化了程序开发过程。

5. 对程序设计过程的几点说明

首先，对象的名称和对象的标题属性是两个不同的属性，不可混淆。例如，在本程序中刚添加第 1 个命令按钮到窗体上时，按钮 1 的名称属性和标题属性值都是 **Command1**，即默认值是一样的。后来改变标题属性值为**请单击此按钮**，所以在窗体上，按钮 1 的标题就显示为**请单击此按钮**(图 2.10)；但按钮 1 的名称属性值仍没有改变，还是 **Command1**，如图 2.23 所示。

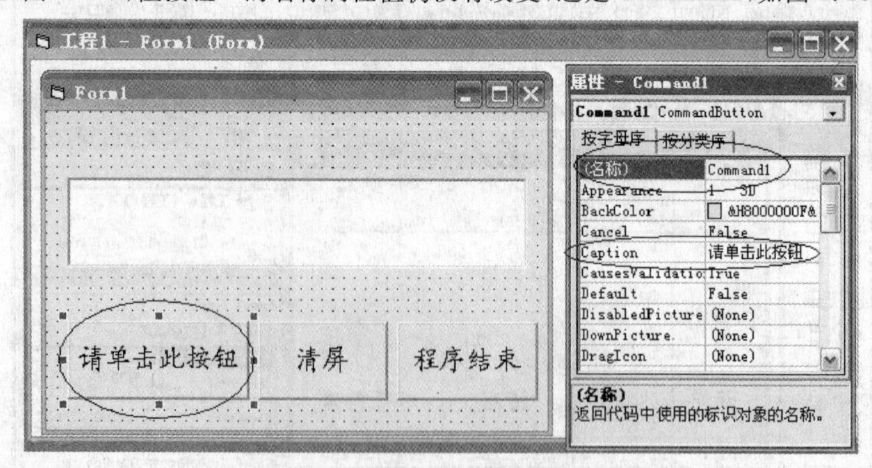

图 2.23　按钮 1 的名称和标题属性值

同样，文本框对象的名称属性和文本属性值，一开始也都是 **Text1**。后来我们改变了文本属性的值为“空值”，但名称属性值没有改，还是 **Text1**。

其次，在 Private Sub 和 End Sub 语句之间输入代码时，每输入完一行代码后面都要按 Enter 键。如果输入的代码有语法、语句或其他方面的错误，该行文字代码将显示为红色文字，来提示有错误信息。此时用户应认真检查该出错语句，找到错误的原因，并进行修正。

2.1.3 Visual Basic 程序的保存

应用程序的窗体设计和事件代码设计完成后，经过调试、运行、修改错误等完善工作，就需要将程序保存起来。VB 应用程序的保存，一般至少需要保存两类文件，一种是工程文件，文件扩展名是 vbp；一种是窗体文件，文件扩展名是 frm。

下面是保存上一小节 VB 程序的具体方法。

(1) 选择**文件**菜单中**保存工程**选项，弹出**文件另存为**对话框，如图 2.24 所示。在保存类型列表框中可以看到，此时提示用户保存的是窗体文件。

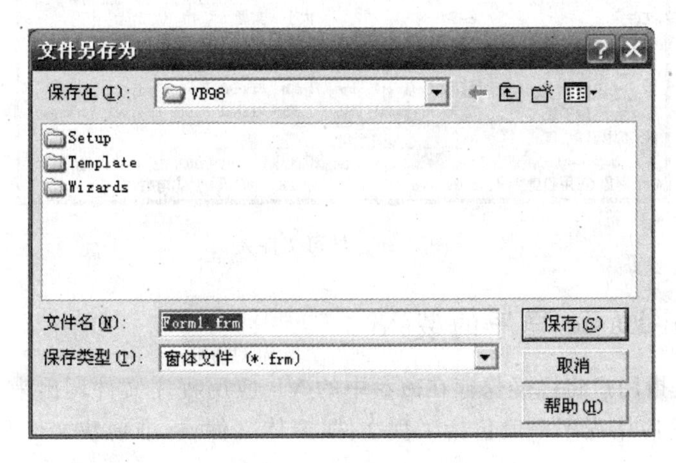

图 2.24 **文件另存为**对话框

(2) 在**保存在**下拉列表框中选择文件保存的位置。默认的保存位置是 **VB98** 文件夹。修改文件的保存位置，将文件保存到 **D:\学习**文件夹中(如 D 盘没有**学习**文件夹，用户可以自己建立)。

(3) 在**文件名**文本框中输入要保存的窗体文件名称 **My Project1** 后，按 Enter 键完成窗体文件的保存工作。

(4) 完成窗体文件保存的同时，系统会弹出**工程另存为**对话框，如图 2.25 所示。在**保存类型**下拉列表框中可以看到，此时提示用户保存的是工程文件。为简单起见，在此给工程文件也命名为 **My Project1**，保存的位置仍为 **D:\学习**文件夹，即和窗体文件保存在同一个文件夹中(一般而言，一个程序形成的所有文件都保存在同一个文件夹中)。

(5) 文件保存完成后，打开 **D:\学习**文件夹，可以看到共有 4 个文件，如图 2.26 所示。其中的第 2、第 3 个文件是我们刚刚保存的窗体文件和工程文件，另外还有两个扩展名为 scc 和 vbw 的文件，是 VB 应用程序自动生成的程序辅助文件。

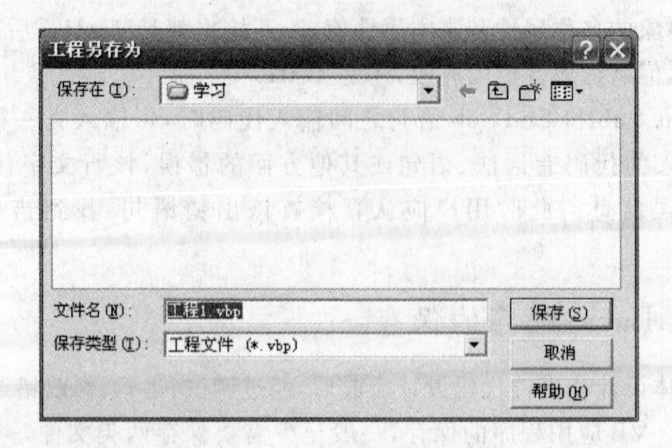

图 2.25 **工程另存为**对话框

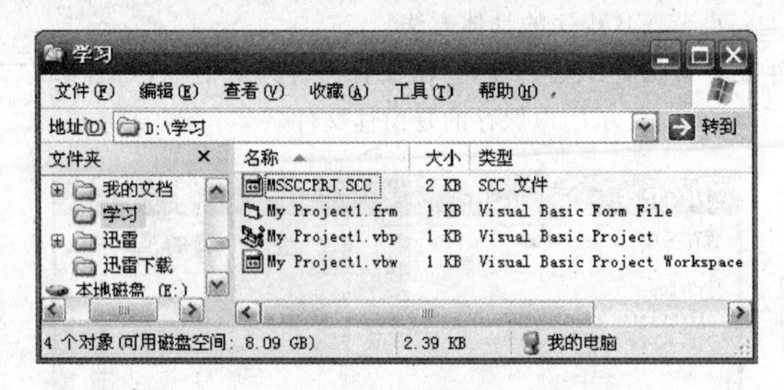

图 2.26 **学习**文件夹

2.1.4 Visual Basic 程序的装入

程序的装入是指用户将已经保存在磁盘中的 VB 应用程序文件调出来运行使用。在 VB 6.0 中,一个复杂的应用程序一般包括工程文件、窗体文件、标准模块文件和类模块文件 4 类文件。

注意,本节中编写的是一个简单的应用程序,只有两类文件,即工程文件和窗体文件。

这 4 类文件都有自己的文件名,但使用时,用户只要装入工程文件,VB 就可以自动把与该工程相关的其他 3 类文件都自动装入。在前面的例子中,保存了一个 My Project1. vbp 的工程文件,只要装入这个文件,窗体文件 My Project1. frm 也将会自动被装入。实际上,只要建立了工程文件,则不管这个工程中含有多少窗体和标准模块文件,都可以通过装入工程文件把所有的窗体文件和标准模块文件装入内存使用。

启动 VB 后,可以通过下列操作把工程文件装入内存。选择**文件**菜单中**打开工程**选项,弹出**打开工程**对话框,如图 2.27 所示。此时前面建立的 My Project1. vbp 文件显示在列表框中。选定该文件后单击**打开**按钮,即可打开此程序文件。也可以直接双击 My Project1. vbp 文件,打开该工程。如果需要装入的文件不在打开工程对话框中,可以通过**查找范围**下拉列表框,查找文件存放的位置文件夹,然后再装入打开文件。

工程文件在 VB 窗口中打开后,窗体窗口往往没有在其中显示出,如图 2.28 所示。用户此时只需在工程资源管理器窗口中单击 **Form1(My Prooject1. frm)**窗口名称,即可以打开显示窗体设计窗口了。

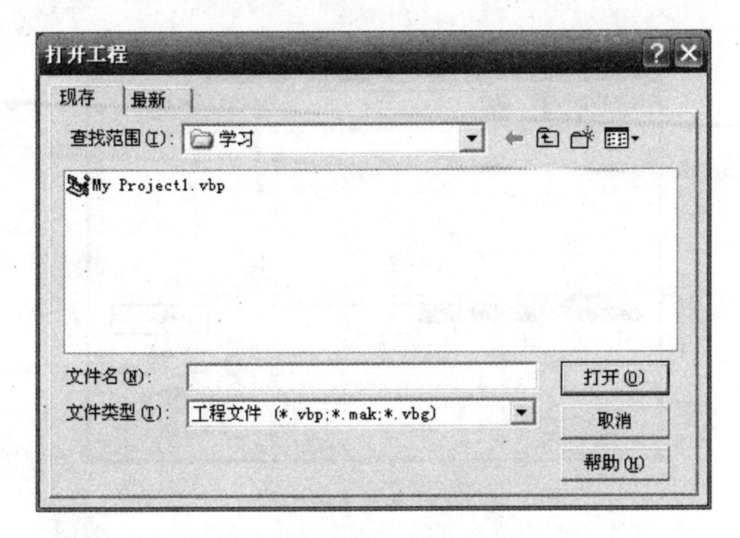

图 2.27　**打开工程**对话框

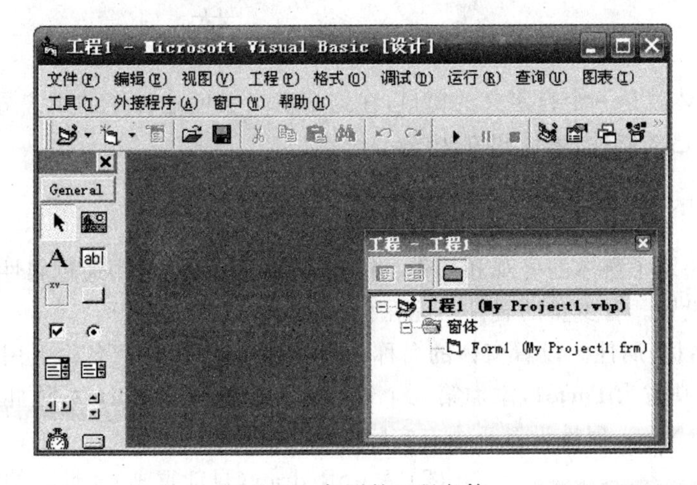

图 2.28　打开的工程文件

注意，如果工程资源管理器窗口也没有在 VB 窗口中显示，可以在**视图**菜单中将其选定调出显示在 VB 窗口中。另外，属性窗口的调出显示方法也是一样的。

2.1.5　生成可执行文件

为了使 VB 应用程序能在 Windows 环境下运行，必须建立可执行文件，即 exe 文件。生成可执行文件具体操作如下：

(1) 选择**文件**菜单中**生成 MyProject1.exe** 选项，弹出**生成工程**对话框，如图 2.29 所示。

(2) **文件名**文本框默认地将生成的可执行文件名与工程文件名相同，其扩展名为 exe。如果不想用默认的文件名，则可键入新的文件名。

(3) 单击**确定**按钮，即可生成可执行文件。这里生成的可执行文件名为 MyProject1.exe。

(4) 启动 Windows，双击 MyProject1.exe 文件名，该程序就能在 Windows 环境下运行。

由上述整个设计过程可以看到，在 Visual Basic 开发应用程序时，一般有如下几个步骤：①建立可视用户界面；②设置界面的控件对象属性；③编写对象的事件驱动代码；④程序调试、运行和保存。

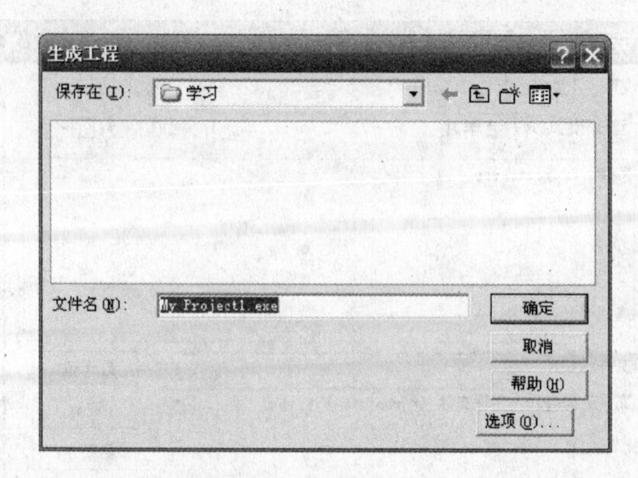

图 2.29　**生成工程**对话框

2.2 窗　体

在 VB 中,窗体就是一个自定义的窗口,在这个窗口上创建程序的用户界面。窗体是 VB 中的对象,具有自己的属性、事件和方法。

2.2.1　窗体的主要属性

窗体的属性决定了窗体的外观和操作。窗体的大部分属性可用通过属性窗口和通过程序代码两种方法来设置。有少量的属性不能在程序代码中设置。

(1) Name(名称)属性。设置窗体的名称,在程序代码中用这个名称引用该窗体。新建工程时,窗体的名称缺省为 **Form1**,添加第二个窗体的名称缺省为 **Form2**,依此类推。为了便于识别,用户通常给 Name 属性设置一个有实际意义的名称。

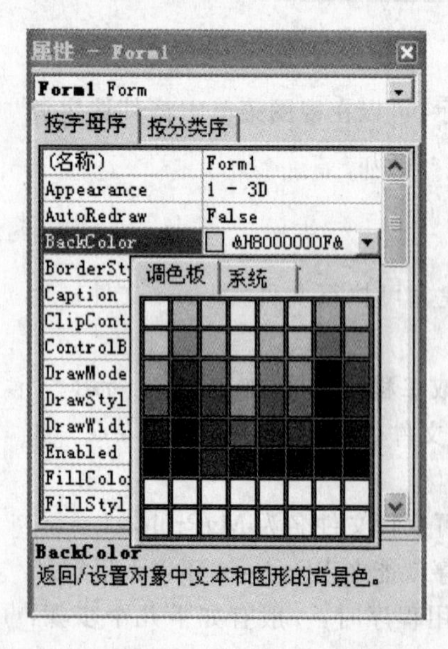

图 2.30　BackColor 属性

(2) AutoRedraw(自动重画)属性。控制屏幕图像的重建,主要用于多窗体程序设计中。其格式为

```
对象名.AutoRedraw[=Boolean]
```

这里的"对象"可以是窗体或图片框,Boolean 是逻辑值,其值为 True 或 False。如果把 AutoRedraw 属性设置为 True,则当一个窗体被其他窗体覆盖,又恢复该窗体时,将自动刷新或重画该窗体上的所有图形;如果把 AutoRedraw 属性设置为 False,则必须通过事件过程来设置这一操作。该属性的默认值为 False。

(3) BackColor(背景颜色)属性。用来设置窗体的背景颜色,如图 2.30 所示。颜色是一个十六进制常量,每种颜色都用一个常量来表示。在设计过程中,不必用颜色常量来设置背景,可以通过调色板来直观地设置,其操作是选定**属性**窗口中的 **BackColor** 属性条,单击右端的箭头,将显示一个列表框,在其中选择**调色板**选项卡,即可显示一个"调色板”，此时，只要单击调色板中的某个色块，即可把这种颜色设置为窗体的背景色。

(4) Caption(标题)属性。设置窗体的标题，标题内容应反映说明窗体基本功能作用。该属性既可通过属性窗口设置，也可以在事件过程中通过程序代码设置，其格式为

```
Form1.Caption="欢迎使用 Visual Basic"
```

该事件响应后，窗体标题将被**欢迎使用 Visual Basic** 取代。

(5) Height 和 Width(高和宽)属性。用于指定窗体的高度和宽度，其单位为 Twip，是一点(Point)的 1/20(1/1440 英寸)。窗体的高度和宽度可以使用鼠标直接拖动来调整其大小，也可以通过程序代码设置，其格式为

```
对象.Height[=数值]
对象.Width[=数值]
```

(6) Left 和 Top 属性。用于设置窗体左边框距屏幕左边界的距离和窗体顶边距屏幕顶端的距离，其单位为 Twip，可在属性窗口设置，也可以通过程序代码设置，格式同高宽度设置。

(7) MaxButton 和 MinButton 属性。属性值为 True 或 False。MaxButton 属性为 True 时，窗体右上角有最大化按钮；为 False 时，无最大化按钮。MinButton 属性为 True 时，窗体右上角有最小化按钮；为 False 时，无最小化按钮。

(8) Enabled 属性。属性值为 True 或 False，设置对象是否能够对用户产生的事件做出反应。设计时可以在属性窗口设置，或在程序运行时用程序代码设置。当对象的 Enabled 属性值为 True(默认值)，对象可以感受到事件的发生，并作出反应；当对象的 Enabled 属性值为 False 时，对象不能感受发生的任何事件。

(9) Moveable 属性。属性值为 True 或 False，设置是否可以移动窗体。

(10) Visible 属性。属性值为 True 或 False，设置窗体对象是否被显示。用户可用该属性在程序代码中控制窗体的隐现。

(11) Picture 属性。设置在窗体中显示的图片。单击 Picture 属性右边的按钮，弹出**加载图片**对话框，用户可选择一个图片文件作为窗体的背景图片。若在程序中设置该属性的值，需要使用 LoadPicture 函数，如

```
Form1.Picture=LoadPicture("D:\Bmp\Sunset.jpg ")
```

(12) WindowState 属性。设置窗体启动后的大小状态，值为 vbNormal 或 0 时，窗体窗口正常显示(默认的)；值为 vbMinimized 或 1 时，窗体窗口显示为最小化状态；值为 vbMinimized 或 2 时，窗体窗口显示为最大化状态。

2.2.2 窗体的事件

窗体最常用的事件有 Click(单击)、DbClick(双击)、Load(装入)三种。

(1) Click 事件。程序运行后，单击窗体触发该事件。此事件是在一个对象上按下鼠标左键然后释放时发生。对窗体 Form 对象来说，该事件是在单击窗体上的空区域时发生。对其他控件对象，如命令按钮、文本框等，只要鼠标在该对象上单击，即可产生单击事件。其语法格式为

```
Private  Sub  Form_Click()
Private  Sub  Object_Click()
```

其中 Object 对象，指 VB 中的其他控件对象。

(2) DbClick 事件。当在一个对象上快速地按下和释放鼠标按钮两次，双击 DbClick 事件发生。对于窗体而言，当双击窗体的空白区域时，DblClick 事件发生。其语法格式为

```
Private Sub Form_DblClick()
Private Sub Object_DblClick()
```

注意,如果对象既能感受单击 Click 事件,又能感受双击 DlbClick 事件,则对象将首先执行单击事件代码,然后再执行双击事件代码。

(3) Load 事件。是指窗体启动刚被装入系统内存工作区时触发的事件。Load 事件过程通常用于启动程序时,设置对象的初始属性、变量的初始化以及装载数据等。语法格式为

```
Private Sub Form_Load()
```

注意,窗体还有一个 Initialize 事件,是窗体的初始化事件,Load 事件在 Initialize 事件之后发生。

(4) Unload(卸载)事件。当窗体从系统中被卸载时发生。当窗体被重新加载时,它的所有控件的内容均将被重新初始化。其语法格式为

```
Private Sub object_Unload(cancel As Integer)
```

(5) Activate(活动)和 Deactivate(非活动)事件。Activate 事件,当一个对象成为活动窗口时发生;Deactivate 事件,当一个对象不再是活动窗口时发生。其语法格式为

```
Private Sub object_Activate()
Private Sub object_Deactivate()
```

注意,一个对象可以通过诸如单击它、或在代码中使用 Show 或 SetFocus 等方法的操作而变成活动的。Activate 事件仅当一个对象可见时才发生。

(6) Paint(绘图)事件。在一个对象被移动或放大之后,或在一个覆盖该对象的窗体被移开之后,该对象部分或全部暴露时,此事件发生。其语法格式为

```
Private Sub Form_Paint()
Private Sub object_Paint([index As Integer])
```

2.3 其他基本控件

2.3.1 文本框

文本框(TextBox)在窗体中为用户提供一个既能显示文本又能编辑文本的区域,如图 2.31所示。在文本框内,用户可以用鼠标、键盘对文字进行编辑,例如进行输入、删除、选择、复制及粘贴等各种操作。

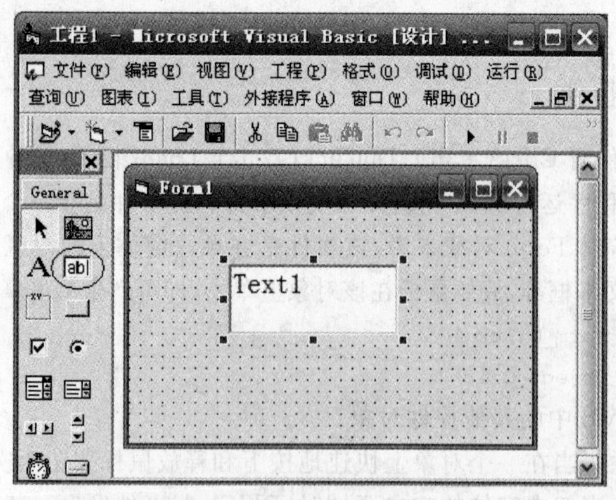

图 2.31 文本框

添加到窗体上的文本框控件名称依次为 **Text1，Text2，Text3……**

1. 主要属性

(1) Text 属性。设置文本框中显示的内容。

(2) Locked 属性。设置文本框中的内容是否可编辑。

(3) Maxlength 属性。设置文本框中允许输入的最大字符数。

(4) MultiLine 属性。设置文本框是单行或多行形式显示文本。

(5) PassWordChar 属性。该属性设置使用某种符号替代显示文本框中字符及数字等内容，可以起到加密的效果。

(6) ScrollBars 属性。设置文本框中是否有滚动条。

2. 主要事件

文本框除支持 Click，DbClick 事件，常用的还有 Change，LostFocus 事件。

(1) Change 事件。当用户输入新内容，或程序对文本框的 Text 属性重新赋值，改变文本框的 Text 属性值时触发该事件。

(2) LostFocus 事件。当用户按下[Tab]键时光标离开文本框，或用鼠标选择其他对象时触发该事件，称为“失去焦点”事件。

3. 方法

文本框最常用的方法是 SetFocus，使用该方法可把光标移到指定的文本框中，使之获得焦点。当使用多个文本框时，用该方法可把光标移到所需要的文本框中。其使用格式为

```
对象名.SetFocus
```

2.3.2 标签

标签(Label)主要用于显示不需要用户修改的文本，如图 2.32 所示，所以标签可以用来标示窗体及窗体上的对象，如为文本框、命令按钮等添加描述性的文字，或为窗体作说明等。

添加到窗体上的标签控件名称依次为 **Label1，Label2，Label3……**

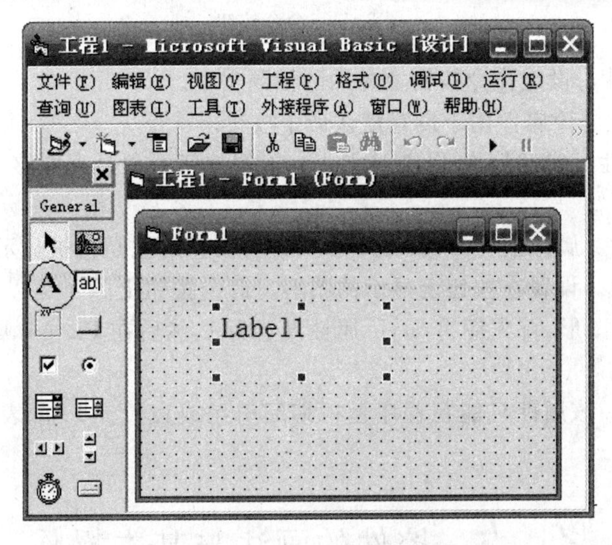

图 2.32　标签

1. 主要属性

(1) Caption 属性。设置标签要显示的内容，它是标签的主要属性。

(2) BorderStyle 属性。值为 0(默认值)时,标签无边框;值为 1 时,标签有立体边框。

(3) Autosize 属性。该属性用于设置标签是否自动改变大小以适应其文本字符的多少。

(4) Alignment 属性。确定标签中内容的对齐方式。

(5) BackStyle 属性。该属性用于设置背景是否透明。

2. 主要事件

常用的事件有 Click,DbClick 等事件。

2.3.3 命令按钮(图 2.35)

在 VB 应用程序中,命令按钮是使用最多的对象之一,如图 2.33 所示,常常用它接受用户的操作信息,触发相应的事件过程,以实现指定的功能。

添加到窗体上的命令按钮控件名称依次为 **Command1,Command2,Command3……**

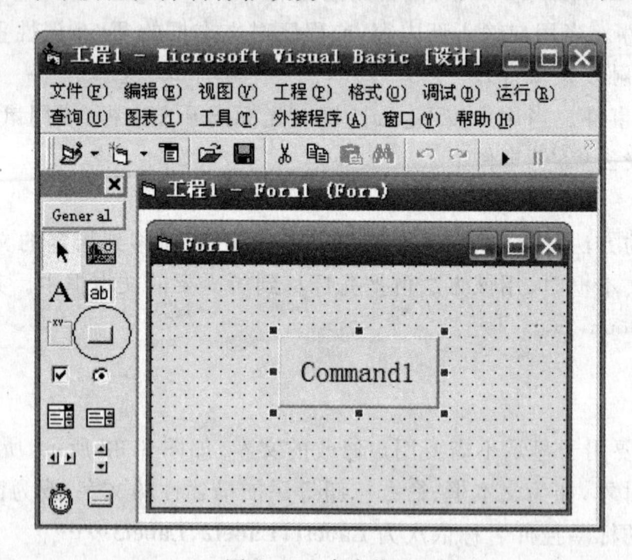

图 2.33 命令按钮

(1) Caption 属性。设定命令按钮上显示的标题文本。

(2) Default 属性。该属性用于设置默认命令按钮。

(3) Enabled 属性。属性值为 True 或 False,设置按钮对象是否能够对用户产生的事件做出反应。

(4) Visible 属性。属性值为 True 或 False,设置按钮对象是否被显示。

(5) Picture 属性。设置在按钮上显示的图形。命令按钮上除了可以显示文字外,还可以显示图形。若要显示图形,首先应将 Style 属性设置为 1,然后在 Picture 属性中设置要显示的图形文件。

(6) Value 属性。该属性只能在程序运行期间引用或设置。True 表示被按下,False(默认)表示未被按下。

2.4 控件的画法与基本操作

在设计用户界面时,要在窗体上画出各种所需要的控件对象,以满足设计要求。下面介绍控件的基本画法和操作。

2.4.1 控件的画法

在窗体上添加画一个控件对象有两种方法。以命令按钮为例,第一种方法步骤如下:①单击工具箱中命令按钮,该图标反相显示;②将光标移到窗体上,此时光标变为“十”号;③将“十”号移到窗体的适当位置,按下鼠标左键,不要松开,并向右下方拖动鼠标,在窗体上画出一个合适大小的命令按钮;④用同样的方法,可以画出更多的命令按钮,如图 2.34 所示。

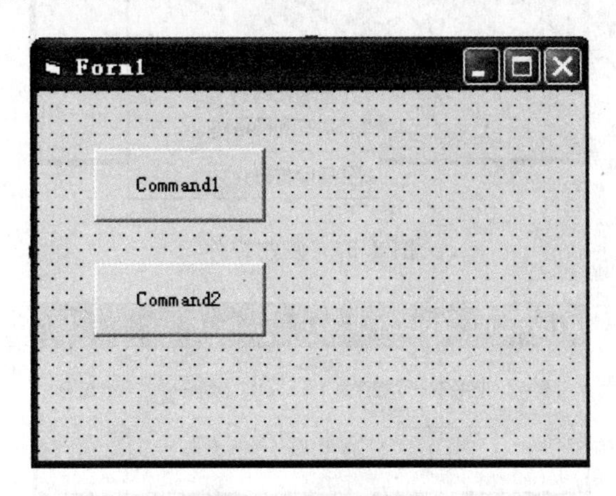

图 2.34 添加命令按钮

第二种添加控件的方法比较简单,即直接双击工具箱上的某个控件图标,该控件将出现在窗体的中央。此种方法添加的控件具有一个优点,即所有同类控件对象都具有同样的大小外观尺寸。

2.4.2 控件的基本操作

1. 控件的缩放与移动

在前面画控件的过程中,当选择该控件时,在控件的周边会有 8 个黑色的小方块,表明该控件是“当前”控件,也称为“活动”控件。对控件的所有操作都是针对活动控件而进行的。若对某一个控件进行操作,首先要把该控件变成活动控件,只需单击该控件就可以使其成为活动控件。单击该控件的外部就可使其成为非活动控件。

当控件处于活动状态时,用鼠标拖动上、下、左、右 4 个小方块中的某个小方块可以使控件在相应的方向上放大或缩小;若按住上档键 Shift,再使用键盘上的上、下、左、右方向键也可以任意调整改变控件的大小;若按住功能键 Ctrl,配合使用上、下、左、右方向键可以将控件移动到窗体内任意位置;用鼠标左键按住该控件不放,然后再移动鼠标,也可以把控件拖拉到窗体的任何位置。

2. 控件的复制与删除

首先将要复制的控件变为活动控件。假定该控件为 **Command1**,将鼠标指向该控件,右击打开上下文菜单,如图 2.35 所示,选择**复制**命令。然后在窗体上任一位置上,右击打开上下文菜单,选择**粘贴**命令,屏幕将显示一个提示框,如图 2.36 所示,询问是否要建立控件数组。单击**否**按钮后,就把活动控件复制到窗体上的左上角,如图 2.37 所示。

选定一个控件,然后按 Delete 键或使用上下文菜单中的**删除**命令,即可将该控件删除。

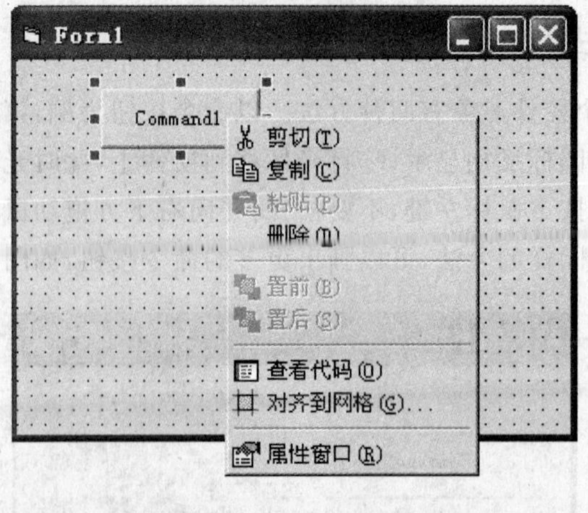

图 2.35　复制控件

图 2.36　提示框

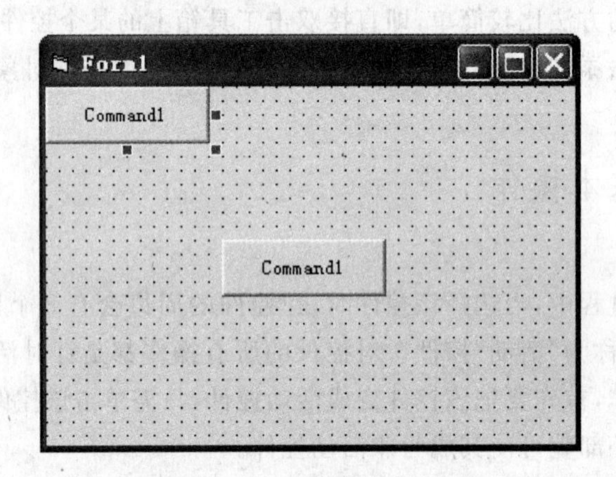

图 2.37　控件复制到左上角

3. 通过属性窗口改变对象的位置和大小

除了使用以上方法来改变控件或窗体的大小和位置外，通过改变属性窗口属性列表中某些项目的属性值也能改变控件或窗体的大小或位置。控件在窗体上的位置由 Top，Left，Width，Height 四个属性的值确定，分别设置控件对象在窗体上的上边距、左边距、宽度和高度值等。

2.5 简单的数据输出

Print 方法可以在窗体上显示文本字符串和表达式的值，也可以在其他图形对象或打印机上输出信息，其格式为

对象名.Print　表达式列表

(1) 对象名。可以是 Form(窗体)、Debug(立即窗口)、Picture(图片框)、Printer(打印机)。省略此项,表示在当前窗体上输出。例如,

```
Print  "23*2=";23*2            '在当前窗体上输出    23*2=46
Picture1.Print  "Good"         '在图片框 Picture1 上输出 Good
Printer.Print  "Morning"       '在打印机上输出 Morning
```

(2) 表达式列表。是一个或多个表达式,若为多个表达式,则各表达式之间用逗号“,”或分号“;”隔开。省略此项,则输出一个空行。

(3) 用“,”分隔各表达式时,各项以 14 个字符位置为单位划分出的区段中输出,每个区段输出一项;用“;”分隔各表达式时,各项按紧凑格式输出。

(4) 如果在语句行末尾有“;”,则下一个 Print 输出的内容,将紧跟在当前 Print 输出内容后面;如果在语句行末尾有“,”,则下一个 Print 输出的内容,将在当前 Print 输出内容的下一区段输出;如果在语句行末尾无分隔符,则输出完本语句内容后换行,即在新的一行输出下一个 Print 的内容。例如,

```
Print  1;2;3
Print  4,5,
Print  6
Print  7,8
Print
Print  9,10
```

输出结果为

```
1  2  3
4             5             6
7             8

9             10
```

(5) 特别提示。在 VB 编写程序代码过程中,所有的标点符号如逗号、句号、分号、双引号、冒号、加减号、等号、圆括号等,都必须在英文状态下输入,这一点须特别注意。在后面的章节中不再特别说明这个问题了。

2.6 简单应用程序举例

例 2.1 在名称为 **Form1** 的窗体上建立一个名称为 **Cmd1**、标题为**显示**的命令按钮,编写适当的事件过程。程序运行后,如果单击**显示**命令按钮,则在窗体上显示**等级考试**,如图 2.38 所示。程序中不能使用任何变量,直接显示字符串。

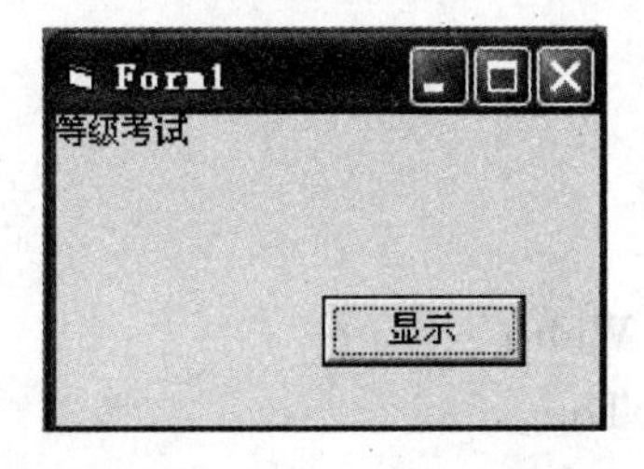

图 2.38 例 2.1 窗体效果

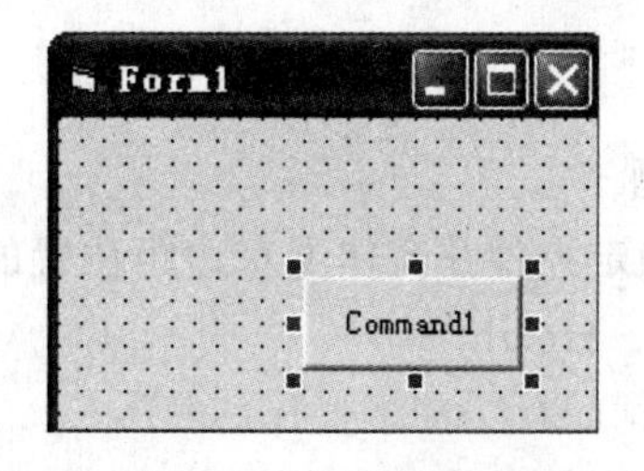

图 2.39 画按钮

(1) 用户界面设置。启动 VB,创建一个工程,在窗体上画出一个命令按钮 **Command1**,如图 2.39 所示。

(2) 属性设置。在属性窗口中,找到命令按钮的属性 Caption,输入**显示**。在属性窗口,将窗体 **Form1** 的名称改为 **Cmd1**。

(3) 代码编写。

```
Private Sub Cmd1_Click()
    Print "等级考试"
End Sub
```

(4) 程序运行和调试。程序运行结果如图 2.38 所示。

例 2.2 在名称为 **Form1** 的窗体上建立一个名称为 **L1** 的标签,两个名称为 **Cmd1** 和 **Cmd2**,标题分别为**显示 1** 和**显示 2** 的命令按钮。编写适当的事件过程,要求程序运行后,如果单击**显示 1** 命令按钮,则在标签上显示字符串 **aaa**;如果单击**显示 2** 命令按钮,则在标签上显示字符串 **bbb**。程序中不能使用任何变量,直接显示字符串。

(1) 用户界面设置。启动 VB,创建一个工程,在窗体上画出两个命令按钮 **Command1** 和 **Command2**,再画出一标签 **Label1**,如图 2.40 所示。

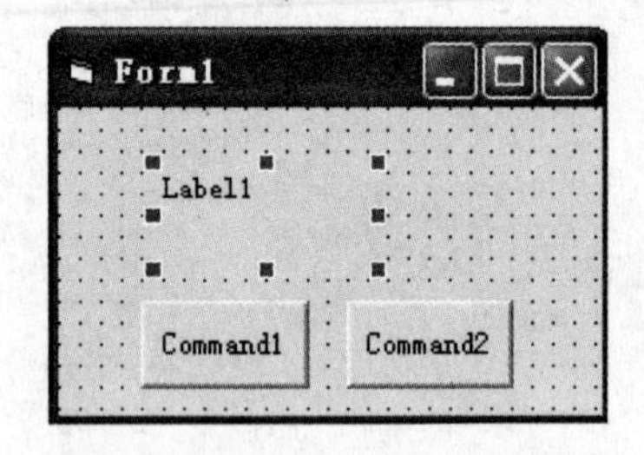

图 2.40 画出控件

图 2.41 程序运行结果

(2) 属性设置。在属性窗口中,找到命令按钮的属性 **Caption**,分别输入**显示 1** 和**显示 2**。再将 **Command1** 和 **Command2** 的名称分别改为 **Cmd1** 和 **Cmd2**,将标签的名称改为 **L1**。

(3) 代码编写。

```
Private Sub Cmd1_Click()
    L1.Caption="aaa"
End Sub
Private Sub Cmd2_Click()
    L1.Caption="bbb"
End Sub
```

(4) 程序运行和调试。程序运行结果如图 2.41 所示。

习 题 2

一、单选题

1. 确定控件在窗体上左边距位置的属性是(　　)。

A. Height	B. Width
C. Left	D. Top

2. 在窗体上画一个名称为 **Text1** 的文本框和一个名称为 **Command1** 的命令按钮,然后编写如下事件过程:

```
Private Sub Command1_Click()
Text1.Text="Visual"
  Me.Text1="Basic"
  Text1="Program"
End Sub
```

程序运行后,如果单击命令按钮,则在文本框中显示的是(　)。

A. Visual　　B. Basic

C. Program　　D. 出错

3. 标签控件能够显示文本信息,文本内容只能用(　)属性来设置。

A. Alignment　　B. Caption

C. Visible　　D. BorderStyle

4. 下列说法中,不正确的是(　)。

A. Cls 方法中的对象,可以是窗体或图片框,如果省略则清除当前窗体中显示的内容

B. 当前窗体中用 Picture 属性装入的图形,不可以用 Cls 方法清除

C. Move 方法用来移动窗体和控件,不能改变大小

D. Cls 可以清除由 Print 方法显示的文本,并把光标移到对象的左上角(0,0)

5. 当一个命令按钮的 Default 属性为 True 时,按(　)键与单击该命令按钮作用相同。

A. Insert　　B. 回车

C. Break　　D. Shift

6. 如果要将文本框作为密码框使用时,应设置的属性为(　)。

A. Name　　B. Caption

C. PasswordChar　　D. Text

7. 使**计算机技术**在当前窗体上输出的语句是(　)。

A. `Print"计算机技术"`　　B. `Picture.Print"计算机技术"`

C. `Printer.Print"计算机技术"`　　D. `Debug.Print "计算机技术"`

8. 用来设置文本框有无滚动条的属性是(　)。

A. ScrollBars　　B. MultiLine

C. SelText　　D. SelLength

9. 当 Esc 键与单击该命令按钮作用相同时,此命令按钮的(　)属性被设置为 True。

A. Style　　B. Default

C. Caption　　D. Cancel

10. 在 VB 中,要使标签的标题栏靠右显示,则将其 Alignment 属性设置为(　)。

A. 0　　B. 2

C. 1　　D. 3

11. 属性 BorderColor 的作用是(　)。

A. 设置直线颜色和形状边界颜色　　B. 设置直线或形状背景颜色

C. 设置直线或形状边界线的线型　　D. 设置形状的内部颜色

12. 在属性窗口中设置(　)属性,可以将指定的图形放入当前对象中。

A. Current Y　　B. Picture

C. Current X　　D. Stretch

13. 在使用应用程序时,常常用来在单击时执行指定操作的控件是(　)。

A. 命令按钮　　B. 图片框
C. 复选框　　D. 单选按钮

14. Print 方法可以在对象上输出数据,这些对象包括(　)。

A. 图片框　　B. 状态栏
C. 标题栏　　D. 代码窗口

15. 使 **Microsoft** 在当前窗体上输出的语句是(　)。

A. `Picture.Print "Microsoft"`　　B. `Print "Microsoft"`
C. `Printer. Print "Microsoft"`　　D. `Debug.Print "Microsoft"`

16. 如果将文本框控件设置成只有垂直滚动条,则需要将 ScrollBars 属性设置为(　)。

A. 0　　B. 1
C. 2　　D. 3

二、填空题

1. Visual Basic 的对象主要分为________和________两大类。

2. 在 Visual Basic 中,用来描述一个对象外部特征的量称之为对象的________。

3. 在 Visual Basic 中,设置或修改一个对象的属性的方法有两种,它们分别是________和________。

4. 在 Visual Basic 中,每个对象一般都能感知和接收多个不同的事件,并能对这些事件作出响应,其响应方式就是通过调用执行一个与之相应的________来实现的。

5. 在 Visual Baisc 中,事件过程的名字由________、________和________所构成。

6. 若用户单击了窗体 Form1,则此时将被执行的事件过程的名字应为________。

7. 若要将窗体 Form1 隐藏起来,可调用其方法________来实现,具体调用格式为________。

三、操作题

1. 在名称为 **Form1** 的窗体上建立一个名称为 **Text1** 的文本框,一个名称为 **Cmd1**,标题为**输出**的命令按钮,如图 2.42 所示。要求程序运行后,在文本框输入几个字符,单击**输出**按钮,则在窗体上显示文本框中的文字。在程序中不能使用任何变量。

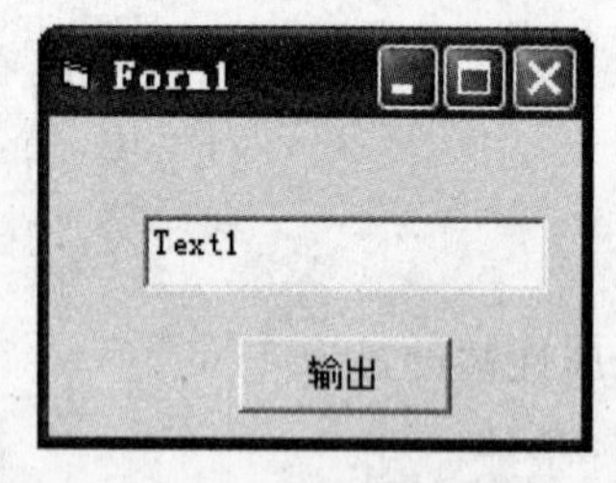

图 2.42　操作题图一

2. 在名称为 **Form1** 的窗体上建立两个名称分别为 **Cmd1** 和 **Cmd2**,标题为**按钮一**和**按钮二**的命令按钮,如图 2.43 所示。要求程序运行后,如果单击**按钮一**,则将**按钮二**移到**按钮一**上,使两个按钮重合,如图 2.44 所示。在程序中不得使用任何变量。

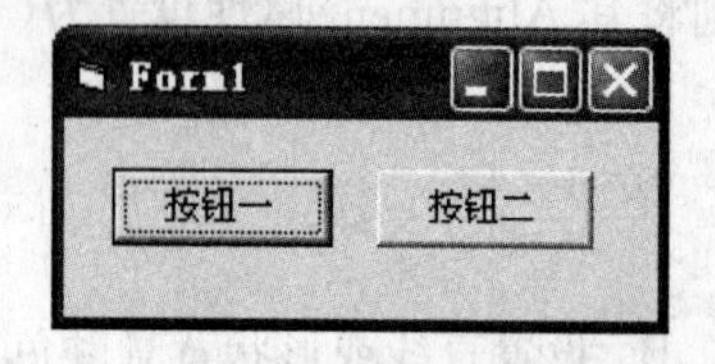

图 2.43　操作题图二

图 2.44　操作题图三

第3章 Visual Basic 程序设计基础

本章将介绍在编写代码时用到的一些最基础的知识，包括 VB 的基本字符集和词汇集、VB 的基本数据类型、常量与变量、运算符与表达式及常用内部函数。

3.1 Visual Basic 的基本数据类型

3.1.1 字符串型

字符串型(String)数据是一个字符序列，由放在一对双引号中的 ASCII 字符(除双引号和回车符外)、汉字和其他可打印字符组成。双引号作为字符串的定界符号。

例如，“1234”、“张　三”、“”(空字符串)、“　”(空格字符串)、“ABC123”等都是 VB 的合法字符串。其中，第 2,4 个字符串中的空格都是有效的字符。

说明：

(1) 字符串中包含的字符个数称为字符串长度，一个汉字为一个字符，长度为 0 的字符串(即不含任何字符的字符串)称为空字符串。

(2) 双引号起字符串的界定作用，字符串输出时不输出双引号。

(3) 字符串中的字符是通过 ASCII 码识别，所以字符串的字母大小写是有区别的。例如，“ABC”和“abc”是两个不同的字符串。

3.1.2 数值型

VB 中的数值型数据分为整型和实型两大类。

1. 整型

整型数是不带小数点和指数符号的数，包括整型、长整型和字节型整数。

(1) 整型(Integer，类型符为%)。整型数用 2 个字节存储，取值范围是－32768～32767。例如，“15”、“－345”、“654%”都是整数型，而“45678%”则是一个错误的表示方式。

注意，整型数的类型符号是“%”，将该符号放在一个数的后面，就表示该数为“整型数”。(该表示方法也适用于后面将学习的其他类型符号表示法)；而“45678%”则表示“45678”是整型数，显然已经超过整型数的取值范围－32768～32767，所以是错误的表示法。

(2) 长整型(Long，类型符为 &)。长整型用 4 个字节存储，取值范围是－2147483648～2147483647。例如，“123456”、“45678&”都是长整数型。

(3) 字节型(Byte)。用 1 个字节存储，取值范围是 0～255。

2. 实型

实型数据主要分为单精度、双精度和货币型三种。

(1) 单精度浮点数(Single，类型符为!)。单精度数用 4 个字节存储，有 7 位有效数字，取值范围为 1.401298E－45～3.402823E＋38。例如，“3.14!”、“2.718282”。单精度浮点数的指数用字母 E 或者 e 表示。例如,“123E3”相当于 123 乘以 10 的 3 次幂;“123.45E－2”相当于 123.45 乘以 10 的－2 次幂。

注意,在书写时,E 的前面必须有一个数字(可以是整数或小数),E 的后面必须有一个整数(可以是正整数或负整数或 0)。

(2) 双精度(Double,类型符为#)。用 8 个字节(64 位)存储,可以精确到有效位 15 位或 16 位十进制数(精度与机器有关)。负数取值范围为－1.79769313486232E308～－4.94065645841247E－324,正数取值范围为 4.94065645841247E－324～1.79769313486232E308。注意,双精度浮点数的指数可用字符 D 或 d 表示,VB 会自动转换为 E。

(3) 货币型(Currency,类型符为@)。货币型数据主要用来表示货币值,用 8 个字节存储,货币型是定点数,精确到小数点后面第 4 位,第 5 位四舍五入。整数部分最多 15 位。取值范围为－922337203685477.5808～922337203685477.5807。例如,“3.56@”、“65.123456@”都是货币型。

(4) 整型数据还可以用八进制和十六进制数来表示。在一个数的前面有 & 或 &O(字母 O),则表示该数是一个八进制数。在一个数的前面有 &H,则表示是一个十六进制数。例如,“&15”、“&O21”、“&H1A”、“&h12”4 个数,分别对应十进制数的 13、17、26、18。

注意,此处的符号“&”是放在数的前面,来表示八或十六进制的数。虽然 & 同长整型数的类型符号是一样的,但长整型数的表示是把类型符号 & 放在数的后面的,不要混淆了这两个不同的概念。

3.1.3 逻辑型

逻辑型(Boolean)数据只有 True(逻辑真)或 False(逻辑假)两个可能值,用 2 个字节存储。逻辑值也可以进行运算(加减乘除等),False 等同于 0,True 等同于－1。

注意,数值型数据也可以转换为逻辑型数据,转换的原则是,所有的非零数值数据对应的逻辑值为 True,而只有数值 0 对应逻辑值为 False。第 5 章中将会涉及这种转换的应用。

3.1.4 日期型

日期型(Date)数据用 8 个字节来存储,日期范围从公元 100 年 1 月 1 日到 9999 年 12 月 31 日,时间可以从 0:00:00 到 23:59:59。使用符号“#”将数据括起来,即成为日期型数据。

日期可以用“/”、“,”、“-”分隔开,可以是年、月、日,也可以是月、日、年的顺序。时间必须用“:”分隔,顺序是时、分、秒。

例如,“#1999-08-11 10:25:00 pm #”、“# 08/23/99 #”、“# 98,7,18 #”等都是有效的日期型数据,它们在 VB 中会自动转换成 mm/dd/yy(月/日/年)的形式。

执行输出语句 **Print #98,7,18#** 后,将在窗体上显示出 **1998-7-18** 形式的日期数据。

3.1.5 变体型

变体型(Variant)也称为可变类型,它是一种特殊的数据类型。它的类型可以是前面叙述的数值型、日期型、字符型等,完全取决于程序的需要,从而增加了 VB 数据处理的灵活性。

3.1.6 自定义类型

在 VB 中可以用系统提供的标准类型定义变量，它们都是计算机处理的基本数据项；但在实际工作中，常见的并不是孤立的数据项，而是由两个或两个以上的基本项组成的组合项。例如，学生对象由学号、姓名、性别与语文、英语、数学……平均分数等基本项组合成组合项。用这些组合项来描述相应对象的若干属性，这些描述相同对象的组合项的集合形成了记录。在 VB 中使用用户定义数据类型定义记录结构。

自定义类型由 Type 语句来实现，其格式为

```
Type 自定义类型名
    元素名1 As 类型名
    元素名2 As 类型名
    ……
    元素名n As 类型名
End Type
```

例如，

```
Type stutype
    xm  As String*4
    xh  As  Integer
    csrq  As  Date
    sx  As  Single
    yw  As  Single
    yy  As  Single
endtype
```

3.2 常量与变量

在程序中，不同类型的数据既可以表现为常量形式，又可以表现为变量形式。常量的值在程序执行期间不发生变化。变量代表内存中指定的存储单元，存储单元在程序中可以根据需要赋予不同的数值，所以变量的值是可以变化的。

3.2.1 常量

在程序执行的过程中保持不变的数据称为常量。VB 中常量分为文字常量和符号常量两种。符号常量又分为用户声明的和系统提供的两种。

1. 文字常量

文字常量直接出现在代码中，也称为字面常量或直接常量，文字常量的表示形式决定它的类型和值。字符串常量放在一对引号当中，如" I am a student "。数值型常量，如 3.14159，56，8.432E－15。日期型常量放在一对＃当中，如＃ 98，7，18 ＃。

逻辑型常量有 True 和 False。

2. 用户声明的符号常量

用户声明的常量就是用标识符来表示一个常量。例如，将 3.1415926 定义为 Pi，在程序代码中，就可以在使用圆周率的地方使用 Pi。符号常量主要是方便在程序中使用，也便于修

改。定义常量的格式为

```
Const  常量名 [As 类型]=表达式
```

说明:常量名的命名规则与标识符相同,[As 类型]是可选项,用以说明常量的数据类型。例如,

```
Const  Pi=  3.1415926
```

3. 系统提供的常量

除了用户定义的常量外,在 VB 中,系统定义了一系列常量,可与应用程序的对象、方法或属性一起使用,使程序易于阅读和编写。系统常量的使用方法和自定义常量的使用方法相同。例如,

```
Form1.Windowstate=vbMinimized
```

意义为将窗口最小化。其中,vbMinimized 就是一个系统定义的常量,值为 1。和 **Form1. Windowstate=1** 相比较,**Form1. Windowstate=vbMinimized** 更明确地表达了语句的功能。

系统定义的常量在对象库中,可以在对象浏览器中通过不同的对象库查找它们的符号及取值。

3.2.2 变量

在程序执行过程中,其值可以改变的量称为变量。一个有名称的内存单元称为变量。每个变量都有一个名字和相应的数据类型。程序通过变量名来引用变量的值。变量的类型表示了该内存单元的结构,决定变量可以存放数据的类型。

1. 变量的命名规则

(1) 变量的名字须以字母或汉字开头,后跟字母,汉字,数字或下划线组成的序列,长度不能超过 255 个字符。

(2) 不能使用 VB 中的关键字命名变量,如 Print 是输出方法关键字,不能用做变量的名称;但 Print1,PPrint,Printa 等形式都可以作为变量名。

(3) 为了提高程序的可读性,可在变量名前加一个缩写的前缀。

(4) 在变量名的末尾允许添加数据类型符号,如 Sum%,表示变量 Sum 是一个整型数据变量,其能存储的数值范围也应在整型数的范围内。如果存储超过整型数范围,将会出错。例如,**Sum%=234567**,就是一个错误的赋值语句。

(5) 在 VB 中变量名不区分大小写,即 **ABC** 和 **abc** 代表的是同一个变量名。

X1,X1_abc, Int_x%等都是合法的变量的名字。

2. 变量的说明

变量在使用前,应首先定义说明变量名称及类型等,使系统分配相应的内存空间,并确定该空间可存储的数据类型。在 VB 中可以用类型说明语句来定义说明变量,有显式说明和隐式说明。

(1) 显式说明。格式为

```
<说明符> <变量名> [As 类型]
```

其中,说明符,是说明语句的关键字,它可以是 Dim,Private,Public,Static 等定义说明符号,关键字 Dim 较为通常使用,本章主要介绍 Dim 语句;变量名,是用户定义的变量的名称,应遵循变量命名规则;As 类型,可以是 VB 提供的各种标准类型名称或用户自定义类型标识符,如果省略该子句时,默认变量为可变类型。例如,

```
Dim a As integer
```

```
Dim b As long
Dim c As single
```

这三个语句定义了变量 a,b,c,分别为整型、长整型和单精度型变量。也可以将这三个语句更为简捷地写为

```
Dim a As integer,b As long,c As single
```

还可以简化使用下面的方式定义,其作用是一样的:

```
Dim a%,b&,c!
```

另外,若把多个变量都定义成同一类型,如把 X,Y,Z 都定义成双精度型,可以写成

```
Dim X As double,Y As double,Z As double
```

如果写成

```
Dim x,y,z As double
```

则表示 x,y 定义成可变类型,z 定义成双精度型。

对于字符串变量,VB 中分为定长和变长两种。例如,定义声明一个长度为 50 字符的定长字符串变量,用下列语句:

```
Dim strkd As String * 50
```

其中,对于字符串变量 strkd,如果赋值长度字符少于 50 个,则用空格填补;如果赋值长度字符超过 50 个,则超过的部分将被截去。如在定义语句中去掉"*50",则 strkd 为变长的字符串变量。

说明:Dim 语句定义的变量其作用范围由 Dim 语句所在的位置决定,Dim 语句出现在窗体代码的声明部分时,则窗体以及窗体中各控件的事件过程都可以使用这些变量,这种变量称为窗体级变量;在过程内部用 Dim 语句声明的变量,只在该过程内有效,这种变量称为局部变量。关于变量的作用域,后章节将详细阐述。

(2) 隐式声明。VB 中使用未加说明的变量时,系统默认为可变类型(Variant),这种方式称为隐式说明(建议初学者养成对变量显示说明的习惯,以避免一些不必要的错误)。例如,

```
sumaverage=1+2+3
Print  sumaverage
```

在这里使用 sumaverage 变量时,并没有事先声明它,VB 默认把它当成变体类型的变量,但等号右边的值是一个整型的值,所以 sumaverage 的值的数据类型为整型,在屏幕上输出 sumaverage 的值为 6。虽然这种方法很方便,但是如果把变量名拼错了的话,会导致一个难以查找的错误。

如将上面的代码写成

```
Dim sumaverage As Integer
sumaverage=1+2+3
Print  sumavereage
```

则在屏幕上没有输出结果。为什么呢?因为上面的代码把 sumaverage 误写成了 sumaverege,而 sumaverege 这个变量没有被赋值过,值默认为空,所以输出在屏幕上什么也没有。

为了避免写错变量名引起的麻烦,可以规定,只要遇到一个未经明确声明就当成变量的名字,VB 都发出错误警告。要显式声明变量,可在类模块、窗体模块或标准模块的声明段中加入语句 **Option Explicit** 或选择**工具**菜单中**选项**选项,再在**编辑器**选项卡中选定**要求变量声明**复选框。这样以后在程序中,如果变量没有声明,VB 就会提示出错。

3.3 运算符与表达式

3.3.1 算术运算符

算术运算符用来连接数值型数据进行算术运算，VB 提供了 7 种算术运算符，见表 3.1（假定 x=3）。

表 3.1 算术运算符

运算符	含义	优先级	示例	结果
^	乘方	1	x^2	9
-	负号	2	-x	-3
*	乘	3	x * x * x	27
/	除	3	10/x	3.33333333333333
\	整除	4	10\x	3
Mod	取模	5	10 Mod x	1
+	加	6	10+x	13
-	减	6	x-10	-7

表中运算符号，除整除和取模运算符外，都为大家所熟悉。下面介绍整除和取模运算符的运算规则。

(1) 整除运算符。将左边的数除以右边的数取商的整数部分。整除运算符"\"要求左右两边的操作数为整数，如果操作数不为整数时，则先对其四舍五入取整，然后再进行整除运算。运算结果只取商的整数。例如，10\2.6 结果为 3；10\2.4 结果为 5。

(2) 取模运算符。将左边的数除以右边的数，取它的余数。取模运算符"Mod"要求左右两边的操作数为整数，如果操作数不为整数时，则先对其四舍五入取整，然后再进行取模运算。取模运算的符号由左边操作数的符号所决定。例如，

10 mod 3，结果为 1；-10 mod 3，结果为-1；-10 mod-3，结果为-1；10 mod -3，结果为 1。

特别注意，在 VB 中，整除和取模运算两边操作数的四舍五入，遵从以下规则：①小数点前是单数数值时，其四舍五入取整的原则同习惯上的是一致的，如 3.5 四舍五入后等于 4，3.499 四舍五入后等于 3；②小数点前是双数数值时，其四舍五入取整的原则有一点变化，即四舍的原则还是一样的，但五入的原则为"超过 5 才能入"，如 6.5 四舍五入后等于 6，6.501 四舍五入后等于 7。

3.3.2 字符串运算符

字符串只有连接运算，在 VB 中连接运算符号有 & 和+。使用 & 运算符时应注意数据前后要有空格，否则 VB 会将其作为长整数型数据类型符来处理。

(1) 运算符 & 的运算规则：& 运算符两边的数据不管是字符还是数值，& 都将其转换成字符数据后，再连接起来。例如，123 & "456"，结果为 123456 字符数据；123 & 456，结果为 123456 字符数据；123 & "abc"，结果为 123abc 字符数据；"ABC" & "DEF"，结果为 ABCDEF

字符数据。

(2) 运算符+的运算规则:①如果两边都是字符数据,+将其按字符直接连接起来,作用同&,如"123"+"456",结果为123456字符数据;②如果两边都是数值型数据,+作加法运算;③如果一边是数值型数据,一边是数字型字符数据,+将数字型字符转换成数值数据后,再相加,如123+"456",结果为789数值数据;④如果一边是数值型数据,一边是非数字型字符,连接运算出错,数据类型不匹配,如123+"abc",结果出错。

3.3.3 关系运算符

关系运算符用作两个数值或字符串的比较,返回值是逻辑值True或False。表3.2列出了VB中的关系运算符及使用示例。

表3.2 关系运算符

运算符	含义	示例	结果
=	等于	"ABCDE"="ABR"	False
>	大于	"ABCDE">"ABR"	False
>=	大于等于	"bc">="大小"	False
<	小于	23<3	False
<=	小于等于	"23"<="3"	True
<>	不等于	"abc"<>"ABC"	True
Like	字符串匹配	"ABCDEFG" Like "*DE"	True

在字符串做比较时,首先从第一个字符开始进行比较,如果第一个字符相等,则比较第二个字符,直到最后一个字符。每个字符的大小按照字符的ASCII码进行比较。按ASCII码值的大小排列情况,空字符比任何字符都小;空格比字母、数字小;数字比字母要小,大写字符比小写字符小。

所有的关系运算符优先级相同。

例如,""<" ",结果为True;"ABC"<"TH",结果为True;"3A23"<"AB",结果为True;"THEN"<"abc",结果为True。

3.3.4 逻辑运算符

逻辑运算符对逻辑量进行逻辑运算,除Not外都是对两个逻辑量运算,结果为逻辑值。表3.3列出了VB中的逻辑运算符。

表3.3 逻辑运算符

运算符	含义	优先级	说明	示例	结果
Not	取反	1	当操作数为假时,结果为真	Not F Not T	T F
And	与	2	两个操作数均为真时,结果才为真	T And T F And F T And F F And T	T F F F

续表

运算符	含义	优先级	说明	示例	结果
Or	或	3	两个操作数中有一个为真时，结果为真	T Or T	T
				F Or F	F
				T Or F	T
				F Or T	T
Xor	异或	3	两个操作数不相同，结果才为真，否则为假	T Xor F	T
				T Xor T	F
Eqv	等价	4	两个操作数相同时，结果才为真	T Eqv F	F
				T Eqv T	T
				F Eqv T	T
				F Eqv F	T
Imp	蕴含	5	第一个操作数为真，第二个操作数为假时，结果才为假，其余都为真	T Imp F	F
				T Imp T	T
				F Imp T	T
				F Imp F	T

注：表中 F 和 T 分别代表逻辑值 False 和 True，编写程序时不可这样缩写。

3.3.5 表达式

1. 表达式的组成

表达式由常量、变量、函数、运算符以及圆括号()，按照一定的规则组成，不管表达式的形式如何，都会计算出一个结果，该结果的类型由参与运算的数据和运算符决定。

2. 表达式的书写规则

(1) 表达式中的每个字符没有高低、大小的区别。

(2) 可以使用圆括号来改变运算的优先次序，可以多重使用，圆括号必须成对出现。

(3) VB 表达式中的乘号“*”不能省略。

(4) 能用内部函数的地方尽量使用内部函数。

例如，数学式 $x^2+y^2+3x+2y$ 和 $\frac{a^2+b^2}{c+d}$ 写成 VB 表达式分别为 x^2+y^2+3*x+2*y 和 (a*a+b*b)/(c+d)。

3. 关系表达式与逻辑表达式

使用关系运算符或逻辑运算符组成的表达式称为关系表达式或逻辑表达式。关系运算一般表示一个简单的条件，逻辑表达式可以表示较复杂的条件。

例如，age>20，score>80，x+y>z 等为关系表达式；0<xAnd x<5 则为逻辑表达式。

4. 表达式结果值类型

算术表达式中，不同类型的数据计算时结果转化成精度高的类型；关系表达式与逻辑表达式的结果是逻辑值 True 和 False。

5. 优先级

在一个表达式中有多种运算符存在的时候，其运算优先级为

圆括号>算术运算符>关系运算符>逻辑运算符

3.4 常用内部函数

VB 提供了大量的内部函数供用户调用。VB 的内部函数大体上可以分为转换函数、数学函数、字符串函数、时间/日期函数和随机函数 5 类。本节将分类介绍一些常用的内部函数。

函数的一般调用格式为

<函数名> ([<参数表>])

说明:参数表可以有一个参数或逗号隔开的多个参数,多数参数都可以使用表达式;函数一般作为表达式的组成部分调用。

3.4.1 数学函数

VB 提供了大量的数学函数。常用数学函数有三角函数、算术平方根函数、对数函数、指数函数及绝对值函数等。

1. 三角函数

Sin(x),求 x 的正弦值,x 的单位是弧度,Sin(0)的结果为 0。

Cos(x),求 x 的余弦值,x 的单位是弧度,Cos(1)的结果为 0.54。

Tan(x),求 x 的正切值,x 的单位是弧度,Tan(1)的结果为 1.56。

Atn(x),求 x 的反正切值,x 的单位是弧度,函数返回的是弧度值,Atn(1)结果为 0.79。

2. 数学函数

Sqr(x),求 x 的平方根,Sqr(9)结果为 3。

Log(x),求自然对数,x>0,Log(10)结果为 2.3。

Exp(x),求以 e 为底以 x 为指数的值,即求 e^x,Exp(3)结果为 20.086。

Abs(x),求 x 的绝对值,Abs(-2.5)结果为 2.5。

Hex(x),求 x 的十六进制表示数,返回的是字符型值,Hex(28)结果为 1C。

Oct(x),求 x 的八进制表示数,返回的是字符型值,Oct(10)结果为 12。

Sgn(x),求 x 的符号,当 x>0,返回 1;x=0,返回 0;x<0,返回-1。

Int(n),取整函数,取一个不大于 n 的最大整数,如 X=Int(3.56),结果为 3;Y=Int(-3.5),结果为-4。

Fix(n),取整函数,去掉小数,直接取整,如 X1=Fix(3.5),结果为 3;X2=Fix(-3.5),结果为-3。

Cint(n),取整函数,将 n 四舍五入后取整。

注意,Cint(n)函数的四舍五入原则与取模、整除的相同,即整数部分为双数时,小数部分值要超过 0.5 才能入,如 Y1=Cint(4.5),结果为 4;Y2=Cint(4.501),结果为 5。

3.4.2 类型转换函数

转换函数用于各种类型数据之间的转换。

1. Str(n)

功能:将数值型数据转换成字符串型数据。

格式:Str(n)

参数:函数只有一个参数,是数值型的常量、变量或表达式。

例如：

```
X%=5645
A=Str(X)        'A 的值为字符串"5645"
Y=str(-123)     'y 的值为字符串"-123"
```

2. Val(s)

功能:将数字字符串转换成数值型常数。

格式:Val(s)

参数:函数只有一个参数,是字符型数据。

说明:①Val()在转换过程中遇到第一个非数字型字符,则停止转换;②如果第一个非数字型字符为"+"、"－"或"."时,则正常转换;③如果字符串的第一个字符就是非数字字符,则转换后的结果为0。

例如：

```
X1=val("123abc")          '结果为 123
X2=val("+12")             '结果为+12
X3=val("-13")             '结果为-13
X4=val("123.45.678")      '结果为 123.45
X5=val("abc23")           '结果为 0
```

3. Asc(S)

求字符串S的首字符的ASCII码的值。例如：

```
X1=Asc("A")               '结果为 65
X2=Asc("a")               '结果为 97
X3=Asc("abc")             '结果为 97
```

4. Chr(n)

求ASCII码为n的字符,n为一个合法的ASCII码值。例如：

```
Y1=chr(65)                '结果为"A"
Y2=chr(97)                '结果为"a"
```

3.4.3 字符串函数

VB具有很强的字符串处理能力,并提供了大量的字符串函数。

1. Len(s)

求s字符串的字符长度,即所含的字符个数。参数s应该是字符类型,否则会出现类型不匹配的错误。注意一个汉字的长度为1。例如：

```
Len("ab 技术")              '结果为 4
Len("acb123")              '结果为 6
```

注意,如果s不是字符串常量或字符串变量时,而是为其他类型的变量时,那么len(s)的结果则应该根据具体的情况确定其值。一般情况,其结果为该变量的类型所占有的字节数。如果s为变体类型变量时,VB会将s的值转换为字符串,则len(s)的结果由s的值所决定。

例如：

```
Dim  x  As  Integer
X=123
Y=Len(x)              '这时候 y 的值为变量 x 的类型所占有的字节数,即为 2
```

例如：

```
Dim  x  as  long
Y=Len(x)            '这时候 y 的值为变量 x 的类型所占有的字节数,即为 4
```

例如:

```
Print  Len(x)   '由于 x 是一个变量,类型为变体类型,值默认为空,结果为 0
```

例如:

```
X=123
Print Len(x)  '在使用时,没有声明 x 的类型,即默认为变体类型,但由于给 x 赋了初始值为 123,
则最后的结果为这个数字的位数即 3
```

例如:

```
Dim  x           '这里定义了变量 x,但没有指明类型,VB 默认为变体类型
X=123.45
Print Len(x)     '结果为 6
```

2. LenB(s)

求 s 字符串的字节个数。一般在 VB 中,每一个字符所占有的字节数为 2,即为 s 的长度的两倍。例如:

```
LenB("123ab 技术")        '结果为 14
```

3. Left(s,n)

从字符串 s 左边取 n 个字符,n 一般为大于 0 的整数,如果为小数则先四舍五入取整。例如:

```
Left("AB2345",3)      '结果为"AB2"
```

4. Right(s,n)

从字符串 s 右边取 n 个字符,n 一般为大于 0 的整数,如果为小数则先四舍五入取整。例如:

```
Right("ABsYt",2)        '结果为"Yt"
```

5. Mid(s,n1,n2)

从字符串 s 左边第 n1 个位置开始向右取 n2 个字符。例如:

```
Mid("ABsYt",2,3)        '结果为"BsY"
```

6. Ucase(s)

将字符串 s 中所有小写字母改为大写。例如:

```
Ucase("ABsYug")        '结果为"ABSYUG"
```

7. Lcase(s)

将字符串 s 中所有大写字母改为小写。例如:

```
Lcase("ABsYug")        '结果为"absyug"
```

8. Ltrim(x)

去掉 x 左边的空格。例如:

```
Lrim("  ABC  ")        '结果为"ABC  "
```

9. Rtrim(x)

去掉 x 右边的空格。例如:

```
Rtrim("  ABC  ")        '结果为"  ABC"
```

10. Trim(x)

去掉 x 两边的空格。例如:

```
Trim("  ABC  ")        '结果为  "ABC"
```

11. Instr([f],s1,s2[,n])

在s1中查找给定的字符串s2,返回s2在s1中的位置。如果找到,返回值为s2的第一个字符在s1中的位置;如果没有找到,返回值为0。参数f可选,表示为对s1开始搜索的位置,默认为1,即从s1的第一个位置开始。参数n可选,如果为0,表示区分大小写;如果为1,则不区分大小写。省略n则默认n的值为0。例如:

```
Print  Instr("WBAC","B")            '结果为 2
Print  Instr(3,"WBABC","B")         '结果为 4
Print  Instr(3,"WBAbC","B")         '结果为 0
Print  Instr(3,"WBAbC","B",1)       '结果为 4
```

12. String(n,s)

生成n个同一字符组成的字符串,这个字符取字符串s的第一个字符。如果s不为字符串,而是一个数字时,VB则把它当成字符的ASCII码对待。例如:

```
String(3,"abcd")        '结果为"aaa"
String(3,65)            '结果为"AAA",因为 65 为字符 A 的 ASCII 码值
```

13. Space(n)

得到n个空格。例如:

```
Space(3)        '结果为"   ",双引号中的字符串为三个空格
```

14. Replace(C,C1,C2,N1,N2)

在字符串C中用字符C2替换C1,从N1位置开始替换N2次。例如:

```
Replace("ABCASAA","A","xy",1,2),     '结果为"xyBCxySAA"
```

15. StrReverse(s)

将字符串反序。例如:

```
StrReverse("abcd")        '结果为"dcba"
```

3.4.4 日期与时间函数

日期与时间函数提供时间和日期信息。

(1) Date ()。返回系统日期。

(2) Time()。返回系统时间。

(3) Now。返回系统时间和日期。

(4) Month(C)。返回月份数值,参数C为日期型数据(下面的日期函数参数C也是一样的)。

(5) Year(C)。返回年份数值。

(6) Day(C)。返回日期数值。

(7) MonthName(N)。返回月份名。参数N为1~12的数值。例如:

```
MonthName(1)        '结果为"一月"
```

(8) WeekDay(C)。返回星期代号1~7。星期日为1、星期一为2、星期二为3……例如:

```
Weekday(#3/2/2017#)        '结果为 5,星期四
```

3.4.5 随机函数

随机函数Rnd(x),产生一个在[0,1)区间分布的随机数,即产生一个大于或等于0并小于1的单精度随机数。参数x为数值型数据,取值应大于0或没有。当取值小于0或等于0时,

将产生相同的随机数。

利用随机函数可以根据需要生成某个范围内的随机整数。例如:

```
Int((upper-lower+1)*Rnd()+lower)
```

其中,upper是随机数的上限,lower是随机数的下限,如

```
Int((10*Rnd()+1)        '生成一个大于或等于1且小于等于10的随机整数
Int(51*Rnd()+30)        '生成一个大于或等于30且小于等于80的随机整数
```

说明:在VB中用Rnd函数是产生一组伪随机数,即每次运行程序后将产生相同序列的随机数。可以在使用Rnd函数之前使用Randomize语句,避免这样的情况发生。

Randomize语句的格式为

```
Randomize[(n)]
```

其中,可选参数n是变体类型或任何有效的数值表达式。Randomize用n将Rnd函数的随机数生成器初始化,给它一个新的种子值。如果省略n,则用系统计时器返回的值作为新的种子值。

如果没有Randomize语句,则无参数的Rnd函数使用第一次调用Rnd函数的种子值产生伪随机序列。

习 题 3

一、单选题

1. 下列变量名中,不合法的变量名是( )。

A. Print_Num1　　B. Abc%

C. Dim　　D. X1_Y2_Z3

2. 下列可作为Visual Basic的变量名的是( )。

A. 4Delta　　B. Alpha

C. *ABC　　D. AB{}

3. 下列可作为Visual Basic的变量名的是( )。

A. Filename　　B. A(A+B)

C. 254D　　D. Print

4. 下列名称表示变体类型数据的是( )。

A. Double　　B. Currency

C. Boolean　　D. Variant

5. 下列是日期型数据的是( )。

A. @January,10,1997@　　B. #January,10,1997#

C. "January,10,1997"　　D. &January,10,1997&

6. 常量2.4237D-02的类型是( )。

A. 整型　　B. 单精度

C. 字符型　　D. 双精度

7. 设a=3, b=5,则以下表达式值为真的是( )。

A. a>=b And b>10　　B. (a>b) Or (b>0)

C. (a<0) Eqv (b>0)　　D. (-3+5>a) And (b>0)

8. 下列几项中,属于合法的日期型常量的是( )。

A. "10/10/02"　　B. 10/10/02

C. {10/10/02}　　D. ＃10/10/02＃

9. 下列不可作为 Visual Basic 中所允许的形式的数是(　)。

A. ±25.74　　B. 3.457E－100

C. 368　　D. 1.87D＋50

10. 下列可作为 Visual Basic 中所允许的形式的数是(　)。

A. 10 * ^(1.256)　　B. D32

C. 2.5E　　D. 12E3

11. 下面的数写成十进制数是 2.65358979335278D－006 的是(　)。

A. 0.0000265358979335278　　B. 0.00000265358979335278

C. 0.000265358979335278　　D. 0.000000265358979335278

12. 下面的数写成十进制的数是 1.2157654590569D＋018 的是(　)。

A. 1215765459056900　　B. 12157654590569000

C. 121576545905690000　　D. 1215765459056900000

13. 下面的数写成十进制数是 8.6787E＋8 的是(　)。

A. 86787000　　B. 867870000

C. 8678700　　D. 8678700000

14. 下面的数写成十进制数是 2.567E－12 的是(　)。

A. 0.000000000002567　　B. 0.0000000002567

C. 0.000000002567　　D. 0.00000000002567

15. 设 a＝2，b＝3，c＝4，d＝5，表达式 a＞b AND c＜＝d OR 2 * a＞c 的值是(　)。

A. True　　B. False

C. －1　　D. 1

16. 设 a＝2，b＝3，c＝4，d＝5，表达式 3＞2 * b OR a＝c AND b＜＞c OR c＞d 的值是(　)。

A. 1　　B. True

C. False　　D. －1

17. 设 a＝2，b＝3，c＝4，d＝5，表达式 NOT a＜＝c OR 4 * c＝b^2 AND b＜＞a＋c 的值是(　)。

A. －1　　B. 1

C. True　　D. False

18. Visual Basic 中的数值可以用十六进制或八进制表示，十六进制数的开头符是 &H，八进制数的开头符号是(　)。

A. $O　　B. &O

C. $E　　D. &E

19. 实现将小写字母转换为大写字母的函数是(　)。

A. Str()　　B. Upper()

C. Ucase()　　D. Lcase()

20. 如果一个变量未经定义就直接使用，则该变量的默认类型为(　)。

A. Variant　　B. Byte

C. Boolean　　D. Integer

二、填空题

1. Visual Basic 数据类型有 6 大类型，它们分别是________、________、________、________、________、________。

2. 用户自定义 Visual Basic 常量的基本格式为________常量名 As 类型=________。

3. 表达式(8+6)^(4÷−2)+SIN(2*π)有错误，其正确的形式是________。

4. 表达式[(x+y)+z]×80−5(C+D)有错误，其正确的形式是________。

5. 与数学式 $\cos^2(c+d)$ 对应的 Visual Basic 表达式是________。

6. 与数学式 $5+(a+b)^2$ 对应的 Visual Basic 表达式是________。

7. 与数学式 $\cos(x)(\sin(x)+1)$ 对应的 Visual Basic 表达式是________。

8. 与数学式 e^2+2 对应的 Visual Basic 表达式是________。

9. 与数学式 $2a(7+b)$ 对应的 Visual Basic 表达式是________。

10. 与数学式 $8e^3\times\ln2$ 对应的 Visual Basic 表达式是________。

11. 表达式 Str(Len("123"))+Str(77.7)的值是________。

12. 可以描述 x>y 和 y>z 同时成立的 Visual Basic 表达式为________。

13. 表达式"12"+"3"+45 的值是________。

14. 简述 Visual Basic 中的基本数据类型，并写出他们所对应的关键字。

15. 设 I=1,J=0,X=2,Y=2,则表达式 X=2 Or Not Y>0 And X−Y·/ I<>0 的值是________。

16. 执行以下语句后，输出结果是________、________。

```
a="Good"
b="Morning"
Print a+b
Print Right(a+b,4)
```

17. 执行以下语句后，输出结果是________、________。

```
s="ABCDEFGHIJK"
Print Left(s,4)
Print Right(s,4)
```

18. 执行以下语句后，输出结果是________、________。

```
s="ABCDEFGHIJK"
Print Mid(s,3,4)
Print Len(s)
```

19. 执行以下语句后，输出结果是________、________。

```
s="ABCDEFGHIJK"
print Instr(s,"efg")
print Lcase(s)
```

20. 假定当前日期为 2009 年 11 月 5 日，星期四，则执行以下语句后，输出结果是________、________、________、________。

```
print day(now)
print month(now)
print year(now)
print weekday(now)
```

第4章 结构化程序设计

本章将重点介绍 VB 程序设计中的基本语句、基本结构和程序数据输入、输出方法语句等内容，使用户初步建立顺序结构、选择结构和循环结构程序设计的基本方法、概念。掌握结构化程序设计的方法，不仅对掌握 VB 程序设计内容是重要的，而且对于学习其他各种程序设计语言都可起到触类旁通的效果。

4.1 程序控制结构

4.1.1 Visual Basic 编程风格

每一种高级程序设计语言源程序代码的书写都有一定的规则，以便于程序的阅读。VB 源程序代码的编写具有如下风格。

1. Visual Basic 源代码不区分字母的大小写

在代码窗口中，VB 对用户输入的程序代码进行自动转换，以提高程序的可读性。

(1) VB 关键字的首字母总被转换成大写，其余字母被转换成小写。

(2) 若关键字由多个英文单词组成，每个单词的首字母都将被转换成大写。

(3) 对用户自定义的变量、过程名，VB 以第一次定义的为准，以后输入时 VB 自动向首次定义的转换。

2. 语句书写自由

(1) 同一行上可以写多个语句，语句间用冒号“:”分隔。

(2) 一个语句可分为若干行书写，但须在行后加续行标志，空格加下划线“ _”。

(3) 每行字符长度不超过 255 个字符。

3. 适当添加注释有利于程序的维护和调试

(1) 以关键字 Rem 开头或以单撇号“'”开头引导注释内容，且以单撇号开头的注释还可直接放置在语句后面。

(2) 可通过**编辑**工具栏的**设置注释块**、**解除注释块**按钮，为选定的若干行语句(或文字)设置注释或取消注释。

注意，注释语句在使用 rem 和撇号“'”的区别在于，Rem 只能出现在一行的最前面，而撇号“'”可以出现在一行的最前面和其他 VB 语句的最后面位置，在撇号“'”后的所有字符都变成注释。例如，以下使用了 4 个注释语句，注意它们的使用方法和位置。

```
Rem 下面将定义两个变量 x,y
Dim x as Integer,y as Integer        '这里定义的变量 x 和 y 的类型都为整型
'下面将定义两个变量 x1,x2
Dim x1, x2  as  Integer              '这里定义的变量 x1 为变体类型,x2 为整型
```

4. 编写语句行号或标号

需要时可在 VB 源程序的语句行前设置行号或标号。标号是以字母开始以冒号结束的字

符串,一般用在转向语句中,但应尽可能地限制使用。

下面是一段 VB 源代码的书写示例。

```
Rem 求两个数的和
Dim x As Integer,y As Integer,z As Integer         '定义变量 x、y、z 为整型变量
  x=1:y=2                                          '给变量 x 和 y 赋值
  z=x+y                                            '将变量 x 与 y 的和赋值给变量 z
  Form1.Print  x,y,z                               '在窗体上显示变量 x、y、z 的值
```

4.1.2 三种基本控制结构

结构化程序设计的基本思想之一是任何程序都可以采用顺序结构、选择结构和循环结构三种基本结构来构造。这三种结构可以任意组合、嵌套,以构造出各种复杂的程序算法,来完成各种复杂的程序。

1. 顺序结构

顺序结构是一种最简单的算法结构。在顺序结构中,算法的每一个操作是按从上到下的次序顺序执行的,图 4.1 所示为顺序结构的流程图和 N-S 图。

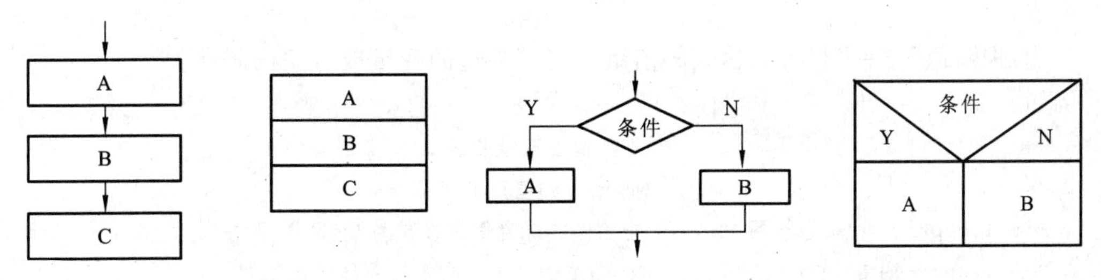

图 4.1 顺序结构　　　　图 4.2 选择结构

2. 选择结构

选择结构又称为分支结构,它是根据给定的条件,选择执行一个分支的算法结构。因此,在选择结构中,必然要包括一个条件判断的操作。图 4.2 所示为选择结构的流程图和 N-S 图。

3. 循环结构

循环结构又称重复执行结构。它根据给定条件,判断是否重复执行某一组操作。基本的循环结构有当循环和直到循环两种。

(1) 当循环。首先判断条件是否成立,若成立,执行要循环的一组操作,然后再返回到条件判断,决定是否继续进行循环。若条件成立,继续执行循环,再返回判断;若条件不成立,结束循环,跳过这组操作,执行此结构后面的操作。图 4.3 所示为当循环的流程图和 N-S 图。

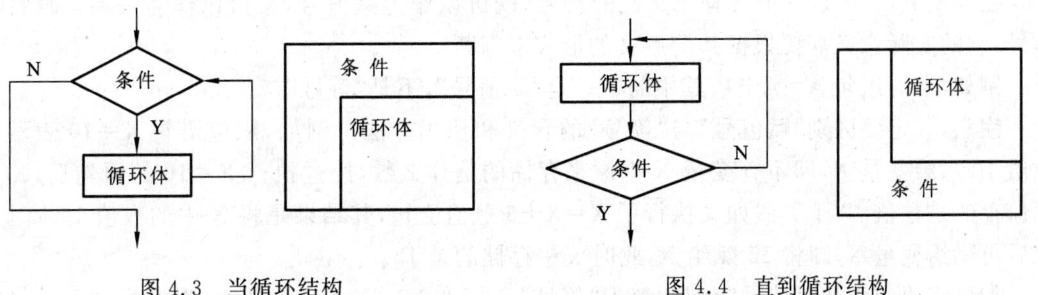

图 4.3 当循环结构　　　　图 4.4 直到循环结构

(2) 直到循环。首先执行一组要循环的操作,然后判断条件是否成立。若条件不成立,则

返回到这组操作的开始，重复执行这组操作；若条件成立，结束循环，执行此结构后的操作。图4.4所示为直到循环的流程图和N-S图。

VB是结构化程序设计语言，对三种控制结构有着很好的支持。

在程序设计中，算法是由一系列的控制结构构成，而每一个控制结构又有若干个语句组成。语句是程序中有确切含义的基本单位，也是构成程序的基本成分。从前面各章节的举例中不难发现，程序的功能是由一条条语句的执行来实现的，可以将语句视为命令。

4.2 顺序结构程序设计

4.2.1 赋值语句

赋值语句是VB程序最常用、最基本的语句。

格式一：变量名＝表达式

格式二：[对象名.]属性名＝表达式

上述格式中的"＝"是"赋值号"，不是"等号"。在格式二中，若对象名省略，则默认对象为当前窗体。

功能：把赋值号"＝"右边表达式的值赋给"＝"左边的变量或对象的属性。

例如：

```
X=1                          '把数值1赋给变量x,即x的值为1
Y=x+1                        '把x+1的值赋给变量y
Form1.caption="欢迎学习VB"   '把窗体的标题信息设置为"欢迎学习VB"
Text1.text=x+1               '把x+1的结果在文本框中显示出来
```

对赋值语句有以下几点说明。

1. 赋值语句兼有计算与赋值的双重功能

执行赋值语句时，首先计算"＝"号右边的表达式的值。例如以下两个赋值语句：

```
A=25*3
A=A+1
```

首先执行第一个语句，系统将计算右边表达式值，即25乘3等于75，并将75赋给变量A，即变量A的值变为75。然后执行第二个语句，同样仍是先计算右边表达式A＋1的值，因为A为75，所以A＋1就等于76，再将76赋给变量A，即A的新值为76。

由此可以看到，通过赋值语句，可以不断改变"变量的值"。

2. 赋值号与等号

在VB中，"＝"是一个具有二义性的符号，既可以作为赋值号，又可以作为关系运算符的等号，它的实际意义需要根据其前后文的形式来判断。

例如，上面语句**A＝A＋1**，其中的"＝"是"赋值号"，不是"等号"。

注意，一定要区别"赋值号"与"等号"的含义和使用方法。例如，赋值语句**X＝10**表示将数值10赋给变量X，即不管变量X中原来存储的是什么数，经过执行**X＝10**的语句后，X中就保存的是数值10了。假如又执行了**X＝X＋5**赋值语句，其结果是将X中的数值10加上5之后再赋给变量X，即将15赋给X，此时x中存储的是15。

如果将语句中的赋值号"＝"理解为"等号"，则X"等于"X＋15是无法理解的，也是不可能的。在VB中，除了少量的会在一些"条件表达式"中使用等号"＝"外，其他绝大多数程序代码中的“＝”都是赋值号。

赋值语句是程序设计中使用频率最高的语句，所有的计算操作、赋值操作基本上都是由赋值语句来完成的。例如，

```
A=B=C        '变量A的值决定于变量B、C的值是否相等
```

此式子中第一个“＝”是赋值符号，第二个“＝”是关系运算符的相等符号，此式子先比较B和C是否相等，再把比较得到的逻辑值True或False赋值给变量A。

3. 数据类型匹配

在VB中，使用赋值语句时要注意数据类型匹配的问题，赋值语句中如果数据类型不匹配可能会引起错误。VB中还提供了对某些数据类型自动转换的机制。

(1) 数值型常量、变量、表达式的值可以赋值给任何数值型变量。在这种情况下，VB会自动地将源操作符（赋值号右边）的数据类型转换成目标操作符（赋值号左边）的数据类型，然后再进行赋值操作，系统不会出现错误。例如，

```
Dim a As Integer,b As Single
b=1.724
a=b
```

由于源操作符b为单精度型数值，目标操作符a为整型变量，故系统会自动把源操作符b的数据类型由单精度型转换成整型，再进行赋值操作，所以a的值为2。

(2) 数值型常量、变量、表达式的值可以赋值给字符串变量。在这种情况下，VB会自动地将源操作符的数据类型由数值型转换成字符串型，然后再进行赋值操作，系统不会出现错误。例如，

```
Dim a As String,b As Integer
b=2
a=b
```

由于源操作符为数值整型，目标操作符为字符串型，故系统会自动把源操作符b的数据类型由整型转换成字符串型，然后再进行赋值操作，所以a的值为字符串"2"。

(3) 设计编写赋值语句时，应尽量使表达式值的类型与被赋值变量（或对象的属性）的类型相同，以避免出现“类型不匹配”的错误。如果在程序中写入代码

```
Dim x as integer
x="ABC"
```

运行程序后，就会出现类型不匹配的错误。因为x是整型变量，不能赋字符数据值。

4.2.2 数据输出

1. Print 方法

Print是输出数据的一种重要方法。

格式：[对象名.]Print [表达式列表]

功能：在对象上输出表达式的值。

说明：①对象名可以是Form（窗体）、Debug（立即窗口）、PictureBox（图片框）、Printer（打印机），如果省略对象名，则表示在当前窗体上输出，如

```
Print  "12*2=";12*2            '在当前窗体上输出12*2=24
Picturel.Print  "VB"           '在图片框Picturel上输出VB
Printer.Print  "OK"            '在打印机上输出OK
```

②表达式列表是一个或多个数值表达式或字符串，若省略此项，则输出一空行。对于数值表达式，先计算表达式的值，然后输出表达式的值，数值数据的前面有一个符号位，后面有一个空格；对于字符串则原样输出，即前后都没有空格。

当输出多个表达式时，各表达式之间用分隔符(西文的逗号","或分号";")隔开。用","分隔各表达式时，为分区格式输出，即各项在以14个字符位置为单位划分出的区段中输出，每个区段输出一项。如果每一项的值没有达到14个字符，则用空格填补，下一项的内容在下一分区开始输出；如果某一项的内容超过14个字符，在输出时，会强行占用下一分区的位置。用";"分隔各表达式时，各项按紧凑格式输出，即各项之间无间隔连续输出。例如，

```
Print 1,2,3,4
```

输出的结果如下，每个数字之间，多个空格间隔：

```
1             2             3             4
Print 1;2;3;4
```

输出的结果如下，数字之间为紧凑格式输出：

```
1  2  3  4
Print 1,2,3,4
Print "12345678901234567",2,3,4
```

输出的结果如下：

```
1             2             3             4
12345678901234567           2             3             4
```

在多行print语句中，如果在语句行末尾有";"，则下一个Print输出的内容将紧跟在当前Print输出内容的后面；如果在语句行末尾有","，则下一个Print输出的内容将在当前Print输出内容的下一区段输出；如果在语句行末尾无分隔符，则输出完本语句内容后换行，即在新的一行输出下一个Print的内容。例如，

```
Print  "ABC"; "123";
Print  "456"
Print  "ABC";"123",
Print  "456"
```

输出的结果为

```
ABC123456
ABC123        456
```

2. 用Tab(n)函数定位输出

在Print方法中，可以使用Tab(n)函数对输出项进行定位。其中，n为数值表达式，其值为整数。Tab函数把显示或打印的数据移动到由参数n指定的列数，从此列开始输出数据。通常最左边的列号为1。如果当前显示或打印位置已经超过n，则自动换到一行，在下一行的第n列输出。使用时将输出的内容放在Tab函数的后面，并用";"隔开。有多个输出项时，每个输出项对应一个Tab函数，各项之间均用";"隔开。例如，

```
Print "123456789012"
Print Tab(10); "姓名"; Tab(25); "年龄"
```

"姓名"和"年龄"分别从当前行的第10列和第25列开始输出，输出结果为

```
123456789012
         姓名           年龄
```

又如，

```
Print "1234567890123"
Print tab(5);"123";tab(6);"456"
```

输出结果为

```
1234567890123
    123
     456
```

3. 用 Spc(n)函数定位输出

Print 方法中，还可以使用 Spc(n)函数来对输出进行定位，与 Tab 函数不同，Spc 函数提供若干个空格。其中，n 为整数表达式，表示在显示或打印下一个表达式之前插入的空格数。spc 函数与输出项之间用“;”相隔。例如，

```
Print  "1234567890123456789"
Print  "ABC";  Spc(5);"abc"
```

输出的结果为

```
1234567890123456789
ABC     abc
```

4. Format 格式函数

用格式输出函数 Format 可以使数值或日期按指定的格式输出，其格式为

```
Format[$](数值表达式,格式字符串)
```

用格式函数 Format 可以使数值表达式的值按“格式字符串”指定的格式输出。

格式字符串是一个串常量或串变量，由专门的格式说明字符组成，这些字符决定了数据项的显示格式和长度，见表 4.1。

表 4.1　格式说明字符

字　符	作　用	字　符	作　用
#	数字。不在输出串前、后补 0	%	百分比符号
0	数字。在输出串前、后补 0	$	美元符号
.	小数点	＋　－	正、负号
,	千分位分隔符	E＋　E－	指数符号

(1) #。表示一个数字位，其个数决定了显示串的长度，如果要显示的数据位数多于 # 号个数，则保持原位数显示，若要显示的数据位数少于 # 号个数，则在指定区域段内左对齐显示数据项，多余位不补 0。

(2) 0。与 # 功能相同，只是多余位以 0 补齐。当要显示的数据位数少于 0 的个数时，多余的位在高位以 0 补齐，再左对齐显示该数据项。例如(在立即窗口测试)，

```
Print format(200610,"###")
200610
Print format(200610,"#########")
200610
Print format(200610,"000000000")
000200610
Print format(200610,"0000")
200610
```

(3) 小数点。小数点与 # 或 0 结合使用,可以放在格式字符串的任何位置,根据格式字符串的位置,小数部分多余的数字按四舍五入处理。例如(在**立即**窗口测试),

```
Print Format(536.45,"###.###")
536.45
Print Format(23.789,"000.00")
023.79
```

(4) 逗号。在格式字符串中插入逗号,起到"分位"作用,即数据项从小数点左边一位开始,每三位用一个逗号分开,因此又称"千位分隔逗点"。逗号可以放在格式字符串小数点左边的任何位置,但不得放在串首或紧挨着小数点。例如,

```
Print format(12345.67,"##,###.##")
12,345.67
```

(5) %。通常放在格式字符串的尾部,用来输出百分号。

(6) $。通常放在格式字符串的首部,用来输出美元符号,输出的数字前面加上美元符号 $。

(7) +,-。放在格式字符串的首部,为输出数据添加正、负号。

(8) E+,E-。表示用指数形式显示数值。

4.2.3 InputBox 输入框

程序在执行运算中,一般都要有相应的数据输入。在前面章节的例题中,多是采用赋值语句的形式来获得数据,也可以用文本框控件来输入数据。本节介绍一个专门用于数据输入的函数 InputBox()函数。

应用 InputBox()函数,可以在程序运行过程中随时输入所需要的数据,这也是 VB 中输入数据最常用的方法。

使用 InputBox 函数将产生一个输入对话框,并可以显示一些相关的提示信息,等待用户输入数据值。用户输入相应数据内容后,InputBox()函数的返回值就是输入的数据值。可以将函数的返回值存放到一个变量中,即将用户输入的内容作为一个值赋给某个变量,以为后面的程序使用,返回值类型为字符串类型(String)。

InputBox 函数的格式为

```
InputBox(提示[,标题][,默认值][,x 坐标位置][,y 坐标位置])
```

可以看到,InputBox 函数有 5 个参数,其中第一个提示参数为必选参数,后三个参数为可选参数。

(1) 提示参数。是一个字符串表达式,指定 InputBox 对话框的提示信息。

(2) 标题参数。也是一个字符串表达式,它可以指定输入对话框的标题,显示在 InputBox 对话框的标题栏上。

(3) 默认值参数。是用来指定对话框用户输入区域的默认值,如果不输入任何参数,则默认值为空白。

(4) x,y 参数。是两个整数值,用来指定 InputBox 对话框的左上端在屏幕上的点坐标。

例如,设计一个密码输入的提示信息框:

```
p=InputBox("请输入密码","密码框")
```

执行该语句后,屏幕上显示如图 4.5 所示的 InputBox 对话框。

注意,各项参数次序必须一一对应,除了"提示"不能省略外,其余各项均可省略;如果要省

略中间的参数，则必须使用逗号占位符跳过。

如果输入的提示信息较长，可以将输入信息输入为多行排列，只要在要输入的各行提示信息之间用 chr(10)或 chr(13)来"连接"即可；也可以使用 VB 常量 vbNewLine 来分隔，vbNewLine 是代表换行的常量。

例如，执行下面的语句后，在屏幕左上角会弹出如图 4.6 所示的输入框。

```
a= InputBox ("第一项为提示" & vbNewLine & "用 vbNewLine 实现换行",
            "第二项为标题","第三项为默认值")
```

图 4.5　**密码框**对话框

图 4.6　InputBox 输入框

又如，

```
a= InputBox("提示:省略第二、三项")
```

执行后弹出图 4.7 所示的输入框。省略了标题字符串后，提示框标题显示为应用程序名**工程 1**。

图 4.7　省略某些参数的输入框

例 4.1　设计一个程序，由用户输入一个华氏温度数值 F，程序可将其转换为摄氏温度 C (转换公式为 C=5/9 (F－32))。

(1) 界面设计。窗体上有两个标签 Label 控件和两个文本框 TextBox 控件，用于显示温度标题及转换前后的温度值，还有两个命令按钮 CommandButton 控件，用来开始执行计算和结束程序运行。各控件主要属性见表 4.2。

表 4.2　设置属性表

控　件	Caption 属性	Text 属性
Form1	温度转换	
Label1	华氏温度	
Label2	摄氏温度	
Text1		空
Text2		空
Command1	开始	
Command2	退出	

设计完成的界面如图 4.8 所示。

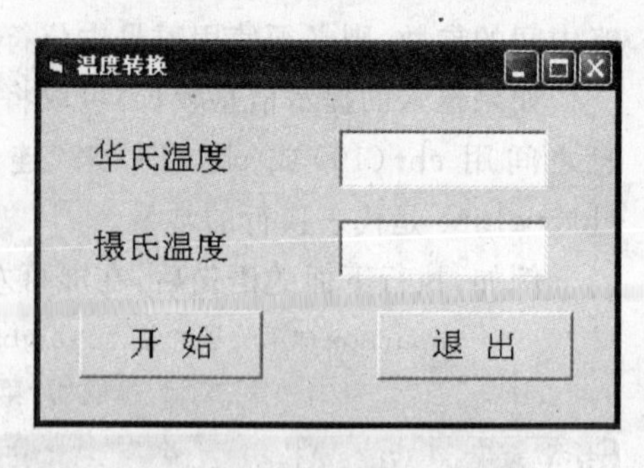

图 4.8 界面

(2) 代码设计。

```
Private Sub Command1_Click()
   Dim F as Long,C as Long
   F=InputBox("请输入华氏温度：  ","华氏温度转
   换为摄氏温度")
   C=5/9*(F-32)
   Text1.Text=F
   Text2.Text=C
 End Sub
 Private Sub Command2_Click()
   End
 End Sub
```

(3) 运行程序。程序运行后，出现图 4.8 界面，单击**开始**命令按钮，此时执行事件过程 Commandl_Click()，第一条赋值语句调用 InputBox 函数，弹出 InputBox 函数对话框，如图 4.9所示。在数据输入区内输入华氏温度后，单击**确定**按钮，InputBox 函数将所输入的数据值以字符串数据赋给变量 F。由于 F 是长整型变量，被赋值的字符串数据将转换成长整型数据后赋值给 F 变量。后续语句求出摄氏温度 C，最后把 F 和 C 值分别赋给两个文本框的 Text 属性，即使用文本框显示温度数值，如图 4.10 所示。若单击**退出**按钮，执行命令按钮 Command2_Click()事件过程，则结束程序，回到 VB 集成环境。

图 4.9 InputBox 函数对话框

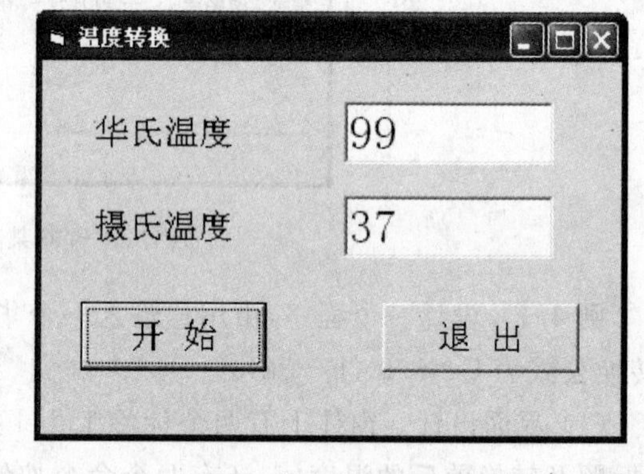

图 4.10 执行结果

在例 4.1 中，是将字符数据直接赋给长整型变量 F，程序可以兼容这种赋值方式，但这不是好质量的赋值语句。

所以，如果需要使用 InputBox 函数输入数值型数据时，应先将字符数据转换成数值型数据后，再赋值给相应的数值型变量。可以使用 Val 函数来完成转换数据类型工作：

```
F=Val(InputBox("请输入华氏温度"))
```

这样可避免发生数据类型不匹配的错误。

4.2.4 MsgBox 消息框函数

MsgBox 函数可以生成为用户提供信息和选择的交互式对话框，其格式为

```
MsgBox(提示[,按钮数值][,标题])
```

其中，提示，指定在消息框中出现的提示文本，同 InputBox 函数中的提示项；按钮数值是

整数表达式,指定消息框中出现的按钮及图标的类型;标题,指定消息框的标题,同 InputBox 函数中的标题项。

图 4.11 MsgBox 消息框

MsgBox 函数在对话框中显示信息,在用户单击对话框上的按钮时,可以返回一个整数以表明用户单击的是哪个按钮。

执行下面的语句后,在屏幕上会弹出如图 4.11 所示的消息框。

```
Inta=MsgBox("第一项为提示",65,"第三项为标题")
```

MsgBox 函数中,按钮数值用来指定按钮的数目和类型、使用的图标样式以及默认按钮是什么等,其默认值是 0。上面语句中按钮数值是 65,其含义是消息框中有"i"图标以及**确定**和**取消**两个按钮,默认按钮是第 1 个按钮**确定**。

按钮数值是三个数值之和,这三个数值分别代表按钮的数目和类型、使用的图标样式、默认按钮是哪个。表 4.3~4.5 分别列出了这三个数值的含义。

表 4.3 按钮的类型及其对应的值

符号常数	值	说明	符号常数	值	说明
vbOkOnly	0	只显示**确定**按钮	vbYesNoCancel	3	显示**是**、**否**和**取消**按钮
vbOkCancel	1	显示**确定**和**取消**按钮	vbYesNo	4	显示**是**和**否**按钮
vbAbortRetryIgnore	2	显示**放弃**、**重试**和**忽略**按钮	vbRetryCancel	5	显示**重试**和**取消**按钮

表 4.4 图标的样式及其对应的值

符号常数	值	说明	符号常数	值	说明
vbCritical	16	显示"×"图标	vbExclamation	48	显示"!"图标
vbQuestion	32	显示"?"图标	vbInformation	64	显示"i"图标

表 4.5 默认按钮及其对应的值

符号常数	值	说明	符号常数	值	说明
vbDefaultButton1	0	第一个按钮为默认按钮	vbDefaultButton3	512	第三个按钮为默认按钮
vbDefaultButton2	256	第二个按钮为默认按钮			

注意,按钮数值是从上面三个表中各取一个数相加而得的,每个表只能取一个数。例如,按钮数值是 65,系统会自动把它分解成分别属于上面三个表中的三个值 1(显示**确定**和**取消**按钮)、64(显示"i"图标)、0(第一个按钮为默认按钮),即 65=1+64+0,这种分解是唯一的。

在程序中,可以将按钮数值写成符号常数相加的形式,如将 65 写成

```
vboKcancel+vbInformation+vbDefaultButton1
```

这样书写可使程序含义清楚,从而增加程序的可读性。当然,也可以将 65 写成 1+64+0 的形式。

程序可以通过 MsgBox 函数的返回值来得知用户单击的是哪个按钮。当用户单击消息框中的一个按钮后,消息框即从屏幕上消失,但会把函数的返回值赋给语句前面的变量,程序再根据此变量值的不同作相应的处理。如在上述举例的语句中,将函数的返回值赋给了变量 inta,在程序中可以根据 inta 值的不同作不同的处理。单击不同按钮所返回的数值见表 4.6。

表 4.6 MsgBox 函数的返回值

符号常数	值	用户单击的按钮	符号常数	值	用户单击的按钮
vbOK	1	确定	vblgnore	5	忽略
vbCancel	2	取消	vbYes	6	是
vbAbort	3	放弃	vbNo	7	否
vbRetry	4	重试			

例 4.2

```
Private Sub Commandl_Click()
  Msg1="要继续吗?"
  Msg2="提示信息"
  R=MsgBox(Msgl,34,Msg2)
End Sub
```

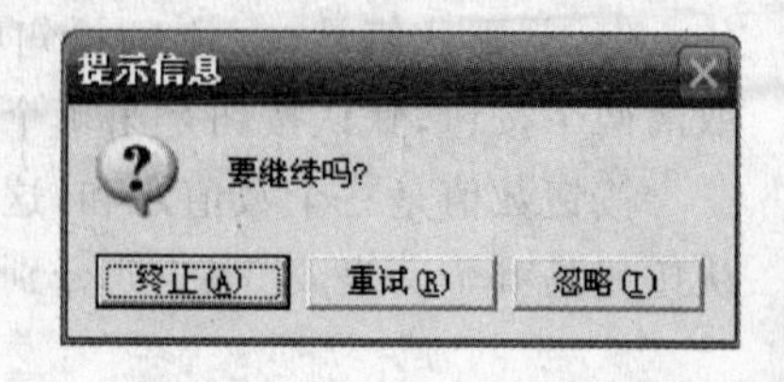

图 4.12 MsgBox 对话框

上述事件过程的执行结果如图 4.12 所示。

本例第 4 行语句表明按钮数值的值为 34=2+32+0;它决定了对话框中有**终止**、**重试**、**忽略**三个按钮,图标为"?",默认活动按钮为**终止**。

R 为 MsgBox 的返回值,在本例中依用户的选择,R 值应为 3,4 或 5。

例 4.3

```
Private Sub Commandl_Click()
 Dim msg,style,response,mystring
 Msg="请确认此数据是否正确"
 Style=vbYesNo+vbCritical+vbDefauhButton2
 response=MsgBox(msg,Style,"提示信息")
 If  response=vbYes  Then
   Mystring="结果正确"
 Else
  Mystring="结果错误"
 End If
 MsgBox  mystring        'MsgBox 语句形式
 End Sub
```

上述事件过程的执行结果如图 4.13~4.15 所示。

例中,第 4 行语句也可写成

`Style=4+16+256` 或 `Style=276`

第 6 行的 If 条件语句中,利用 MsgBox 函数的返回值,作为不同操作的选择。

图 4.13 MsgBox 对话框

图 4.14 单击了**是**按钮

图 4.15 单击了**否**按钮

MsgBox 函数也可写成语句形式,其格式为

```
MsgBox  提示[,按钮数值][,标题]
```

说明:各参数的含义及作用与MsgBox函数相同。由于MsgBox语句没有返回值,因此常被用于简单的信息显示。

例如,

```
MsgBox  "请保存文件,系统即将关闭!"
```

执行后显示的信息框如图4.16所示。又如,

```
MsgBox  "密码错!",  ,"错误提示"
```

图4.16 简单信息框

图4.17 密码核对消息框

执行此语句产生一个消息框,如图4.17所示。

由MsgBox函数或MsgBox语句所显示的对话框有一个共同特点,即在出现对话框后,用户必须作出选择,即单击框中的某个按钮或按回车键,否则不能执行其他任何操作,在VB中,这样的窗口(对话框)称为“模态窗口”(Modal Windows),如在Windows中**另存为**对话框即是模态窗口。

与模态窗口相反,非模态窗口(Modaless Windows)允许对屏幕上的其他窗口进行操作,如**我的电脑**窗口即是如此。

4.2.5 其他语句、方法及属性

1. Cls方法

格式:[对象名.]Cls

功能:清除窗体(Form)或图片框(PictureBox)中由Print方法显示的文本和图形方法所生成的图形,并把输出位置移到对象的左上角。

说明:格式中的对象可以是窗体或图片框,如果省略对象名,则清除当前窗体的显示内容;用Cls方法清除后的区域以背景色填充,但Picture属性的背景位图和放置的控件不受影响。

例如,单击窗体时清除窗体上由Print方法显示所有信息显示。

```
Private Sub Form_Click()      '单击窗体时清除显示
  Cls                         'Cls方法可以清除Print方法显示的文本
End  Sub
```

2. 注释语句

格式:'|REM <注释内容>

功能:可以实现在代码中加入用来解释说明的附加文本。

说明:为了提高程序的可读性,通常在程序的适当位置加上必要的注释。

从格式中可以看出,可以用西文单引号“'”或关键字Rem来标识一条注释语句。如果在其他语句行后使用Rem关键字注释,则必须使用西文冒号“:”与语句隔开;若使用撇号西文单引号“'”,则在其他语句行后使用时不必加冒号。

注释语句是非执行语句,它不参加程序的编译,对程序的运行结果毫无影响;但在程序清单中,注释语句被完整地显示出来。

注释语句除用来注释外，在调试程序时，还可用它将某些语句注释掉，使被注释的语句在程序运行时不起作用；若继续调试时发现暂时注释的语句有用，去除注释标记即可。

注释语句在程序中呈绿色，很容易和非注释语句区分。

在前面的例子中，有大量的用撇号"'"实现的注释语句，对于"'"和 Rem 的不同，举例三条注释语句如下：

```
Rem 这是注释语句
Mystr1="Hello":Rem 注释在语句之后要用冒号隔开
Mystr2="Goodbye"  '这也是一条注释，无须使用冒号
```

3. 结束语句

格式：End

功能：用来结束程序的执行，并关闭已打开的文件。

说明：End 语句提供了一种关闭程序的方法，执行此语句，会卸载程序中的所有的窗体，关闭由 Open 语句打开的文件，释放程序所占用的内存。

在前面的例子中，为突出教学重点，很多程序没有使用 End 语句来关闭程序，因为可以通过单击窗体右上角的**关闭**按钮或用快捷键 Alt+F4 等方法来退出程序。但是，为了使程序显得完整、易用和界面友好，在编程特别是编写其他用户使用的程序时，应该建立名为**退出**、**关闭**或**结束**的按钮，使用 End 语句结束程序。

例如，单击命令按钮 **Command2** 时，执行 End 语句，退出程序的代码如下：

```
Private Sub Command2_Click()        '单击"退出"按钮
  End                               'End 语句可以结束程序的执行
End Sub
```

4. Stop 语句

格式：Stop

功能：在对程序调试时，用来暂停程序的执行。

说明：Stop 语句一般在调试时使用，其相当于在程序代码中设置断点。

在调试时，与 End 语句不同，Stop 语句只会暂停程序的执行，而不会关闭任何文件或清除变量，以便对程序代码进行检查。

如果程序编译成可执行文件，执行其中的 Stop 语句，则将会关闭所有的文件退出程序。因此，在程序调试结束后，生成可执行文件前，应该删除代码中用来调试的 Stop 语句。

也可以用设置断点的方式来代替 Stop 语句，即在代码窗口中，单击某代码行左边的灰色页边，使该行以棕色底色反白显示，并在左边出现小圆点，以表明此处已设置断点。程序运行时，遇到断点时，如同执行 Stop 语句一样，会中断程序的执行。

Stop 语句很简单，大家可以上机时输入以下代码进行练习：

```
Private  Sub Command1_Click()
  MsgBox    "在 Stop 语句前显示本信息提示"
   Stop    '执行 Stop 语句会在此暂停，F5 继续，F8 逐语句调试
  MsgBox    "在 Stop 语句后显示本信息提示"
End Sub
```

程序运行时单击按钮 **Command1** 会弹出**在 Stop 语句前显示本信息提示**的消息框，如图 4.18 所示。单击**确定**按钮后，执行 Stop 语句，此时程序暂停，并自动切换到代码窗口，Stop 语句行以淡黄色底色标出。

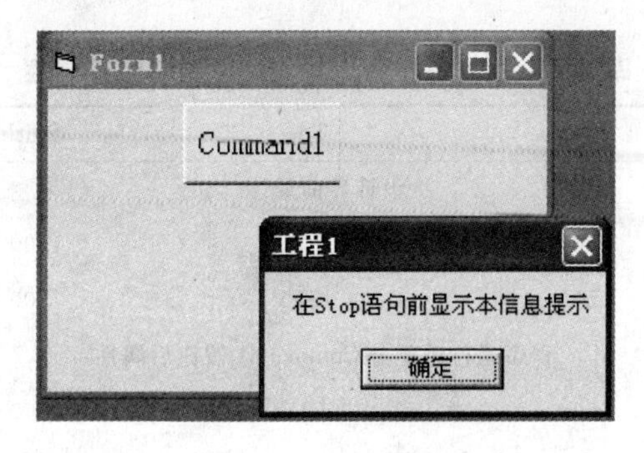

图 4.18　弹出消息框

此时,可以按 F5 键继续执行程序或按 F8 键逐语句调试。若按 F5 键会继续运行程序,顺序执行 Stop 后面的语句,弹出**在 Stop 语句后显示本信息提示**的消息框,单击**确定**按钮后结束 Command1 的单击事件过程;若按 F8 键逐语句调试,则淡黄色底色会移到 Stop 后面的语句,表明再次按 F8 键会执行的语句,再按 F8 键才会执行 Stop 后面的 MsgBox 语句,弹出**在 Stop 语句后显示本信息提示**的消息框,单击**确定**按钮,淡黄色底色移到 End Sub 处,按 F8 键,结束此过程。

利用 Stop 语句(或设置断点)和 F8 键,可以从怀疑有错误处的首行语句处开始,逐行运行程序以便检查每条命令。在每行命令运行后,可以通过本地窗口(用**视图**菜单**本地窗口**选项打开)或把鼠标移动到代码中的变量或对象名上来查看此命令对变量或对象属性的修改,以便发现错误所在。

5. Move 方法

格式:[对象]. Move　左边距离,[上边距离,[宽度,[高度]]]

功能: Move 方法用来在程序中移动窗体和控件,并可改变其大小。

说明:对象可以是窗体及除时钟(Timer)、菜单(Menu)之外的所有控件,如果省略对象,则默认其为窗体;左边距、上边距、宽度、高度均以 twip 为单位,宽度和高度表示对象的大小,左边距和上边距则表示与父对象的相对位置,如图 4.19 所示;假设对象是窗体,则左边距和上边距是相对屏幕而言的,而如果对象是放置在窗体内的控件,则它是以窗体作为参考坐标。

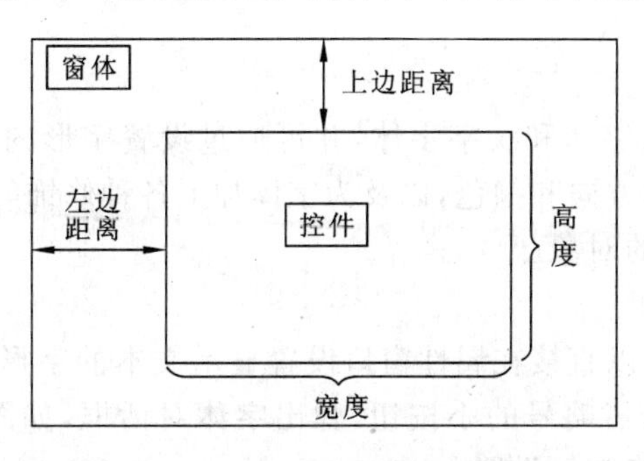

图 4.19　Movc 方法参数设置

例 4.4　在窗体上的任意位置画一个文本框,并在窗体的下面画一命令按钮。编写程序,当单击命令按钮时,改变文本框和命令按钮的大小和位置。

(1) 界面设计。设计时的文本框和命令按钮的位置及大小属性见表 4.7,此时的窗体如图 4.20 所示。

表 4.7　文本框和命令按钮的位置及大小属性

控件名称	Left	Top	Width	Height
		设计界面属性		
Text1	500	500	1200	600
Command1	500	1500	1200	600
		程序运行后单击 Command1 按钮后属性		
Text1	500	500	1200	1200
Command1	2000	500	1200	1200

图 4.20　窗体设计

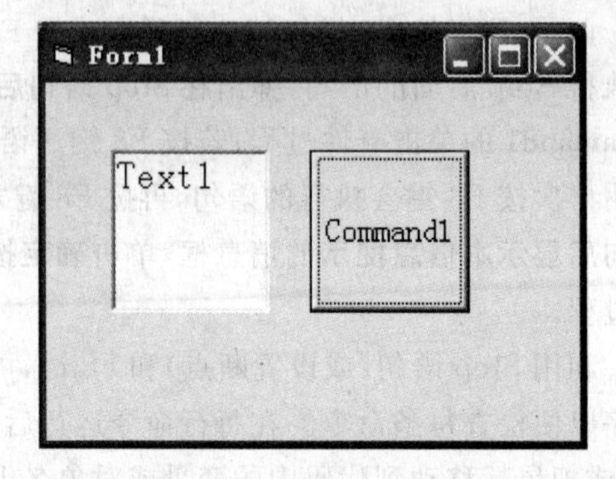

图 4.21　程序运行后的窗体

(2) 代码设计。

```
Private Sub Command1_Click()
    Text1.Move    500, 500,1200,1200        '设置文本框大小及位置
    Command1.Move 2000,500,1200,1200        '设置命令按钮的大小及位置
End  Sub
```

程序运行后，单击命令按钮 **Command1**，文本框及命令按钮的变化如图 4.21 所示。可以看到，文本框的左边距、上边距、宽度都没有变化，仅仅是高度由 600 变为 1200；而按钮 **Command1** 的左边距、上边距都改变了，由原来在文本框的下方移动到右方，宽度没有变化，高度由 600 变为 1200。

4.2.6　字体、字形和颜色

VB 可以输出各种英文字体和汉字字体，并可通过设置字形的属性改变显示文本的字类型、大小、笔画的粗细、显示方向和颜色，以及为字体加上各种修饰等。这些属性可以应用窗体及其他各种可以显示文本的对象。

1. 属性列表的 Font 属性

在工程的设计阶段，可以直接在属性窗口设置显示文本的字形。方法是选定属性列表中 **Font** 属性，然后单击右端带省略号的小按钮，弹出**字体**对话框，如图 4.22 所示。程序员可在其中作字体的类型、大小、修饰等设置。

上述方法只能在为对象作静态或初始状态的设置程序中，此外，还可以通过对有关的属性赋值，动态地改变文本的输出字形。

2. 字体类型和大小

(1) 字体类型。由 FontName 属性表示，格式为

```
[窗体.][控件.] FontName[="字体类型"]
```

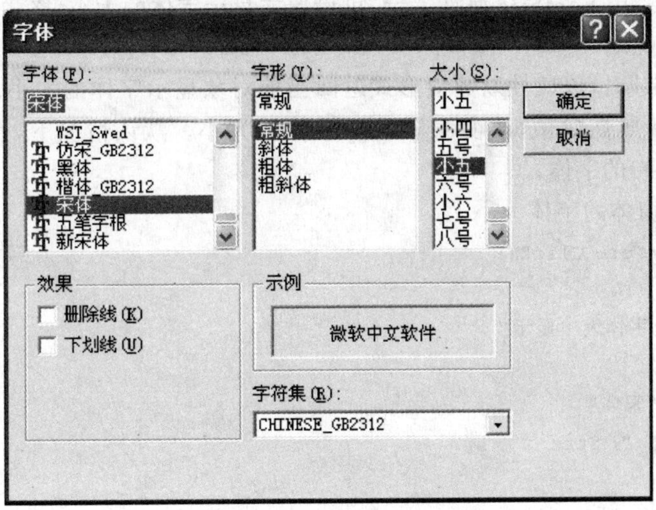

图 4.22 **字体**对话框

FontName 可作为窗体、控件或打印机的属性，用来设置在这些对象上输出的字体类型。字体类型指的是可以在 VB 中使用的英文字体或中文字体，对于英文字体有 System，Terminal 等；对于中文来说，可使用的字体类型取决于 Windows 的汉字环境，也可从**字体**对话框**字体**列表框中查到。

若设置字体类型格式中省略“=”字体类型，即只给出 FontName，则返回当前正在使用的字体类型。

例 4.5 改变窗体的字形输出。

```
Private  Sub Command1_Click()
  FontName="宋体"
  Print FontName;"输出显示的字体为宋体"      '输出当前正在使用的字体类型及文字
  Print
  FontName="黑体"
  Print "输出显示的字体为黑体"
  Print
  End Sub
```

运行结果如图 4.23 所示。

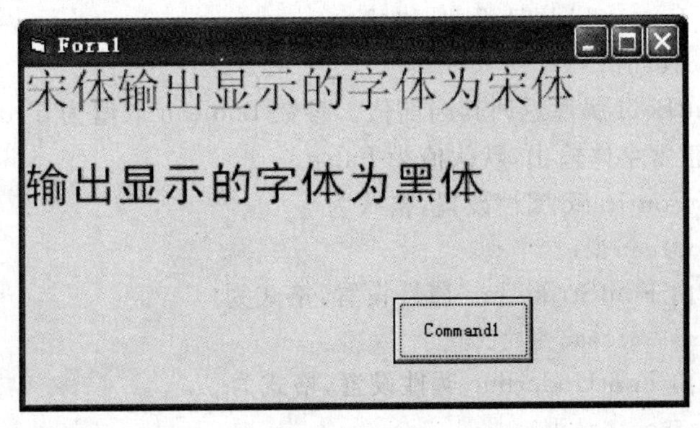

图 4.23 例 4.5 运行结果

(2) 字体大小。用 FontSize 属性表示,可设置或显示字体的大小,格式为

```
FontSize[=点数]
```

当省略"=点数"时,该属性以数值形式返回当前对象显示字体的大小。也可以用数值表示点数向 FontSize 属性赋值,改变对象显示字体的大小。默认情况下,系统使用的点数为 8.25(相当于小五号)的字体。

例 4.6 改变窗体的字体大小。

```
Private Sub Form_Click()
  Dim Strx$
  Strx="改变字体大小显示"
  FontSize=20
  FontName="宋体"
  Print "宋体:"; Strx
  Print
  FontSize=30
  FontName="黑体"
  Print "黑体:"; Strx
End Sub
```

上述程序的输出结果如图 4.24 所示。

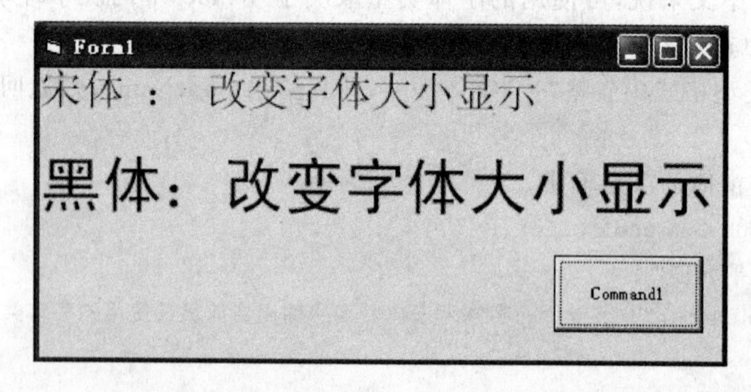

图 4.24 例 4.6 运行结果

3. 其他文字属性

除字体类型和大小外,VB 还提供了其他一些属性,使文字的输出多样化,以下介绍的各属性均以布尔值返回或设置字体风格。

(1) 粗体字。由 FontBold 属性设置,格式为

```
FontBold[=Boolean]
```

省略选项时,FontBold 属性返回其当前值。参数 Boolean 取值为 True 时,FontBold 属性为粗体,否则文本按正常字体输出,默认值为 False。

(2) 斜体字。由 FontItalic 属性设置,格式为

```
FontItalic[Boolean 型]
```

(3) 加中划线。由 FontStrikethru 属性设置,格式为

```
Fontstrikethru[Boolean 型]
```

(4) 加下划线。由 FontUnderline 属性设置,格式为

```
FontUnderline[Boolean 型]
```

(5) 重叠显示。当以图形或文本为背景显示新的信息时,有时需要保留原来的背景,使新

显示的信息与背景信息重合，这可以由设置 Font TransParent 属性实现。其格式为

```
Font TransParent[Boolean型]
```

如果该属性被设为 True，则可实现重叠显示，如果被设为 False，则背景被前景的图形或信息覆盖。

在使用以上介绍的字形属性时，应注意两点：①除重叠显示属性（FontTransParent）只适用于窗体和图片控件外，其他属性适用于窗体和各种控件及打印机，默认对象名为窗体，否则应在属性名前加上对象名称，如

```
Printer.FontItalic=True          '在打印机上以斜体字输出
```

②设置一种属性后，该属性即开始起作用，并且不会自动撤销，只有再次重设该属性，才能改变其值。

例 4.7 字体风格的设定。

```
Private Sub Form_Click()
  Samples="输出文字各种效果"
  FontName="宋体"            '设字体为宋体
  FontSize=25                '设字体大小
  Print "显示字体"; Samples
  FontBold=True              '设置为粗体
  Print "加粗字体"; Samples
  FontItalic=True            '设置斜体
  Print "斜体字体"; Samples
  FontStrikethru=True        '加中划线
  Print "加中划线"; Samples
  FontUnderline=True         '加下划线
  Print "加下划线"; Samples
  FontSize=16
  FontTransparent=True
  Print "改变字体大小"; Samples
End Sub
```

上述程序的运行结果如图 4.25 所示。

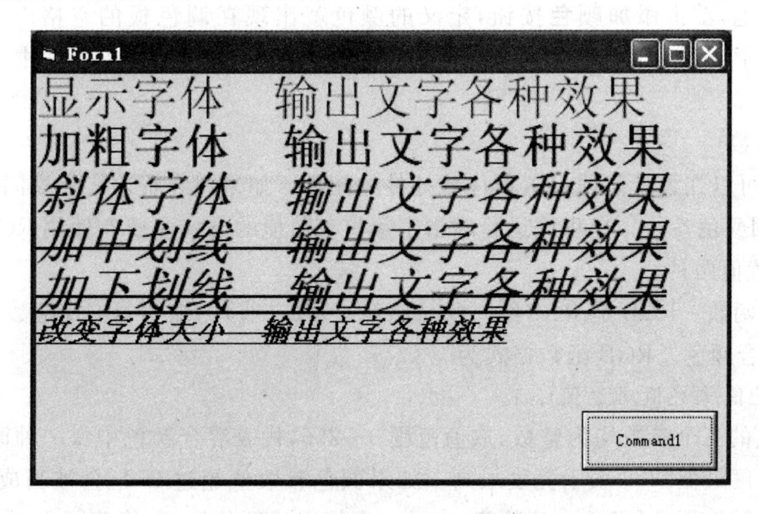

图 4.25　例 4.7 运行结果

4. 颜色及颜色参数

在 VB 中,窗体、控件、图形以及文字信息都可以用不同的颜色显示。主要的颜色属性有 BackColor,ForeColor 等,每种颜色都由一个 Long 整数表示,VB 可支持 256 种颜色。

1) 调色板

在 VB 应用程序的界面设计阶段,使用调色板能够可视化地设置当前对象的颜色。打开调色板的方法有两种。

(1) 从属性窗口找到要设置的颜色属性,单击右端的向下箭头,将弹出一个调色板,如图 4.26 所示,通过它可以可视化地设定颜色。

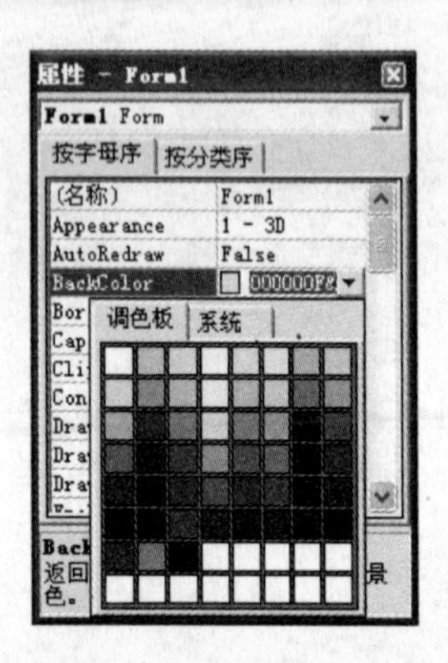

图4.26　**属性**窗口的调色板　　图 4.27　VB 的调色板　　图 4.28　**定义颜色**对话框

(2) 通过**视图**菜单打开一个调色板,如图 4.27 所示。这个调色板具有更强的颜色设置功能,它既可以设置对象的前景色、背景色,也可以进行细致的颜色调整。单击调色板上方的设置选择框可以选定设置前景色或背景色。标有 **Aa** 的小方框是效果显示框。如果对调色板现有的默认颜色不够满意,可以双击第 4 排中的任一个小空格(或单击,然后再击**定义颜色**按钮),将弹出**定义颜色**对话框,如图 4.28 所示。可以用鼠标拖动色板上带有 4 个黑色小方块的颜色游标和右边量度条上的三角形游标,观察效果显示框上的颜色变化,直到取得满意的颜色,单击**添加颜色**按钮,定义的颜色就出现在调色板的空格中。这种颜色就成为可用颜色了。还可直接在颜色定义框的**色调**、**饱和度**、**亮度**等文本框中输入数据来定义颜色。

2) 颜色参数

用调色板可以在设计阶段设置窗体或控件的颜色。如果想在程序运行期间设置对象的颜色,就必须使用颜色参数。在程序运行时指定颜色参数值的方式主要有使用 RGB 函数和使用 VB 的颜色设置值两种。

(1) RGB 函数。RGB 是 Red(红)、Green(绿)、Blue(蓝)的缩写,RGB 函数通过三原色的值设置一种混合颜色。RGB 函数格式为

RGB(红色值,绿色值,蓝色值)

RGB 函数的三个参数均为整数,取值范围 0～255,代表混合颜色中每一种原色的分量(亮度)。0 表示亮度最低,255 表示亮度最高。如果颜色参数值超过 255,会被当成 255。这三个参数经数学组合产生一个 Long 整数值,表示一个特定的颜色值,取值范围为 0～16777215,即理论上 RGB 函数最多可表示 16777216 种颜色;但实际上会受到系统硬件的限制,如 VGA 显

示器可显示 256 种颜色。

用红、绿、蓝三原色可以“配出”各种颜色。例如，红、绿混合可以得到黄色，最亮的黄色为 RGB(255,255,0)，其中 0 表示没有蓝色；白色可表示为 RGB(255,255,255)。表 4.8 列出了部分常见的标准颜色及相应的三原色值。

表 4.8 常见标准颜色 RGB 值

颜色	红色值	绿色值	蓝色值	颜色	红色值	绿色值	蓝色值
黑色	0	0	0	红色	255	0	0
蓝色	0	0	255	深红色	255	0	255
绿色	0	255	0	黄色	255	255	0
青色	0	255	255	白色	255	255	255

例如：

```
Form1.BackColor=RGB(0,128,0)          '设定窗体背景为绿色
Form1.ForeColor=RGB(255,255,0)        '设定窗体前景为黄色
Pset(100,100),RGB(0,0,64)             '设指定点为深蓝色
```

(2) 直接使用颜色设置值。通常用十六进制数表示颜色值。正常的 RGB 颜色的有效范围是 0～16777215(&HFFFFFF&)。每种颜色的设置值(属性或参数)都是一个 4 字节的整数。对于这个范围内的数，其高字节都是 0，而低三个字节，从最低字节到第三个字节，分别定义了红、绿、蓝三种颜色的值。红、绿、蓝三种成分都是用 0～255(&HFF)表示。因此，可以用十六进制数按下述语法来指定颜色：

```
&HBBGGRR&
```

其中，BB 指定蓝颜色的值；GG 指定绿颜色的值；RR 指定红颜色的值。

每个数段都是两位十六进制数，即 00～FF，中间值是 80。因此，下面的数值是这三种颜色的中间值，指定了灰颜色：

```
&H808080&
```

常用的几种颜色常量值见表 4.9。

表 4.9 常用的颜色常量值

颜色常量值	颜色	颜色常量值	颜色
&H0000FF&	红色	&HFF00FF&	洋红色(红＋蓝)
&H00FF00&	绿色	&HFFFF00&	青色(蓝＋绿)
&HFF0000&	蓝色	&H000000&	黑色
&H00FFFF&	黄色(红＋绿)	&HFFFFFF&	白色(红＋蓝＋绿)

例 4.8 在窗体上设置背景色为黄色，前景色为红色，字号为 30 号，并显示字符串**窗体背景为黄色，字为红色**。

```
Private Sub Command1_Click()
  Form1.BackColor=&H00FFFF&              '设置背景色黄色
  Form1.ForeColor=&HFF&                  '设置前景色红色
  Form1.FontSize=30                      '设置窗体上输出的文字的字号大小
```

```
    Form1.Print  "窗体背景为黄色,字为红色."    '在窗体上输出
  End Sub
```

程序运行后的结果如图 4.29 所示。

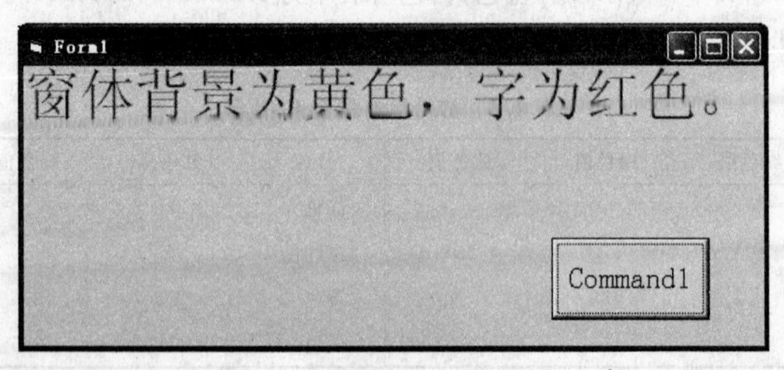

图 4.29　例 4.8 的运行结果

4.2.7　顺序结构程序应用举例

本节上述例题都比较简单,但都是采用了 VB 程序设计的基本结构——顺序结构设计思想来编写建立程序代码的。从中也要建立程序设计的基本概念和思想方法,为以后学习编写更为复杂的程序打下基础。

下面再学习几个程序设计例题。

例 4.9　编写程序,从键盘上输入三角形的三个边长值,应用计算三角形面积的公式

$$Area=\sqrt{L(L-a)(L-b)(L-c)}$$

求三角形面积。

(1) 算法分析。首先设计解决问题的方法步骤,即算法,步骤如下:①定义三个变量 a,b,c,存放三角形的三个边长值;定义变量 Area 存放面积值;定义变量 L 存放半周长值;因为三角形的边长及最后的面积值都不可能只是整数,所以应该将以上变量都定义为单精度实型变量;②输入三个边长值,注意构成三角形的条件,任意两边之和大于第三边;③根据公式求面积,分两步进行,第一步求出半周长 L=(a+b+c)/2,第二步求出面积 $\mathrm{Area}=\sqrt{\mathrm{L(L-a)(L-b)(L-c)}}$;④输出三角形面积 Area。

(2) 程序界面设计。在窗体上设置三个文本框控件对象来输入并显示三个边长。使用命令按钮执行计算操作,各对象的主要属性见表 4.10,设计完成的界面如图 4.30 所示。

表 4.10　对象的属性设置

对象	属性	设置	对象	属性	设置
Label1	Caption	A:	Text1	text	空(不输入任何字符)
Label2	Caption	B:	Text2	text	空(不输入任何字符)
Label3	Caption	C:	Text3	text	空(不输入任何字符)
Label4	Caption	输入三边长	Command1	Caption	计算面积
Label5	Caption	面积=			

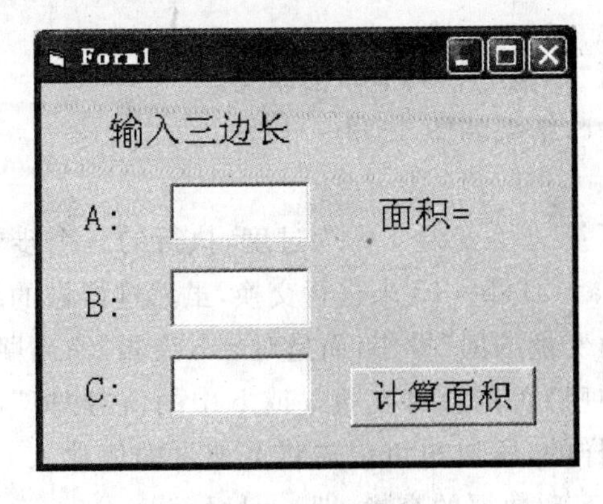

图 4.30　启动界面

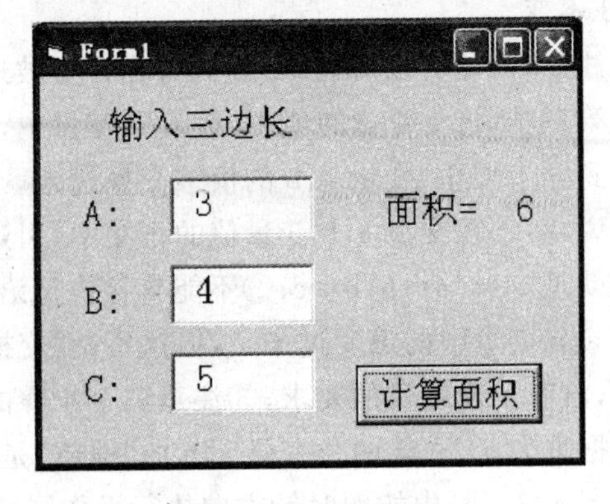

图 4.31　演示界面

(3) 代码设计。在 Command1 按钮的单击事件中输入代码：

```
Private Sub Command1_Click()              '单击"计算面积"按钮
  Dim a!,b!,c!,L!,Area!
  A=Val(Text1.text)                       '将在文本框中输入的数字赋值给变量 a
  B=Val(Text2.text)                       '将在文本框中输入的数字赋值给变量 b
  C=Val(Text3.text)                       '将在文本框中输入的数字赋值给变量 c
  L=(a+b+c)/2
  Area=Sqr(L*(L-a)*(L-b)*(L-c))
  Label5.caption="面积=" & Str(Area)
End Sub
```

(4) 运行程序，依次在三个文本框中输入边长数值，单击**计算面积**按钮，显示面积，如图 4.31所示。

例 4.10　设计程序，定义两个变量，输入两个变量值，然后交换它们的值。

(1) 分析。在程序中先对两个变量 a，b 赋值，然后交换它们的值。结果如图 4.32(a)所示。

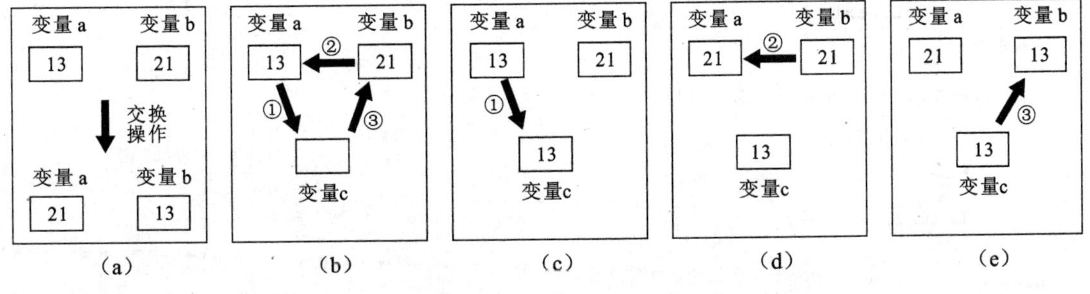

图 4.32　变量值交换过程

首先输入两个变量的值，如输入 a=13，b=21。定义第三个变量 c 作为交换中间过度变量。交换的过程如图 4.32(b)所示。

第一步，将 a 变量的值 13 放入 c 变量中，c=a，如图 4.32(c)所示。执行后，c 变量的值也变为 13，a 变量的值仍是 13 不变。

注意，变量将其自身的值赋给其他的变量后，自身的值不会发生改变。

第二步，将 b 变量的值 21 放入 a 变量中，a=b，结果如图 4.32(d)所示。执行后，a 变量的原值 13 被新值 21 取代，b 变量的值仍是 21 不变。变量 c 在此步骤中没有操作，变量值仍保持为 13 不变。

注意,由此可以看到,变量只有在自身被进行“赋值”后,其值才会改变。

第三步,将 c 变量的值 13 放入 b 变量中,b=c,结果如图 4.32(e)所示。

到此步骤止,变量 a、b 的值被交换过来。

说明:①在交换 a,b 变量值的方法中,引进了第三个变量 c 作为过度,执行的三个步骤合起来就是 c=a:a=b:b=c,②不能直接执行语句 a=21:b=13 来进行交换,虽然这样做的结果是将 a,b 变量中的值变过来了,但这不是“交换两变量的值”操作,而是对 a,b 变量“重新赋值”操作,没有实现题目的要求;③注意三个步骤的顺序,否则会将变量 a 或 b 中的值“冲掉”而造成数据丢失;④由于两个变量 a,b 的“地位”是一样的,所以也可以先将 b 变量的值放入 c 中,即在图 4.32(b)中按顺时针方向执行操作同样能实现数据的交换,即 c=b:b=a:a=c,读者可自己画出交换的过程图;⑤如果不借助第三变量 c,也能实现 a,b 变量值的交换,如执行操作 a=a+b:b=a-b:a=a-b。

读者可自己画出上面三个语句执行时,变量 a,b 中值的变化图。

(2) 程序界面设计。设计完成的界面如图 4.33 所示。

(3) 程序代码设计。

```
Dim a As Integer, b As Integer, c As Integer
 Private Sub Command1_Click()
    a=Text1.Text
    c=a
    Text3.Text=c
 End Sub
Private Sub Command2_Click()
    b=Text2.Text
    a=b
    Text1.Text=a
End Sub
Private Sub Command3_Click()
    c=Text3.Text
    b=c
    Text2.Text=c
End Sub
Private Sub Command4_Click()
    Text1.Text=13
    Text2.Text=21
    Text3.Text=""
End Sub
```

(4) 运行程序。在 **a** 和 **b** 文本框中分别输入 **13** 和 **21**,如图 4.33 所示。依次单击**第一步**、**第二步**、**第三步**按钮,实现交换 a,b 变量值的操作,结果如图 4.34 所示。单击**恢复**按钮,可恢复到初始界面。如果没有严格按上述步骤执行,可以看到是不能正确实现交换操作的。

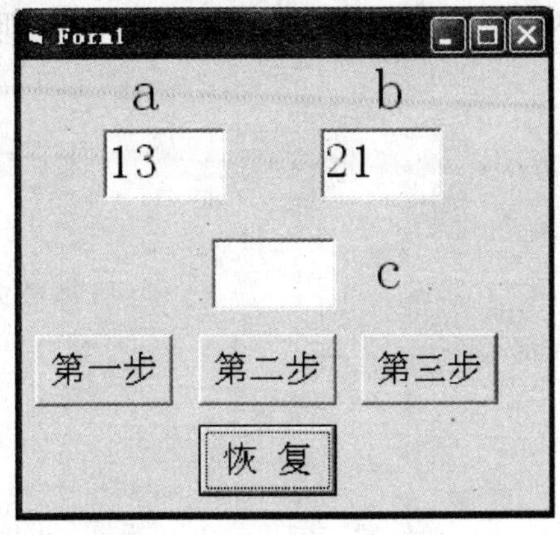

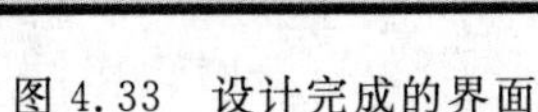
图 4.33 设计完成的界面

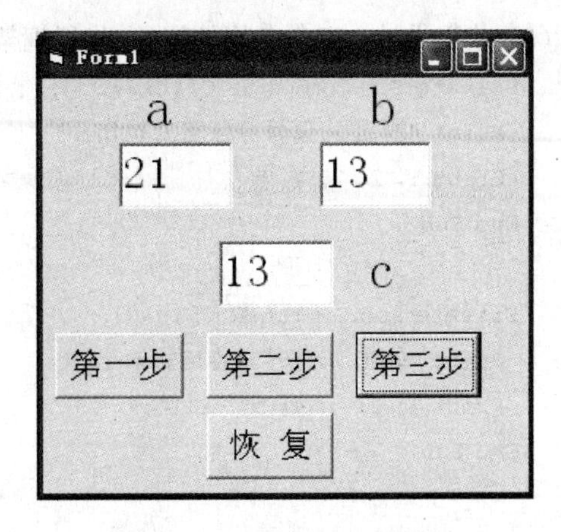

图 4.34 交换变量值的结果

(5) 这里还要说明一下赋值语句中的类型问题。通常，在使用时应使表达式值的类型与变量(或对象的属性)的类型相同，以避免出现“类型不匹配”的错误。例如，在本例文本框中的数据是字符型数据，而变量 a,b,c 定义是数值型变量。应尽量避免在不同类型的数据间赋值。所以可以将上述程序代码中语句

```
c=Text3.Text
b=Text2.Text
a=Text1.Text
```

改为

```
a=Val(Text1.Text)
b=Val(Text2.Text)
c=Val(Text3.Text)
```

以保证数据类型的匹配。

例 4.11 设计程序，演示 Print 方法的各种功能。

(1) 分析。在窗体上设计建立多个按钮，在每个按钮的单击事件过程中编写不同的 Print 语句，来演示 print 方法语句的各种输出打印效果。

(2) 界面设计。在窗体上建立 8 个按钮，设置各按钮的 Caption 属性如图 4.35 所示。

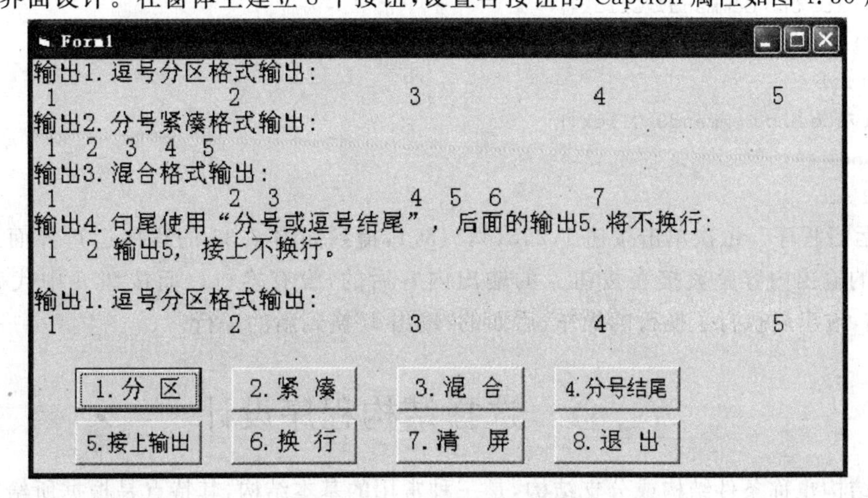

图 4.35 程序运行界面

（3）代码设计。双击各个按钮，在代码框架中输入与其 Caption 属性相应的 Print 语句，如下：

```
Private Sub Command1_Click()
 Print "输出 1.逗号分区格式输出："
 Print 1, 2, 3, 4, 5
End Sub

Private Sub Command2_Click()
 Print "输出 2.分号紧凑格式输出："
 Print 1; 2; 3; 4; 5
End Sub

Private Sub Command3_Click()
Print "输出 3.混合格式输出："
Print 1, 2; 3, 4; 5; 6, 7
End Sub

Private Sub Command4_Click()
Print "输出 4.句尾使用"分号或逗号结尾",后面的输出 5.将不换行："
Print 1; 2;
End Sub

Private Sub Command5_Click()
Print "输出 5，接上不换行。"
End Sub

Private Sub Command6_Click()
  Print
End Sub

Private Sub Command7_Click()
  Cls
End Sub
Private Sub Command8_Click()
  End
End Sub
```

（4）运行程序。依次单击按钮 1,2,3,4,5,6,1，得到如图 4.35 的程序运行界面。可以看到按钮 5 的输出内容是紧接在按钮 4 的输出内容后的，没有换行。而按钮 6 中代码就是空 Print 语句，输出后执行了换行的操作，后面的“输出 1”换到新的一行。

4.3 选择结构程序设计

选择结构也称条件结构或分支结构，是一种常用的基本结构，其特点是根据所给定的条件取值为真或假来决定从不同操作中选择执行哪一种操作。VB 提供了以下几种用来实现选择结构的流程控制语句：

行结构条件语句　If…Then…Else…

块结构条件语句　If…Then…Else…End If

多分支条件语句　ElseIf

多分支选择语句　Select　Case…End Select

4.3.1　行 If 语句

行 If 结构要求把整个语句写在同一行上。行 If 结构有两种形式。第一种形式是单分支的行 If 结构，格式为

```
If  条件表达式 Then  语句组 1
```

其执行过程是，首先判断条件表达式的取值，若条件表达式成立(取值为 True 或为非 0 值)，则执行语句组 1 中所有的语句；若条件表达式不成立(取值为 False 或 0 值)，则不执行任何操作。当前行 If 语句执行完毕，继续执行该 If 语句后的下一个语句。执行流程如图 4.36(a)所示。

第二种形式是双分支的行 If 结构，格式为

```
If  条件表达式 Then 语句组 1  Else  语句组 2
```

其执行过程是，首先判断条件表达式的取值，若条件表达式成立，则执行语句组 1 中所有的语句；若条件表达式不成立，则执行语句组 2 中所有的语句。无论执行完语句组 1 还是语句组 2 后，都转而执行该 If 语句后的下一个语句。执行流程如图 4.36(b)所示。

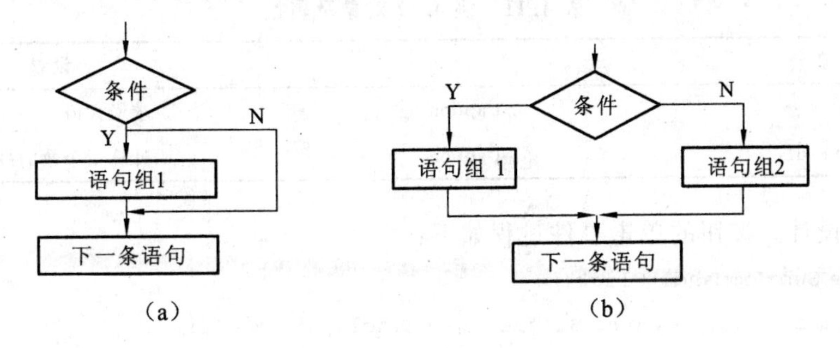

图 4.36　If 语句执行流程

行 If 结构中，条件表达式为必选项，它通常是关系表达式或逻辑表达式，也可以用数值表达式；但表达式的返回结果只能是 True(真)或 False(假)两种情况，有时也称为"条件成立或条件满足"或"条件不成立或条件不满足"。对于数值表达式，VB 将 0 作为 False，非 0 作为 True 来处理。

格式中语句组 1 和语句组 2，可以是一个简单的语句，也可以是多个语句组成的语句组，若有多个语句，则语句之间要用语句分隔符冒号":"分隔。

注意，行 If 结构语句一定要将整个语句写在一行上，如果语句过长超过一行，也可以使用续行标志符号"空格＋下划线"将其写为多行。

例 4.12　任意输入三个数 a,b,c，输出其中数值最大的数。

(1) 分析。根据题意，首先输入任意三个数，假定这三个数用变量 a,b,c 表示，然后需要比较判断三个数中最大的数，输出最大数。对于数据的输入，可以采用文本框，也可以使用 InputBox 函数来完成；对于数据的输出，可以在文本框中输出，也可以使用 Print 方法直接输出在窗体上；对于数据的大小判断，可以使用选择结构行 If 语句来对三个数进行依次比较，找

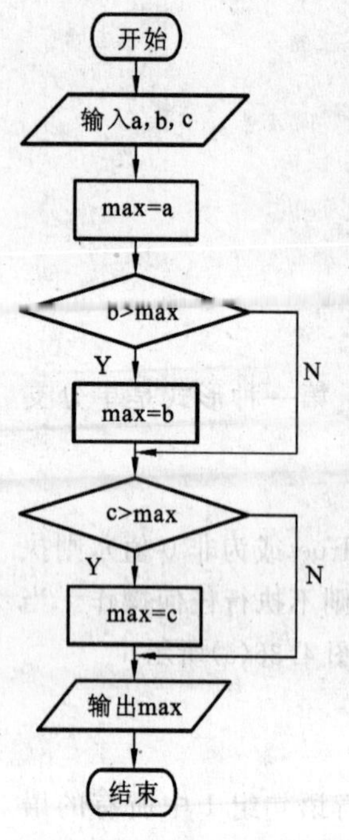

图 4.37　算法的流程图

到最大数。

（2）算法设计：①定义 4 个变量 a,b,c 和 max，前三个变量用来存放输入的任意三个数据，max 用于存放需要输出的最大值；②输入三个任意的数值存放到变量 a,b,c 中；③首先假定变量 a 就是三个数中的最大值，将其取值存放到 max 中；④将 max 与变量 b 比较，将其中较大的数值存放到变量 max 中，此时变量 max 中存放的数据实际上就是变量 a 与 b 中较大的数值，若 b 大于 max 就将变量 b 的值存放到变量 max 中，如果变量 b 的值不大于变量 max 的值，则可以不作任何操作；⑤将 max 与变量 c 比较，将其中较大的数值存放到变量 max 中，此时变量 max 中存放的数据实际上就是变量 a,b,c 中最大的数值，若 c 大于 max 就将变量 c 的值存放到变量 max 中，如果变量 c 的值不大于变量 max 的值，则可以不作任何操作；⑥输出 max 的值。算法的流程图描述如图 4.37 所示。

此处数据的输入使用 InputBox 函数，最大值的输出使用 Print 方法直接输出在窗体上。在窗体上添加一个命令按钮，显示为**计算三个数的最大值**，按钮用于输入数据、比较数据大小、输出三个数中的最大值的全部处理过程。窗体及命令按钮控件属性见表 4.11。

表 4.11　例 4.12 对象及属性

对象	属性	设置
Form1	Caption	求最大值
Command1	Caption	计算三个数的最大值

（3）代码设计。按钮的单击事件过程如下：

```
Private Sub Command1_Click()
    Dim a As Single, b As Single, c As Single, max As Single
    '输入三个变量
    a=Val(InputBox("请输入第一个数 a:"))
    b=Val(InputBox("请输入第二个数 b:"))
    c=Val(InputBox("请输入第三个数 c:"))
    '假定 a 为最大值
    max=a
    '将 a、b 中较大的数放入 max 中
    If b>max Then max=b
    '如果 c 最大，则将 c 的值放入 max 中
    If c>max Then max=c
    Print a; "、"; b; "、"; c; "中最大值是: "; max
End Sub
```

上述程序运行时单击**计算三个数的最大值**按钮，将依次弹出三个输入对话框，用来接收三个数据，如图 4.38 所示。分别输入 23,34,12 后窗体上将显示出变量 a,b,c 及 max 的值，如图 4.39 所示。

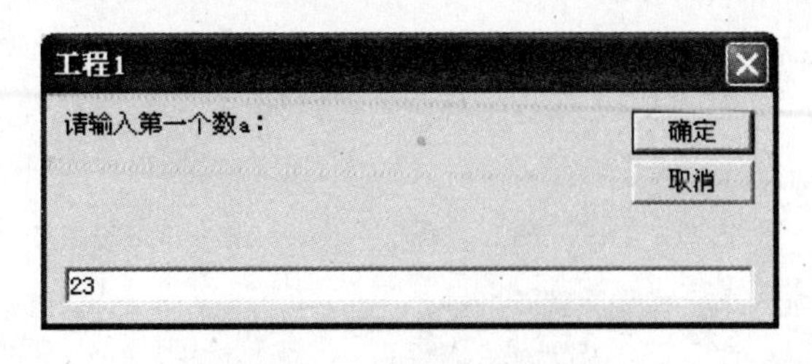

图 4.38　输入数据界面

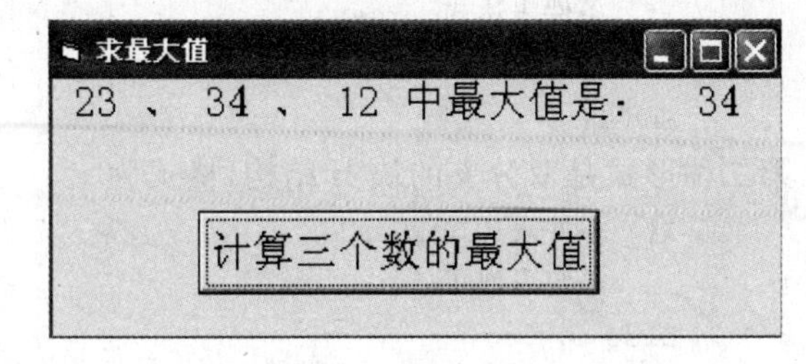

图 4.39　输出界面

说明：代码中的斜体部分实现的是求三个数中的最大值，也可以不预先假定最大值，而直接将三个数据依次比较来求出最大值，则对上面第 7～12 行代码修改为

```
'将 a,b 中较大的数放入 max 中
If a>b Then max=a Else max=b
'如果 c 最大,则将 c 的值放入 max 中
If c>max Then max=c
```

例 4.13　编写程序，实现符号函数 Sgn(x)的功能。

符号函数 Sgn(x)的功能是，任意输入一个数 X，若 X 是正数则输出＋1；若 X 是负数则输出－1；若 X 是 0 则输出 0。

数据 X 的输入可以通过 InputBox 函数完成，单击窗体，将对应于 X 所输出的结果直接显示在窗体上。

设置窗体的基本属性见表 4.12。

表 4.12　例 4.13 对象及属性

对象	属性	设置
Form1	Caption	函数 Sgn(x)
	FontSize	20

窗体的单击事件过程如下：

```
Private Sub Form_Click()
  x=Val(InputBox("输入 x:"))
   if  x>0 then Print  1
   if  x=0 then Print  0
   if  x<0 then Print  -1
End Sub
```

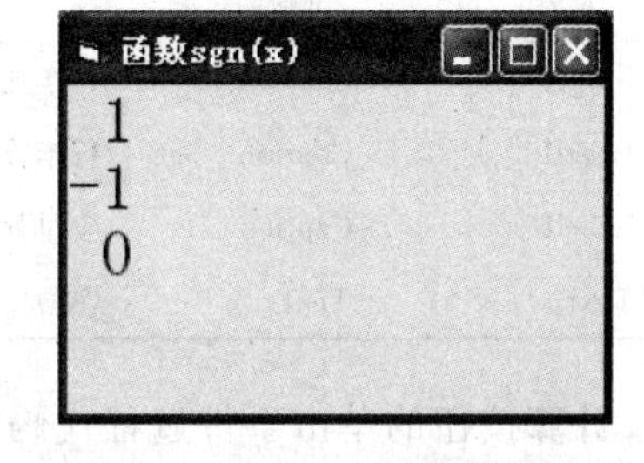

图 4.40　例 4.13 程序运行结果

运行程序，单击窗体，分别三次输入 25，－56，0，得到结果如图 4.40 所示。

4.3.2　块 If 语句

如果在条件满足或不满足时要进行多个语句的操作时，可以使用块结构条件语句，这样能使程序结构更加清晰。一般来说，只要条件分支执行的语句超过一个，最好选择使用块结构条件语句。

块 If 结构有两种形式。第一种形式是单分支的块 If 结构，格式为

```
If  条件表达式  Then
    语句序列 1
End If
```

第二种形式是双分支的块 If 结构，格式为

```
If  条件表达式 Then
    语句序列 1
Else
    语句序列 2
End If
```

说明：①块 If 语句以 If 开始，必须以 End If 表示当前 If 语句的结束；②块 If 语句中，Then 后面的语句不能与其写在同一行上；③块 If 结构中，语句序列可以是一个语句，也可以是多个语句；④块 If 结构的执行过程与行 If 的执行过程一致。

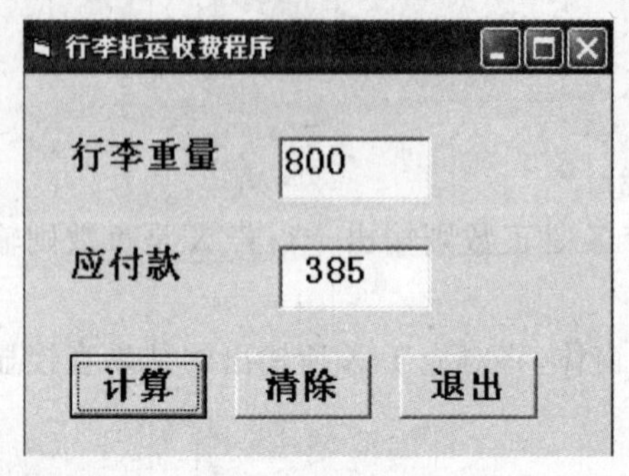

图 4.41　例 4.14 程序运行界面

例 4.14　火车站行李费的收费标准是 50 kg 以内(包括 50 kg)0.20 元/kg，超过部分 0.50 元/kg。编写程序，要求根据输入的重量，计算出应付的行李费。

假定用变量 weight 表示行李重量，pay 表示应付费用，根据题意，行李费的计算公式为

$$pay=\begin{cases} weight\times 0.2 & weight\leqslant 50 \\ (weight-50)\times 0.5+50\times 0.2 & weight>50 \end{cases}$$

程序运行界面如图 4.41 所示。

算法可以简单描述为，获得行李重量——根据重量计算费用——显示费用。

窗体及界面控件属性见表 4.13。

表 4.13　例 4.14 对象及属性

对象	属性	设置	对象	属性	设置
Form1	Caption	行李托运收费程序	Text2	Text	(空)
Label1	Caption	行李重量	Command1	Caption	计算
Label2	Caption	应付款	Command2	Caption	清除
Text1	Text	(空)	Command3	Caption	退出

计算按钮的单击事件过程代码如下：

```
Private Sub Command1_Click()
        Dim weight as single,pay as single
         weight=val(Text1.Text)
         If weight>50 Then
               pay=(weight-50)*0.5+50*0.2
         Else
               pay=weight*0.2
         End If
         Text2.Text=str(pay)
End Sub
```

清除按钮的单击事件过程代码如下：

```
Private Sub Command2_Click()
          Text1.Text=""
          Text2.Text=""
End Sub
```

退出按钮的单击事件过程代码如下：

```
Private Sub Command3_Click()
          End
End Sub
```

例 4.15 输入任意三个数，要求按由大到小的顺序输出这三个数。

首先输入任意三个数 a,b,c，然后比较它们的大小，找出最大数、第二大数和最小数，最后按由大到小顺序输出。

排序的基本方法，就是比较大小，然后根据比较的结果分别加以处理。此处不考虑有相同的数，将数据按照由大到小的顺序依次存放在变量 a,b,c 中。处理过程为先找出最大数，将其保存在变量 a 中，然后比较 b,c 大小，将大数放在 b 中，小数放在 c 中。比较中会涉及两个数据的交换，要注意数据交换是如何实现的。

步骤 1：比较 a,b 的大小，若 a 小于 b，就交换 a,b 的值，否则不交换。

```
If a<b Then
   t=a:  a=b:  b=t
End If
```

步骤 2：比较 a,c 的大小，若 a 小于 c，就交换 a,c 的值，否则不交换。

```
If a<c Then
   t=a:  a=c:  c=t
End If
```

这样经过这两次比较后，变量 a 中存放的就应该是三个数中最大的一个数了。下一步是将 b,c 按照大小排序。

步骤 3：比较 b,c 的大小，若 b 小于 c，就交换 b,c 的值，否则不交换。

```
If b<c Then
   t=b:  b=c:  c=t
End If
```

经过上述三个步骤，变量 a,b,c 中依次存放了三个数中的最大值、较大值和最小值。最后只需输出 a,b,c 即可。

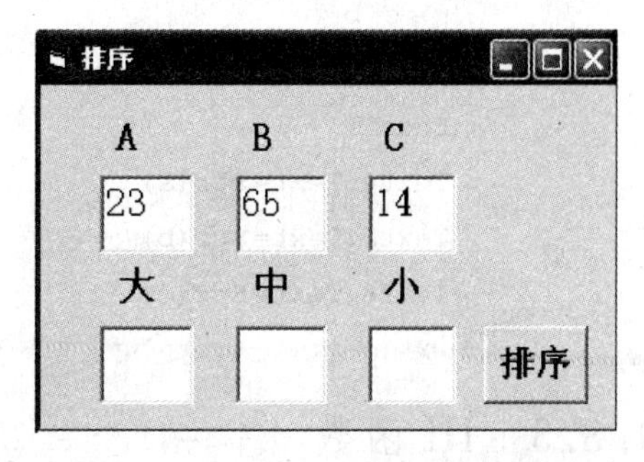

图 4.42 例 4.15 程序运行界面

设计程序界面如图 4.42 所示。其中使用了 6 个文本框、6 个标签、1 个命令按钮。各个对象的属性值见表 4.14。

表 4.14 例 4.15 对象及属性

对象	属性	设置	对象	属性	设置
Form1	Caption	排序	Label1	Caption	A
Text1	Text	（空）	Label2	Caption	B

续表

对象	属性	设置	对象	属性	设置
Text2	Text	（空）	Label3	Caption	C
Text3	Text	（空）	Label4	Caption	大
Text4	Text	（空）	Label5	Caption	中
Text5	Text	（空）	Label6	Caption	小
Text6	Text	（空）	Command1	Caption	排序

排序按钮的单击事件过程代码如下：

```
Private Sub Command1_Click()
    Dim a As Single, b As Single, c As Single
    a=Val(Text1.Text)
    b=Val(Text2.Text)
    c=Val(Text3.Text)
    If a<b Then
        t=a
        a=b
        b=t
    End If
    If a<c Then
        t=a
        a=c
        c=t
    End If
    If b<c Then
        t=c
        c=b
        b=t
    End If
    Text4.Text=Str(a)
    Text5.Text=Str(b)
    Text6.Text=Str(c)
End Sub
```

4.3.3 IIf 函数

VB 提供了一种 IIf 函数。IIf 函数可以用来执行简单的条件判断操作，它是“If…Then…Else…”结构的简写，IIf 是 Immediate If 的缩写。其格式为

```
Result=IIf(条件表达式,True 部分,False 部分)
```

Result 是函数的返回值，条件表达式是一个逻辑表达式。当条件表达式为真时，IIf 函数返回 True 部分；当条件表达式为假时，返回 False 部分。

True 部分或 False 部分可以是表达式、变量或其他函数，但不能是语句。

注意，IIf 函数中的三个参数都不能省略，而且要求 True 部分、False 部分及结果变量的类

型一致。

IIf 函数与双分支 If 语句结构的作用类似。

例如,例 4.12 中的代码

```
If a>b Then max=a Else max=b
```

可以用下面的 IIf 函数来代替:

```
max=iif(a>b,a,b)
```

又如,例 4.14 中的代码

```
If weight>50 Then
        pay=(weight-50)*0.5+50*0.2
Else
        pay=weight*0.2
End If
```

可以用下面的 IIf 函数来代替:

```
pay=IIf(weight>50,(weight-50)*0.5+50*0.2,weight*0.2)
```

显然,用 IIf 函数在一定情况下可以使程序大为简化。

4.3.4 If 语句的嵌套

简单的 If 结构语句只能解决“二选一”的问题,即从两种情况中选择执行其中的一种情况;但在实际应用中,经常会遇到更复杂的情况选择。如要从两种以上的情况中选择执行其中的一种情况,此时就要使用 If 语句的嵌套来解决问题。

If 语句嵌套是指在上述各种 If 结构语句中的语句组或语句序列部分仍然可以包含另外的块结构 If 语句或行结构 If 语句,并可以层层包含下去。

例如,下面就是一个简单的块结构嵌套的语句:

```
If<条件表达式 1> Then              '外层 If 条件语句开始
  If<条件表达式 2> Then            '内层 If 条件语句开始
    <语句序列 1>
  Else                             '内层 If 语句的 Else 语句
    <语句序列 2>
  End If                           '内层 If 条件语句结束
Else                               '外层 If 语句的 Else 语句
  <语句序列 3>
End If                             '外层 If 条件语句结束
```

上述嵌套的 If 结构语句就是在双分支块结构 If 语句中的 Then 后面紧跟着一个内层的块结构 If 语句(也可以是单行结构的 If 语句)。

语句的执行过程是,首先判断＜条件表达式 1＞是否成立,如果＜条件表达式 1＞不成立,则执行＜语句序列 3＞;如果＜条件表达式 1＞成立,则还要再判断＜条件表达式 2＞是否成立,若成立则执行＜语句序列 1＞,否则执行＜语句序列 2＞。

注意,在执行完任何一个语句序列后,都将转向执行外层 End If 后语句。

说明:①使用 if 嵌套结构时,必须保证各个 if 嵌套层的完整性,每一个 Else 必须和一个 If 相对应,避免产生混乱;在书写时,可以将同一层的 If 子句和 Else 子句左对齐,内层的各语句块相对于外层向右缩进若干空格,以使程序结构更加清楚,便于阅读和查错;②每一个块结构都必须以 If 开始，以 End If 结束，且注意 End If 应与同一层的 If 及 Else 字句左对齐，便于代码的查看和理解；③VB 中对 If 嵌套的层数没有限制，在嵌套的块结构中仍然可以继续嵌套 If 结构，但嵌套时外层的 If 结构必须完全“包住”内层的 If 结构，不能相互“骑跨”。

利用块 If 语句的嵌套可以解决“多分支”选择的问题。

例 4.16 在例 4.15 中，是将三个数比较后按照由大到小的顺序依次存放在变量 a，b，c 中，改变了原始各变量数据的大小。本例要求在不改变变量 a，b，c 原始数据的情况下，将输入的三个数，按照从大到小的顺序输出。

先比较 a，b 的大小，确定输出时 a 和 b 的位置关系，若 a>b，则输出时 a 在前 b 在后，再来比较 c 与 a 和 b 的大小关系，确定 c 的位置；若 a<b，则输出时 b 在前 a 在后，再来比较 c 与 a 和 b 的大小关系，确定 c 的位置。具体流程和程序运行界面，如图 4.43，4.44 所示。

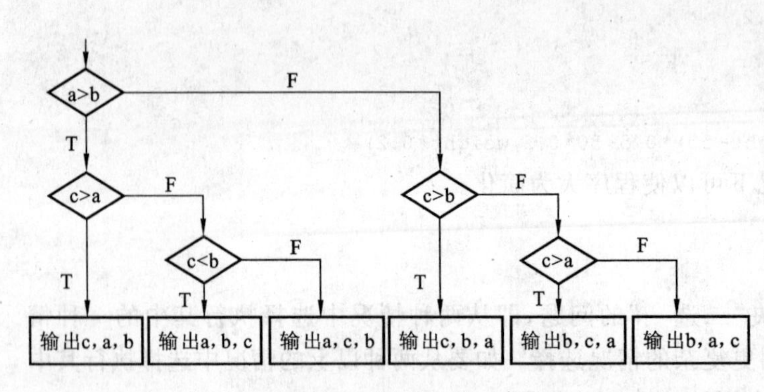

图 4.43 程序流程图

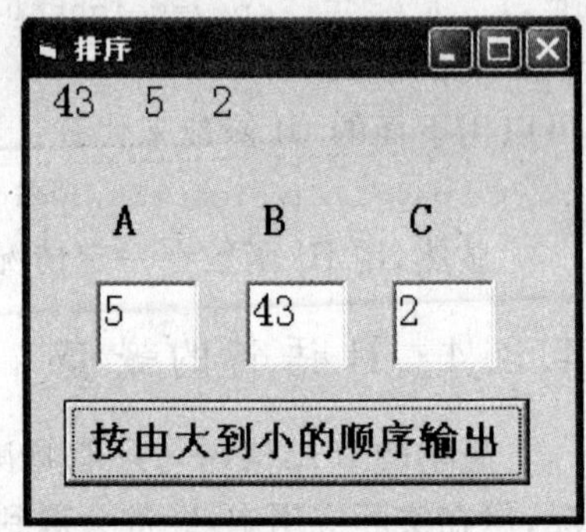

图 4.44 例 4.16 程序运行界面

其中使用了 3 个文本框，3 个标签，1 个命令按钮。各个对象的属性值见表 4.15。

表 4.15 例 4.16 对象及属性

对象	属性	设置	对象	属性	设置
Form1	Caption	排序	Label1	Caption	A
Text1	Text	（空）	Label2	Caption	B
Text2	Text	（空）	Label3	Caption	C
Text3	Text	（空）	Command1	Caption	按由大到小的顺序输出

按钮的单击事件过程代码如下：

```
Private Sub Command1_Click()
    Dim a As Single, c As Single, b As Single
    '三个文本框的数据赋值给变量
    a=Text1.Text:b=Text2.Text:c=Text3.Text
    If a>b Then                        'a>b,确定 c 的位置
      If c>a Then                      'c 最大
        Print c;a;b
      Else
        If c<b Then                    'c<b 成立,c 最小
            Print a;b;c
        Else                           'c 处于中间
            Print a;c;b
        End If
```

```
        End If
    Else                            'a<b,确定 c 的位置
      If c>b Then                   'c 最大
         Print c;b;a
      Else
         If c>a Then                'c 处于中间
            Print b;c;a
         Else                       'c<b 成立,c 最小
            Print b;a;c
         End If
      End If
    End If
End Sub
```

例 4.17 计算三角形的面积。要求判断用户给出的三边长是否满足构成三角形的条件,即任意两条边之和大于第三条边的问题。若满足条件,在窗体上输出三角形的面积;若不满足条件,弹出消息框,给出错误信息。

对于用户输入的三条边长,需要做出两重判断。第一重判断,三边长是否都大于 0,若成立再进行第二重判断;若不成立给出错误信息。第二重判断是判断用户所给出的数据是否能够构成三角形,若能够构成三角形,将使用公式 $Area=\sqrt{L(L-a)(L-b)(L-c)}$(其中 L 为周长的一半)计算三角形面积;若不能构成三角形,则给出错误信息。

程序运行后,在三个文本框中输入数据,再单击**计算面积**按钮后的界面,如图 4.45 所示。其中使用了 3 个文本框、5 个标签、1 个命令按钮。各个对象的属性值见表 4.16。

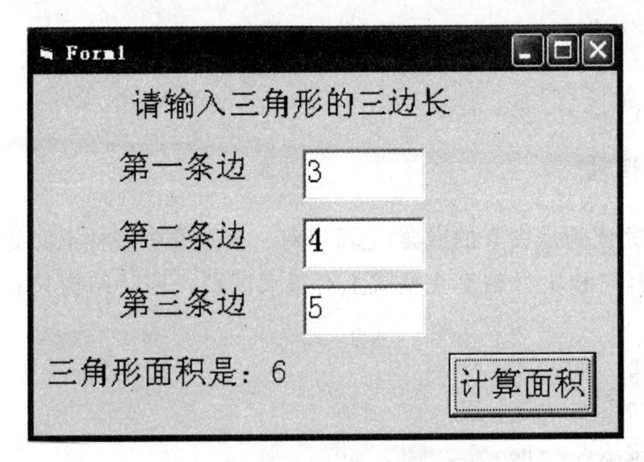

图 4.45 例 4.17 程序运行界面

表 4.16 例 4.17 对象及属性

对象	属性	设置	对象	属性	设置
Text1	Text	(空)	Label3	Caption	b
Text2	Text	(空)	Label4	Caption	c
Text3	Text	(空)	Label5	Caption	(空)
Label1	Caption	请输入三角形的三边长	Command1	Caption	计算
Label2	Caption	a			

计算按钮的单击事件过程代码如下：

```
Private Sub Command1_Click()
  Dim A!, B!, C!,L!, Area!
  A=Val(Text1.Text)
  B=Val(Text2.Text)
  C=Val(Text3.Text)
  If A>0 And B>0 And C>0 Then
    If A+B>C And B+C>A And C+A>B Then
      L=(A+B+C)/2
      Area=Sqr(L * (L-A) * (L-B) * (L-C))
      Label5.Caption="三角形面积是:" & Area
    Else
      MsgBox "所给数据不能构成三角形,任意两边长之和必须大于第三边"
      Text1.Text=""
      Text2.Text=""
      Text3.Text=""
    End If
  Else
    MsgBox "三条边长必须都大于0"
    Text1.Text=""
    Text2.Text=""
    Text3.Text=""
  End If
End Sub
```

4.3.5 ElseIf 语句

ElseIf 语句实际完成的是块 If 的嵌套，它可以对一个问题中多种不同的条件要求进行判断，从而作出不同的处理，它和块 If 嵌套在格式上有很大区别，ElseIf 结构只有一对 If 和 End If 语句，即

```
If   条件表达式 1 then
  语句序列 1
ElseIf   条件表达式 2 then
  语句序列 2
ElseIf   条件表达式 3 then
  语句序列 3
  …
Else
  语句序列 n+1
End If
```

说明：①可以放置任意多个 ElseIf 子句；②关键字 ElseIf 中间没有空格，不能写成 Else If；③ElseIf 子句和 Else 子句都是可选的，如果省略，则简化为简单的块 If 语句；④执行过程为依

次判断条件，如果找到一个满足的条件，则执行其下面的语句块，然后跳过 End If，执行后面的程序；如果所列出的条件都不满足，则执行 Else 语句后面的语句块；如果所列出的条件都不满足，又没有 Else 子句，则直接跳过 End If，不执行任何语句块；⑤ElseIf 语句的执行过程如图 4.46 所示。

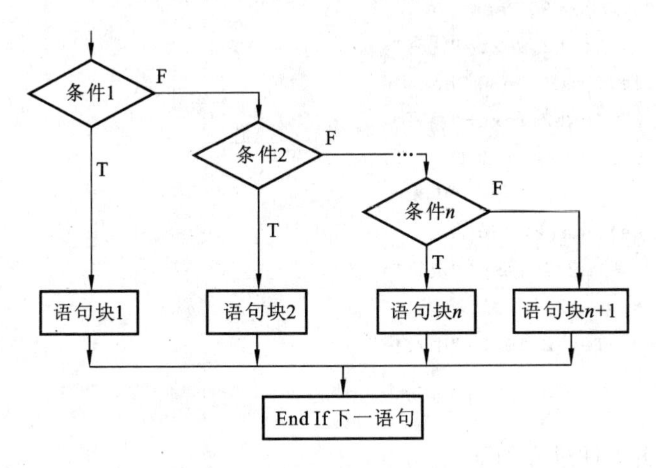

图 4.46 ElseIf 语句的执行过程

注意，程序只要执行完其中一个语句序列后，其余子句就不再执行；如果有多个子句中的条件都成立时，也只执行最先满足条件的子句。

例 4.18 输入一名学生的一门课分数 x（百分制），当 $x \geqslant 90$ 时，输出**优秀**；当 $80 \leqslant x < 90$ 时，输出**良好**；当 $70 \leqslant x < 80$ 时，输出**中**；当 $60 \leqslant x < 70$ 时，输出**及格**，当 $x < 60$ 时，输出**不及格**。

本例适合用 Else If 语句结构来解决。运行界面如图 4.47 所示。在窗体上适当位置添加控件，并设置控件属性见表 4.17。

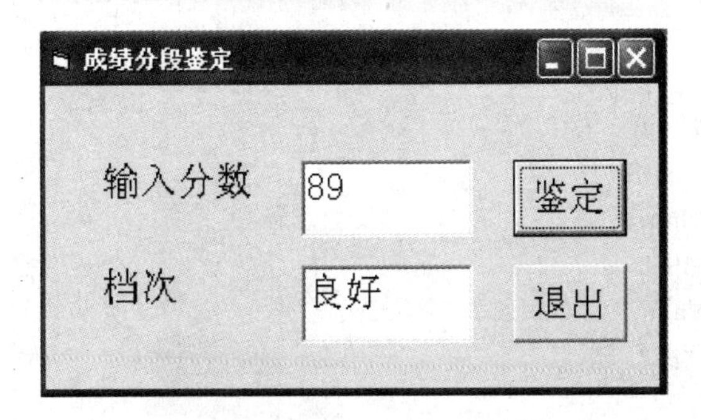

图 4.47 例 4.18 程序运行界面

表 4.17 例 4.18 对象及属性

对象	属性	设置	对象	属性	设置
Form1	Caption	成绩分段鉴定	Text2	Text	（空）
Label1	Caption	输入分数	Command1	Caption	鉴定
Label2	Caption	档次	Command2	Caption	退出
Text1	Text	（空）			

鉴定按钮的单击事件过程如下：

```
Private Sub Command1_Click()
        Dim mark!
        mark=Val(Text1.Text)
        If mark>=90 Then
            Text2.Text="优秀"
        ElseIf mark>=80 Then
            Text2.Text="良好"
        ElseIf mark>=70 Then
            Text2.Text="中"
        ElseIf mark>=60 Then
            Text2.Text="及格"
        Else
            Text2.Text="不及格"
        End If
End Sub
```

退出按钮的单击事件过程如下：

```
Private Sub Command2_Click()
    End
End Sub
```

在文本框 **Text1** 中输入数据，如 **89**，单击**鉴定**按钮，在文本框 **Text2** 中显示 89 分对应的等级**良好**，如图 4.47 所示。

注意，上面的程序代码未考虑对输入错误分数的判断及处理，如成绩输入数值大于 100 分、输入的成绩分数是负值或输入了非分数的字符等，读者可自行设计修改代码，实现其相应的判断及处理。

也可以将上面程序代码中的 ElseIf 语句部分替换为下面的代码：

```
If mark<60 Then
    Text2.Text="不及格"
ElseIf mark<70 Then
    Text2.Text="及格"
ElseIf mark<80 Then
    Text2.Text="中"
ElseIf mark<90 Then
    Text2.Text="良"
Else
    Text2.Text="优"
End If
```

如果将 ElseIf 语句部分代码换为下面的形式，读者分析一下，是否能实现成绩的转换？

```
If mark>=60 Then
    Text2.Text="及格"
ElseIf mark>=70 Then
    Text2.Text="中"
ElseIf mark>=80 Then
    Text2.Text="良"
```

```
ElseIf mark>=90 Then
    Text2.Text="优"
Else
    Text2.Text-"不及格"
End If
```

粗略看,各分数段的转换条件好像也能实现题目要求;但我们仔细分析,就可以发现问题了。例如,当输入成绩分数为 **75** 时,条件 **mark >=60** 和 **mark >=70** 都满足,但 **mark >=60** 条件判断排在前面,因而程序执行到此,判断满足条件,设置等级 **Text2. Text ="及格"**,之后的情况就不考虑了。

这就是我们在前面讲到的 ElseIf 语句的特点:如果有多个子句中的条件都成立时,也执行最先条件成立的子句,而之后即使有满足条件的情况也一律跳过。这个问题是特别值得读者注意的。

例 4.19 已知变量 strC 中存放了一个字符,判断该字符是字母字符、数字字符还是其他字符。

本例对于输入字符的判断有字母、数字和其他字符三种情况,可以使用 ElseIf 多分支结构来处理。如果是字母字符,还分大写和小写,可以通过 Ucase 函数将 strC 中存放的字符先转换为大写字母之后,再进行比较判断。

参考代码如下:

```
If Ucase(strC)>="A" And Ucase(strC)<="Z" Then
        Print strC+"是字母字符"
ElseIf strC>="0"  And strC<="9"  Then
        Print  strC+"是数字字符"
Else
        Print  strC+"其他字符"
End If
```

不管有几个分支,依次判断,当某条件满足,执行相应的语句,其余分支不再执行;若条件都不满足,且有 Else 子句,则执行该语句块,否则什么也不执行。

4.3.6 Select Case 语句

当对一个表达式的不同取值情况作不同处理时,用 ElseIf 语句程序结构显得较为杂乱,而用 Select Case 语句将使程序的结构更清晰。Select Case 语句又称为情况语句,其格式为

```
Select Case 测试表达式
   Case 表达式列表 1
        语句序列 1
   Case 表达式列表 2
        语句序列 2
   ……
   Case 表达式列表 n
        语句序列 n
  [Case Else
        语句序列 n+1]
  End Select
```

功能:根据测试表达式的值,选择第一个符合条件的语句块执行。

Select Case 语句的执行过程是，先求测试表达式的值，然后顺序测试该值符合哪一个 Case 子句中情况，如果找到了，则执行该 Case 子句下面的语句块，然后执行 End Select 下面的语句；如果没找到，则执行 Case Else 下面的语句块，然后执行 End Select 下面的语句。

格式说明：①测试表达式可以是数值表达式或字符串表达式，但不能是条件表达式；②表达式列表与测试表达式的类型必须相同；③表达式列表的形式见表 4.18；④可以使用多个表达式组成列表，各表达式之间要用英文逗号","隔开。

表 4.18　表达式列表形式

形式	示例	说明
一般表达式	Case "a"	数值或字符串表达式
用逗号分隔的多个值	Case 2,3,5,8	表达式的值等于 2,3,5,8 之一
表达式 1 To 表达式 2	Case 1 TO 10	1≤表达式≤10
Is 关系运算符表达式	Case Is>20	表达式>20

例 4.20　用 Select Case 语句代替 ElseIf 语句来实现例 4.18 成绩的等级鉴定。保持界面不变，双击**鉴定**按钮，修改代码如下：

```
Private Sub Command1_Click()
        Dim score!
        score=Val(Text1.Text)
        Select Case score
           Case Is>=90
               Text2.Text="优秀"
           Case Is>=80
               Text2.Text="良好"
           Case Is>=70
               Text2.Text="中"
           Case Is>=60
               Text2.Text="及格"
           Case Else
               Text2.Text="不及格"
           End Select
End Sub
```

输入完成后，按 F5 键运行程序。在分数文本框内分别输入各分数段内的分数，单击**鉴定**按钮后，同例 4.18 程序一样，会在档次文本框内显示相应的评定。

说明：Select Case 语句的表达式列表形式有三种，例 4.20 中使用了一种，根据表 4.18，可以修改上述程序语句如下(假定输入的成绩只能是整数数值)：

(1) 修改 **Case Is >=90** 语句为

```
Case 90,91,92,93,94,95,96,97,98,99,100
```

(2) 修改 **Case Is >=80** 语句为

```
Case 80 To  89
```

(3) 修改 **Case Is >=70** 语句为

```
Case 70,71,72,73 To 76,is>=77
```

可以看出修改(3)是将三种表达式形式放在一个语句中了,之间用逗号分隔。

以下语句是错误的:

```
Case Is >=70  and  <80
Case score >=70
```

例 4.21 用 Select Case 语句代替 ElseIf 语句来实现例 4.19 对字符类型的判断。

参考代码如下:

```
Select Case  strC
    Case "a" To "z","A" To "Z"
        Print  strC+"是字母字符"
    Case "0" To "9"
        Print  strC+"是数字字符"
    Case Else
        Print  strC+"其他字符"
End Select
```

通过上面两个例子代码与例 4.18 和 4.19 的代码比较可以看出,在解决多分支选择情况的程序时,采用 Select Case 语句比较方便,并且程序结构清楚,便于阅读和修改。

4.3.7 选择结构程序应用举例

例 4.22 在平面坐标系中有 4 个象限,对任意一点 $P(x,y)$,只要判断出它的 x,y 坐标值的正负,就能判断出该点在坐标系中哪个象限中。

(1) 分析。点所在的象限有 4 种情况:① $x>0, y>0$,点位于第一象限内;② $x>0, y<0$,点位于第四象限内;③ $x<0, y>0$,点位于第二象限内;④ $x<0, y<0$,点位于第三象限内。若 $x=0$ 或者 $y=0$ 提示**该点在坐标轴上**,若 x,y 都等于 0 提示**该点在原点上**。

(2) 设计程序界面。建立程序设计界面,如图 4.48 所示。在窗体上适当位置添加控件,控件属性设置见表 4.19 所示。

表 4.19 例 4.22 对象及属性

对象	属性	设置	对象	属性	设置
Form	Caption	判断输入点象限	Text1	Text	(空)
Label1	Caption	点的横坐标 X	Text2	Text	(空)
Label2	Caption	点的纵坐标 Y	Command1	Caption	判断

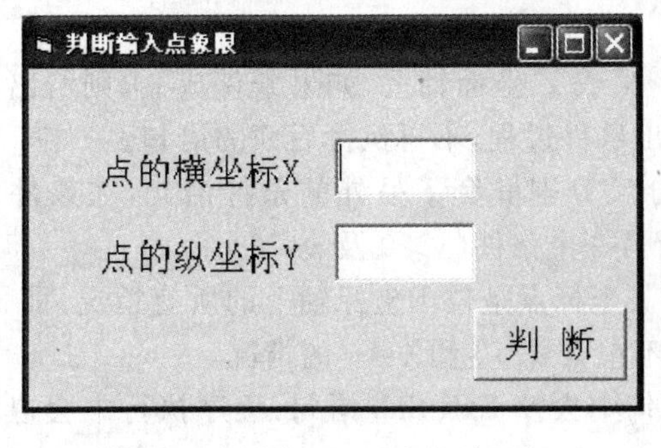

图 4.48 例 4.22 程序设计界面

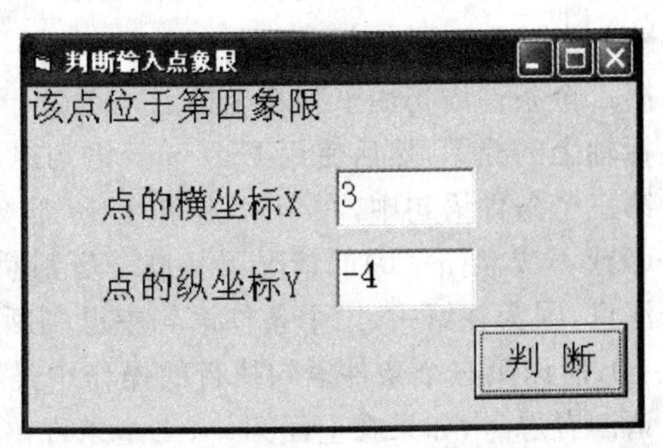

图 4.49 例 4.22 程序运行界面

(3)编写程序代码。**判断**按钮的单击事件过程如下：

```
Private  Sub Command1_Click()
  Cls
  x=Val(Text1.Text)
  y=Val(Text2.Text)
REM 判断坐标点是否位于坐标轴上
  If x=0 and y=0 Then
    Print "该点在原点上"
    Exit Sub
  End If
  If x=0 or y=0 Then
    Print "该点在坐标轴上"
    Exit Sub
  End If
REM  判断坐标点所在象限
  If x>0 Then
     If y>0 Then
       Print "该点位于第一象限"
     Else
       Print "该点位于第四象限"
     End If
  Else
     If y>0  Then
       Print "该点位于第二象限"
     Else
       Print "该点位于第三象限"
     End If
  End If
End Sub
```

(4) 运行程序，分别通过文本框 **Text1** 和 **Text2** 输入任一点的坐标 x，y 的值，如分别输入 3，－4，单击**判断**按钮进行判断，结果**该点位于第四象限**显示在窗体上，如图 4.49 所示。

在上面的程序中，第一个条件语句用来判断坐标点是否位于坐标轴的原点上，如果条件成立，则给出**该点在原点上**的提示，然后使用 Exit Sub 语句退出事件过程，不再执行后面的语句，该 If 语句没有 Else 部分。

第二个条件语句用来判断坐标点是否位于 X 或 Y 坐标轴上，如果条件成立，则给出**该点在坐标轴上**的提示，然后使用 Exit Sub 语句退出事件过程，不再执行后面的语句。

第三个条件语句中，在 If 部分和 Else 部分又分别嵌套了另外的条件语句，在条件成立($x>0$)或不成立($x<0$)的情况下又进一步判断另一个条件($y>0$ 及 $y<0$)。

注意，因为在第一、二个条件语句中已判断了坐标点是位于坐标轴上的所有情况，即 $x=0$ 和 $y=0$，所以第三个条件语句执行的操作中是不包含 $x=0$ 和 $y=0$ 的情况。

请读者思考，如果在上面第一、二个条件语句中去掉 **Exit Sub** 语句，程序执行中会遇到什么问题？

如果想修改上面的判断顺序，即先判断输入的点是否位于某个象限中，然后再判断点是否位于坐标轴上，应如何修改程序代码。

例 4.23 编写程序求一元二次方程 $ax^2+bx+c=0$ 的根($a\neq0$)。求根的公式为

$$x=\frac{-b\pm\sqrt{b^2-4ac}}{2a}$$

(1) 分析。在初等数学中，要求一元二次方程的根，必须知道方程三个系数 a,b,c 的值，然后根据判别式 b^2-4ac 的值的情况判断方程的根。有以下三种情况：①当 $b^2-4ac>0$ 时，方程有两个不相等的实根；②当 $b^2-4ac=0$ 时，方程有两个相等的实根；③当 $b^2-4ac<0$ 时，方程有两个虚根。对于 $a=0$ 或 $b^2-4ac<0$ 的情况都给出提示信息，不作处理。

(2) 设计程序界面。如图 4.50 所示，在窗体上适当位置添加控件，并设置控件属性见表 4.20。

表 4.20 例 4.23 对象及属性

对象	属性	设置	对象	属性	设置
Form	Caption	求一元二次方程	Text1	Text	(空)
Label1	Caption	请输入方程系数:	Text2	Text	(空)
Label2	Caption	A=	Text3	Text	(空)
Label3	Caption	B=	Command1	Caption	求解
Label4	Caption	C=	Command2	Caption	清除
Label5	Caption	方程的解:			

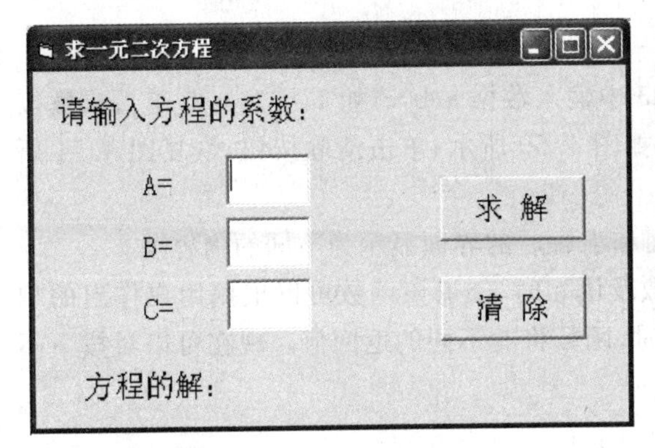

图 4.50 例 4.23 程序设计界面

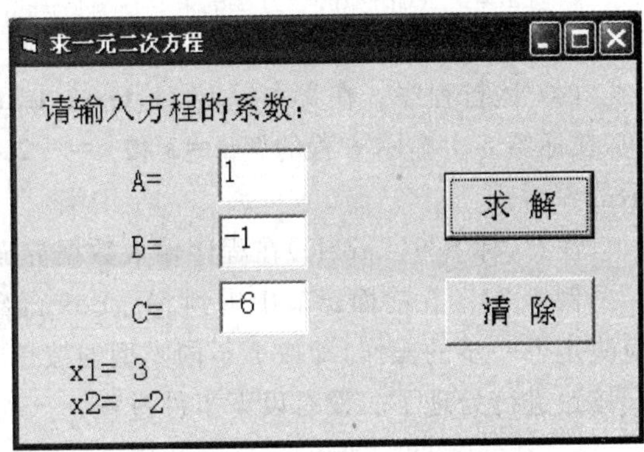

图 4.51 例 4.23 程序运行界面

(3) 编写程序代码。**求解**按钮的单击事件过程如下：

```
Private  Sub Command1_Click()
  Dim a as Single, b as Single, c as Single
  Dim x1 as Single, x2 As Single
  Dim p as Single, q As Single
    a=Val(Text1.Text)
    b=Val(Text2.Text)
    c=Val(Text3.Text)
    q=b*b-4*a*c
REM 判断 a 是否为 0
    If a=0 Then MsgBox "a 不能为 0": Exit Sub
```

```
REM 下面对方程进行求解
    If q<0 then
      MsgBox "根的判别式小于 0,退出": Exit Sub
    Else
      If q>0 then
        X1=(-b+Sqr(q))/(2*a)
        X2=(-b-Sqr(q))/(2*a)
        Label5.Caption="x1=" & X1 & chr(10) & "x2=" & X2
      Else
        X1=-b/(2*a)
        X2=-b/(2*a)
        Label5.Caption="x1、x2=" & X1
      Endif
    Endif
End sub
```

清除按钮的事件代码如下：

```
Private Sub Command2_Click()
 Text1.Text=""
 Text2.Text=""
 Text3.Text=""
 Label5.Caption="方程的解:"
End Sub
```

(4) 运行程序。在文本框 **text1**,**text2**,**text3** 中输入数据 a,b,c,如 1,-1,-6,单击**求解**按钮,在标签 5 上显示方程的解 **x=3 和 x=-2**,如图 4.50 所示;单击**清除**按钮,恢复图 4.51 所示的界面。

注意,标签 5(Label5)在程序输入数据界面和求解后的界面显示为不同的内容项。

例 4.24 在前面章节中讲到 MsgBox 函数及语句时,知道该函数可以根据用户作出的响应决定下一步的操作,即按下不同类型的按钮时,函数将有不同的返回值。现在可以对按下不同按钮进行处理了。设有以下事件过程：

```
Private Sub Command1_Click()
 msg$="请检查输入的数据是否正确"
 Title="提示信息"
 X=MsgBox(msg$,19,Title)
 If X=6 Then
   Print "按下(是)按钮,按钮的返回值是:"; X
 ElseIf X=7 Then
   Print "按下(否)按钮,按钮的返回值是:"; X
 Else
   Print "按下(取消)按钮,按钮的返回值是:"; X
 End If
End Sub
```

上述事件过程执行后首先产生一个对话框,如图 4.52(a)所示。对话框中有**是**、**否**和**取消**三个按钮。如果单击**是**按钮,则返回值 X 为 6,在窗体上显示图 4.52(b)所示的结果;如果单击**否**按钮，则返回值 X 为 7，在窗体上显示图 4.52(c)所示的结果；如果单击**取消**按钮，则返回值 X 为 2，在窗体上显示图 4.52(d)所示的结果。

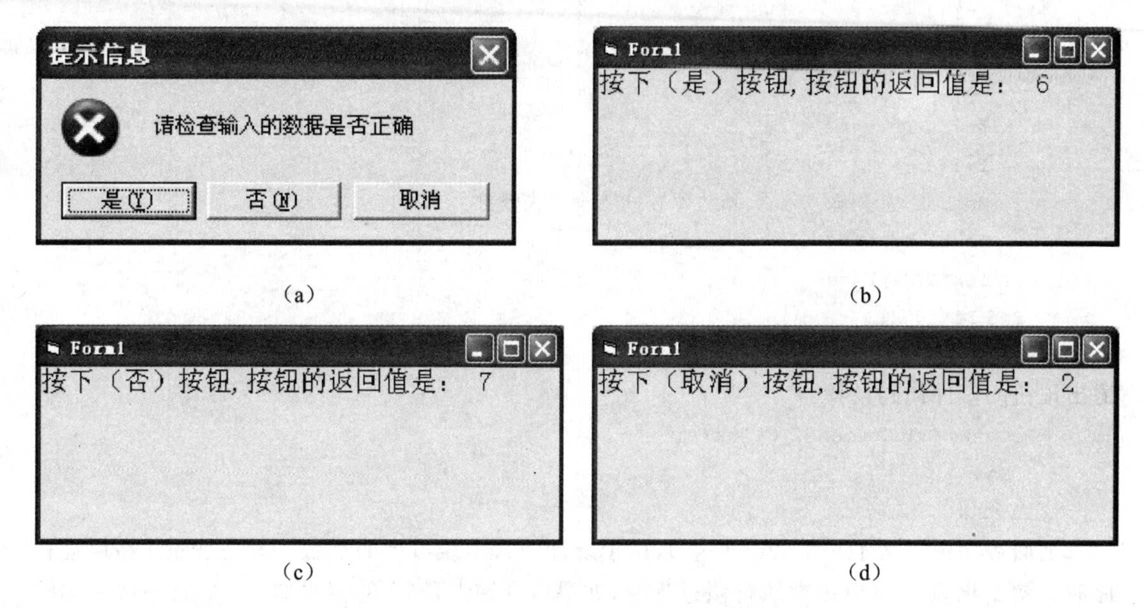

图 4.52 Msgbox 函数界面及返回值

例 4.25 设计一个密码口令登录演示程序。当用户输入的密码口令正确时，显示**系统登录成功**字样，否则显示**密码输入错误，第几次登录失败！**字样。如果连续三次输入了口令仍不正确，则提示**你无权使用本系统！**字样。

(1) 分析。在窗体界面上设计一个文本框 Text1 用来接收输入密码口令，并设置 PassWordCher 属性值为"*"；设置一个命令按钮 Command1 用于对输入的密码口令进行检查；设置一个标签 Label3 用于显示是否登陆成功的信息。为能记录判断密码输入错误时的登陆次数，可以定义一个静态(Static)局部变量来实现次数的记录。

(2) 设计程序界面。如图 4.53(a)所示，在窗体上适当位置添加控件，并设置控件属性见表 4.21。

表 4.21 例 4.25 对象及属性

对象	属性	设置	对象	属性	设置
Form	Caption	密码口令输入	Text1	Text	(空)
Label1	Caption	程序系统登录		PassWordChar	*
Label2	Caption	请输入密码口令	Command1	Caption	确定
Label3	Caption	信息提示	Command2	Caption	退出

(3) 编写程序代码。**确定**按钮的单击事件代码如下：

```
Private Sub Command1_Click()
 Static I As Integer
  If UCase(Text1.Text)="NIHAO" Then
    MsgBox "密码输入正确,系统登录成功"
    Text1.Text=""
    Text1.SetFocus
```

```
        I=0
      ElseIf I=2 Then
        I=I+1
        MsgBox "你无权使用本系统!"
        End
      Else
        I=I+1
        MsgBox "密码输入错误,第 " & I & "次登录失败!"
        Text1.Text=""
        Text1.SetFocus
    End If
  End Sub
```

退出按钮的事件代码设计:

```
  Private Sub Command2_Click()
    End
  End Sub
```

上面程序中定义了一个静态变量I,用于统计输入错误口令的次数。静态变量I在启动程序时被初始化为0,以后每次执行该过程时,如果口令错误,则I的值累加1。如第一次密码输入错误时显示图4.53(c)所示界面。当I的值累加为3时,表示用户已经连续三次输入了错误口令,将出现图4.53(d)所示界面。

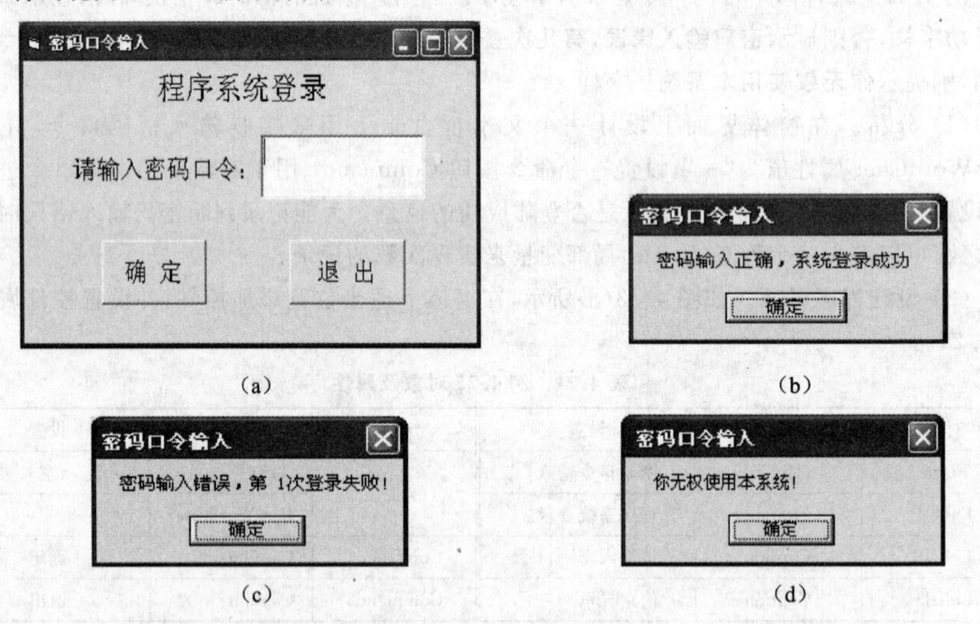

图4.53　例4.25程序界面

Ucase(Text1.Text)用于将输入的口令全部转换成大写字符,这样处理是为了对用户输入的口令不区分大小写。因此无论输入大小写,条件Ucase(Textl.Text)="NIHAO"总是成立。输入正确口令,显示图4.53(b)所示界面。

当登录成功时,静态变量I被重新置0,系统返回到初始登录状态。

为保证在输入密码口令时,不被外人看到密码口令,设置了文本框的PassWordCher属性值为“＊”。

使用块结构语句编写的程序结构较灵活，而不是将多条语句放在同一行中，因此程序的可读性较好。

例 4.26 某运输公司为客户运输货物时的收费标准是按运送货物的里程(即远近)的不同分别计价，收费标准如下(里程单位公里)：里程＞＝1000，20 元/每吨公里；1000＞里程＞＝500，22 元/每吨公里；500＞里程＞＝100，25 元/每吨公里；100＞里程＞＝50，28 元/每吨公里；里程＜50，30 元/每吨公里。设计编写一个运送货物的收费程序，要求输入货物的重量和运送里程后，给出货运的收费总价。

(1) 分析。设货物重量为 W 吨，里程为 L 公里，费率为 D，运货费用为 F 元，设计界面如图 4.54 所示，各个控件的属性值见表 4.22。

表 4.22 例 4.26 对象及属性

对象	属性	设置	对象	属性	设置
Label1	Caption	货运收费程序	Text1	Text	(空)
Label2	Caption	输入重量(吨)	Text2	Text	(空)
Label3	Caption	输入里程(公里)	Text3	Text	(空)
Label4	Caption	费率(元/吨公里)	Text4	Text	(空)
Label5	Caption	货运费用(元)	Command1	Caption	计算
Label6	Caption	(由窗体的 Load 事件决定)	Command2	Caption	清除

(2) 程序代码设计。计算按钮的事件代码如下：

```
Private Sub Command1_Click()
    W=Val(Text1.Text)           '输入的重量
    L=Val(Text2.Text)           '输入的里程
Rem 判断是否输入了重量及里程
    If W=0 Or L=0 Then MsgBox "请输入正确的里程及重量": Exit Sub
Rem 根据里程 L 进行费率的选择
    Select Case L
        Case Is>=1000
         D=20
        Case Is>500
            D=22
        Case Is>100
            D=25
        Case Is>50
            D=28
        Case Else
            D=30
    End Select
    F=Int(W*D*L)
    Text3.Text=D
    Text4.Text=F
End Sub
```

清除按钮的事件代码如下：

```
Private Sub Command2_Click()
    Text1=""
    Text2=""
    Text3=""
    Text4=""
End Sub
```

Form1 的 Load()事件代码如下：

```
Private Sub Form_Load()
    Label6.Caption="收费标准(元/吨公里)" & Chr(10) & _
    ">=1000 公里:  20 元" & Chr(10) & _
    "999~500:      22 元" & Chr(10) & _
    "499~100:      25 元" & Chr(10) & _
    " 99~50:       28 元" & Chr(10) & _
    "<50 公里:     30 元"
End Sub
```

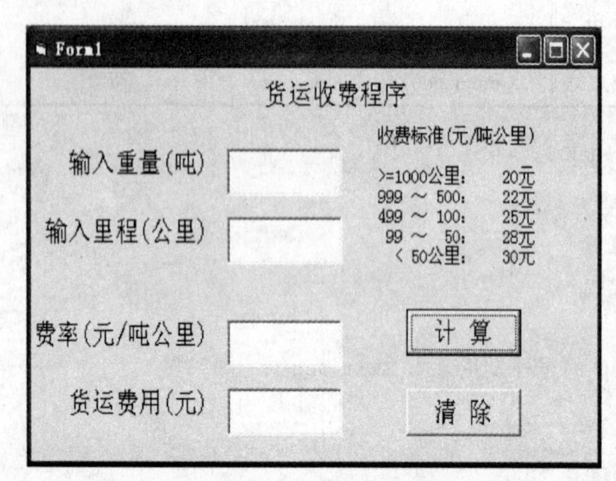

图 4.54 例 4.26 程序设计界面

图 4.55 例 4.26 程序运行界面

(3) 运行程序。在文本框中输入重量及里程，如 W＝20，L＝350，程序使用 Select Case 语句对其进行情况判断，根据输入的数据 350 公里判断 **Case Is ＞100** 的条件选择成立，并执行 D 等于 25 的费率，然后执行 End Select 之后的语句计算并输出费用。计算结果如图 4.55 所示。

例 4.27 从键盘上任意输入一个 0～99999 的正整数，编写程序判断是几位数，并给出相应的信息提示。

(1) 分析。要判断一个数是几位数，可以用相应的 10 的几次方幂去整除它，只要得到的结果是 0，就可以判断是几位数。如数 123 是 3 位数，依次用 10^1，10^2，10^3 整除，当用 10^3 整除时结果为 0。所以就可以判断是 3 位数。

(2) 界面设计。在窗体上设计一个文本框用于接受输入的数字，设计一个命令按钮对输入的数进行判断，程序设计界面如图 4.56 所示。

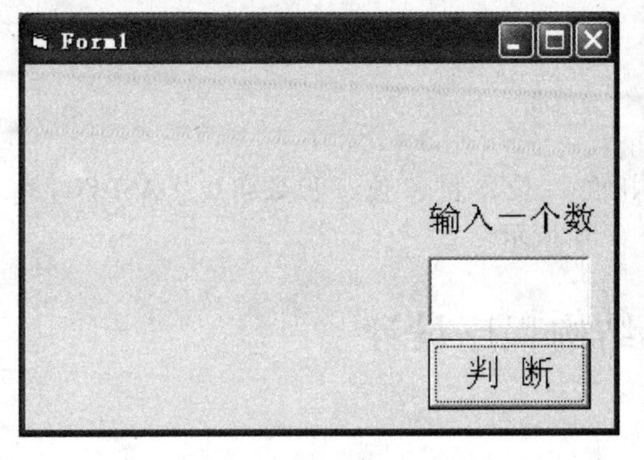

图 4.56　例 4.27 窗体界面提示信息

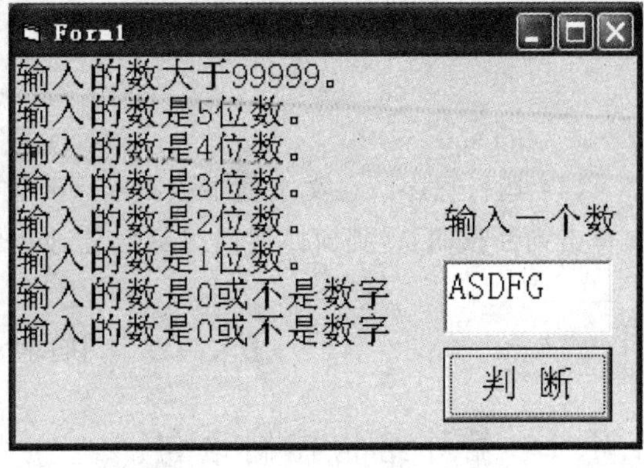

图 4.57　例 4.27 程序运行界面

(3) 代码设计。

```
Private Sub Command1_Click()
    Dim m As Long, k1 As Integer
    m=Val(Text1.Text)
    If m=0 Then
       k1=0
    ElseIf m \ 10=0 Then
      k1=1
    ElseIf m \ 100=0 Then
      k1=2
    ElseIf m \ 1000=0 Then
      k1=3
    ElseIf m \ 10000=0 Then
      k1=4
    ElseIf m \ 100000=0 Then
      k1=5
    Else
      k1=6
    End If
    Select Case k1
     Case 0
          Print "输入的数是 0 或不是数字"
     Case 1
          Print "输入的数是 1 位数."
     Case 2
          Print "输入的数是 2 位数."
     Case 3
          Print "输入的数是 3 位数."
     Case 4
          Print "输入的数是 4 位数."
     Case 5
          Print "输入的数是 5 位数."
```

```
    Case Else
        Print "输入的数大于 99999."
    End Select
End Sub
```

(4) 运行程序。在文本框中依次输入 6 位、5 位、4 位、3 位、2 位、1 位数和 0 及 **ASDFG**，每次单击**判断**按钮，得到窗体界面提示信息，如图 4.57 所示。

4.4 循环结构程序设计

4.4.1 循环结构控制语句

在程序设计中，常常遇到一些需要反复多次处理的问题，例如有关累加或累乘的计算问题等，VB 提供了循环结构控制语句，使用循环语句，可以很方便地实现循环结构程序设计，从而解决上述问题。

所谓循环是指对同一个程序段重复执行若干次，直到指定的条件被满足为止，这段被重复执行的部分被称为循环体，由若干个语句构成。

VB 提供了 For 循环、While 循环和 Do 循环三种循环语句。

4.4.2 For 循环

For 循环又被称为计数循环，它可以按规定的次数执行循环。

1. 格式

For 循环语句的一般格式为

```
For  循环变量=初值  To  终值 [Step 步长]
    [循环体]
Next [循环变量]
```

(1) 循环变量。必须为一个数值型变量。它主要用来控制循环过程，在循环体内也可以被引用和赋值。

(2) 初值。循环变量的初始值，可以是数值型常量、变量，也可以是数值表达式。

(3) 终值。循环变量的终止值，可以是数值型常量、变量，也可以是数值表达式。

(4) 步长。循环变量的增量，可以是数值型常量、变量，也可以是数值表达式。一般来说，步长值为正，初值应小于终值(递增循环)；若为负，初值应大于终值(递减循环)。但是，步长值不能是 0。若步长值为 0，且在循环体中没有语句改变循环变量的值，将会造成死循环。如果步长值是 1，Step 1 可省略不写。

(5) 循环体。在 For 语句和 Next 语句之间的语句序列，可以是一个或者多个语句。

(6) Next。循环终端语句，作为循环结构的边界标志。Next 后面的循环变量必须与 For 语句中的循环变量相同。

2. 执行过程

(1) 系统将初值赋给循环变量，并自动记下终值和步长。

(2) 检查循环变量的值是否超过终值。如果超过就结束循环，执行 Next 后面的语句；否则，执行一次循环体。

(3) 循环体执行完毕后，执行 Next 语句，将循环变量增加一个步长后的值再赋给循环变量，转到步骤(2) 继续执行。

以上执行过程用流程图描述，如图 4.58 所示。

注意，这里所说的“超过”有两种含义，即大于或小于，当步长为正值时，循环变量大于终值称为“超过”；当步长为负值时，循环变量小于终值称为“超过”。

这里通过分析下面的程序来进一步理解 For 语句的执行过程。

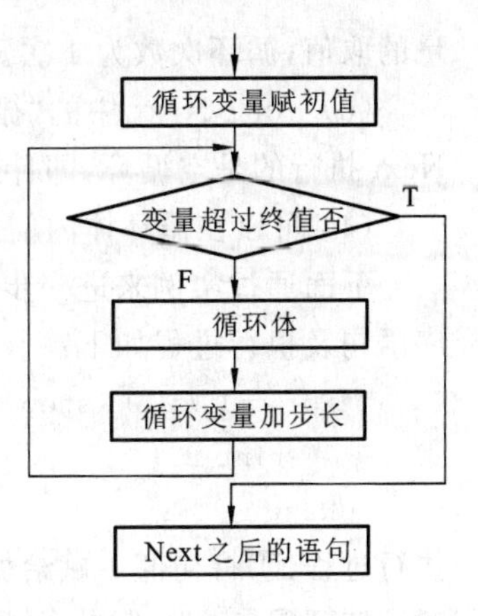

图 4.58 For 循环执行流程

```
For n=1 To 10 Step 3
  Print n,
Next n
```

具体执行情况如下：

N 的取值	与终值比较	是否执行循环体	第几次循环
1	<10	执行	1
4	<10	执行	2
7	<10	执行	3
10	=10	执行	4
13	>10	停止执行	

循环体一共被执行 4 次，上面程序的执行结果为

```
1    4    7    10
```

3. 注意事项

(1) For 语句和 Next 语句必须成对出现，缺一不可，且 For 语句必须在 Next 语句之前。

(2) 循环次数由初值、终值和步长确定，计算公式为

$$循环次数=Int((终值-初值)/步长)+1$$

注意，这个计算公式只适合于循环变量的值在循环体中没有被改变的情况。

例 4.28 改变循环控制变量对循环的影响。

```
Private Sub Command1_Click()
    j=0
    For i= 1 To 20 Step 2
        i=i+3
        j=j+1
        Print "第"; j; "次循环 i="; I
    Next i
    Print "退出循环后 i="; i
End Sub
```

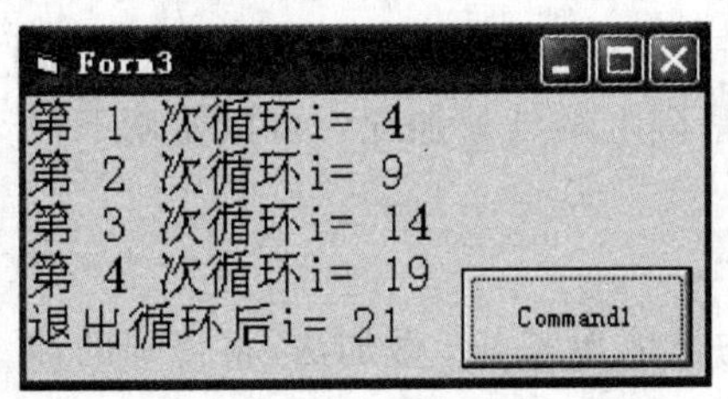

图 4.59 例 4.28 程序运行结果

执行结果如图 4.59 所示。循环体中如果没有语句 **i=i+3** 的情况为

```
i=1,3,5,7,9,11,13,15,17,19
```

循环次数通过公式计算为

```
Int((20-1)/2)+1=10
```

当前情况为 **i=4,9,14,19**，由于循环体中改变了循环变

量的取值，循环次数为4次。

(3) For…Next中的"循环体"是可选项，当该项缺省时，语句也是合法的，不过这时For…Next执行的是空循环，即什么也不做。

(4) 可以在循环体内使用Exit For来提前退出循环。

下面通过实例来进一步理解For循环的执行过程。以"顺序输出10以内的整数"为例，程序语句及执行过程如下：

```
For i=1 To 10  step 1
  Print i
Next i
```

执行过程：①将初值1赋给循环变量i，记下终值10和步长1；②判断i是否大于终值10，i>10时则转到⑤，i≤10时执行循环体Print i；③执行Next语句，循环变量自增，i=i+1；④转到②，继续执行；⑤结束循环，执行Next后面的语句。

上述程序语句在执行时共进行11次判断，执行10次循环体，分别输出1～10这10个整数。

注意，当循环结束时循环变量的最后值是超过终值的，如上例题中，循环结束后，循环变量I的最后值是等于11的，大于终值10。

当循环的步长为正时，循环变量的最后取值一定是大于终值；当循环的步长为负时，循环变量的最后取值一定是小于终值的。在后面的学习中将会利用循环变量的这个特点来处理一些问题。例如，在循环中设置一个条件判断语句，当满足条件时就退出循环，这时循环变量的值就不可能超过终值，最后就是根据循环变量的值是否大于终值来判断在循环中设置的条件是否被满足。

也可以将上面的例子修改为循环步长为负的执行过程：

```
For i=10 To 1  step-1
  Print i
Next i
```

执行过程：①将初值10赋给循环变量i，记下终值1和步长-1；②判断i是否小于终值1，I<1时则转到⑤，I≥1时执行循环体Print i；③执行Next语句，循环变量自增，i=i-1；④转到②，继续执行；⑤结束循环，执行Next后面的语句。

上述程序语句在执行时共进行11次判断，执行10次循环体，分别输出10～1这10个整数。当循环结束时循环变量的最后值是超过终值的。本例中循环结束后，循环变量I的最后值是等于0的，小于终值1。

利用循环结构解决问题时，需要考虑清楚哪些语句应该作为循环体，循环体的初始值和终值以及步长该如何设置。

例4.29 设计程序计算S=1+2+3+4+5+6+7+8+9+10。

这是程序设计中最常见的"累加求和"问题。在前面的例子中，循环执行的10次过程中，变量i的变化正好是本例中要累加的10个数字。也就是说，只要将每次循环时的i值累加起来就可以。那么如何将上一次的累加值保留下来，并在此基础上继续累加呢？可以使用下面的赋值语句：

```
s=s+i
```

s变量用来存放累加和，该赋值语句的功能就是将s的值取出来与i做加法，将得到的和赋值给s，作为其新的取值。

程序代码如下：

```
Private Sub Form_Click()
    Dim s As Integer, i As Integer
    s=0
    For i=1 To 10 Step 1          '步长 Step 1 可以省略
      s=s+i
    Next i
    Print "s=" & s
End Sub
```

运行程序，单击窗体，窗体上将显示输出 **s=55**。

可以看到，用 s=s+i 的公式语句，能很方便地求出有规律的累加求和问题。

那么要求解 100 以内所有“奇数的和”，只需要将 For 语句修改为

```
For i=1 To 100 Step 2
  s=s+i
Next i
```

若将初值改为 2，就可以求出 100 以内所有“偶数的和”：

```
For i=2 To 100 Step 2
 s=s+i
Next i
```

将循环体改为 I*I，则求的是 1～10 之间的平方和 $S=1^2+2^2+3^2+4^2+\cdots+10^2$：

```
For i=1 To 10
 s=s+I*I
Next i
```

若是求解 2+4+8+16+…+1024 的和，则需要将代码再次做些变形：

```
For i=1 To 10
 s=s+2^I
Next i
```

如上所述，利用循环结构，配合一些简单的语句，就能解决很多求和的问题。

例 4.30 编写程序，实现累乘求积 P=1×2×3×4…10。

与例 4.29 累加求和进行比较，可以发现只要将循环体中累加求和的算法移植过来，将“+”号改为“×”号就可以了。

设变量 P 用来存放乘积，累乘公式为 P=P*I。由于求积结果将远大于 Integer 整型的表示范围，应将 P 定义为长整型 Long 型，初值设为 1。

```
Private Sub Form_Click()
     Dim P As Long, i As Integer
     P=1
     For i=1 To 10
       P=P*i
     Next i
     Print "P=" & P
  End Sub
```

运行程序,单击窗体,窗体上将输出 **P=3628800**。

通过以上程序可以看出,For 循环是一种循环次数固定的循环结构,当确定知道循环体执行的次数时,使用 For 循环最方便。

例 4.31 找出 1000 以内满足被 2 除余 1,被 5 除余 1,但能被 7 整除的最小的正整数 S。

从最小的整数 7 开始,对 1000 以内的每一个正整数进行比较判断,看能否满足上面的条件。不满足则 S 就加 1,继续再判断,当找到第一个满足条件的 S,用 Exit For 来跳出循环。

程序代码设计如下:

```
Private Sub Command1_Click()
Dim s As Integer
  For s=7 To 1000
     If s Mod 2=1 And s Mod 5=1 And s Mod 7=0 Then Exit For
  Next s
  Print "满足上述条件的最小正整数是:"
  Print "S="; s
End Sub
```

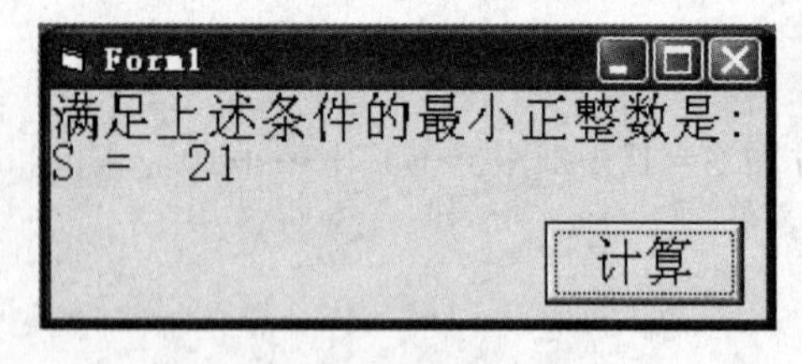

图 4.60 例 4.31 程序运行结果

运行程序,单击**计算**按钮,得到结果如图 4.60 所示。

上例中,事先并不能确定循环次数,循环体执行与否要取决于一定的条件。在这种情况下,使用 While 循环和 Do 循环往往比 For 循环更方便。

4.4.3 While 循环

While 循环用于当满足某种条件就执行循环,直到条件不满足则终止循环的操作,While 循环也称为当型循环。

1. 格式

While 循环的格式为

```
While<条件表达式>
  循环体
Wend
```

说明:条件表达式一般为布尔(逻辑)表达式,也可以是数值和字符表达式,结果为逻辑值 True 或 False,用来表示一个判断条件。

2. 执行过程

先计算 While 后给定的条件表达式的值,若条件表达式的结果为 False(或 0 值),则不执行循环体,直接执行 Wend 后面的语句;若条件表达式的值为 True(或非 0 值),则执行循环体中所有语句,遇到 Wend 语句时,控制返回并继续对条件表达式进行判断,如果仍然为 True,则重复上述过程,直到条件表达式的结果为 False(或 0 值)为止,退出循环体。While 循环流程图如图 4.61 所示。

例如,对于程序段

```
x=1:s=0
While x<=10
 S=s+x
 x=x+1
Wend
Print "s=" & s
```

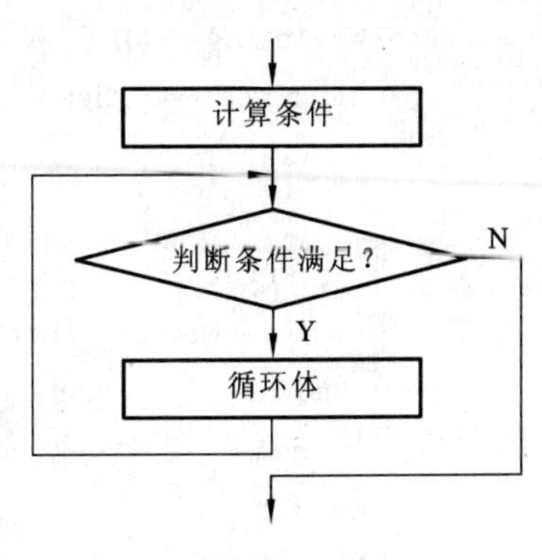

图 4.61　While 循环流程图

首先将 1 赋值给变量 x，然后执行 While 语句，判断 x<=10 是否成立，此时 x=1 满足 x<=10 的条件，于是执行循环体 s 的取值变为 1，x 的取值变为 2，循环体执行完毕；遇到 wend 语句，再次判断 x<=10 是否成立，此时 x=2，条件成立，执行循环体，循环体执行完毕；第三次进行条件判断，此时 x=3，条件成立，执行循环体……这个过程一直重复 10 次，第 10 次循环体执行完毕，再转回判断 x<=10，由于此时 x=11，不再满足条件了，于是循环结束。该程序段的执行结果是 **s=55**，实现的实际上也是 1+2+3+4+5+6+7+8+9+10 累加求和的功能。

3. 几点说明

(1) While 循环语句本身不能修改循环条件，所以必须在 While…Wend 语句的循环体内设置相应语句，使得整个循环能趋于结束，以避免死循环。

(2) While 循环语句先对条件进行判断，然后才决定是否执行循环体。如果开始条件就不成立，则循环体一次也不执行。

(3) 凡是用 For…Next 循环编写的程序，都可以用 While…Wend 语句实现。反之，则不然。

例 4.32　从键盘上输入学生的成绩，并对输入的成绩进行统计，当输入内容为 **-1** 时，表示输入结束，要求统计输入成绩的人数及平均分。

程序要求连续地输入成绩，但由于需要输入的成绩个数没有指定，无法用 For 循环来控制。停止输入和计数的条件是输入的内容为-1，可以使用 While 循环来实现。

程序代码设计如下：

```
Private Sub Form_Click()
    Dim s%,n%,cj%
    cj=Val(InputBox("输入学生成绩,输入-1结束."))
    s=0
    n=0
    While cj<>-1
        s=s+cj
        n=n+1
        cj=Val(InputBox("输入学生成绩,输入-1结束."))
    Wend
    Print "学生人数:"; n,"平均成绩:";s/n
End Sub
```

例 4.33　编写程序，找出 100～500 以内所有 6 的倍数的数，并求出它们的和。

程序代码设计：

```
Private Sub Command1_Click()
Dim s As Integer,n As Integer,m As Integer
  n=100
  s=0:m=0
```

```
    While (n<=500)
      If n Mod 6=0 Then
        s=s+n
        m=m+1
        Print n;
        If m Mod 8=0 Then Print           '每 0 个数打印一行
      End If
      n=n+1
    Wend
    Print
    Print "共有" & m & "个数满足要求."
    Print m & "个数的总和是:"; s
End Sub
```

按 F5 键运行程序。单击**计算**按钮,显示结果如图 4.62 所示。

```
Form1
102  108  114  120  126  132  138  144
150  156  162  168  174  180  186  192
198  204  210  216  222  228  234  240
246  252  258  264  270  276  282  288
294  300  306  312  318  324  330  336
342  348  354  360  366  372  378  384
390  396  402  408  414  420  426  432
438  444  450  456  462  468  474  480
486  492  498
共有67个数满足要求。
67个数的总和是:  20100                计 算
```

图 4.62　例 4.33 程序运行结果

4.4.4　Do 循环

Do 循环语句也是根据条件决定循环的语句,其基本结构形式较灵活,既可以指定循环条件,也能够指定循环终止条件。

```
格式一:Do While | Until (条件)          格式二:Do
           循环体                                  循环体
           [Exit Do]                               [Exit Do]
        Loop                                   Loop While | Until (条件)
```

两种格式中,当 While(条件)取值为 True 时就执行循环,取值为 False 时就结束循环;而 Until(条件)则正好相反,在条件取值为 True 时就结束循环,条件取值为 False 时就执行循环。

在格式一中 While 和 Until 放在 DO 的后面,表示先判断条件是否满足,再决定是否执行循环体,其流程如图 4.63,4.64 所示。在格式二中,While 和 Until 放在 LOOP 后面,表示进入 DO 循环语句后,先执行一次循环体,再判断条件是否满足,以决定是重复循环还是终止循环,其流程如图 4.65,4.66 所示。

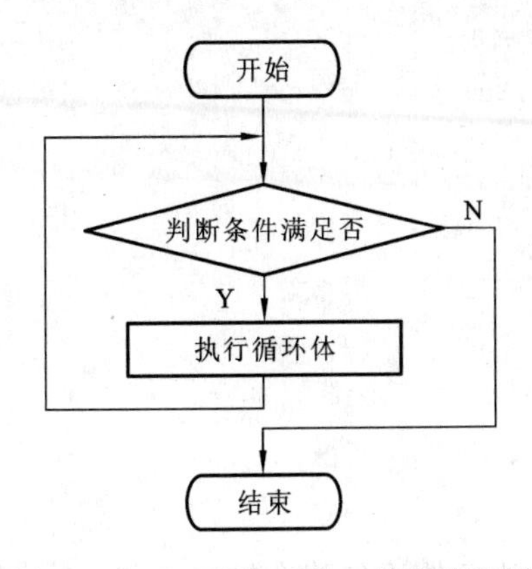

图 4.63　Do While…Loop 执行流程图

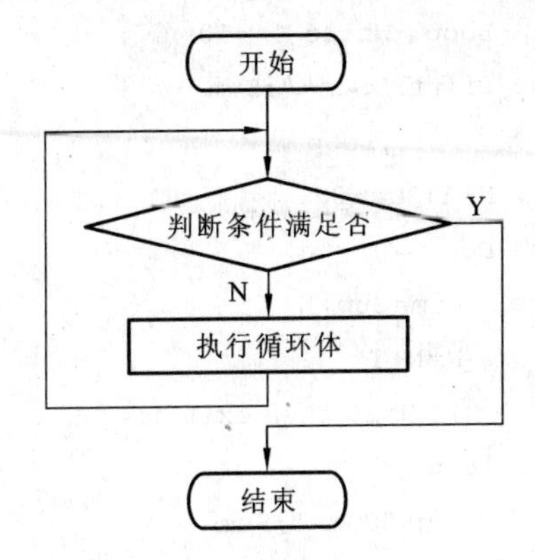

图 4.64　Do Until…Loop 执行流程图

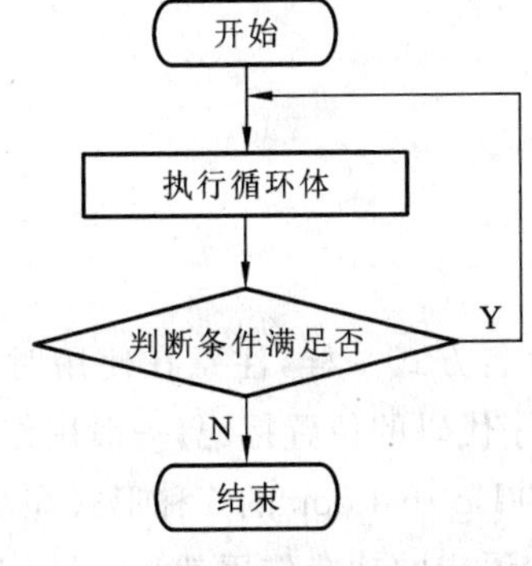

图 4.65　Do…Loop While 执行流程

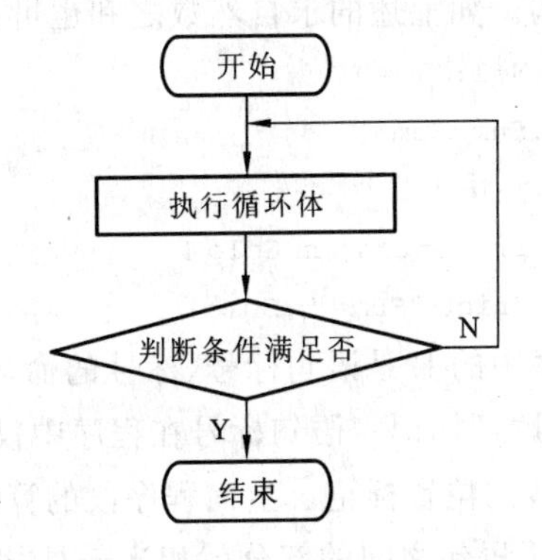

图 4.66　Do…Loop Until 执行流程

While 和 Until 两个关键字不能同时使用。

如果省略 While(条件)或者 Until(条件)，即只有 Do 和 Loop 两个关键字时，其格式简化为

```
DO
  循环体
Loop
```

这是 Do 循环最简略的形式，但由于在格式中没有循环判断条件，为能使循环能正常结束，循环体中应有退出循环 Exit Do 语句。

下面以求 1 至 10 的自然数之和为例，比较 Do 循环的几种形式：

① Do While...Loop 循环

```
N=1:Sum=0
Do  While N<=10
  Sum=Sum+N
  N=N+1
Loop
Print "Sum=";Sum
```

② Do Until...Loop 循环

```
N=1:Sum=0
Do Until N>10
  Sum=Sum+N
  N=N+1
Loop
Print "Sum=";Sum
```

③ Do...Loop While 循环

```
N=1:Sum=0
Do
  Sum=Sum+N
  N=N+1
```

④ Do...Loop Until 循环

```
N=1:Sum=0
Do
  Sum=Sum+N
  N=N+1
```

```
Loop  While N<=10                Loop  Until N>10
Print "Sum=";Sum                 Print "Sum=";Sum
```

⑤ Do...Loop 循环

```
N=1:Sum=0
Do
  Sum=Sum+N
  N=N+1
  If N>10 then exit do
Loop
Print "Sum=";Sum
```

说明：除上述的几种循环语句形式外，还可以使用 if 条件语句配合转向语句 goto 来形成循环结构。如上述的求自然数之和也可以用下面程序段来完成：

```
  N=1:Sum=0
P:Sum=Sum+N
  N=N+1
  If N<=10 Then GoTo P
  Print "Sum="; Sum
```

程序中的 P 是语句标号，标号的命名方式同变量命名方式一样，注意在使用时后面必须跟有冒号":"标记。语句标号在程序中仅仅只是一个程序代码的位置标记，一般用作转向语句 goto 的转向位置标记。上面程序段的算法思想同前面的 Do … Loop 的 5 种形式完全一样，标号 P 与 If 语句之间的部分就相当于是"循环体"，此处 If 语句的功能作用就是"只要 N<=10，就转向到 P：标号处语句执行"。

由于转向语句 GoTo 是无条件转向语句，使用不当容易造成程序代码的执行混乱，所以现在一般较少使用。

例 4.34　编写程序，对任意输入的正整数 $N(N\geqslant 3)$ 判断其是否素数。

因为素数只能被 1 和自身整除，因此，判断一个整数 N 是否为素数，只要看在 2 到 $N-1$ 之间能否找到一个整数将 N 整除。如果没有找到，则该数就是素数；如果找到，则该数就不是素数。

使用 Do 循环来进行整除的循环判断，程序设计代码如下：

```
Private  Sub Form _Click()
    Dim  n  As Integer,i as Integer
    N=val(InputBox("请输入一个正整数 (≥3) "))
    I=2
    Do While  I<N
      If n Mod i=0 Then Exit Do
      I=I+1
    Loop
    If  I=N  Then  Print  n;"是素数!" Else  Print n;"不是素数!"
End Sub
```

在程序中，变量 I 的变化范围是从 2 开始，直到 $N-1$ 止。利用条件语句 **If n Mod i=0 Then Exit Do** 来判断 N 是否能被 I 整除。有两种情况：

①只要出现 N 能被 I 整除(即 N 不是素数),就退出 Do 循环,此时 I 值一定是小于 N;②如果 N 始终未能被循环变量 I 整除,最后循环也会终止,退出循环,但此时变量 I 值是等于 N 的。

Loop 后的条件语句通过判断 I 值是否等于 N 来推断循环是否正常终止。如果正常终止,即 I 等于 N,则可以判断 N 是素数;否则 N 就不是素数。

运行程序,依次输入 **5**,**23**,**37**,得到的结果如图 4.67 所示。

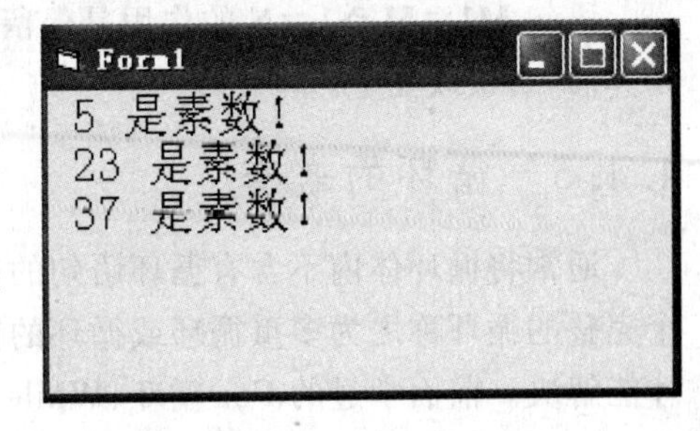

图 4.67　例 4.34 程序运行结果

例 4.35　编写程序,任意输入两个正整数 M 和 N,求这两个数的最大公约数。

两数 M 和 N 的最大公约数是指能同时被 M 和 N 整除的最大的正整数。求最大公约数可以用“辗转相除法”。其算法描述如下:

①对于已知两正整数 M,N,使得 $M>N$;②M 除以 N 得余数 R;③若 $R=0$,则 N 为最大公约数结束;否则执行④;④将变量 N 的值赋给变量 M,将变量 R 的值赋给变量 N,再重复执行②。

例如,求 24 和 16 的最大公约数,先将大数 24 作为被除数 M,小数 16 作为除数 N,相除后余数 R 为 8;再将除数(N)16 作为下一次的被除数(M),将得出的余数(R)8 作为下一次的除数(N),再次相除余数(R)为 0。此时最后一次的除数(N)8 就是所求的最大公约数。求解过程参考表 4.23。

如果第二次的余数不为 0,则还要依照此方法继续进行下去,直到余数为 0 止。

表 4.23　求 24 和 16 的最大公约数

原　　数	步　　骤	被除数 M	除数 N	余数 R	结　　论
24 和 16	(1)	24	16	8	
	(2)	16	8	0	最大公约数是 8

程序代码:

```
Private Sub Form_Click()
  Dim M%,N%,R%,T%,M1%,N1%
  M=val(InputBox("请输入第一个整数 M"))
  N=val(InputBox("请输入第二个整数 N"))
  M1=M:N1=N
  If  M<N  Then  T=M:M=N:N=T
  R=M Mod N
  DO while R<>0
    M=N
    N=R
    R=M Mod N
   Loop
   Print  M1;"和";N1;"的最大公约数是:";N
End Sub
```

语句 **IF　M<N　THEN　T=M:M=N:N=T** 的作用是保证将较大的一个数放在变量 M 中作为被除数。

语句 **M1=M:N1=N** 的作用是保留初始的 M 和 N 值，因为初始输入的 M,N 值经过循环运算后，都被改变了。

4.4.5 循环的嵌套

通常将循环体内不含有循环语句的循环叫做单层循环，而将循环体内又包含了一个或多个完整的循环称之为多重循环或循坏的嵌套。在程序设计时，许多问题要用二重或多重循环才能解决。前面学过的 For 循环、While 循环、Do 循环互相之间都可以嵌套，如在 For…Next 的循环体中可以使用 While 循环，而在 While…Wend 的循环体中也可以出现 For 循环等。

现在以二重循环为例介绍多重循环，二重循环执行过程是外循环执行一次，内循环执行一遍，在内循环结束后，再进行下一次外循环，如此反复，直到外循环结束。

对于循环的嵌套，要注意以下事项：①在多重循环中，各层循环的循环控制变量不能同名，但并列循环（即在一个循环体内并列存在多个循环）的循环控制变量名可以相同，也可以不同；②外循环必须完全包含内循环，不能骑跨。

例如，以下的嵌套都是允许的：

(1)
```
For I=1 To 10
  For   J=1 TO 20
  Next J
Next I
```

(2)
```
DO
    For j=1 TO 20
    Next J
    Loop While I<=10
```

(3)
```
For I=1 To 10
  Do While J<=20
  Loop
Next I
```

(4)
```
DO
    Do While J<=20
    Loop
Loop Until I>10
```

而以下嵌套是不允许的：

(1)
```
For I=1 TO 10
   For J=1 TO 20
   Next I
Next J
```

(2)
```
DO
   For J=1 T0 20
Loop While I<=1 0
Next J
```

(3)
```
  For I=1 T0 10
   Do While J<=20
Next  I
   Loop
```

For 循环嵌套时，且当多个循环的 Next 语句连续出现时，Next 语句可以合并成一条，在其后跟着各循环控制变量。循环变量名不能省略，内层循环变量写在前面，外层循环变量写在后面。例如，

```
For I1=...
   For I2=...
     For I3=...
        ...
Next  I3,I2,I1
```

在多重循环的任何一层循环中都可以使用 Exit Do 或 Exit For 退出循环，但要注意只能退出 Exit Do 或 Exit For 语句所对应的那一层循环，而不是一次彻底退出多层循环。例如，下

面循环退出后执行的语句如箭头所示：

```
f=1
For i=1 T0 10
  For j=1 T0 10
    f=f*i*j
    If f>1000 Then Exit For ──┐
  Next j                      │
  Print I;j ; f ◄─────────────┘
Next  I
```

例 4.36 编写程序，制作“九九乘法表”，如图 4.68 所示。

```
Form1
                                   九九乘法表
1×1=1
2×1=2   2×2=4
3×1=3   3×2=6   3×3=9
4×1=4   4×2=8   4×3=12  4×4=16
5×1=5   5×2=10  5×3=15  5×4=20  5×5=25
6×1=6   6×2=12  6×3=18  6×4=24  6×5=30  6×6=36
7×1=7   7×2=14  7×3=21  7×4=28  7×5=35  7×6=42  7×7=49
8×1=8   8×2=16  8×3=24  8×4=32  8×5=40  8×6=48  8×7=56  8×8=64
9×1=9   9×2=18  9×3=27  9×4=36  9×5=45  9×6=54  9×7=63  9×8=72  9×9=81
```

图 4.68 九九乘法表

屏幕的输出特点是先行后列，将第一行的每一列输出完毕后，才会进入第二行内容的输出，根据这个特点，可以设定外循环控制的次数。

“九九乘法表”表中，共有 9 行，那么让外循环次数为 9 次来控制显示打印 9 行数据，可以先考虑使用 For I=1 to 9 …… Next I 表示。

每一行内容的输出由内层循环来控制，由表中看到，每行的乘式个数与该行的行号相同。即第 1 行 I=1，打印 1 个乘式；第 2 行 I=2，打印 2 个乘式……第 9 行 I=9，打印 9 个乘式。所以内循环 J 的变化范围就是从 1 到 I 变化：For J=1 to I …… Next J。

内循环执行的操作为，表中的每一个乘式正好是由该行的行号与列标的乘积组成，即 I×J=……亦即对应执行的操作是 I;“*”;J;“=”;I*J。

根据以上的分析，可以编写程序如下：

```
Private  Sub  Form_Click()
    Dim I as integer,J  As  Integer
    Print Tab(40);"九九乘法表"
    For i=1 To 9
      For j=1 To i
         se=i & "×" & j & "=" & i*j
         Print Tab((j-1) *9+1); se;
      Next j
      Print
    Next i
End Sub
```

程序运行后,单击窗体,执行打印“九九乘法表”的二重循环,得到图 4.68 的乘法表。

思考:上面的代码完成的“九九乘法表”称为下三角乘法表,如何完成如图 4.69 所示的上三角乘法表呢?

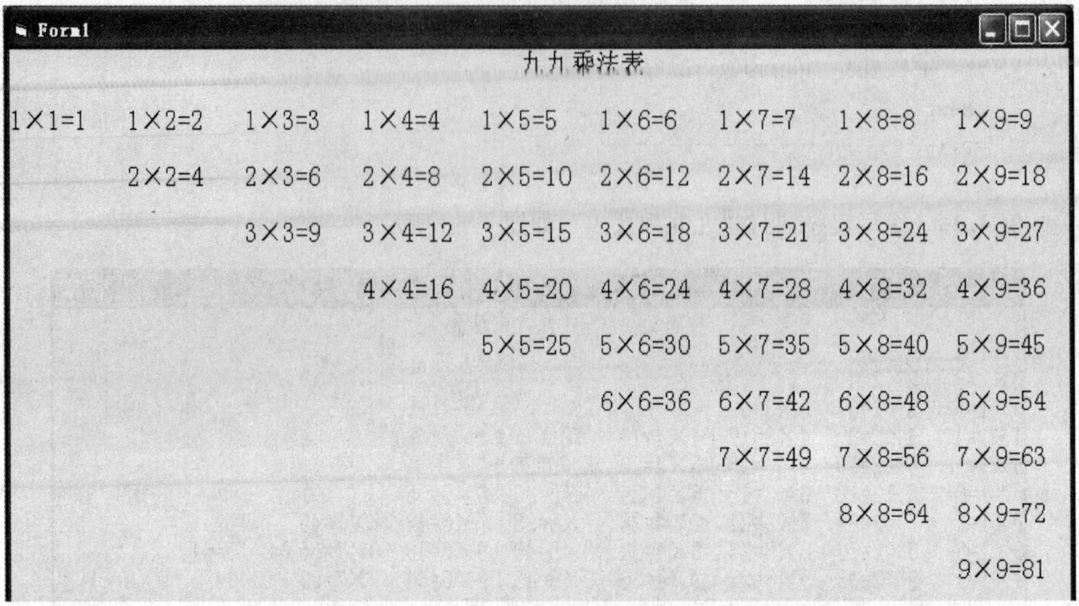

Form1

九九乘法表

1×1=1	1×2=2	1×3=3	1×4=4	1×5=5	1×6=6	1×7=7	1×8=8	1×9=9
	2×2=4	2×3=6	2×4=8	2×5=10	2×6=12	2×7=14	2×8=16	2×9=18
		3×3=9	3×4=12	3×5=15	3×6=18	3×7=21	3×8=24	3×9=27
			4×4=16	4×5=20	4×6=24	4×7=28	4×8=32	4×9=36
				5×5=25	5×6=30	5×7=35	5×8=40	5×9=45
					6×6=36	6×7=42	6×8=48	6×9=54
						7×7=49	7×8=56	7×9=63
							8×8=64	8×9=72
								9×9=81

图 4.69　上三角九九乘法表

比较下三角乘法表和上三角乘法表,行数并没有发生变化,每一行输出的乘式数目发生了变化,由 1 变化到 9,但是乘式项的组成规律不变,每一行第一个乘式的输出位置发生了变化,因此,在修改上述代码时需要考虑这一点,参考代码如下:

```
Private Sub Form_Click()
    Dim I As Integer, J   As Integer
    Print Tab(40); "九九乘法表"
    For I=1 To 9
       Print Tab(9*I);
       For J=I To 9
          se=I & "×" & J & "=" & I*J
          Print Tab((J-1) *9+1);se;
       Next J
    Next I
End Sub
```

例 4.37　用多项式近似公式求自然对数的底 e(近似值约为 2.71828182845905)的值,要求其误差小于 0.00001。公式为

$$e=1+\frac{1}{1!}+\frac{1}{2!}+\frac{1}{3!}+\cdots+\frac{1}{i!}+\cdots=\sum_{i=0}^{\infty}\frac{1}{i!}\approx 1+\sum_{i=1}^{m}\frac{1}{i!}$$

该例题涉及两个问题:①用循环结构求级数和的问题,本例根据某项值的精度来控制循环的结束与否,可考虑使用 DO 循环或者 While 循环;②累加 e=e+t,循环体外对累加和的变量清零,即 e=0;累乘 n=n＊i,循环体外对连乘积变量置 1,即 n=1。

本问题可以使用双重循环解决。内循环用来求出多项式中的每一项,外层循环则用来将内循环中求的每一项逐项相加。由于每一项的分母为该项 i 值的阶乘,需要进行多次连乘的循环处理。

程序代码设计如下:

```
Private Sub Form_Click()
  Dim i%, n&, t!, e!
  e=0:  i=0
  t=1
  Do While t>0.00001
    e=e+t
    i=i+1
    n=1
    For J=1 To i
       n=n*J
    Next J
    t=1/n
  Loop
  Print "计算了 "; i; " 项的和是 "; e
End Sub
```

运行程序后,单击窗体得到的结果如图 4.70 所示。

图 4.70　例 4.37 程序运行效果

由于对任一个问题的处理有多种不同的算法,本程序也可以用单层循环来解决问题。修改上例程序代码如下:

```
Private Sub Form_Click()
  Dim i%,n&, t!, e!
  e=0:n=1              'e 存放累加和,n 存放阶乘
  i=0:t=1                  'i 计数器,t 第 i 项的值
  Do While t>0.00001
    e=e+t:  i=i+1          '累加,连乘
    n=n*i:  t=1/n
  Loop
  Print "计算了 "; i;" 项的和是 ";e
End Sub
```

请读者自己分析理解程序是如何实现计算功能的。

4.4.6　循环结构程序应用举例

前面介绍了用来实现循环的三种基本语句,这三种结构在解决循环功能时的作用是相同的，因此循环都可以采用任意的一种语句来实现，这三种语句可以互相转换。在实际应用中要仔细分析利用哪一种语句更为简便。下面给出多个实例来帮助读者进一步更好地理解和掌握循环结构的应用。

例 4.38 求任意两个正整数 a 和 b 的最大公约数和最小公倍数。

前面的例子中，使用辗转相除法求出了两个正整数的最大公约数，但该算法在理解上有定困难，此处将应用另一种相对容易理解的算法来求解。

所谓公约数是同时能被 a 和 b 都整除的数，并且它的值不可能超过 a 和 b 中较小的一个，所以可以循环地依次将该范围内的每一个整数由大到小地进行验证，发现的第一个能够同时被 a 和 b 整除的数就是最大公约数。最小公倍数可以通过最大公约数得出，方法是 a 和 b 两数相乘后除以两数的最大公约数。

程序设计代码如下：

```
Private Sub Command1_Click()
  m=Val(Text1.Text)
  n=Val(Text2.Text)
  '求 m,n 中较小值
  If m>n Then Min=n Else Min=m
  '较小值放在变量 gys 中
  gys=Min
  Do While gys>=1
    If m Mod gys=0 And n Mod gys=0 Then
      Text3.Text=Str(gys)
      Exit Do
    Else
      gys=gys-1
    End If
  Loop
  Text4.Text=Str(m*n/gys)
End Sub
```

Form1

第一个正整数 16

第二个正整数 24

计算最大公约数和最小公倍数

最大公约数 8

最小公倍数 48

图 4.71 例 4.38 程序运行结果

运行程序，输入 a 和 b 分别为 **16** 和 **24**，得到的结果如图 4.71 所示。

例 4.39 求一元方程 $x^5-3x^2+2x+1=0$ 在 $x=0$附近的根。

求一元方程的解的方法有多种，这里用牛顿迭代法来求解，基本解题方法是，假设函数$f(x)$在某一区间内为单调函数，即在此范围内函数值单调增加或单调减少，而且有一个实根：①大致估计实根的可能范围，任选一个接近于真实根 x 的近似根 x_1；②通过 x_1求出 $f(x_1)$。在几何图形上就是作直线 $x=x_1$ 交 $f(x)$于 $f(x_1)$；③过 $f(x_1)$作曲线 $f(x)$的切线，交 x 轴于x_2；④通过 x_2求出 $f(x_2)$；⑤再过 $f(x_2)$作 $f(x)$的切线，交 x 轴于x_3；⑥再通过 x_3求出 $f(x_3)$；

⑦重复以上步骤，求出 $x_4, x_5, x_6, \cdots, x_n$，直到前后两次求出的近似根之差的绝对值 $|x_n - x_{n-1}| <= \varepsilon$（$\varepsilon$ 是一个很小的数），此时就认为 x_n 是足够接近真实根的近似根。

上述过程如图 4.72 所示。

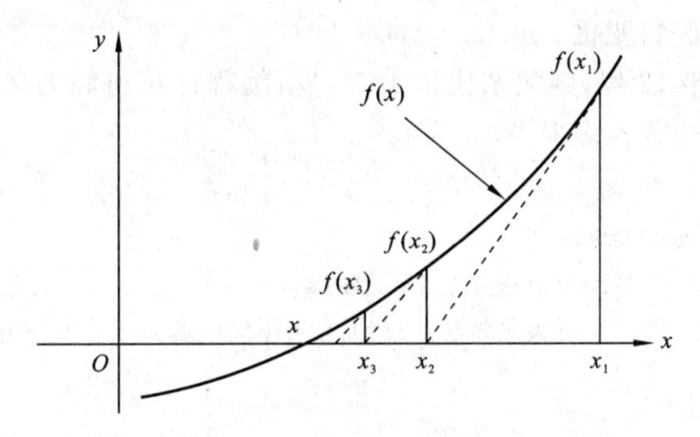

图 4.72　用牛顿迭代法来求 $f(x)$ 的根的过程

设函数 $f(x)$ 在点 $f(x_1)$ 处切线的斜率为 $f'(x_1)$，从图中关系可以看出

$$f'(x_1) = f(x_1)/(x_1 - x_2)$$

故

$$x_2 = x_1 - f(x_1)/f'(x_1)$$

同理可得

$$x_n = x_{n-1} - f(x_{n-1})/f'(x_{n-1})$$

这就是牛顿迭代公式，即从根的前一个近似值可以推出根的下一个近似值。

说明：曲线 $f(x)$ 在某点 x_1 上切线的斜率为该切线与 x 轴正方向夹角的正切函数值。在高等数学中可以用求曲线在该点上"导数"$f'(x_1)$ 的方法来得到。令

$$f(x) = x^5 - 3x^2 + 2x + 1$$

则

$$f'(x) = 5x^4 - 6x + 2$$

程序中以 f 表示函数 $f(x)$ 在某点的值，f1 表示函数在点 x 处的斜率值 $f'(x)$。给出 x 的初值，先把它赋给 x1，再用牛顿迭代公式求出 x2（程序中用 x 表示），x2 为该次迭代中得到的近似根。将新求出的 x2（程序中用 x 表示）与 x1 比较，两者之差的绝对值如大于给定的 ε（程序中设定为 10^{-6}），就继续进行下一次迭代处理，直到差的绝对值小于 ε 为止。N 用来累计迭代次数。

```
Private Sub Command1_Click()
    Dim x!, x1!,  n%
    Print "      n            x1            x2"
    x=Val(InputBox("请输入函数的近似根:"))
    Do
      x1=x
      f=x1^5-3*x1^2+2*x1+1
      f1=5*x1^4-6*x1+2
      x=x1-f/f1
      n=n+1
      Print "      "; n, x1, x
    Loop While (Abs(x-x1)>=0.000001)
    Print  "方程的近似根是:";x
End Sub
```

运行程序,单击**计算**按钮,在弹出的输入框中输入一个方程的近似根**+1**,按**计算**按钮得到方程的近似根是−0.3323193。再次单击**计算**按钮执行程序,输入**−5**,同样得到方程的近似根是−0.3323193,如图4.73所示。从图可以看到,输入不同的两个近似根,得到方程的近似根是一样的,只是迭代的次数变化了。

例4.40 小红今年12岁,她父亲比她大30岁,编程计算出她的父亲在几年后比她年龄大一倍,那时父女的年龄各为多少?

程序代码如下:

```
Private Sub Form_Click()
  Dim X As Integer, Y As Integer, N As Integer
  N=0:X=12:Y=X+30        'N表示年数的增加,X为小红年龄,Y为她父亲年龄
While X*2<>Y
  N=N+1
  X=X+1
  Y=Y+1
Wend
Print "经过";  N ;  "年,小红父女的年龄分别是:";  & chr(10) &  Y ; "和"; X
End Sub
```

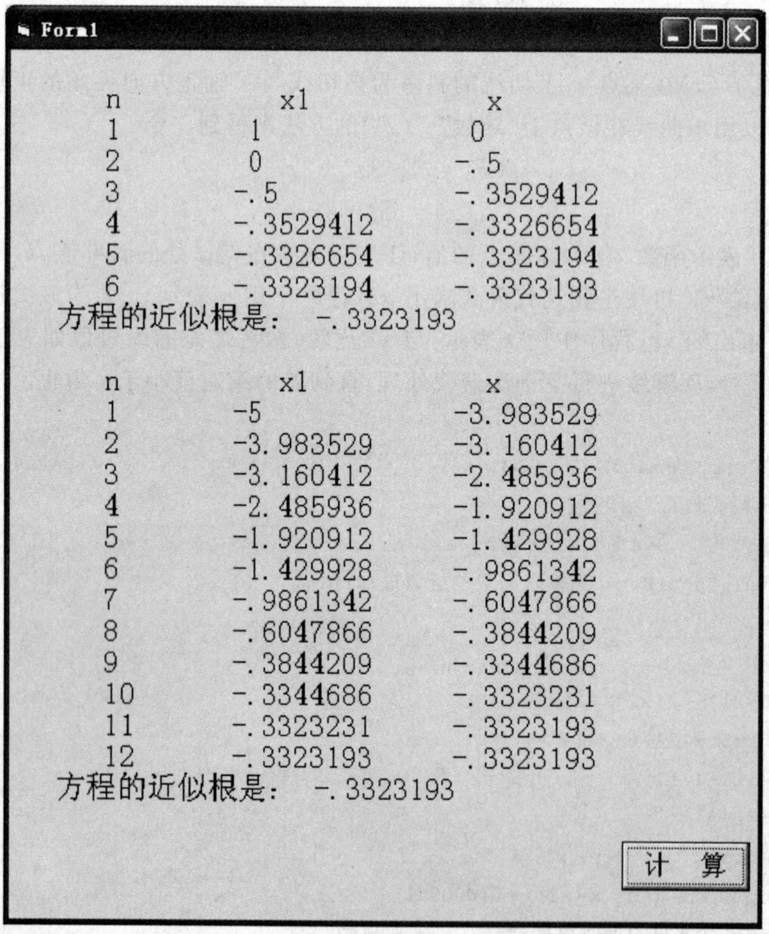

```
Form1

n      x1           x
1      1            0
2      0            -.5
3      -.5          -.3529412
4      -.3529412    -.3326654
5      -.3326654    -.3323194
6      -.3323194    -.3323193
方程的近似根是:  -.3323193

n      x1           x
1      -5           -3.983529
2      -3.983529    -3.160412
3      -3.160412    -2.485936
4      -2.485936    -1.920912
5      -1.920912    -1.429928
6      -1.429928    -.9861342
7      -.9861342    -.6047866
8      -.6047866    -.3844209
9      -.3844209    -.3344686
10     -.3344686    -.3323231
11     -.3323231    -.3323193
12     -.3323193    -.3323193
方程的近似根是:  -.3323193

计 算
```

图4.73 例4.39程序运行结果

程序运行结果如图 4.74 所示。

说明:变量 X,Y 开始设置为 12 和 42,是小红和她父亲的年龄。在程序中,每循环一次,X,Y 的值就加 1。程序结束时 X,Y 的值就代表了经过 18 年后小红和她父亲的年龄。

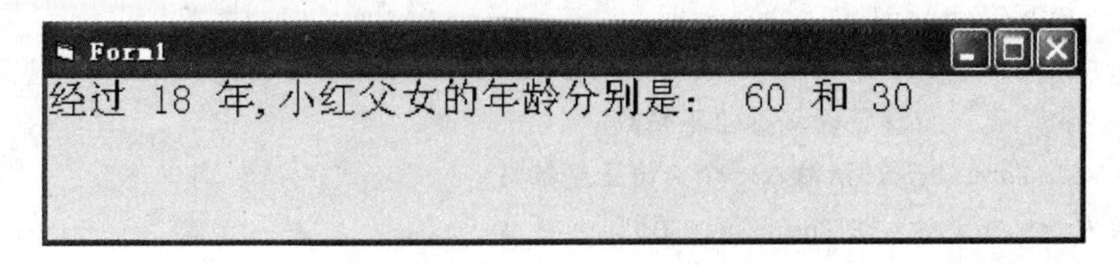

图 4.74 例 4.40 程序运行结果

例 4.41 输入任意一个整数,将其反向输出。如输入 123456,则输出 654321。程序界面如图 4.75 所示。

实现任意一个整数的反向输出,首先应该将这个数的每个数字位给拆分出来,然后再把它们按照反序重新组合。假设整数 a 由文本框 Text1 获得,编写程序如下:

```
Private Sub Form_Click()
    Text2.Text=""
    a=Val(Text1.Text)
    B=0
    While (a<>0)
      B=a Mod 10  '获得当前数的最低位
      Text2.Text=Text2.Text+Trim(Str(B))  '将得到的数位组合到 Text2 中
      a=a\10      '去掉当前数的最低位
    Wend
End Sub
```

运行程序,在 Text 1 中输入数字 **12345678**,单击窗体后在 Text 2 中得到逆向输出的数字,如图 4.76 所示。

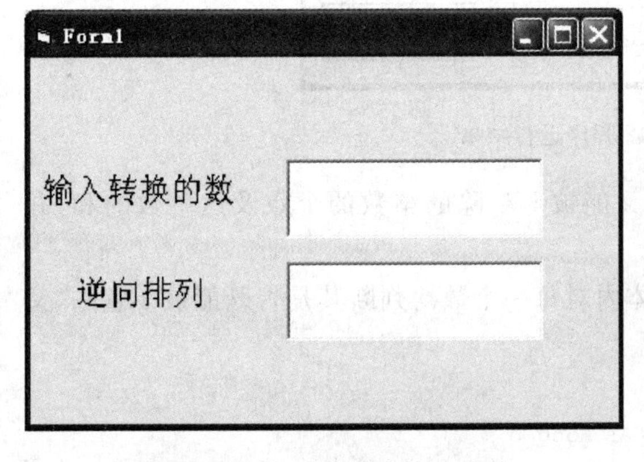

图 4.75 例 4.41 程序设计界面

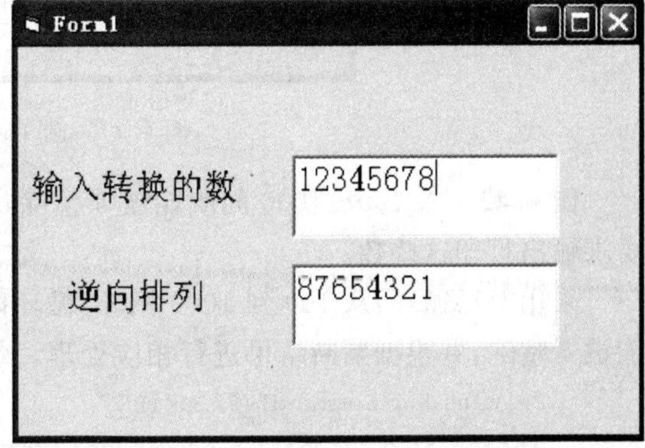

图 4.76 例 4.41 程序运行结果

在以上程序中,循环地对一个数进行了 Mod 10 和整除 10 的运算,目的是依次地得到数字的各个数位,得到一个数位后将其组合到 Text 2 中去。

例 4.42 一个两位数的正整数,将其个位数与十位数字对调所生成的数称为对调数,如 28 是 82 的对调数。现给定一个两位的正整数,请找到另一个两位的正整数,使这两个数之和等于它们各自的对调数之和，如 38＋61＝83＋16。

设原数为 A，则求出 A 的对调数的公式为 Af＝(A Mod 10) * 10＋A\10。

程序设计代码如下：

```
Private Sub Command1_Click()
    Dim A As Integer, B As Integer, Af As Integer, Bf As Integer
    Do              '保证输入 2 位正整数
      A=Val(InputBox("请输入一个 2 位正整数"))
      If A>=9 And A<=99 Then Exit Do
    Loop
    Af=(A Mod 10)*10+A\10
    For B=10 To 99
      Bf=(B Mod 10)*10+B\10
      If A+B=Af+Bf   Then
         Print A; "+"; B; "="; Af; "+"; Bf; "="; A+B
      End If
    Next B
End Sub
```

运行程序，单击**计算**按钮并输入一个两位数 **57**，运行结果如图 4.77 所示。

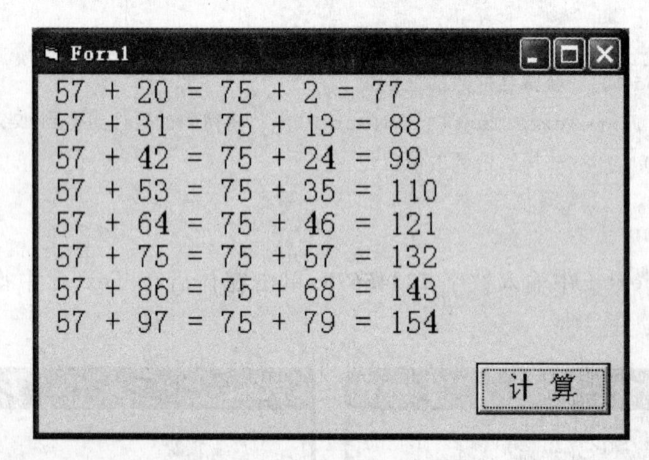

图 4.77　例 4.42 程序运行结果

例 4.43　求 100～1000 间既能被 3 整除，又能被 7 整除的整数的个数及这些数的和，并要求输出打印这些数。

采用单层循环，从 100 到 1000 循环，循环体内对每一个数均判断其是否既能被 3 整除，又能被 7 整除，并根据判断结果进行相应处理。

```
Private Sub Command1_Click()
    Dim i As Integer, n As Integer, sum As Long
    For i=100 To 1000
        If (i Mod 3=0) And (i Mod 7=0) Then
           n=n+1
           sum=sum+i
           If n Mod 7=0 Then Print i Else Print i;      '该条件语句控制每行打印 7 个数字
        End If
```

```
        Next i
        Print:Print
        Print "数的个数是:"; n
        Print "数的和是:"; sum
    End Sub
```

程序运行后单击**计算**按钮,得到的结果如图 4.78 所示。

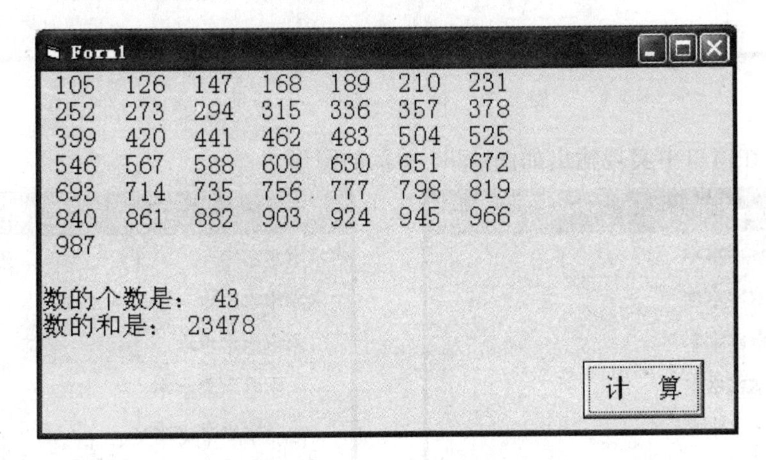

图 4.78 例 4.43 程序运行结果

例 4.44 打印斐波拉契数列的前 20 项,斐波拉契数列如下:

0,1,1,2,3,5,8,13,…(即从第三项起每一项是前两项的和)。

将前 20 项每相邻两项作为一组,则产生斐波拉契数列的算法可以描述如下:①首先给出数列中前两数 0 和 1,并将 0,1 分别放在变量 A,B 中,即 A=0,B=1,打印输出 A,B 的值 0,1;②求出数列中下两个数,求出第三个数,按照数列规律,第三个数为 A+B 的和,并将结果存放在 A 中,即 A=A+B,A 变量的原值 0 将被新值 1 取代,这时按照数列规律,使用 B=A+B 可以求出下一个数,即第 4 个数,并存放在 B 中,这样就产生了数列中新的两个数,且这两个数取代了其前的两个数,仍存于变量 A,B 中,输出 A,B 的值;③重复步骤②,直到输出所有的数。

程序代码如下:

```
Private Sub Form_Click()
    Dim A As Long, B As Long
    Text1.Text=""
    n=0
    A=0:B=1
    While n<10
        Text1.Text=Text1.Text & Str(A) & Str(B)
        n=n+1
        A=A+B
        B=B+A
    Wend
End Sub
```

在循环开始之前,先设置数列中的前两个数 0 和 1,并显示于文本框 Text1 中,而每次循环产生数列的后两个数,同时将这两个数附加到文本框中。共循环 9 次,产生 18 个数。

程序运行后，单击窗体，运行结果如图 4.79 所示。

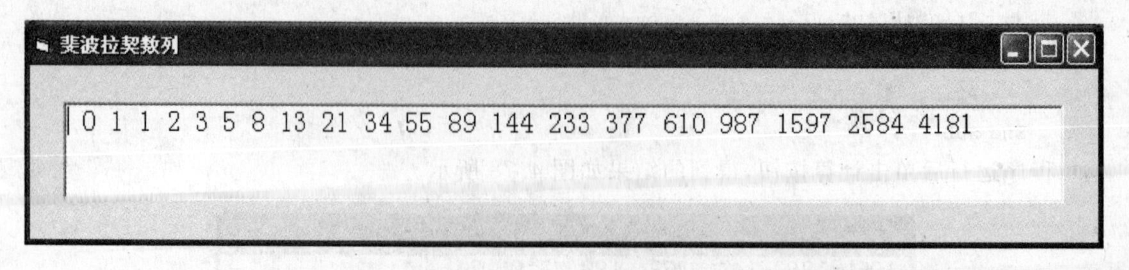

图 4.79 例 4.44 程序运行结果

例 4.45 在窗口中实现输出如图 4.80 所示的图形。

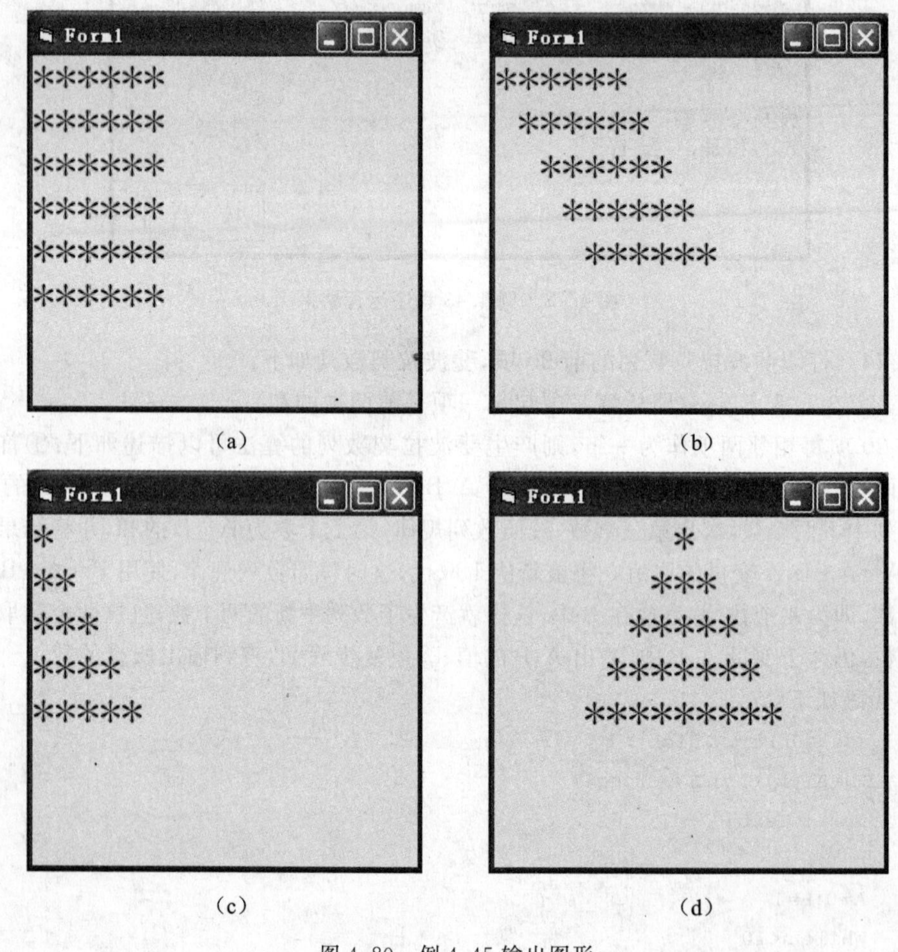

图 4.80 例 4.45 输出图形

本例是字符图形的输出。利用多重循环可以控制一些字符图形的输出，在前面的例中，利用单循环在窗口中输出了一行星号，如果要在窗口中输出多行星号，则只要让输出一行星号的语句段执行多次就可以了。

在解决图形输出问题时，应首先考虑一个一般行的输出，只需把这个一般行的输出语句利用循环结构控制执行多次即可。输出图形(a)时，每一行都输出同样的 6 个字符，在输出一行之后换行，然后输出下一行，所以只需将输出一行字符的语句连续执行 6 次就可以。

程序代码设计如下：

```
For j=1 T0 6          '外循环控制输出的星号的行数
    For i=1 T0 6        '内循环控制输出一行的多个星号
        Print  "*";
    Next i
    Print             '输出每一行后换行
Next j
```

在上面的程序中，用到了两个循环控制变量 i 和 j，分别用来控制图形中列与行的变化，所以通常把它们称为列变量和行变量。在实现输出字符图形时，要弄清楚要输出的图形与行列变量之间的关系。

图形(b)与图形(a)的差别只在于在输出每一行星号时首先输出了若干个空格，每一行之前输出的空格的个数与其行号相同，即始终与行变量 i 相同，代码如下：

```
For j=1 To 5
    Print Tab(j);           '先输出 j 个空格
    For i=1  To  6
        Print  "*";
    Next i
    Print
Next j
```

图形(c)与图形(a)的差别在于每一行输出的星号个数不同，图形(a)中每行都输出了固定个数的字符，而图形(c)中每行输出的字符个数与其行数相同，因为内循环是用来控制输出每行的字符，所以只需要修改一下内循环控制变量的终值就可以，代码如下：

```
For j=1 T0 5
  For i=1 T0 j
     Print "*";
  Next i
  Print
Next j
```

输出图形(d)时，每行首先输出了若干空格，然后输出几个星号，然后换行。重点要弄清楚每行输出的空格的个数和星号的个数与行列变量的关系。该程序的代码读者可以自己尝试编写。

除了输出这种星号图形之外，还可以控制输出各种有规律的数字阵列。比如"九九乘法表"的输出实质上就是一种有规律变化的数字图形。

例 4.46 百钱百鸡问题。我国古代数学家在《算经》中出了一道题："鸡公一，值钱五；鸡母一，值钱三；鸡雏三，值钱一。百钱买百鸡，问鸡公、母、雏各几何？"

依题意，设 x,y,z 分别为鸡公、鸡母和鸡雏的数量，则可得如下方程式：

$$5x+3y+z/3=100(\text{元})$$

$$x+y+z=100(\text{只})$$

此题用代数方法是无法求解的，因为有 3 个未知数，只有 2 个方程式；但在计算机中，可以使用穷举法来解此题。所谓穷举法就是将各种组合的可能性全部一一考虑到，对每一种组合来检查它是否符合给定的条件，最终将符合条件的组合找出来即可。

```
Private Sub Command1_Click()
  Print "鸡公","鸡母","鸡雏"
  For x=0 To 100
    For y=0 To 100
      z=100-x-y
      If  5*x+3*y+z/3=100 Then  Print  x,y,z
    Next y
  Next x
End Sub
```

程序运行结果如图 4.81 所示。

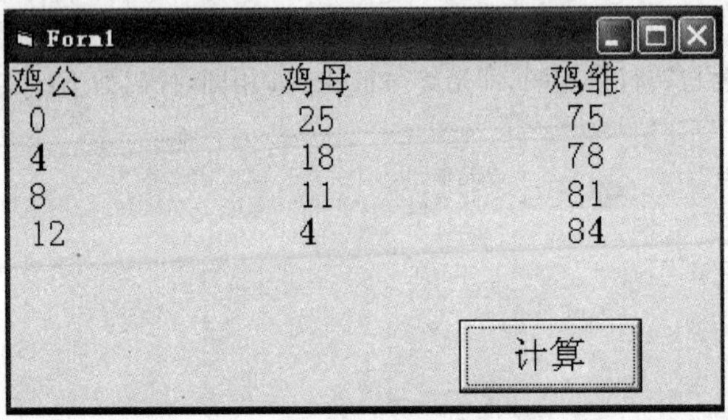

Form1

鸡公	鸡母	鸡雏
0	25	75
4	18	78
8	11	81
12	4	84

计算

图 4.81　例 4.46 程序运行结果

这个程序执行了 100×100＝10000 次循环。仔细考查题意可知，实际上不需要使 x 由 0 变到 100，因为 100 元最多也只能买到 100/5＝20 只鸡公；同理，y 最多也只是 33 只，且随着 x 每增加 1，y 值最少也要少 1。因此，程序中 For 循环语句可改为

```
For x=0 To 20
  For y=0 To 33-x
```

显然，优化后的程序大大缩短了运行时间，并且更加合理。

例 4.47　编写程序求下列方程组的所有正整数解。

$$2X+5Y=20$$
$$2Y=3X-1$$

本例是方程求解类问题。多重循环也可以用来完成一些方程组或者类似于方程组的求解问题。因为要求的只是该方程组的正整数解，所以可以根据两个方程确定 x 和 y 的取值范围分别为 x 在 0 和 10 之间，y 在 0 和 4 之间。因此可以对该范围内的所有整数依次用方程进行验证，从而得出方程的解。代码如下：

```
For X=0 To 10
  For Y=0 T0 4
    If 2*X+5*Y=20 And 2*Y=3*X-1 Then
      Print X;Y
    End If
  Next Y
Next x
```

例 4.48　将一张 10 元钞票换成一角、二角和五角纸币，每种至少 8 张纸币，问有多少种

方案？编写程序打印总的方案数及最多、最少币数方案。

因为一角、二角和五角每种纸币至少 8 张，故一角的纸币最多 44 张，二角的纸币最多 26 张，五角的纸币最多 15 张。代码如下：

```
Private Sub Command1_Click()
  Print" 方案          币数          一角  二角  五角"
  Dim i%,j%,k%,max%,min%,m1%,m2%,m3%,m4%,m5%,m6%
  Dim count As Integer,
  Max=0:Min=100
  For i=8 To 44
   For j=8 To 26
     For k=8 To 15
       If (i+j*2+k*5=100)  Then
          count=count+1
          If Max<i+k+j Then Max=i+j+k:m1=i:m2=j:m3=k
          If Min>i+k+j Then Min=i+j+k:m4=i:m5=j:m6=k
       End If
     Next k
   Next j
  Next i
   Print "最多币数方案", Max, m1; " "; m2; "   "; m3
  Print  "最少币数方案", Min, m4; "   "; m5; "   "; m6
  Print
  Print" 共有"; count; "种方案!"
End sub
```

程序运行后，单击**计算**按钮，得到的结果如图 4.82 所示。

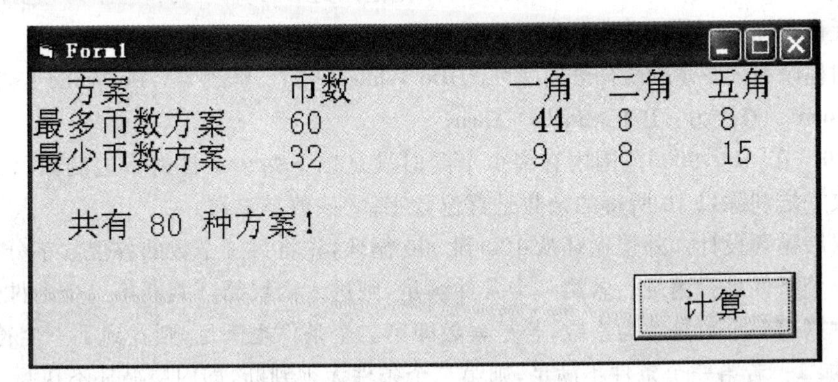

图 4.82 例 4.48 程序运行结果

例 4.49 编写程序，输出 3 至 200 之间所有的素数。

前面例子中已介绍过如何判断一个正整数是否是素数的算法，现在只需加一个外循环，使这个正整数从 3 至 200 依次取值即可。程序设计如下：

```
Private Sub Form_Click()
Dim  n  As Integer,i as Integer,s as Integer
Print "打印 3 至 200 之间的所有素数!"
s=0
```

```
For n=3 To 200
    I=2
    Do While I<n
       If n Mod I=0 Then Exit Do
       I=I+1
    Loop
    If I=n Then
       Print n;
       s=s+1
       If s Mod 5=0 Then Print
    End If
  Next n
End Sub
```

运行程序，单击窗体，得到的结果如图 4.83 所示。

```
打印素数
打印3至200 之间的所有素数!
 3    5    7    11    13
 17   19   23   29   31
 37   41   43   47   53
 59   61   67   71   73
 79   83   89   97   101
 103   107   109   113   127
 131   137   139   149   151
 157   163   167   173   179
 181   191   193   197   199
```

图 4.83　例 4.49 程序运行结果

在程序中，如果 n 是素数，则循环体执行了 n－1 次，循环控制变量 i 的终值一定为 n；如果 n 不是素数，则会在中途退出循环，i 的终值一定小于 n，所以循环结束后，可以通过 i 的终值来进行判断。

因为任何一个整数 n 的因子都是成对出现的，若一个大于$\sqrt{n}$，另一个一定小于$\sqrt{n}$，或者两个都等于$\sqrt{n}$。例如 $n=24$ 时，因子有三对：2×12 和 12×2，3×8 和8×3，4×6 和 6×4，$\sqrt{24}$近似为 4.9。三对因子中的较小值中的任一个都不会大于 4.9。所以在判断时还可以将循环变量的变化范围进一步缩小为 2 至$\sqrt{n}$。这样的修改将优化程序代码的质量，减少程序运行的时间。

在上例程序中只要修改两行语句即可：①**Do While I＜n**　修改为　**Do While I＜=Sqr(n)**；②**If I=n Then**　修改为　**If I＞Sqr(n) Then**。

例 4.50　在[100，900]范围内有多少个同时满足以下两个条件的十进制数：①其个位数字与十位数字之和除以 10 所得的余数是百位数字；②该数是素数。

采用双层循环设计。外层循环从 100 到 900 循环，先将每一个数的各位数字分离出来，然后判断第一个条件是否满足。若第一个条件满足，则进入内层循环判断第二个条件是否满足，内层循环计算出一个数是否为素数，若是素数即第二个条件也满足，则找到了一个符合条件的数，计数器加 1。若第一个条件不满足，则第二个条件无须判断，即内层循环不执行。

```
Private Sub Command1_Click()
    Dim i As Integer, j As Integer, g As Integer, s As Integer, b As Integer
    Dim isprime As Boolean, number As Integer
    number=0
    For i=100 To 900
      g=i Mod 10             '截取个位数字
      s=(i Mod 100)\10       '截取十位数字
      b=i\100                '截取百位数字
```

```
        If (b=(g+S) Mod 10) Then
            isprime=True
            For j=2 To i-1
              If (i Mod j=0) Then
                  isprime=False
                  Exit For
              End If
            Next j
            If isprime Then
              number=number+1
              Print i;
              If (number Mod 5=0) Then Print
          End If
        End If
      Next i
    Print
    Print "这样的数的个数是:"; number
  End Sub
```

按下 F5 键,程序运行后,单击**计算**按钮,得到结果如图 4.84 所示。

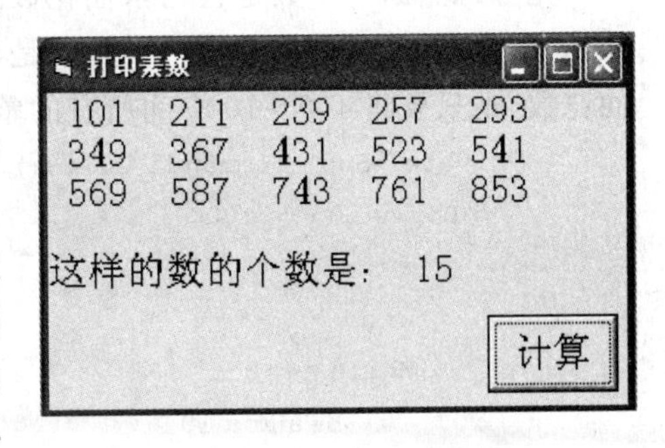

图 4.84 例 4.50 程序运行结果

例 4.51 编程求 $Sum=1+(1+2)+(1+2+3)+\cdots+(1+2+3+\cdots+n)$,其中 n 由用户输入。

该问题是一个累加问题,共有 n 项相加,可以设置存放累加和的变量为 Sum,而对于第 I 个累加项 $1+2+\cdots+I$ 又是一个累加问题,设存放该累加项的变量为 $Sum1$,因此可以用双重循环来实现。设置外循环共循环 n 次,外循环变量 I 依次取 $1,2,\cdots,n$ 值,对于每一次的累加项(如第 I 项)用内循环控制求 1+2+…+I。设文本框 Text1 用于输入总项数 n,Text2 用于输出总和 Sum,运行时单击**计算**按钮计算结果。代码如下:

```
Private Sub Command1_Click()
    N=Val(Text1.Text)
    Sum=0
    For I=1 To N
      Sum1=0      '在计算每个累加项之前,将放和的变量清零
      For J=1 To I
        Sum1=Sum1+J
      Next  J
      Sum=Sum+Sum1
    Next I
    Text2.Text=Sum
End Sub
```

本题应注意 Sum=0 和 Sum1=0 在程序中的位置。

运行程序，出现图4.85所示窗口，在文本框Text1中输入**6**，单击**计算**按钮，结果如图4.86所示。

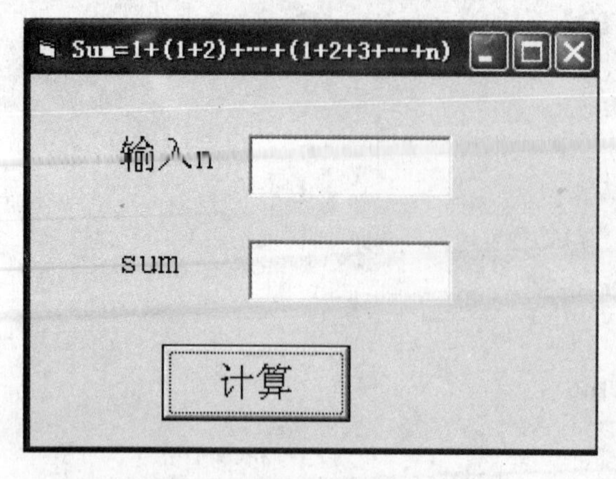

图4.85 例4.51程序设计界面

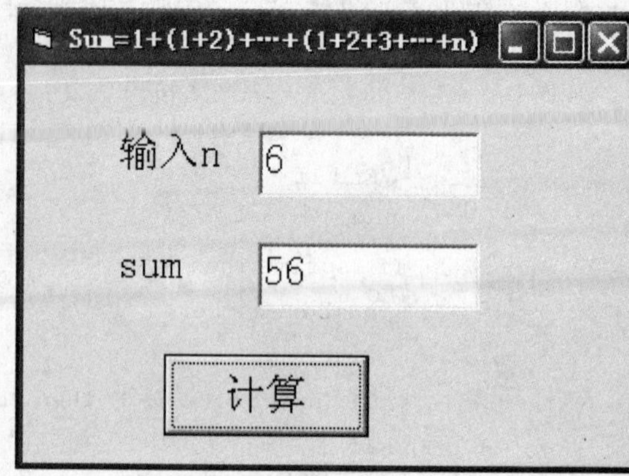

图4.86 例4.51程序运行结果

例4.52 打印输出100～1000间的水仙花数。所谓水仙花数是指一个三位数，其各位数的立方和等于该数，如$153=1^3+5^3+3^3$。

先考虑判断一个数是否为水仙花数的方法：要将该数的每个数位拆开并求出它们的立方和，如果求出的立方和与该数相等，则是水仙花数并将其输出。要找出100～1000间所有的水仙花数，则只要将100～1000间所有的整数依次验证即可。程序代码如下：

```
Private Sub Command1_Click()
    For n=100 To 1000
      s=0
      a=n
      While a<>0
          b=a Mod 10
          s=s+b*b*b     '求数位的立方和
          a=a\10
      Wend
      If s=n Then Print n
    Next n
End Sub
```

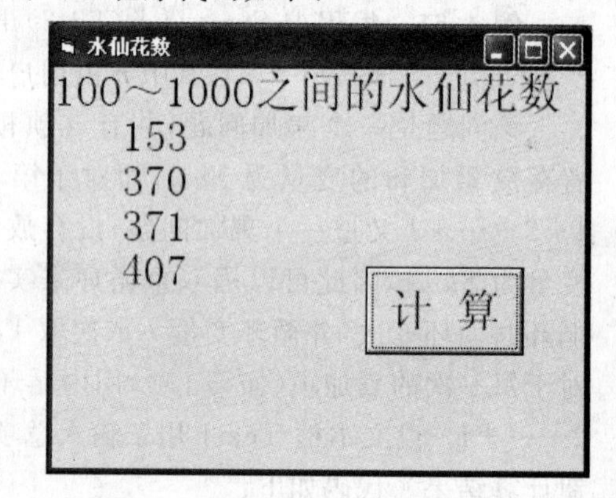

图4.87 例4.52程序运行结果

运行程序，单击**计算**按钮，结果如图4.87所示。

该程序是在一个For循环中嵌套了一个While循环。外循环用来控制从100～1000间每一个整数的变化，次数是确定的，所以采用For循环。内循环用来控制得到任意一个整数的各个数位，次数不确定，所以采用了While循环。

例4.53 用下面的泰勒多项式求正弦函数$\sin x$的近似值。

$$\sin x \approx \frac{x}{1}-\frac{x^3}{3!}+\frac{x^5}{5!}-\frac{x^7}{7!}+\cdots+(-1)^{n-1}\times\frac{x^{2n-1}}{(2n-1)!}$$

式中的x及n值由读者通过键盘输入。输入的n值越大，则计算后的正弦值误差就越小。

本问题可以使用双层循环解决问题。内循环用于求解泰勒多项式中的每一项，外层循环则用来将内循环中所求出的每一项逐项相加。由于每一项的分子为x的$2n-1$次方幂、分母为$2n-1$阶乘，需要进行多次连乘的循环处理。程序的代码设计如下：

```
Private Sub Command1_Click()
Dim n As Integer, x1 As Integer, g As Integer, X As Single, S As Single
Dim F As Double, p As Single
x1=Val(InputBox("请输入正弦角度值:"))        '输入正弦角度值
n=InputBox("请输入多项式项数 n:")
X=x1*3.1415926/180                          '转换角度值为弧度
g=1
S=x                       '多项式的第 1 项作为初值
For i=2 To n             '外循环从第 2 项开始累加,一直累加到第 n 项
   F=1
   p=1
   For j=1 To 2*i-1      '内循环计算出多项式第 i 项的分子和分母
      F=F*j              '计算第 i 项的分母
      p=p*X              '计算第 i 项的分子
   Next j
   g=-g
   S=S+g*p/F             '外循环每执行一次累加一项
 Next i
 Print "Sin("; x1; "度)="; S
End Sub
```

程序中用变量 s 存储 $\sin x$ 的近似值,它是由多项式中各项累加而得到的。由于多项式中各项的符号不同,因此要在每项前面乘以 1 或 −1 以表示正负值,程序中设符号变量 g,依次在 +1 及 −1 两者间变化即可。F 代表各项中的分母,p 代表各项中的分子。

程序运行后的输入界面如图 4.88 所示,多次分别输入正弦角度值 **30,45,60,90,135,180** 度,并输入 n 值为 **10**,单击**输入计算**按钮,得到结果如图 4.89 所示。

图 4.88　例 4.53 程序运行后的输入界面

泰勒多项式中 x 值应为弧度值,为方便起见,在程序中设置了一个角度与弧度的转换语句,因而输入时可直接输入角度值。

例 4.54　编写程序,打印如图 4.90 所示的乘积表。

程序代码如下:

```
Private Sub Form_Click()
   FontSize=20
   Print Tab(14) ; "乘积表"
```

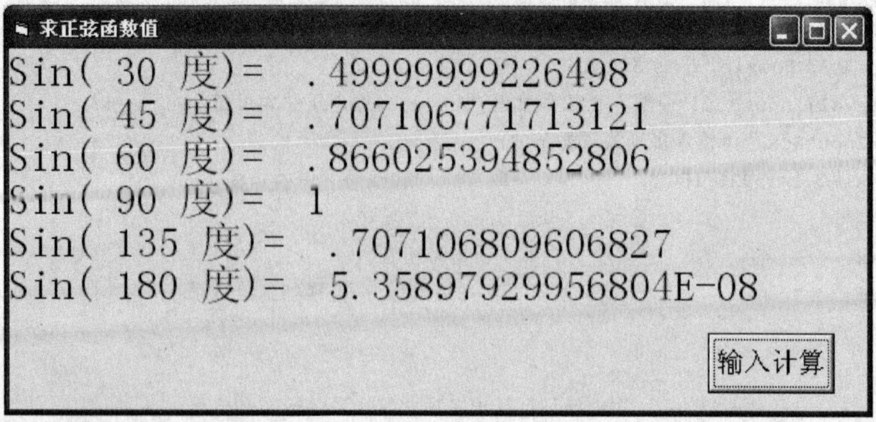

求正弦函数值

Sin(30 度)= .49999999226498
Sin(45 度)= .707106771713121
Sin(60 度)= .866025394852806
Sin(90 度)= 1
Sin(135 度)= .707106809606827
Sin(180 度)= 5.35897929956804E-08

输入计算

图 4.89　例 4.53 程序运行结果

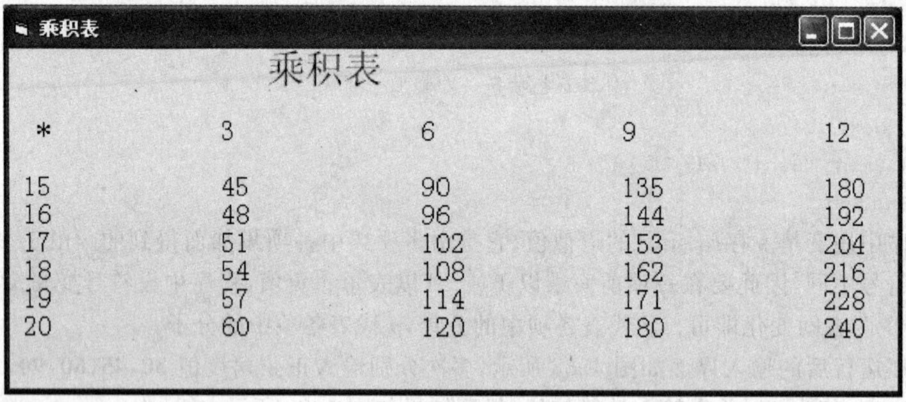

乘积表

乘积表

*	3	6	9	12
15	45	90	135	180
16	48	96	144	192
17	51	102	153	204
18	54	108	162	216
19	57	114	171	228
20	60	120	180	240

图 4.90　例 4.54 程序运行结果

```
ForeColor=&HFF&                    '设为红色
FontSize=14
Print
Print "  * ",                      '输出第一行
For X=3 To 12 Step 3
    Print X,
Next X
Print
Print
For Y=15 To 20                     '输出第一列
  ForeColor=&HFF&                  '设为红色
  Print Y,
  ForeColor=&HFF0000
  For X=3 To 12 Step 3
     Print X*Y,                    '输出乘积
    Next X
    Print
```

```
    Next Y
  End Sub
```

例 4.55 编写程序，打印如下数字金字塔。

```
                1
              1 2 1
            1 2 3 2 1
          1 2 3 4 3 2 1
        1 2 3 4 5 4 3 2 1
             ……………
1 2 3 4 5 6 7 8 9 8 7 6 5 4 3 2 1
```

可以使用双层循环完成上面的数字图形输出。外层循环控制行数和打印起始位置，内层循环用两个并列循环分别控制每一个打印行的前半部分和后半部分的输出。程序代码如下：

```
Private Sub Form_Click()
  For i=1 To 9
    Print Tab(30-3*i);          '确定每行的起点
    For j=1 To I                '打印一行的前半部分
       Print j;
    Next j
    For j=i-1 To 1 Step-1       '打印一行的后半部分
       Print j;
    Next j
    Print
  Next i
End Sub
```

运行结果如图 4.91 所示。

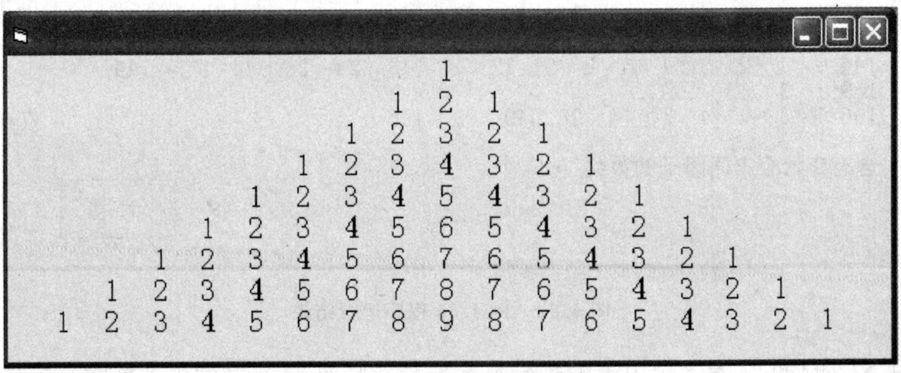

```
                1
              1 2 1
            1 2 3 2 1
          1 2 3 4 3 2 1
        1 2 3 4 5 4 3 2 1
      1 2 3 4 5 6 5 4 3 2 1
    1 2 3 4 5 6 7 6 5 4 3 2 1
  1 2 3 4 5 6 7 8 7 6 5 4 3 2 1
1 2 3 4 5 6 7 8 9 8 7 6 5 4 3 2 1
```

图 4.91 例 4.55 程序运行结果

例 4.56 求 100～200 间有奇数个不同因子的数共多少个，并分别打印出这些数及它们的奇数个因子。数的因子包括 1 和数本身。例如数 121 的因子就有 1，11，121 共 3 个，且是奇数个。

本例采用双层循环设计，外层循环从 100 到 200 循环，在内层循环中计算求出每一个数的因子个数，然后在外层循环中判断其是否有奇数个不同的因子，如是则打印该数和它的奇数个因子。

```
Private Sub Command1_Click()
    Dim i As Integer,j As Integer,k As Integer
    Dim number As Integer
    number=0
    For i=100 To 200
        k=0                '存放 i 的因子个数
        For j=1 To i
            If(i Mod j=0) Then k=k+1
        Next j
        If(k Mod 2<>0) Then
            number=number+1
            Print i; ":";
            For j=1 To i
                If(i Mod j=0) Then Print j;
            Next j
            Print
        End If
    Next i
    Print
    Print "含有奇数个不同因子的数共:"; number; "个"
End Sub
```

程序运行后单击**计算**按钮，得到的运行结果如图 4.92 所示。

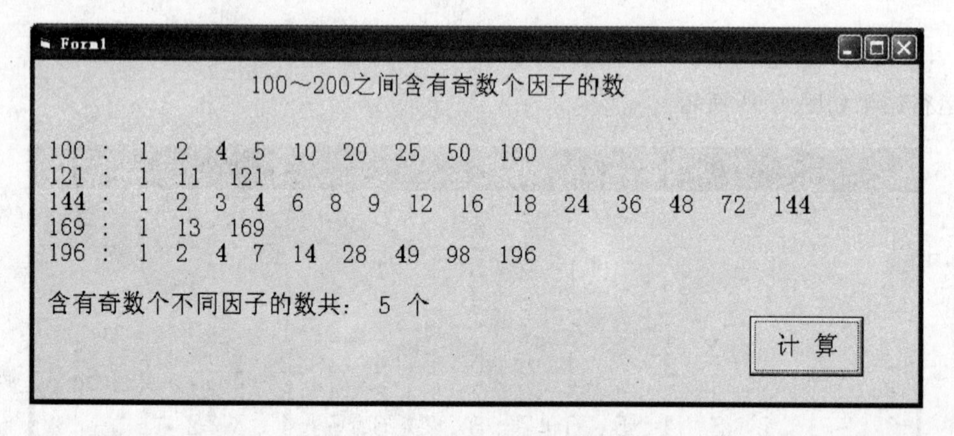

图 4.92　例 4.56 程序运行结果

例 4.57　已知 24 有 8 个因子 1,2,3,4,6,8,12,24，而 24 正好能被 8 整除。编写程序，求 100～300 间有多少个能被其因子数目整除的数。

本例与上例相似，采用双层循环设计。外层循环从 100 到 300 循环，内层循环计算出每一个数的因子个数，然后在外层循环中判断其能否被其因子数目整除。

```
Private Sub Command1_Click()
    Dim i As Integer, J As Integer, k As Integer, number As Integer
    number=0
    For i= 100 To 300
```

```
            k=0                 '存放 i 的因子个数
            For J=1 To i
                If(i Mod J=0)Then k=k+1
            Next J
            If(i Mod k=0)Then
                number=number+1
                Print i;
                If number Mod 7=0 Then Print
            End If
        Next i
        Print:Print "能被其因子数整除的数有 "; number
    End Sub
```

程序运行后单击**计算**按钮，得到的结果如图 4.93 所示。

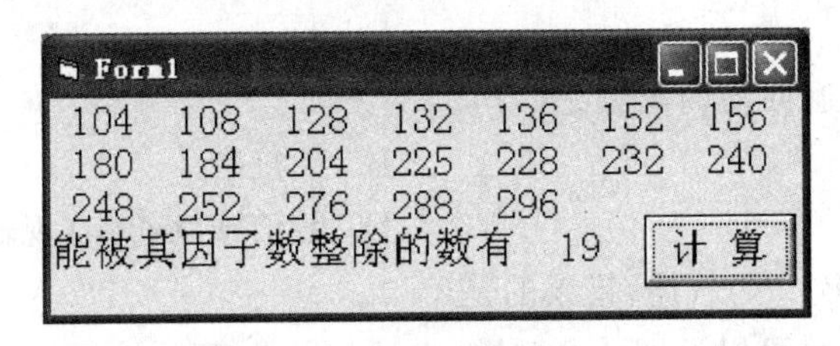

图 4.93 例 4.57 程序运行结果

习 题 4

一、单选题

1. 下列关于算法的叙述不正确的是(　)。

   A. 算法是解决问题的有序步骤

   B. 算法具有确定性、可行性、有限性等基本特征

   C. 一个问题的算法都只有一种

   D. 常见的算法描述方法有自然语言、图示法、伪代码等

2. 确定一个控件在窗体上的位置的属性是(　)。

   A. Width 和 Left　　B. Width 或 Top

   C. Top 和 Height　　D. Top 和 Left

3. 如果要显示 Visual Basic 中的输入对话框，需要调用 Visual Basic 提供的(　)函数。

   A. MsgBox　　B. Open

   C. Output　　D. InputBox

4. 将 InputBox 的返回值转换为数值型数据应该使用的函数是(　)。

   A. Log　　B. Str

   C. Len　　D. Val

5. 在 Visual Basic 代码中，将多个语句合并在一行上的并行符是(　)。

   A. 撇号(')　　B. 冒号(:)

   C. 感叹号(!)　　D. 问号(?)

6. 可用于设置系统当前时间的语句是(　)。

A. Date　　　　B. Date $

C. Time　　　　D. Timer

7. 能够接受 Print 方法的对象是(　)。

A. 事件、标题栏、图片框、打印机　　　　B. 窗体、标签、立即窗口、代码窗口

C. 窗体、立即窗口、图片框、打印机　　　　D. 窗体、标签、图片框、代码窗口

8. 下面叙述中正确的是(　)。

A. Spc 函数既能用于 Print 方法中,也能用于表达式

B. Space 函数既能用于 Print 方法中,也能用于表达式

C. Spc 函数与 Space 函数均生成空格,没有区别

D. 以上的说法都不正确

9. 如果 Tab 函数的参数小于 1,则打印位置在第(　)列。

A. 0　　　　B. 1

C. 2　　　　D. 3

10. InputBox 函数返回值的类型是(　)。

A. 数值　　　　B. 字符串

C. 变体　　　　D. 数值或字符串(视输入数据而定)

11. 以下关于 MsgBox 的叙述,错误的是(　)。

A. MsgBox 函数可以返回一个整数

B. 通过 MsgBox 函数可以设置信息框中图标和按钮的类型

C. MsgBox 语句没有返回值

D. MsgBox 函数的第二个参数是一个整数,该参数只能够确定对话框中显示的按钮数量

12. 下列各赋值语句,语法不正确的是(　)。

A. `x+y=5`　　　　B. `iNumber=15`

C. `Label1.caption=time`　　　　D. `sLength=x+y`

13. 在窗体上画一个命令按钮,名称为 **Command1**,然后编写如下事件过程:

```
Private Sub Command1_Click()
    a="software and hardware"
    b=Right(a,8)
    c=Mid(a,1,8)
    MsgBox a, ,b,c,1
End Sub
```

运行程序,单击命令按钮,则在弹出的信息框的标题栏中显示的是(　)。

A. software and hardware　　　　B. software

C. hardware　　　　D. 1

14. 在窗体上画一个命令按钮和一个文本框,其名称分别为 **Command1** 和 **Text1**,把文本框的 Text 属性设置为空白,然后编写如下事件过程:

```
Private Sub Command1_Click()
    a=InputBox("Enter an integer")
    b=InputBox("Enter an integer")
    Text1.Text=b+a
End Sub
```

程序运行后，单击命令按钮，如果在输入对话框中分别输入**8**和**10**，则文本框中显示的内容是（　）。

A. 108　　B. 18

C. 810　　D. 出错

15. 假定有如下的窗体事件过程：

```
Private Sub Form_Click()
    a="Microsoft Visual Basic"
    b=Right(a,5)
    c=Mid(a,1,9)
    MsgBox a,34,b,c,5
End Sub
```

程序运行后，单击窗体，则在弹出的信息框的标题栏中显示的信息是（　）。

A. Microsoft Visual　　B. Microsoft

C. Basic　　D. 5

16. 为了使命令按钮（名称为Command1）右移200，应使用的语句是（　）。

A. Command1.Move-200

B. Command1.Move 200

C. Command1.Left=Command1.Left+200

D. Command1.Left=Command1.Left-200

17. 在窗体上画一个文本框，然后编写如下事件过程：

```
Private Sub Form_Click()
    x=InputBox("请输入一个整数")
    Print x+Text1.Text
End Sub
```

程序运行时，在文本框中输入**456**，然后单击窗体，在输入对话框中输入**123**，单击**确定**按钮后，在窗体上显示的内容为（　）。

A. 123　　B. 456123

C. 579　　D. 123456

18. 在窗体上画一个名称为**Command1**的命令按钮，然后编写如下事件过程：

```
Private Sub Command1_Click()
  Move 500,500
End Sub
```

程序运行后，单击命令按钮，执行的操作为（　）。

A. 命令按钮移动到距窗体左边界、上边界各500的位置

B. 窗体移动到距屏幕左边界、上边界各500的位置

C. 命令按钮向左、上方向各移动500

D. 窗体向左、上方向各移动500

19. 在窗体上画一个命令按钮，其名称为**Command1**，然后编写如下事件过程：

```
Private Sub Command1_Click()
  a=12345
  Print Format$ (a,"000.00")
End Sub
```

程序运行后，单击命令按钮，窗体上显示的是( )。

A. 123.45 B. 12345.00

C. 12345 D. 00123.45

20. 以下能在窗体 Form1 的标题栏中显示 **VisualBasic 窗体**的语句是( )。

A. `Form1.Name="VisualBasic 窗体"` B. `Form1.Title="VisualBasic 窗体"`

C. `Form1.Caption="VisualBasic 窗体"` D. `Form1.Text="VisualBasic 窗体"`

21. 语句( )可以将变量 A,B 的值互换。

A. A=B:B=A B. A=A+B:B=A−B:A=A−B

C. A=C:C=B:B=A D. A=(A+B)/2:B=(A−B)/2

22. 假定有以下循环结构：

```
Do until 条件
 循环体
Loop
```

则正确的描述是( )。

A. 如果"条件"是一个为 0 的常数，则一次循环体也不执行

B. 如果"条件"是一个为 0 的常数，则至少执行一次循环体

C. 如果"条件"是一个不为 0 的常数，则至少执行一次循环体

D. 不论"条件"是否为"真"，至少要执行一次循环体

23. 假定有以下程序段：

```
For I=1 To 3
 For J=5 To 1 Step-1
      Print i*J
Next  J,i
```

则语句 **Print i ∗ j** 的执行次数是( )。

A. 15 B. 16

C. 17 D. 18

24. 以下 Select Case 语句中错误的 Case 表达式是( )。

A. Case 0 To 10 B. Case Is>10

C. Case Is>10 And Is<50 D. Case 3,5, Is>10

25. 在 Visual Basic 运行时，如果程序陷入死循环，可以采用下列哪种方式终止( )。

A. Ctrl+Break B. 关机

C. Pause 暂停 D. Stop 停止

26. 执行运行循环程序段 **For i=1 to 15 Step 4** 以后，i 的值等于( )。

A. 13 B. 15

C. 16 D. 17

27. 在调试时(中断模式)，按( )键可以让程序逐句运行。

A. F5 B. F8

C. CTRL+F8 D. Enter

28. 语句( )可以退出 For 循环。

A. End B. Exit For

C. End For　　　　D. Break

29. 若要将控制权交还给操作系统，则实现的语句为(　)。

A. Do Events　　　　B. End

C. Exit Sub　　　　D. Exit Do

30. 下列程序的执行结果为(　)。

```
a=10
b=20
If a <>b Then a=a+b Else b=b-a
Print a, b
```

A. 20 20　　　　B. 30 20

C. 30 40　　　　D. 15 15

31. 运行下列程序段后，显示的结果为(　)。

```
J1=63
J2=36
If J1<J2 Then Print J2 Else Print J1
```

A. 63　　　　B. 36

C. 55　　　　D. 2332

32. 下列程序段的执行结果为(　)。

```
a=95
If a>60 Then degree=1
If a>70 Then degree=2
If a>80 Then degree=3
If a>90 Then degree=4
Print "degree=";degree
```

A. degree＝1　　　　B. degree＝2

C. degree＝3　　　　D. degree＝4

33. 下列关于 For…Next 语句的说法正确的是(　)。

A. 循环变量、初值、终值和步长都必须为数值型

B. step 后的步长只为正数

C. 初值必须小于终值

D. 初值必须大于终值

34. 下列程序段的执行结果为(　)。

```
a=6
For k =1 To 0
      a=a+k
Next k
Print k;a
```

A. －1　6　　　　B. －1　16

C. 1　6　　　　D. 11　21

35. 有如下程序：

```
Private Sub Command1_Click()
  a="A WORKER IS HERE"
```

```
    x=Len(a)
    For i =1 To x-1
        b=Mid(a,i,3)
        If b="WOR" Then S=S+1
    Next
    Print S
End Sub
```

单击命令按钮,程序运行结果为(　)。

A. 1　　B. 2

C. 3　　D. 5

36. 设有下面的循环:

```
i=0
While i<=1
 i=i+3
 Print i
Wend
```

则运行后的输出结果是(　)。

A. 1　　B. 2

C. 3　　D. 4

37. 设有下面的循环:

```
i = 1
 Do
   I=i+3
   Print i
 Loop Until I>(___)
```

程序运行后要执行 3 次循环体,则条件中 I 的最小值为(　)。

A. 6　　B. 7

C. 8　　D. 9

38. 在窗体上画一个名称为 **Command1** 的命令按钮和一个名称为 **Text1** 的文本框,然后编写如下事件过程:

```
Private Sub Command1_Click()
 n=Val(Text1.Text)
 For i=2 To n
  For j=2 To Sqr(i)
   If i Mod j=0 Then
     Exit For
   Next j
  If j>Sqr(i)Then Print i
 Next i
End Sub
```

该事件过程的功能是(　)。

A. 输出 n 以内的奇数　　B. 输出 n 以内的偶数

C. 输出 n 以内的素数　　D. 输出 n 以内能被 j 整除的数

39. 若整型变量 a 的值为 2,b 的值为 3,则下列程序段执行后整型变量 c 的值为(　)。

```
Private Sub Command1_Click()
a=2 : b=3
If a>5 Then
    If b<4 Then c=a-b Else c=b-a
Else
    If b>3 Then c=a*b Else c=a Mod b
End If
Print c
End Sub
```

A. 2　　B. －1

C. 1　　D. 6

40. 在窗体上画一个命令按钮,然后编写如下事件过程:

```
Private Sub Command_Click()
s=0
Do
  s=(s+1)*(s+2)
  Number=Number+1
Loop Until s>=30
Print Number,s
End Sub
```

程序运行后,输出的结果是(　)。

A. 2　3　　B. 3　182

C. 5　12　　D. 10　20

41. 下列程序执行后,整型变量 n 的值为(　)。

```
n=0
For I=1 to 100
 If I mod 4=0 Then n=n+1
Next I
```

A. 5050　　B. 25

C. 26　　D. 33

42. 下面程序段的运行结果是(　)。

```
a=1
b=1
Do
 a=a+1
 b=b+1
Loop Until b>5
Print "k=";a;Spc(4);"b=";b+a
```

A. k=7　b=14　　B. k=6　b=6

C. k=4　b=8　　D. k=6　b=12

43. 下面程序段执行结果为(　)。

```
x=Int(Rnd()+3)
Select Case x
   Case 5
     Print "excellent"
   Case 4
     Print "good"
   Case 3
     Print "pass"
   Case Else
     Print "fail"
End Select
```

A. excellent　　B. good

C. pass　　D. fail

44. 下列程序段的执行结果为(　)。

```
a=1
b=5
Do
  a=a+b
  b=b+1
Loop While a<10
Print a;b
```

A. 1　5　　B. 12　7

C. a　b　　D. 10　25

45. 下列程序段的执行结果为(　)。

```
I=4
x=5
Do
I=I+1
x=x^2
Loop Until I>=7
Print "I=";I
Print "x=";x
```

A. I=4　x=258694　　B. I=7　x=256987

C. I=6　x=365840　　D. I=7　x=390625

46. 下列关于 DO…Loop 语句的叙述不正确的是(　)。

A. Do…Loop 语句采用逻辑表达式来控制循环体执行的次数

B. 当 Do While 或 Do Until 中的 While 或 Until 后的表达式的值为 true 或非零时，循环继续

C. Do…Loop While 语句与 Do…Loop Until 语句都至少执行一次循环体

D. Do While…Loop 语句与 Do Until…Loop 语句可能不执行循环体

二、填空题

1. 算法的描述方法常见的有________、________、________。

2. 结构化程序设计：________、________、________。

3. Visual Basic 的赋值语句既可给________赋值，也可给对象的________赋值。

4. Visual Basic 的注释语句采用________；Visual Basic 的续行符采用________；若要在一行书写多条语句，则各语句间应加分隔符，Visual Basic 的语句分隔符为________。

5. 在 VB 中，用于产生输入对话框的函数是________，其返回值类型为________，若要利用该函数接收数值的数据则可利用________函数对其返回值进行转换而得到。

6. 在 VB 中，若要产生一消息框，则可用语句________来实现。

7. 在立即窗口使用 Print 方法输出字符串 **hello**！的语句是________________。

8. 设窗体中输出行的宽度为 100，当使用 Tab 函数与 Print 方法一起输出时，若 Tab 函数中的参数 N>100，则输出位置是________。

9. 在程序中设置 Label 控件的字体属性为宋体时，使用语句为________________。

10. 当在 Print 方法中使用 Format 函数时，格式字符串中的"#"表示一个数字位，它的个数决定________的长度，若要显示的数据位数大于这个长度，则显示的数据按________显示。

11. 在文本框 Text1，Text2 中输入成绩，将成绩相加后转换成字符串数据，在文本框 Text3 中输出，使用语句为

```
Private Sub command1_click()
   num1= _________(text1.text)
   num2= _________(text2.text)
   chenji= _______________
   text3.text= _________
End sub
```

12. 下面的程序段实现交换两个数据 a，b 的值：

```
Dim a% ,b%
A=20: B=35
A=a+b
B=a-b
A= _________
Print "a=";a,"b=";b
```

13. 如下程序运行后，单击窗体，输出结果为____________。

```
Private Sub Form_Click()
    Dim i As Integer, sum As Integer
    sum=0
    For i=2 To 10
    If i Mod 2 <>0 And i Mod 3=0 Then
    sum=sum+i
    End If
    Next i
    Print sum
End Sub
```

14. 设 a="a"，b="b"，c="c"，d="d"，执行语句 x=IIf((a<>d)，"A"，"B")后，x 的值为__________。

15. 执行以下程序段后，x 的值为__________。

```
Private Sub Command1_Click()
    Dim i As Integer, x As Integer
    x=0
    For i=20 To 1 Step-2
        x=x+i\5
    Next
    Print x
End Sub
```

16. 以下程序段执行后整型变量度 n 的值为__________。

```
Private Sub Command1_Click()
    n=0
    For l=1 To 20 Step 5
        n=n+1
        Print n
    Next l
End Sub
```

17. 以下程序段中 Do…Loop 循环执行的次数为__________。

```
Private Sub Command1_Click()
    n=5
    Do
    If n Mod 2=0 Then
        n=n\2
    Else
        n=n*3+1
    End If
    Loop Until n=1
End Sub
```

18. 执行下面的程序段后，s 的值为__________。

```
s=5
For I=2.6 To 4.9 Step 0.6
    S=S+1
Next I
```

19. 以下程序段的输出结果是__________。

```
num=0
While num<=2
  num=num+1
  Print num
Wend
```

20. 下列程序段的执行结果为__________。

```
a=75
If a>60 Then I=1
If a>70 Then I=2
If a>80 Then I=3
```

```
If a<90 Then I=4
Print"I=";I
```

21. 下列程序段的执行结果为＿＿＿＿＿＿。

```
X=2
Y=5
If X*Y<1 Then Y=Y-1 Else Y=-1
Print Y-X>0
```

三、简答题

1. 在 Visual Basic 中,对于没有赋值的变量,系统默认值是什么?

2. 指出执行下面赋值语句后,各变量的数据类型。

(1) a=6=5　　(2) a="5+3"

(3) a=#11/26/99#　　(4) a=Not 5>8

(5) a=5:b=6:c=b=a=8

(6) a="5":b="6":c=b=a="5"

3. 如何利用消息对话框显示各种形式的信息?

4. 如何使用输入对话框输入数据?

四、编程题

1. 设计窗体用控件如图 4.94 所示,在文本框中输入内容,然后单击命令按钮,在文本框中输入的内容同时显示在标签和命令按钮上。

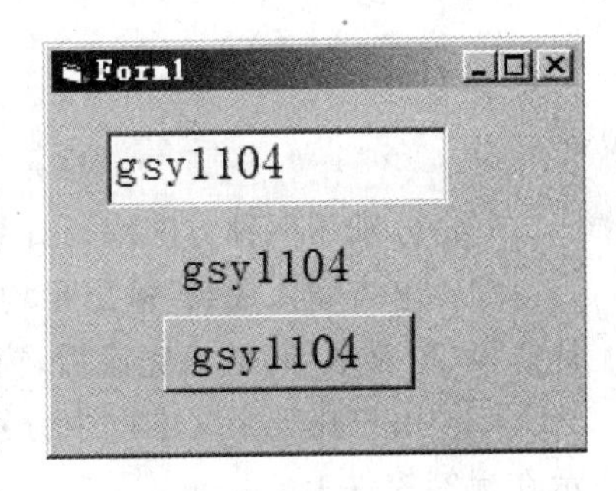

图 4.94　编程题 1 图

2. 设计一个收款计算程序如图 4.95 所示,用户输入商品的单价后按 Tab 键输入数量和折扣,单击计算按钮或按回车键将显示应付款,单击清除按钮或按 Esc 键清除文本框中所有数据。

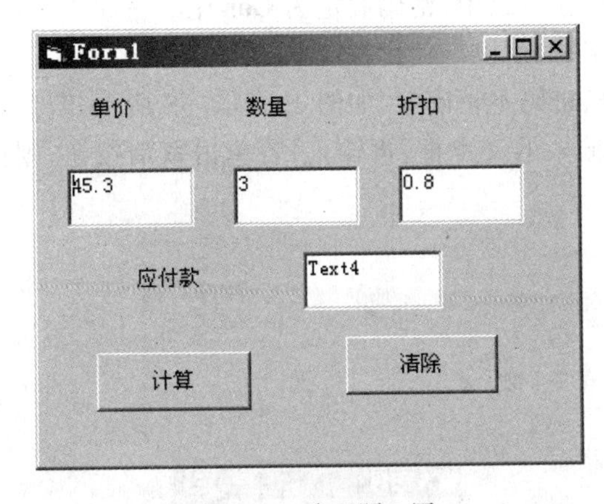

图 4.95　编程题 2 图

图 4.96　编程题 4 图

3. 已知半径 $r=10$,求圆面积、球表面积和球体积。

4. 在窗体上建立两个命令按钮(名称)分别为 **Command1** 和 **Command2**,设置它们的 Font 属性,字体修饰为斜体,字号为 20 号,使其运行后界面如图 4.96 所示。

5. 用 InputBox 函数输入三个数,选出其中的最大数和最小数,分别显示在窗体上。

6. 输入三角形的三条边,判断是否能构成三角形。

7. 计算下列分段函数的值。

$$y=\begin{cases}0.9x & (0<x<100)\\ 0.85x & (100\leqslant x<300)\\ 0.82x & (x\geqslant 300)\end{cases}$$

8. 从键盘任意输入10次字符,每次一个,分别统计字符"A","B","C"的个数。如果中途连续输入三个"Q",则结束程序(字母输入不区分大小写)。

9. 有一分数序列2/1,3/2,5/3,8/5,…,求出这个序列的前20项的和。

10. 有一袋球(100~200只),如果一次数4个,则剩2个;一次数5个,则剩3个;一次数6个,则正好数完,求该袋球的个数。

11. 假设某乡镇企业现有产值2 376 000元,如果保持年增长率为13.45%,试问多少年后该企业的产值可以翻一番。

12. 请分别用两种方法来实现在窗体上输出如下的图形。

```
*********   *
*******   ***
*****   *****
***   *******
*   *********
```

13. 分别用两种方法编写计算学生平均成绩的程序。程序功能分别如下:

(1) 单击**输入成绩**、**输出平均分**命令按钮,依次弹出三个输入框,分别提示用户输入英语、计算机、数学成绩,输入完成后,窗体上输出平均成绩;

(2) 用户在三个文本框中分别输入英语、计算机、数学成绩,单击命令按钮后,平均成绩显示在标签控件上。

14. 编一账号和密码输入的检验程序。对输入的账号和密码规定如下:

(1) 账号不超过6位数字,密码4位字符,在本题中,密码假定为**Gong**;

(2) 密码输入时在屏幕上不显示输入的字符,而以"*"代替;

(3) 当输入不正确,如账号为非数字字符、密码不正确等,如图4.97,4.98所示,若单击**重试**按钮,则清除原输入的内容,焦点定位在原输入的文本框,再输入;若单击**取消**按钮,则停止程序的运行。

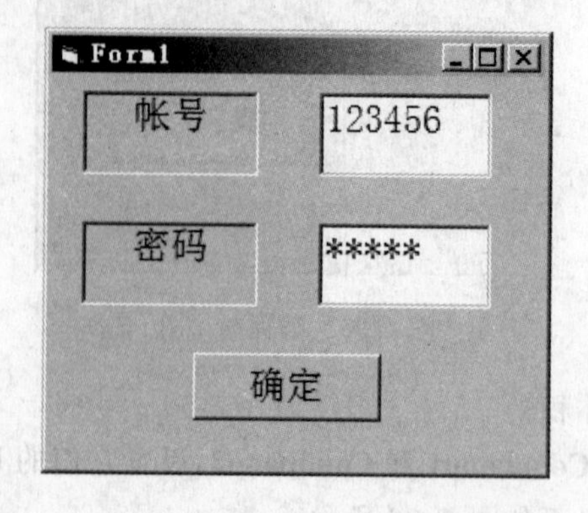

图4.97 编程题14运行界面

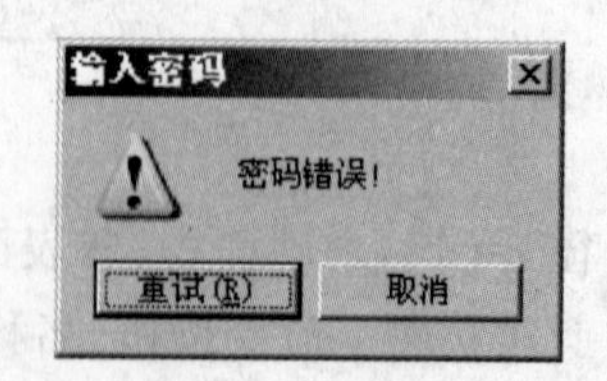

图4.98 编程题14错误界面显示信息

第5章 常用控件

第2章中介绍了文本框、标签和命令按钮三个最基本的控件对象，本章将进一步学习了解其他的控件对象。只有很好地学习掌握这些控件对象的性能及使用方法，并在程序中正确、灵活地使用，才能设计编制界面美观、功能齐全完整的VB程序。

5.1 图片框与图像框

图片框(PictureBox)控件和图像框(ImageBox)控件主要用于在窗体的指定位置显示图形信息。VB 6.0 支持 bmp,ico,wmf,emf,jpg 和 gif 等格式的图形文件。

5.1.1 图片框、图像框的常用属性

1. Picture 属性

图片框和图像框中显示的图片由 Picture 属性决定。图形文件可以在设计阶段装入，也可以在运行期间装入。

(1) 在设计阶段装入。可以用属性窗口中的 Picture 属性装入图形文件。

(2) 在运行期间装入。可以用 LoadPicture 函数把图形文件装入图片框或图像框中。

语句格式为

```
对象名.Picture=LoadPicture[(filename)]
```

说明：filename 是指定被显示图形的文件名，是一个字符串表达式，包括文件的盘符、路径和文件名。如果没有指定文件的盘符和路径，则 LoadPicture 函数将在默认的盘符和路径中查找文件；如果未指定 filename 文件名，即 LoadPicture()，执行后将清除对象中的图像。

例如，在名称为 Picture1 图片框中显示 **c:\windows\bubbles.Bmp** 文件。可以使用下面的 LoadPicture 语句装载图片：

```
Picture1.picture=LoadPicture("c:\windows\bubbles.Bmp")
```

注意，文件名路径的双引号不能少。

如要清除图片框 Picture1 中的图形，可以使用如下语句：

```
Picture1.Picture=LoadPicture()
```

或

```
Picture1.Picture=LoadPicture("")
```

需要注意的是，若是采用后一种方式，双引号之间不能有任何空格。

2. AutoSize 属性

该属性用于图片框，决定图片框控件是否自动改变大小以显示图像全部内容，缺省值为 False，此时保持控件大小不变，超出控件区域的图形内容被裁减掉。若值为 True 时，自动改变控件大小以显示图片全部内容，注意不是图形改变大小。

3. Stretch 属性

该属性用于图像框，当该属性的取值为 False 时，图像控件将自动改变大小以显示整个图

形；当其值为 True 时，显示在控件中的图像的大小将完全适合于控件的大小，这时图片可能会变形。

5.1.2 图片框、图像框的区别

(1) 图片框控件可以作为其他控件的容器。

(2) 图片框可以通过 Print 方法接收文本，而图像框则不能接收用 Print 方法输入的信息。

(3) 图像框比图片框占用的内存少，显示速度快。

(4) 图像框相比图片框，总是能显示完整的图形，但受窗体窗口大小影响。

总之，图像框只能用来显示图像，而图片框的使用功能要丰富得多。

5.1.3 应用举例

例 5.1 在名称为 **form1** 的窗体上画一个名称为 **picture1** 的图片框，并可以自动调整自身的尺寸以适应装入图片的大小；再画三个命令按钮，名称分别为 **command1**，**command2**，**command3**，标题分别为**红桃**、**黑桃**、**清除**。程序运行时，单击**红桃**按钮，则在图片框中显示红桃图案，如图 5.1 所示；单击**黑桃**按钮，则在图片框中显示黑桃图案；单击**清除**按钮则清除图片框中的图案。

图 5.1 例 5.1 程序设计界面

(1) 分析。首先添加一个窗体，在窗体上放置一个图片框和三个命令按钮，按要求依次修改命令按钮的标题，图片框中初始显示的是红桃图案，需要在设计阶段完成 picture 属性的设置。假设两个图片文件都存放在 **E:\vb_ex\pics** 文件夹中，文件的名称是 **hongtao.ico** 和 **heitao.ico**，分别对应“红桃”和“黑桃”两幅图片（读者可以选用自己电脑中的其他图片来实现本例的功能，注意图片文件的存放路径）。题中要求图片框能自动调整自身的尺寸以适应装入图片的大小，故需要将 AutoSize 属性设为 true。

(2) 界面设计。在窗体上添加一个图片框、三个命令按钮，控件的主要属性值见表 5.1。

表 5.1 例 5.1 对象及属性设置

对象	属性	设置	对象	属性	设置
Form1	Caption	图片框应用	Command1	Caption	红桃
Picture1	AutoSize	true	Command2	Caption	黑桃
	Picture	E:\vb_ex\pics\hongtao.ico	Command3	Caption	清除

(3) 编写代码。依次双击各命令按钮，输入代码如下：

```
Private Sub Command1_Click()
  Picture1.Picture=LoadPicture("E:\vb_ex\pics\hongtao.ico")
End Sub
Private Sub Command2_Click()
  Picture1.Picture=LoadPicture("E:\vb_ex\pics\heitao.ico")
End Sub
Private Sub Command3_Click()
```

```
  Picture1.Picture=LoadPicture("")
End Sub
```

例 5.2 在名称为 **form1** 的窗体上画一个图像框，名称为 **Image1**，其高、宽分别为 2400 和 3600，通过属性窗口将 **E:\vb_ex\pics** 文件夹下的图像文件 **sunset.jpg** 装入图像框；再画两个命令按钮，名称分别为 **Command1** 和 **Command2**，标题分别为**放大**和**缩小**。程序运行后，如果单击**放大**按钮，则将图像框的高度、宽度均增加 240；如果单击**缩小**按钮，则将图像框的高度、宽度均减少 240。设置图像框的适当属性，使得在放大、缩小图像框时，其中的图像也自动放大、缩小。

图 5.2　例 5.2 程序设计界面

(1) 分析。本例中，要求放大、缩小图像框时，其中的图像也自动放大、缩小，因此要设置图像框的 Stretch 属性值为 true。

(2) 界面设计。在窗体上添加一个图像框、两个命令按钮，控件的主要属性值见表 5.2。

表 5.2　例 5.2 对象及属性设置

对象	属性	设置	对象	属性	设置
Image1	Strech	true	Form1	Caption	图像框应用
	Picture	E:\vb_ex\pics\sunset.jpg	Command1	Caption	放大
	Height	2400	Command2	Caption	缩小
	Width	3600			

(3) 编写代码。

```
Private Sub Command1_Click()
 Image1.Width=Image1.Width+240
 Image1.Height=Image1.Height+240
End Sub

Private Sub Command2_Click()
 Image1.Width=Image1.Width-240
 Image1.Height=Image1.Height-240
End Sub
```

5.2 定 时 器

定时器(Timer)控件也称为计时器或时钟控件。它每隔一定的时间间隔就产生一次Timer事件(可理解为报时),用户可以根据这个特性设置时间间隔控制某些操作或用于计时等。

5.2.1 属性与事件

1. 属性

定时器控件的属性不是很多,最常用的是Interval属性,该属性用来设置触发定时器Timer事件的间隔时间。该属性是一个整数值,以ms为单位,取值范围是0～65 535 ms,即最大时间间隔为65 535 ms,不超过66s。该属性的缺省值为0,即定时器控件不起作用。如果希望每秒产生n个事件,则应设置属性Interval的值为$1000/n$。例如希望2 s触发一个Timer事件,则应设置属性Interval的值为2000;如果希望每秒触发5个Timer事件,则应设置属性Interval的值为1000/5=200。

由于受计算机系统硬件的限制,定时器每秒钟最多可产生的Timer事件个数随计算机系统硬件性能的高低有很大差别。一般不会多于100个。也就是说,实际最小间隔时间大约在10 ms上下。所以,若将Interval属性值设为比10小的数,一般不会产生预期的效果。

2. 事件

定时器只支持Timer事件。对于一个含有定时器控件的窗体,每经过一段由属性Interval指定的时间间隔,就触发一次Timer事件。

需要注意的是,定时器控件只有在设计时显示,运行时,定时器是不可见的。

5.2.2 应用举例

例 5.3 利用定时器控件来设计一个数字时钟。程序运行后,在窗体上显示当前时间。

在窗体中建立一个图片框,再建立一个计时器。对象属性设置见表5.3。

表 5.3 例 5.3 对象及属性设置

对象	属性	设置 Interval	对象	属性	设置 Interval
Form1	Caption	定时器的应用	Timer1	interval	1000
Picture1	fontsize	48			

程序清单如下:

```
Private Sub Timer1_Timer()
    Picture1.Cls                '清除上一次显示的时间
    Picture1.Print Time()       '显示新的时间
End Sub
```

运行程序后,屏幕上将出现一个数字时钟,如图5.3所示。每隔1 s,将会触发定时器的Timer事件,调用相应的事件过程,使得图片框中的时间自动更新。

图 5.3　例 5.3 程序运行界面

5.3　滚　动　条

滚动条通常用来附在窗体边上帮助观察数据或确定位置，作为速度、数量的指示器来使用，也可用来作为数据输入的工具。

滚动条分为水平滚动条(HScrollBar)和垂直滚动条(VScrollBar)，如图 5.4 所示。除方向不一样外，水平滚动条和垂直滚动条的结构与操作是完全相同的。

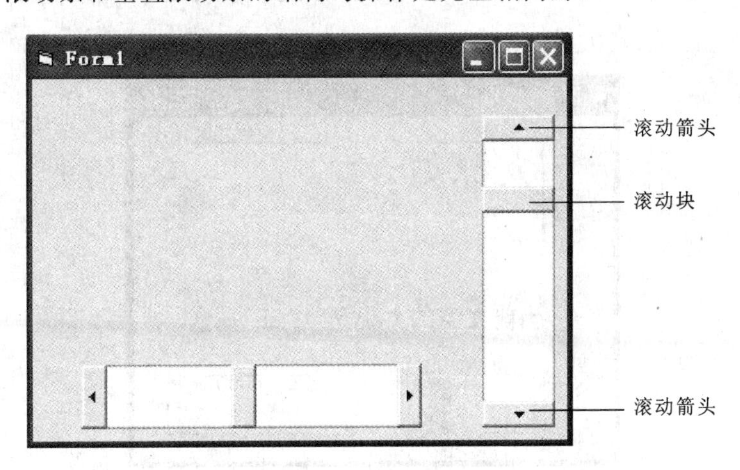

图 5.4　水平滚动条和垂直滚动条

滚动条的两端各有一个滚动箭头，在滚动箭头之间有一个滚动块。滚动块从一端移至另一端时，其值在不断变化。垂直滚动条的值由上往下递增，水平滚动条的值由左往右递增。其值均以整数表示，取值范围为－32768～32767。最小值和最大值分别在两个端点，其坐标系和滚动条的长度(高度)无关。

5.3.1　属性

(1) Max 属性。滚动条所能表示的最大值。滚动块位于垂直滚动条最底端或是水平滚动条最右端时所代表的值，是一个数值型数据。

(2) Min 属性。滚动条所能表示的最小值。滚动块位于垂直滚动条最上端或是水平滚动条最左端时所代表的值，是一个数值型数据。

(3) Value 属性。表示当前滚动块在滚动条上的位置所代表的值，如果在设计时或程序运行中设置了该属性，则会把滚动块移到 Value 属性所表示的位置。设置了 Max 和 Min 属性后，滚动条被分为 Max～Min 个间隔。当滚动块在滚动条上移动时，其 Value 值也随之在 Max～Min 之间变化。

(4) LargeChange 属性。当用户单击滚动块和滚动箭头之间的区域时，滚动条控件(HScrollBar 或 VScrollBar)的 Value 属性值的改变量，默认值为 1。

(5) SmallChange 属性。当用户单击滚动条两端的箭头时，Value 属性值的增加或减小的量，默认值为 1。

5.3.2 事件

滚动条的最常用的是 Change 事件和 Scroll 事件。

只有当在滚动条中拖动滚动块时会触发 Scroll 事件，而无论是单击滚动块和滚动箭头之间的区域还是单击滚动条两端的箭头都不会触发 Scroll 事件；无论用什么方法只要改变了滚动块的位置都会触发 Change 事件。显然 Scroll 事件是用来监视滚动块在滚动条中动态变化的，而 Change 事件用于得到滚动块代表的最后取值。

5.3.3 应用举例

例 5.4 利用滚动条改变文本框中所显示文本的字号大小。要求程序运行效果如图 5.5 所示。

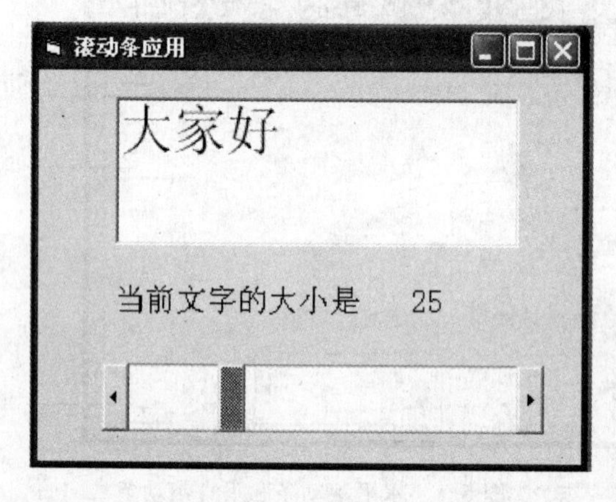

图 5.5 例 5.4 程序运行结果

文本框中文字的字号大小随滚动条的取值发生改变，同时第二个标签中的内容也会随着滚动条的改变而发生变化，需要在代码设计中，完成相应属性的赋值。

在窗体上添加一个文本框、两个标签、一个水平滚动条，控件的主要属性值见表 5.4。

表 5.4 例 5.4 对象及属性设置

对象	属性	设置	对象	属性	设置
Form1	Caption	滚动条应用	HScroll1	Max	64
Text1	Text	大家好		Min	12
Label1	Caption	当前文字的大小是		LargeChange	4
Label2	Caption	(空)		Smallchange	1

代码设计如下：

```
Private Sub Form_Load()
        Label2.Caption=HScroll1.Value
        Text1.FontSize=HScroll1.Value
End Sub

Private Sub HScroll1_Change()
        Label2.Caption=HScroll1.Value
        Text1.FontSize=HScroll1.Value
End Sub
```

程序运行时,单击两侧的滚动箭头或是滚动块与滚动箭头之间的区域,均会使文字大小和标签中的数字发生变化。

5.4 单选按钮与复选框

有时希望在应用程序的界面上提供一些项目,让用户从几个选项中选择其中之一,这就要用单选按钮(OptionButton)控件。如果有多个选择框,每个选择框都是独立的、互不影响的,用户可以任意选择它们的状态组合,则可以用复选框(CheckBox)控件。

5.4.1 单选按钮

单选按钮通常成组出现,主要用于处理“多选一”的问题。用户在一组单选按钮中必须选择一项,并且最多只能选择一项。当某一项被选定后,其左边的圆圈中出现一个黑点。图 5.6 所示就是一组单选按钮,用户只能在这三个单选按钮选项中选择一个。

1. 属性

(1) Value 属性。表示单选按钮被选定或不被选定的状态。true 为被选定,此时单选按钮左边圆圈中有黑点显示;false 为不被选定,此值为单选按钮默认值,圆圈中没有黑点。

(2) Caption 属性。显示出现在单选按钮旁边的文本。

(3) Style 属性。用来设置控件的外观。值为 0 时,控件显示如图 5.6 所示的标准样式,是默认值,用圆圈中是否有黑点来表示是否被选定;值为 1 时,控件外观类似命令按钮,用按钮是否被按下来代表是否被选定。由于 Style 属性为 1 时单选按钮的外观形式同“命令按钮”一样,在程序中为区别两种控件对象,较少使用这种形式的单选按钮。

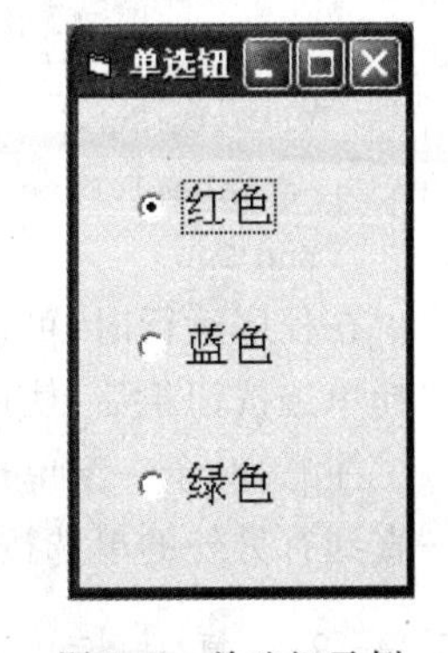

图 5.6　单选钮示例

一般说来,单选按钮总是作为一个组(单选按钮组)发挥作用的。图 5.6 关于颜色的单选按钮就是一个按钮组。

2. 事件

单选钮常用事件是 Click 事件。

3. 举例

例 5.5　程序运行后,单击某个单选按钮,标签中的文字改变为选定颜色。运行结果如图 5.7所示。

当选择某一个单选按钮后,标签中的文字改变颜色,只需要在单选按钮的 click 事件中,编写设置标签前景色属性的相应代码即可。

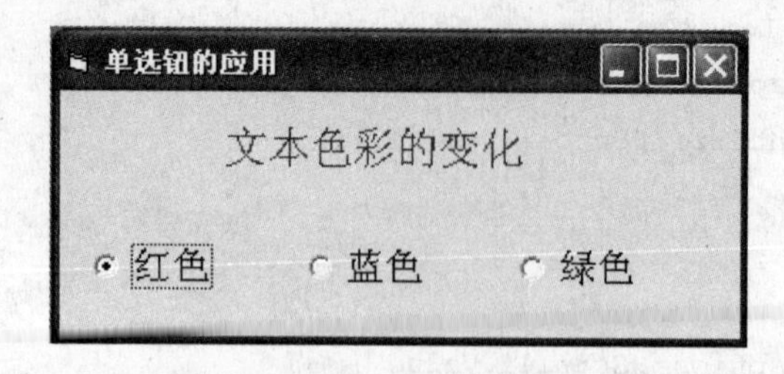

图 5.7　例 5.5 程序运行结果

在窗体上添加一个标签、三个单选按钮，控件的主要属性值见表 5.5。

表 5.5　例 5.5 对象及属性设置

对象	属性	设置	对象	属性	设置
Form1	Caption	单选钮的应用	Option2	Caption	绿色
Label1	Caption	文字色彩的变化	Option3	Caption	蓝色
Option1	Caption	红色			

代码设计如下：

```
Private Sub Option1_Click()
    Label1.ForeColor=RGB(255,0,0)
End Sub

Private Sub Option2_Click()
    Label1.ForeColor=RGB(0,255,0)
End Sub

Private Sub Option3_Click()
    Label1.ForeColor=RGB(0,0,255)
End Sub
```

在程序运行时，可以用以下方法选定一个单选按钮：①使用鼠标单击选定；②使用 Tab 键选择单选按钮组后，使用"→、←、↑、↓"方向键选定单选按钮。

注意，对于一组单选按钮，其中只能有一个单选按钮能被选定，并且它会保持其选定状态一直到有另外的单选按钮被选定。

5.4.2　复选框

复选框也称检查框，单击复选框一次时被选定，左边出现"√"号，再次单击则取消选定，清除复选框中的"√"。可同时使多个复选框处于选定状态，这一点和单选按钮不同。如图 5.8 所示，有三个复选框，其中两个被选定。

1. 属性

(1) Value 属性。决定复选框的状态。Value 属性有 0,1,2 三个可选值，其中，0 为未选定，此值为默认值；1 为已选定，此时在复选框中会显示"√"号；2 为变灰暗，复选框变成灰色，表示禁止用户选择。在程序运行中，可以通过使用鼠标单击来选定或取消选定复选框，也可以使用 Tab 键来定位到复选框上，然后按空格键来转变选定和取消选定。

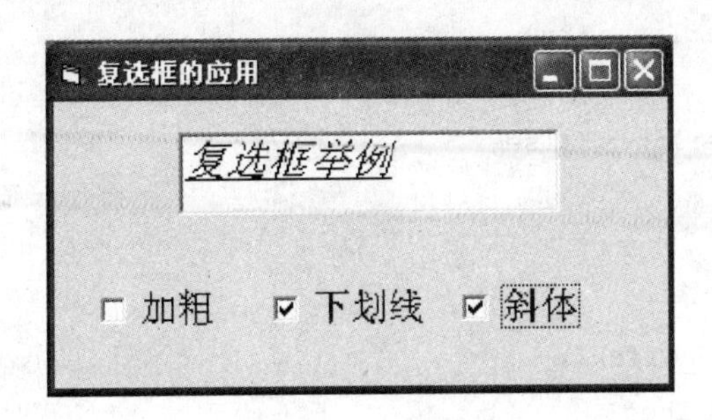

图 5.8 复选框示例

(2) Style 属性。设置控件的外观。值为 0 时,控件显示如图 5.8 所示标准样式,是默认值,用方框中是否出现"√"号标记来代表是否被选定;值为 1 时,控件外观类似命令按钮,用按钮是否被按下来代表是否被选定。当设置复选框为命令按钮外观时,可以通过设置复选框的 Picture,DownPicture,DisabledPicture 三个属性,使复选框分别显示不同的图形来表示 Value 属性的三种状态(未选定、已选定、禁止选择)。

2. 事件

复选框常用事件为 Click 事件。

3. 举例

例 5.6 用复选框控制文本是否加下划线和斜体显示。在程序执行期间,如果选定**加下划线**复选框,则文本框中的内容就加上了下划线;如果清除**加下划线**复选框,则文本框中的内容就没有下划线。如果选定**斜体**复选框,则文本框中的文字字形就变成斜体;如果清除**斜体**复选框,则文本框中的文字字形就不是斜体。运行界面如图 5.8 所示。

由于复选框存在三种不同的状态,只有在复选框的状态值为 1 时,才能将文本框中的文本设置为对应的效果。因此,需要对复选框的状态首先做一个判断。

在窗体上建立一个文本框,三个复选框。各控件的属性见表 5.6。

表 5.6 例 5.6 对象及属性设置

对象	属性	设置	对象	属性	设置
Form1	Caption	复选框的应用	Check2	Caption	下划线
Text1	Text	复选框举例	Check3	Caption	斜体
Check1	Caption	加粗			

代码设计如下:

```
Private Sub Check1_Click()
If Check1.Value=1 Then
   Text1.FontBold=True
Else
   Text1.FontBold=False
End If
End Sub

Private Sub Check2_Click()
If Check2.Value=1 Then
```

```
    Text1.FontUnderline=True
Else
    Text1.FontUnderline=False
End If
End Sub

Private Sub Check3_Click()
If Check3.Value=1 Then
    Text1.FontItalic=True
Else
    Text1.FontItalic=False
End If
End Sub
```

5.5 容器与框架

所谓容器，就是可以在其上放置其他控件对象的一种对象。窗体、图片框和框架都是容器。容器内所有控件成为一个组合，随容器一起移动、显示、消失和屏蔽。

例 5.5 中，在一个窗体上建立一组单选按钮，若要在同一窗体上建立几组相互独立的单选按钮，通常用框架(Frame)控件将每一组单选按钮框起来，这样在一个框架内的单选钮成为一组，对一组单选按钮的操作不会影响其他组的单选按钮。如果不使用框架将两组单选按钮分隔开，则系统会认为它们是一组单选按钮，它们之间只能有一个被选定。删除框架、移动框架时，将连同框架中的所有控件对象一起操作；框架中的对象可以在框架中移动，但不能移到框架之外，可以被删除掉。

在窗体上创建框架及其内部控件时，应先添加框架控件，然后单击工具箱上的控件，用“+”指针在框架中以拖拽的方式添加控件，框架内的控件不能被拖出框架外。不能用双击的方式向框架中添加控件，也不能先画出控件再添加框架。如果要用框架将窗体上现有的控件进行分组，可先选定控件，将它们剪切后粘贴到框架中。

1. 属性

(1) Caption 属性。框架的标题，位于框架的左上角，用于注明框架的用途。

(2) Enabled 属性。决定框架中的对象是否可用，通常把 Enabled 属性设置为 true，以使框架内的控件成为可以操作的。

2. 事件

常用事件有 Click 和 DblClick。在大多数情况下，主要使用框架对控件进行分组，较少使用框架的单、双击事件。

3. 举例

例 5.7 使用单选按钮来改变文本框中文字的颜色和大小，运行结果如图 5.9 所示。

为了使文字颜色和文字大小两种功能通过单选按钮正常实现，需要将颜色设置和字体大小设置分为两个单选按钮组，设置两个框架，再分别添加颜色组和字体大小组的单选按钮。

在窗体上添加一个文本框控件，一个命令按钮；添加一个框架控件，在框架控件上画上三个单选按钮控件(颜色按钮组)；再添加一个框架控件，在框架控件上画上两个单选按钮控件

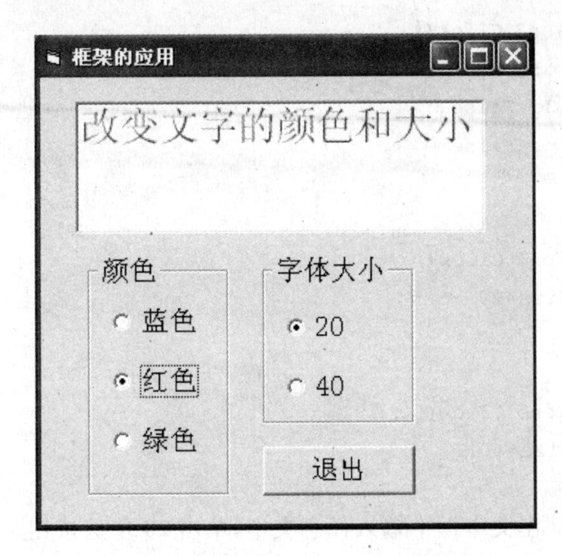

图 5.9　例 5.7 程序运行结果

(**字体大小**按钮组)。两个框架的 Caption 属性分别设置为**颜色**和**字体大小**,其他控件属性的设置参照表 5.7。

表 5.7　例 5.7 对象及属性设置

对象	属性	设置	对象	属性	设置
Form1	Caption	框架的应用	Option3	Caption	绿色
Text1	Text	改变文字的颜色和大小	Frame2	Caption	字体大小
Frame1	Caption	颜色	Option4	Caption	20
Option1	Caption	蓝色	Option5	Caption	40
Option2	Caption	红色	Command1	Caption	退出

代码编写如下:

```
Private Sub Command1_Click()
   End
End Sub

Private Sub Option1_Click()
    Text1.ForeColor=&HFF0000
    Option2.Value=False
    Option3.Value=False
End Sub

Private Sub Option2_Click()
     Text1.ForeColor=&HFF&
     Option1.Value=False
     Option3.Value=False
End Sub
```

```
Private Sub Option3_Click()
    Text1.ForeColor=&HFF00&
    Option2.Value=False
    Option1.Value=False
End Sub

Private Sub Option4_Click()
    Text1.FontSize=20
End Sub

Private Sub Option5_Click()
    Text1.FontSize=40
End Sub
```

按F5键运行程序。在文本框中输入任意文本，单击**20**单选按钮，字号变为20号；单击**红色**单选按钮，文字颜色变为红色显示。在设置时可以看到两个框架中的单选按钮互不干涉，对单选按钮的选择只能影响到本框架内的其他单选按钮。

5.6 列表框与组合框

列表框(ListBox)控件将一系列的选项组合成一个列表，用户可以选定其中的一个或几个选项，但不能直接向列表清单中输入项目；组合框(ComboBox)控件是综合文本框和列表框特性而成的一种控件，用户可通过在组合框中输入文本来选定项目，也可从组合框中选定项目。

5.6.1 列表框

列表框控件的主要用途在于提供列表式的多个数据项供用户选择。在列表框中放入若干个项的名字，用户可以通过单击某一项或多项来选择自己所需要的项目。如果放入的项较多，超过了列表框设计时可显示的项目数，则系统会自动在列表框边上加一个垂直滚动条，用户可以通过拖动滚动条来查看所有项目。

1. List属性

该属性是一个字符串数组，用来保存列表框中的各个数据项内容，列表框中的每一项数据都对应数组中的一项。List数组的下标从0开始，即List(0)保存表中的第一个数据项的内容；List(1)保存第二个数据项的内容。依此类推，List(ListCount－1)保存表中的最后一个数据项的内容。

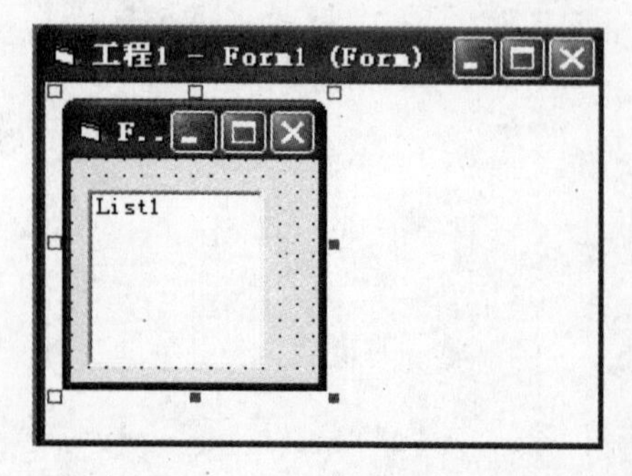

图5.10 设计模式下的列表框

在窗体上添加一个列表框，其外观如图5.10所示，图上所显示的**List1**是控件的名称，而不是列表项中的数据项。

设置列表中的数据项，可在属性窗口中设置List属性。选择属性窗口中的List属性，单击右方的下拉按钮，在弹出的下拉列表框中即可以输入所需的内容。输入方法为首先输入第一项内容，完成后按下Ctrl＋Enter键换行，再输入第二项内容，继续按Ctrl＋Enter键换行，直至输入最后一项后，按下 Enter 键输入结束。

如图 5.11 所示，在输入**列表项 1** 后，按 Ctrl＋Enter 键换行后再输入**列表项 2**……最后输入**列表项 5**，按 Enter 键结束输入。程序运行后的列表框显示如图 5.12 所示的结果。单击列表框中某一项，该项被选定，被选定的列表项呈高亮度蓝色显示，如单击框中第二项**列表项 2**，第二项被选定后呈高亮度蓝色显示，如图 5.13 所示。

图 5.11　属性窗口

图 5.12　运行显示

图 5.13　选择第二项

注意，列表框中的项数和该项的下标编号是不同的，如选择的是框中第二项，而该项的下标编号是 1，不是 2；其 List 属性表示为 List(1)，而不是 List(2)。

也可以在代码设计中利用 List 属性设置列表项。在代码中设置 List 属性的语句格式为

```
列表框名.List(下标)=字符串
```

例如，图 5.13 中列表框的显示也可以在窗体加载时用以下语句实现：

```
Private Sub Form_Load()
    List1.List(0)="列表项 1"
    List1.List(1)="列表项 2"
    List1.List(2)="列表项 3"
    List1.List(3)="列表项 4"
    List1.List(4)="列表项 5"
End Sub
```

2. ListCount 属性

该属性记录了列表框中的数据项数，该属性只能在程序运行中引用它。例如，图 5.12 中列表框中有 5 个列表项，所以 List1. ListCount 属性值为 5。因为列表框中第一项序号(下标)为 0，所以列表框中最后一项的序号就是 List1. ListCount－1。

可以在代码设计中利用 ListCount 和 List 属性读取列表项。例如，单击窗体时在窗体上显示列表项中所有内容的代码如下：

```
Private Sub Form_Click()
  For i=0 To List1.ListCount-1
     Print List1.List(i)
  Next i
End Sub
```

上述代码的运行结果如图 5.14 所示。

图 5.14 显示列表框中的列表项

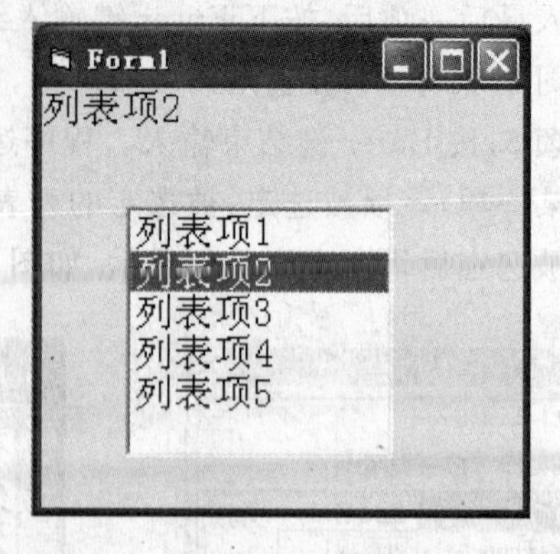

图 5.15 显示列表框中被选中的内容

3. Text 属性

用于存放在列表框中被选定的那一项的文本内容。该属性是只读的,不能在属性窗口中设置,也不能在程序中设置,只用于获取当前选定的列表项的内容。

例如,在图 5.13 中选定了列表框的第二项,可以通过下面的语句,使得在窗体上单击时,显示当前列表框中被选中的内容,运行结果如图 5.15 所示:

```
Private Sub Form_Click()
  Print List1.Text
End Sub
```

4. ListIndex 属性

该属性是 List 数组中,被选定的列表项的下标值(即索引号)。如果用户选择了多个列表项,则 ListIndex 是最后被选定的那个列表项的索引号;如果用户没有从列表框中选择任何一项,则 ListIndex 为－1。程序运行时,可以使用 ListIndex 属性判断列表框中哪一项被选定或最后被选定。

例如,在图 5.12 中,没有列表项被选定,则 ListIndex 属性值为－1;在图 5.13 中,列表框 List1 中第 2 项被选定,即 List1. List 数组的第 2 项,则 ListIndex 属性值为 1。

ListIndex 属性不能在设计时设置,只有程序运行时才起作用。

图 5.15 所示的运行效果也可以通过以下代码来实现:

```
Private Sub Form_Click()
    Print List1.List(List1.ListIndex)
End Sub
```

5. Selected 属性

该属性是一个逻辑数组,其元素对应列表框中相应的列表项。表示相应的列表项在程序运行期间是否被选定。例如,Selected(0)的值为 true,表示第一项被选定;如为 false,表示未被选定。

例如,图 5.13 所示的列表框中,共有 5 项列表项,其中只有第二项处于选定状态。则对于这 5 项列表的 Selected 属性,有第一项未被选定,Selected(0)的值为 false;第二项被选定,Selected(1)的值为 true;第三项未被选定,Selected(2)的值为 false;第四项未被选定,Selected(3)的值为 false;第五项未被选定,Selected(4)的值为 false。

Selected 属性对于列表框中有多项数据项被选定的判断上特别有帮助。

此属性不能在属性窗口中设置,只能在代码中引用。

6. MultiSelect(多选择列表项)属性

该属性值表明是否能够在列表框控件中进行复选以及如何进行复选。它决定用户是否可以在控件中做多重选择,它必须在设计时设置,运行时只能读取该属性。Multiselect 属性值的说明见表 5.8。

表 5.8 MultiSelect 属性值的设置

属　性	说　明
0-None(缺省值)	表示在列表框中只能进行单项选择
1-Simple(简单复选)	可同时选择多个项,用鼠标单击或按下 Space(空格)键在列表中选中或取消选中项
2-Extended(扩展复选)	按下 Shift 并单击鼠标或按下 Shift 以及一个方向键(上箭头、下箭头、左箭头、右箭头)将可以选定连续的多个选项;按下 Ctrl 并单击鼠标可在列表中选中或取消选中不连续的多个选项

其中,MultiSelect 属性选择 2-Extended 后,列表框的选择方式同在资源管理器中选择文件十分类似。

注意,当 MultiSelect 属性值为 1 或 2 时,即列表框处于多项选择状态下时,列表框的 Text 属性值就仅仅只表示列表框中的最后一个被选择项的内容。

7. SelCount 属性

其值表示在列表框控件中被选定的列表项的项目总数,只有在 MultiSelect 属性值设置为 1(Simple)或 2(Extended)时起作用。此属性通常与 Selected 数组一起使用,以处理控件中的所选项目。

例如,在列表框的 List 属性中添加**列表项 1**、**列表项 2**……**列表项 5** 这五个项目,并将列表框的 MultiSelect 的属性设置为 1,运行后列表框的内容及界面还是如图 5.12 所示。此时图中列表框中的第一项,带有虚线框,此时按下空格键,即可选定该项;再用光标键“↓”移动到第三项,此时第三项也带有虚线框,按下空格键,即又选定了该项,被选定的列表项都会高亮度蓝色显示。此时若运行单击窗体,执行以下程序代码:

```
Private Sub Form_Click()
   Print "Text 属性值为:" & List1.Text
   Print "被选中的有" & List1.SelCount & "项,分别是:"
   For i=0 To List1.ListCount-1
      If List1.Selected(i)=True Then
         Print List1.List(i)
      End If
   Next i
End Sub
```

执行结果如图 5.16 所示。当用户完成了多项选择后,属性 Text 中存储了最后一个被选定的列表项,SelCount 属性值为 2,Selected 属性值则存储了所有列表项当前被选定或未被选定状态。

8. AddItem 方法

该方法向列表框中添加一个列表项,其语法是

```
Listname.AddItem  列表项内容[,位置索引号]
```

使用该方法可以在列表框中添加一个项目内容,添加的项目有两种情况:①省略位置索引

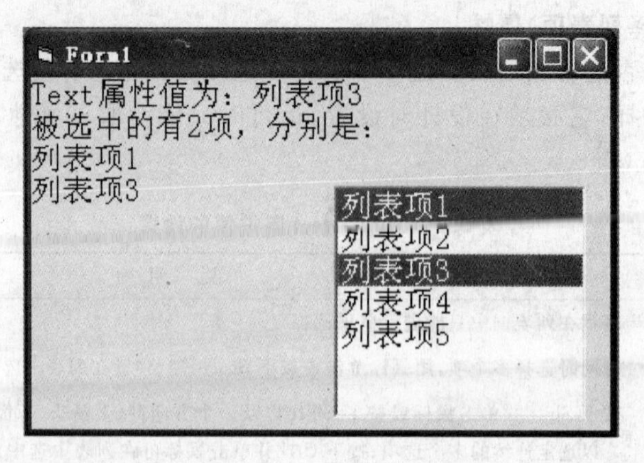

图 5.16　程序运行结果

号，将新增加的列表项作为当前列表的最后一项添加到列表框；②指定添加位置索引序号，位置序号为 0 时，新增加的项目作为整个列表的第一项；位置序号为 1 时，添加的项目为第二项……依此类推，新的项目添加后，列表框中原位置及以后的所有项目内容都将依次后移一项。

例如，在图 5.15 的基础上添加一个**列表项 6**，位置在最后：

```
Private Sub Form_Click()
    List1.AddItem "列表项 6"
End Sub
```

添加后的列表框如图 5.17 所示。

又如，在图 5.15 的基础上添加一个新的列表项**列表项 2_3 之间**，位置在列表框中第 3 项：

```
Private Sub Form_Click()
    List1.AddItem "列表项 2_3 之间",2
End Sub
```

添加后的列表框如图 5.18 所示。

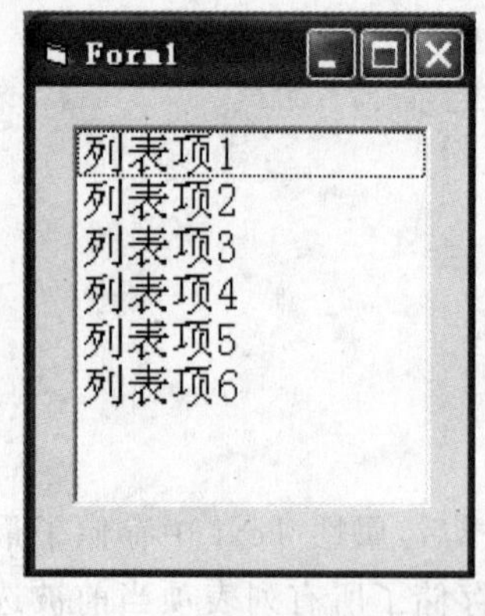

图 5.17　添加到最后一项

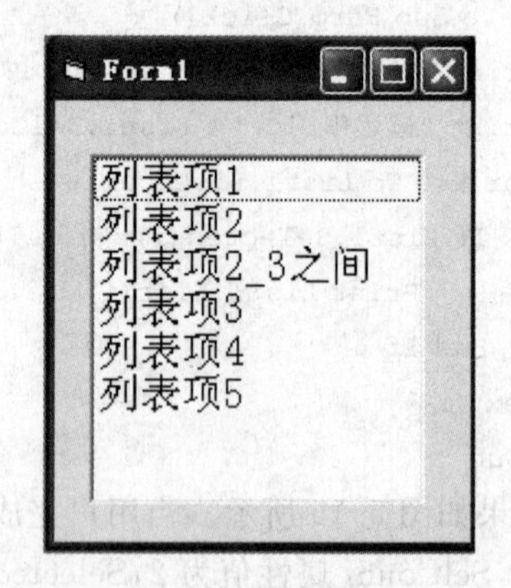

图 5.18　添加到第三项

9. RemoveItem 方法

该方法用于删除列表框中的列表项，其语法是

```
Listname.RemoveItem  index
```

该方法将指定位置索引号的列表项从列表框中删除。同前面一样，位置索引号是从 0 开

始的，即列表框中第一项的位置序号是 0，依此类推。

例如，在图 5.15 的基础上删除列表框中**列表项 3**：

```
Private Sub Form_Click()
    List1.RemoveItem 2
End Sub
```

删除后的列表框如图 5.19 所示。

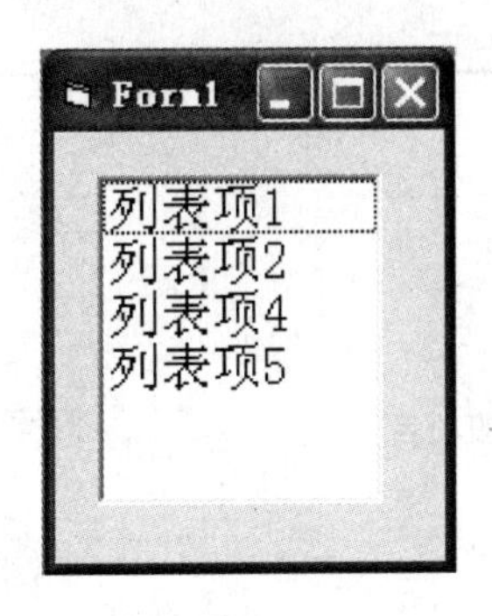

图 5.19　删除第三个列表项

图 5.20　删除所有列表项

10. Clear 方法

该方法删除列表框控件中的所有列表项，其语法是

```
Listname.Clear
```

例如，在图 5.15 的基础上清除列表框中所有列表项：

```
Private Sub Form_Click()
    List1.Clear
End Sub
```

全部删除后的列表框如图 5.20 所示。

11. 应用举例

例 5.8　利用列表框和命令按钮编程，要求程序能够实现添加项目、删除项目、删除全部项目的功能。程序运行界面如图 5.21 所示。

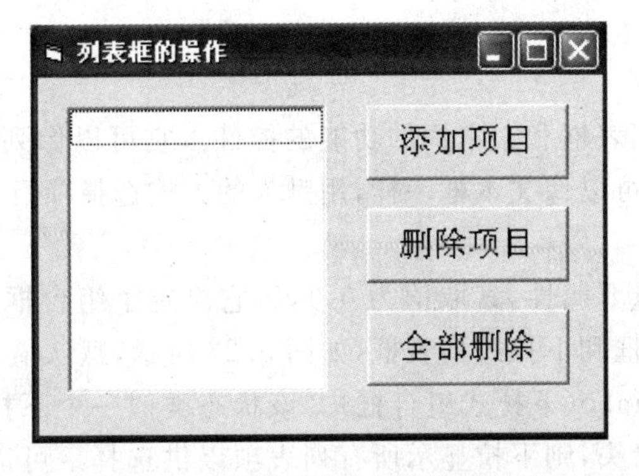

图 5.21　例 5.8 程序运行初始界面

功能描述如下：①单击**添加项目**按钮，将弹出输入框，提示用户输入列表项内容，新增列表项将被添加到列表框的最后一项；②先选定将要删除的项目，再单击**删除项目**按钮，即可删除选定列表项，可以同时删除多项；③单击**全部删除**按钮，列表框中所有项目被删除。

程序界面设计如下：在窗体上添加一个列表框（ListBox）控件、三个命令按钮。各对象的属性设置见表 5.9。

表 5.9　例 5.8 对象及属性设置

对象	属性	设置	对象	属性	设置
Form1	Caption	列表框的操作	Command2	Caption	删除项目
List1	MultiSelect	2	Command3	Caption	全部删除
Command1	Caption	添加项目			

在程序中添加如下代码：

```
Private Sub Command1_Click()
    Dim entry
    entry=InputBox("输入添加内容","添加")
    List1.AddItem entry                          '添加项目
End Sub

Private Sub Command2_Click()
    Dim i As Integer
    For i=List1.ListCount-1 To 0 Step-1
        If List1.Selected(i) Then List1.RemoveItem i    '删除选定项目
    Next i
End Sub

Private Sub Command3_Click()
    List1.Clear                                  '全部删除
End Sub
```

注意，在**删除项目**按钮的代码设计中，对被选定列表项的遍历过程中，下标的表示范围是 List1.ListCount－1 到 0，而不是从 0 到 List1.ListCount－1，读者可以自己考虑一下，两者在程序的运行上有何差别？

5.6.2　组合框

组合框是一种兼有列表框和文本框的功能的控件。它可以像列表框一样，让用户通过鼠标选择所需要的项目；也可以像文本框一样，用键入的方式选择项目。

1. Style 属性

这是组合框的一个重要属性，其取值为 0,1,2，它决定了组合框三种不同的类型，分别为下拉式组合框、简单组合框和下拉式列表框，如图 5.22 所示，默认值为 0。

(1) 0-Dropdown Combo(下拉式组合框)。该状态类似一个下拉列表框，如图 5.22 中左边一个。单击右端向下箭头，则下拉显示所有列表项以供选择。可以在文本框中输入文本内容，输入的内容项即成为下拉式组合框的当前值(即 Text 的值)。可以用 AddItem 方法将输入的内容添加到组合框中。

(2) 1-Simple Combo(简单组合框)。此种类型的组合框，在其中的列表项目将始终可见，文本框右侧无下拉按钮。当列表项数超过框的高度，将会出现一个垂直滚动条。

(3) 2-Dropdown List Box(下拉式列表框)。该下拉式列表框基本使用形式同下拉式组合

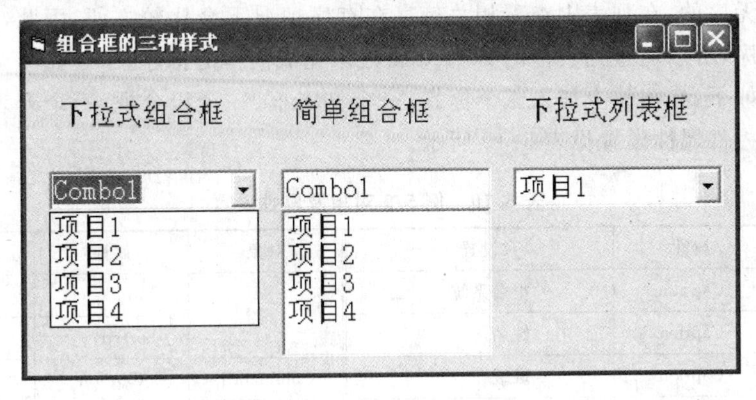

图 5.22　组合框的三种形式

框。不同的是下拉式列表框不能在列表框中输入内容项。

2. Text 属性

该属性值是用户所选择的项目的文本或直接从编辑区输入的文本。

3. 其他属性与方法

组合框的其他部分属性和方法与列表框相同,比如组合框的内容项目,用 List 数组表示;Text 属性值确定组合框当前选项;AddItem 方法可以将项目加入组合框列表中;RemoveItem 方法将组合框中选定的项目删除等。

4. 应用举例

例 5.9　设计一个简单的报名窗口,要求界面如图 5.23 所示,从文本框中输入学生姓名,在**班级**旁边的组合框中选择其所属班级(提供 4 种默认班级:**药学 20091**、**药学 20092**、**医学检验 20091**、**医学检验 20092**,用户可以输入其他的班级名)。单击**加入**按钮,可将学生姓名和班级添加到列表框中。用户可以删除列表框中所选定的项目,也可以把整个列表框清空。

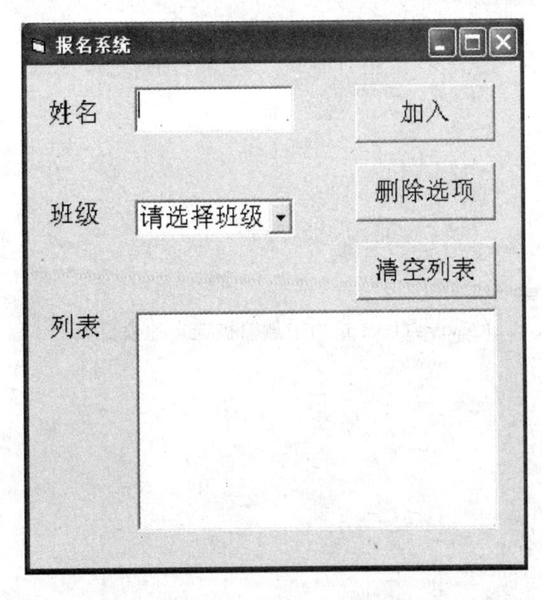

图 5.23　例 5.9 程序运行初始界面

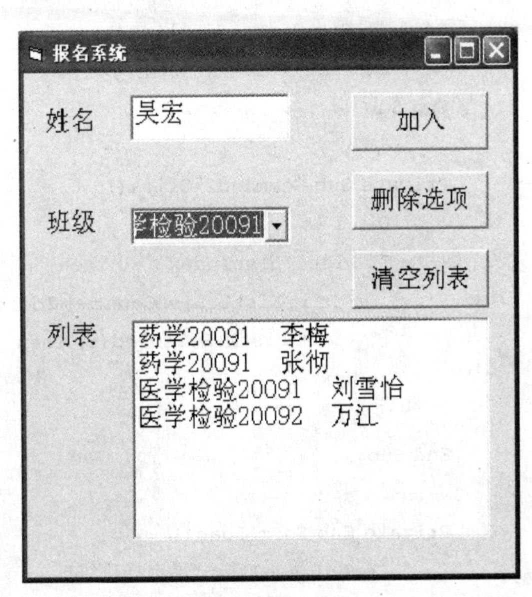

图 5.24　例 5.9 程序运行结果

本例是对列表框和组合框的综合应用,涉及对列表项目的添加和删除。报名时姓名班级信息的录入是无序的,在列表中查看相关信息在有序情况下会比较方便,因此,需要对列表中的信息进行排序,可以通过列表框的 Sorted 属性来完成简单的排序。

界面设计如下:在窗体上加入三个标签、一个文本框、一个组合框、一个列表框,以及三个命令按钮。各控件属性设置见表 5.10 所示。

表 5.10 例 5.9 对象及属性设置

对象	属性	设置	对象	属性	设置
Form1	Caption	报名系统	List1	Multiselect	2
Label1	Caption	姓名		Sorted	True
Label2	Caption	班级	Command1	Caption	加入
Label3	Caption	列表	Command2	Caption	删除选项
Text1	Text	(空)	Command3	Caption	清空列表
Combo1	Style	0			

相关代码如下:

```
Private Sub Command1_Click()
    If ((Text1.Text < > "") And (Combo1.Text < > "")) Then
        List1.AddItem Text1.Text+"    "+Combo1.Text
        Text1.Text=""          '添加完成后,清空文本框,方便下一个姓名的录入
        Combo1.Text=Combo1.List(0)
    Else
        MsgBox ("请输入添加内容!")
    End If
End Sub

Private Sub Command3_Click()
    List1.Clear    '清空列表
End Sub

Private Sub Command2_Click()
    Dim i As Integer
    If List1.ListIndex >=0 Then
        For i=List1.ListCount-1 To 0 Step - 1
            If List1.Selected(i) Then List1.RemoveItem i     '删除被选定的项目
        Next i
    End If
End Sub

Private Sub Form_Load()
    Combo1.AddItem "请选择班级"
    Combo1.AddItem "药学 20091"
    Combo1.AddItem "药学 20092"
    Combo1.AddItem "医学检验 20091"
```

```
    Combo1.AddItem "医学检验 20092"
    Combo1.Text=Combo1.List(0)
End Sub
```

程序运行后，开始录入数据，依次录入信息如下：

姓名：**张彻**　　　　班级：**药学 20091**

姓名：**李梅**　　　　班级：**药学 20091**

姓名：**万江**　　　　班级：**医学检验 20092**

姓名：**刘雪怡**　　　班级：**医学检验 20091**

并在每条信息录入后，单击**加入**按钮，则上述 4 条信息显示在列表框中。图 5.24 所示为已经录入 4 人信息，正在录入第 5 个人的信息，还未点击**加入**按钮的效果图。

5.7 多窗体程序设计

当应用程序功能较强，分类较多，用户与程序的交互频繁时，如果只用一个窗体和用户进行交互，一方面难以对界面进行美观的设计，另一方面分类工作很难，设计出来的界面不友好，不方便用户操作。这时最好使用多窗体(Multi_Form)程序设计，增强程序界面的友好性。

多窗体指的是应用中有多个窗体，它们之间没有绝对的从属关系。每个窗体的界面设计与单窗体的完全一样，只是在设计之前应先建立窗体，这可以通过**工程**菜单中**添加窗体**命令实现。程序代码是针对每个窗体编写的，当然，窗体之间也会存在相互调用的关系。多重窗体实际上是单一窗体的集合，而单一窗体是多窗体程序设计的基础。

一般说来，多窗体的设计基本分成以下几个步骤：①分析应用要求，将其功能划分为不同的几部分；②分别创建各个窗体、模块；③在创建窗体时，除各窗体自身要完成的功能外，还要考虑窗体之间的调用关系；④在**工程**菜单**属性**级联菜单**启动对象**中选择应用运行时首先执行的对象；⑤运行应用程序，检验应用及各窗体的运行情况。

5.7.1 多个窗体的相关操作

1. 添加窗体

可以通过**工程**菜单中**添加窗体**命令添加新的窗体对象：①选择**工程**菜单中**添加窗体**命令，打开**添加窗体**对话框；②选定**新建**选项卡中**窗体**选项，可以建立一个新的窗体；或在**现存**选项卡中选定一个已经存在的窗体，可以把该窗体添加到当前的工程文件中来。

注意，建立一个新的窗体或添加一个已经存在的窗体到当前文件中来时，新的窗体与工程中已有的窗体的 Name 属性不能相同，否则添加不能成功。

特别要注意的是，添加进来的现存窗体可能属于另一工程或由多个工程共享，对此窗体的更改，将会影响到共享该窗体的所有工程。

2. 切换窗体

每添加一个窗体，除了在工程设计的大窗口中显示一个窗体外，还会在工程资源管理器窗口的窗体文件夹中出现一个对应的窗体图标，如图 5.25 所示。当前工程包含三个窗体，若要对各个窗体进行界面或代码的设计，可以在工程资源管理器窗口中通过双击各个窗体名图标来显示某个窗体，实现窗体之间的切换。譬如，要查看或编辑、修改名称为 **Form3** 的窗体，只需在工程资源管理器中双击对应名称的窗体图标，就会使窗体 **Form3** 成为当前被编辑窗体。

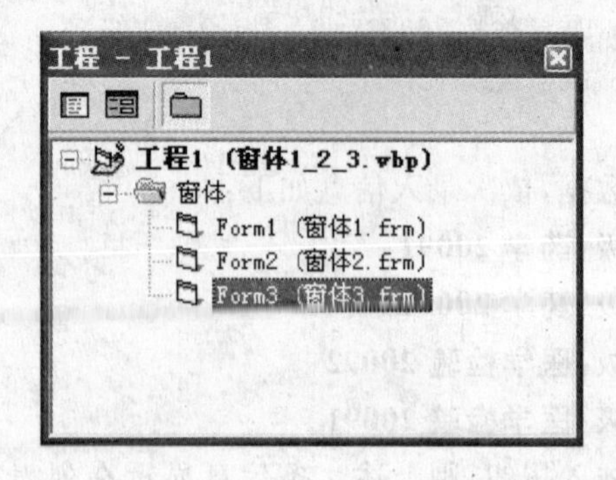

图 5.25 工程资源管理器窗口

3. 删除窗体

若要删除工程中不需要的窗体,要在工程资源管理器选定该窗体,右击待删除的窗体图标,在弹出菜单中选择**移除该窗体**即可。实际上删除窗体仅仅是将窗体文件从工程文件中移去,并不是真正从存储设备(如硬盘等)上删除窗体文件。

4. 保存窗体

保存包含有多窗体的工程文件时,VB会连续出现多个保存文件的对话框,要求用户给每个窗体文件都要设定一个窗体文件名,默认的窗体文件名会按照窗体添加的顺序依次命名为**Form1.frm,Form2.frm**……

5. 多窗体的启动

对于只有一个窗体的工程文件,程序启动后,一般就会直接显示该窗体文件。对于有多个窗体的工程文件,运行时显示哪一个窗体可以由用户设置,首先显示的窗体叫启动窗体。

默认情况下,在设计时添加建立的第一个窗体为启动窗体。若要更改其他窗体为启动窗体,可以按照下面的方法步骤设置:①选择**工程**菜单中**工程属性**命令,打开**工程属性**对话框,如图5.26所示,或在工程资源管理器中右击**工程1**,在弹出菜单中选择**工程1属性**;②在**通用**选项卡**启动对象**下拉列表框中选定要作为启动的窗体名称,如图5.26所示选定了**Form2**作为启动时的主窗体;③单击**确定**按钮,完成对启动窗体的设置操作。

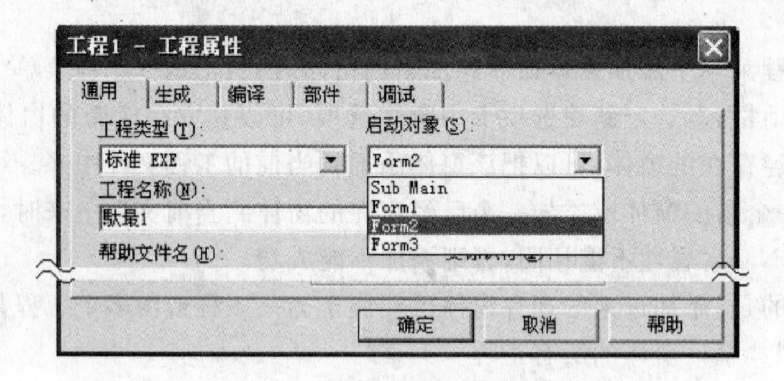

图 5.26 启动窗体的设置

5.7.2 多窗体程序设计常用语句与方法

在集成开发环境中,使用**工程**菜单中**添加窗体**命令,就可以在一个工程中使用多个窗体。被设置为启动对象的窗体在程序运行之初会被自动加载和显示,但是只能在工程属性中设置一个窗体模块为启动对象。当启动对象是Sub Main过程时,要显示窗体或当显示一个窗体后再显示其他的窗体，就要考虑窗体的加载、显示、隐藏和卸载问题。

程序运行时，启动窗体先要被装入内存(Load)，然后才能在屏幕上显示(Show)。对于其他窗体，可以执行 Load 语句将其装入内存，使用 Show 方法进行显示；暂时不需要的窗体，可以用 Hide 方法隐藏起来；对于不再使用的窗体，可以执行 Unload 语句将其在内存中卸载。

1. Load 语句

格式：Load 窗体名称

功能：加载指定的窗体到内存。

说明：加载窗体只是将这个窗体对象装入内存，但并不显示这个窗体对象。一个窗体只有装入内存后才能进行显示和操作。Load 语句只是需要在初始化时加载所有的窗体并在以后需要它们的时候显示。当 VB 加载窗体时，先把窗体的各属性设置为初始值，再执行 Load 事件。

注意，窗体名称是窗体的 Name 属性。

2. Show 方法

格式：[窗体名称.]Show [模式]

功能：该方法用于显示一个窗体。若省略窗体名称项，表示对当前窗体进行显示。

说明：Show 方法是显示窗体的方法，但同时具有装入窗体的功能。即在调用 Show 方法时，如果此时显示的窗体没有在内存中，则 Show 方法会先将窗体装入内存，然后再显示该窗体。[模式]选项用来确定窗体的状态，选择 0 时，表示该窗体为“非模式型”窗体；选择 1 时，表示该窗体为“模式型”窗体。

3. Hide 方法

格式：[窗体名称.]Hide

功能：该方法将指定的窗体隐藏起来。

说明：隐藏窗体并不把窗体从内存中卸载，只是变得不可见。在使用 Visible 属性或 Hide 方法隐藏窗体时，如果窗体尚未加载，则 VB 会加载该窗体，但不会让它显示出来。

4. Unload 语句

格式：Unload 窗体名称

功能：该语句将清除内存中指定的窗体。

说明：执行 Hide 方法和 Unload 语句后，窗体都会从屏幕上消失，但两者是有区别的：使用 Hide 方法隐藏窗体后，窗体仍保留在内存中。使用 Show 方法时，随时可以调用该窗体迅速显示出来。使用 Unload 语句后，屏幕上显示的窗体或没有显示仅保存在内存中的窗体都将全部消失并从内存中卸载。

5.7.3 应用举例

例 5.10 设计一个程序，完成类似 Windows 红心大战游戏的部分功能。该程序包含两个窗体，第一个窗体为欢迎窗体，运行界面如图 5.27 所示，用于显示欢迎信息，用户可以查看欢迎信息，5 秒后将自动进入游戏界面，也可以点击欢迎界面上的按钮直接进入游戏界面。第二个窗体是游戏界面，如图 5.28 所示，用户输入姓名后，单击**确定**按钮后可以开始游戏(本例中不实现该按钮的功能)，也可以单击**退出**按钮返回第一个窗体。

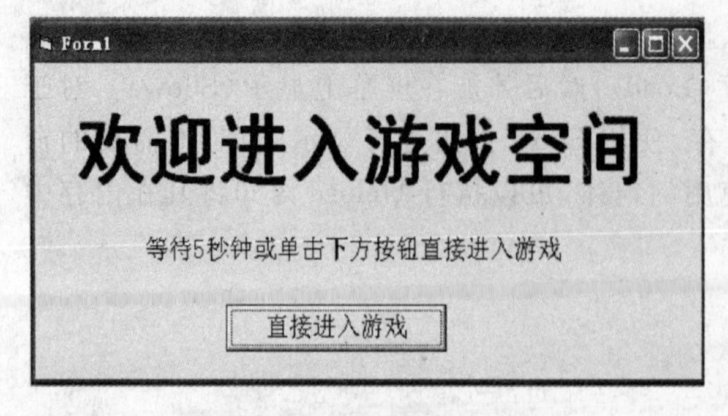

图 5.27　例 5.10 第一个窗体

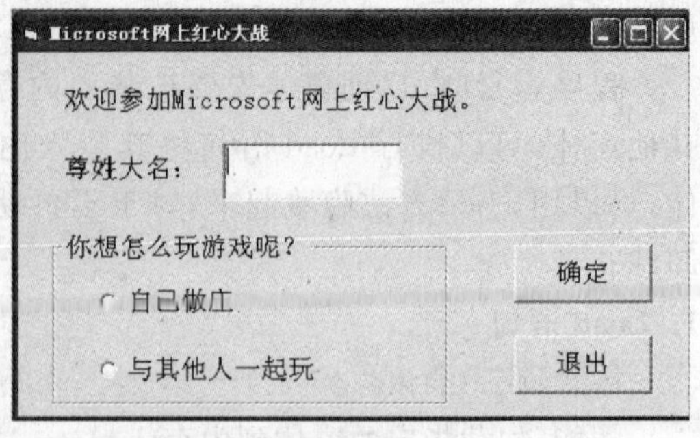

图 5.28　例 5.10 第二个窗体

本程序包含两个窗体，先完成第一个窗体的界面设计，再完成第二个窗体的界面设计，然后分别完成两个窗体的代码设计，实现两个窗体间的互相调用。

在 VB 开发环境中新建一个工程，该工程将自动包含一个窗体 **Form1**，在该窗体上添加两个标签控件、一个按钮控件、一个定时器控件。各对象的属性设置见表 5.11。

表 5.11　例 5.10 第一个窗体对象及属性设置

对象	属性	设置	对象	属性	设置
Label1	Caption	欢迎进入游戏空间	Command1	Caption	直接进入游戏
Label1	Font	黑体，初号	Timer1	Interval	5000
Label2	Caption	等待 5 秒钟或单击下方按钮直接进入游戏			

添加另一个窗体，默认名为 Form2，在该窗体上两个标签、一个文本框、一个框架、两个单选按钮、两个命令按钮。各对象的属性设置见表 5.12。

表 5.12　例 5.10 第二个窗体对象及属性设置

对象	属性	设置	对象	属性	设置
Form2	Caption	Microsoft 网上红心大战	Option1	Caption	自己做庄
Label1	Caption	欢迎参加 Microsoft 网上红心大战。	Option2	Caption	与其他人一起玩
Label2	Caption	尊姓大名：	Command1	Caption	确定
Text1	Text	（空）	Command2	Caption	退出
Frame1	Caption	你想怎么玩游戏呢？			

分别为 Form1 和 Form2 中的控件编写相应的事件过程。在 Form1 中，等待 5 秒与单击**直接进入游戏**按钮都可以隐藏当前窗体(Form1)并显示第二个窗体(Form2)，因此在设计模式下，Form1 作为当前窗口时，双击窗体进入代码窗口，编写如下代码：

```
Private Sub Command1_Click()
    Form1.Hide
    Form2.Show
End Sub
Private Sub Timer1_Timer()
    Form1.Hide
    Form2.Show
End Sub
```

在 Form2 中，单击**取消**按钮将隐藏当前窗口(Form2)并显示第一个窗体(Form1)，在工程资源管理器中，双击 Form2，使 Form2 作为当前窗口，双击窗体进入代码窗口，只需要编写按钮的相应事件过程即可，代码如下：

```
Private Sub Command2_Click()
    Form2.Hide
    Form1.Show
End Sub
```

编写完成后，按 F5 键运行程序，屏幕显示启动窗体 Form1，单击 Form1 中**直接进入游戏**按钮或是等待 5 秒钟，Form1 将会隐藏，并显示窗体 Form2。在窗体 2 中单击**退出**按钮，窗体 Form2 将被隐藏，窗体 Form1 将会显示。

该游戏程序的其他功能并未实现，读者可以自行完成后续的设计。

习　题　5

一、单选题

1. 确定复选框是否选中，应访问的属性是(　)。

A. Selected　　B. Checked

C. Visible　　D. Value

2. Visual Basic 6.0 应用程序提供的一组单选按钮所具有的功能是(　)。

A. 选择一次　　B. 选择多次

C. 选择多次，单一选择　　D. 选择多次，多个选择

3. 下列说法错误的是(　)。

A. 框架控件有名称　　B. 框架控件是容器

C. 框架控件有属性　　D. 框架控件不能在其中添加其他控件

4. 按钮的 Caption 属性值的类型是(　)。

A. 整数型　　B. 长整数型

C. 字符常数　　D. 逻辑类型

5. 以下选项中，不是 Visual Basic 6.0 控件的是(　)。

A. 单选按钮　　B. 命令按钮

C. 标签框　　D. 窗体

6. 在程序运行中，要想使可操作的按钮变成看得见但不可操作，则应设置为 false 的属性是(　)。

A. Visible　　B. Enabled

C. Default　　D. Cancled

7. 在程序运行中，要想使可操作的按钮变成不可见，则应设置为 false 的属性是(　)。

A. Visible　　B. Enabled

C. Default　　D. Cancled

8. 下面控件中不能接收焦点的是(　)。

A. 命令按钮　　B. 标签框

C. 文本框　　D. 单选按钮

9. 设置组合框的风格，可用的属性是(　)。

A. List　　B. ListCount
C. Style　　D. Sorted

10. 下面选项中,不能用于列表框控件的方法是(　)。
A. RemoveItem　　B. AddItern
C. Clear　　D. Cls

11. 假定Bln1是列表框,给列表框增加一个列表项的正确方法是(　)。
A. Bln1=Add"计算机"　　B. Bln1.Add"计算机"
C. Bln1=AddItem"计算机"　　D. Bln1.AddItem"计算机"

12. 只能用来显示字符信息的控件是(　)。
A. 图像框　　B. 图片框
C. 标签框　　D. 文本框

13. 不能作为容器使用的对象是(　)。
A. 窗体　　B. 框架
C. 图片框　　D. 图像框

14. 能自动按图形大小而改变的控件是(　)。
A. 图像框　　B. 图片框
C. 文本框　　D. 框架

15. 下面选项中,不能将图像装入图片框和图像框的方法是(　)。
A. 在界面设计时,手工在图片框和图像框中绘制图形
B. 在界面设计时,通过 Picture 属性装入
C. 在界面设计时,利用剪贴板把图像粘贴上
D. 在程序运行期间,用 LoadPicture 函数把图形文件装入

16. 要设置计时器控件的定时时间,需要设置的属性是(　)。
A. Interval　　B. Enabled
C. Value　　D. Text

17. 有计时器控件,如果希望每秒产生 10 个事件,则要将其 Interval 属性的值设置为(　)。
A. 100　　B. 200
C. 300　　D. 400

18. 在设计一个计算器时,必须要使用的控件是(　)。
A. 滚动条　　B. 图片框
C. 文本框　　D. 单选框

19. 如果要求设置定时器时间间隔为 1 秒,那么它的 Interval 属性值应该等于(　)。
A. 1000　　B. 100
C. 10　　D. 1

20. 下列控件中可自动设置滚动条是(　)。
A. 复选框　　B. 框架
C. 文本框　　D. 标签框

21. 能够改变复选框中背景颜色的属性是(　)。
A. Value　　B. Fontcolor

C. Backcolor　　D. Font

22. 以下选项中,不属于单选按钮属性的是(　)。

A. Enabled　　B. Caption

C. Name　　D. Min

23. Visual Basic 提供的复选框(CheckBox)具有的主要功能是(　)。

A. 多重选择　　B. 单一选择

C. 选择多次　　D. 选择一次

24. 下列哪个属性是每个控件都有的(　)。

A. Name　　B. Caption

C. Font　　D. Interval

25. 以下关于图片框控件的说法中,错误的是(　)。

A. 可以通过 Print 方法在图片框中输出文本

B. 清空图片框控件中图形的方法之一是加载一个空图形

C. 图片框控件可以作为容器使用

D. 用 Stretch 属性可以自动调整图片框中图形的大小

26. 在窗体上画一个列表框和一个命令按钮,其名称分别为 **List1** 和 **Command1**,然后编写如下事件过程:

```
Private Sub Form_Load()
    List1.AddItem "Item 1"
    List1.AddItem "Item 2"
    List1.AddItem "Item 3"
End Sub
Private Sub Command1_Click()
    List1.List(List1.ListCount)="AAAA"
End Sub
```

程序运行后,单击命令按钮,其结果为(　)。

A. 把字符串"AAAA"添加到列表框中,但位置不能确定

B. 把字符串"AAAA"添加到列表框的最后,即"Item 3"的后面

C. 把列表框中原有的最后一项改为"AAAA"

D. 把字符串"AAAA"插入列表框的最前面,即"Item 1"的前面

27. 假定在图片框 Picture1 中装入了一个图形,为了清除该图形(不删除图片框),应采用的正确方法是(　)。

A. 选择图片框,然后按 Del 键

B. 执行语句`Picture1.Picture=LoadPicture ("")`

C. 执行语句`Picture1.Picture=""`

D. 选择图片框,在属性窗口中选择 Picture 属性条,然后按回车键

28. 在窗体上画一个名称为 **List1** 的列表框,一个名称为 **Label1** 的标签,列表框中显示若干个项目。当单击列表框中的某个项目时,在标签中显示被选中项目的名称。下列能正确实现上述操作的程序是(　)。

A. `Label1.Caption=List1.ListIndex`

B. `Label1.Name=List1.ListIndex`

C. `Label1.Name=List1.Text`

D. `Label1.Caption=List1.Text`

29. 设窗体上有一个列表框控件 **List1**,且其中含有若干列表项。则以下能表示当前被选定的列表项序号的是( )。

A. List1. List　　B. List1. Text

C. List1. Index　　D. List1. ListIndex

30. 下列各组控件都具有 Caption 属性的是( )。

A. 窗体、文本框　　B. 标签、定时器

C. 窗体、标签　　D. 文本框、定时器

31. 若想要建立一个学生管理的输入界面,其中要求选择学生的性别/政治面貌(党/团/群众)及选课情况(共有5门课,可任选),应如何在窗体中利用单选按钮和选择框来实现( )。

A. 将5门课程用一组5个复选框来表示,将性别和政治面貌用5个单选按钮来表示

B. 将5门课程用一组5个复选框来表示,用两个框架分别将性别用2个单选按钮,政治面貌用3个单选按钮来表示

C. 将5门课程用一组5个单选按钮来表示,将性别和政治面貌用5个复选框来表示

D. 用一组10个复选框来表示课程、性别和政治面貌

二、填空题

1. 代码设计阶段,向列表框添加项目,使用的方法是________。
2. 代码设计阶段,从列表框中删除项目,使用的方法是________。
3. 代码设计阶段,从列表框中删除所有的项目,使用的方法是________。
4. 希望在程序运行期间把图形文件装入图片框或图像框中,所用的函数是________。
5. 若要设置定时器控件的时间属性,应通过________属性来实现。
6. 若要关闭定时器,应通过设置________属性为 false 来实现。
7. 图片框或图像框中显示图形,由对象的________属性来决定。
8. 若要获得滚动条当前的值,可以通过滚动条控件的________属性来得到。
9. 当拖动滚动块时,将触发滚动条控件的________事件。
10. 若要设置列表框中列表项的选择方式,可以通过设置________属性来解决。
11. 在程序运行中,如果框架的________属性设为 false,则框架的标题呈灰色,表示框架中的所有对象均被屏蔽,不能操作。
12. 列表框中列表项目的序号是从________开始的,________表示列表框中最后一项的序号。
13. 组合框是结合了文本框和列表框的特性而形成的一种控件。________风格的组合框不允许用户输入列表框中没有的项目。
14. 滚动条响应的主要事件有________和________。
15. 在文本框中,用户键入一个字符,能同时引发________事件和________事件。
16. 为了使计时器控件 Timer1 每隔 0.5 秒触发一次 Timer 事件,应将 Timer1 控件的________属性设置为________。
17. 将 C 盘根目录下的图形文件 **sun.jpg** 装入图片框 **Picture1** 的语句是________。
18. 复选框和单选按钮的标题文字对齐方式可以通过________属性来设置。
19. 在窗体上画一个命令按钮和一个文本框,然后编写命令按钮的 Click 事件过程。程序运

行后，在文本框中输入一串英文字母(不区分大小写)，单击命令按钮，程序可找出未在文本框中输入的其他所有英文字母，并以大写方式降序显示到 **Text1** 中。例如，若在 **Text1** 中输入的是 **abDfdb**，则单击 **Command1** 按钮后 **Text1** 中显示的字符串是 **ZYXWVUTSRQPONMLKJIHGEC**。填空完成以下代码：

```
Private Sub Command1_Click()
 Dim StrSR As String, StrSC As String, StrC As String
 StrSR=UCase(Text1)
 StrSC=""
 StrC="Z"
 While StrC>="A"
     If InStr(StrSR,StrC)=0 Then
        StrSC=StrSC+StrC
     End If
     StrC=Chr(______________)
 Wend
 If StrSC < >  "" Then
     Text1=StrSC
 End If
End Sub
```

20. 如图 5.29 所示，在列表框 **List1** 中已经有若干人的简单信息，运行时在 **Text1** 文本框，即右下角的文本框中输入一个姓或姓名，单击**查找**按钮，则在列表框中进行查找。若找到，则把该人的信息显示在 **Text2** 文本框中，如果有多个匹配的列表项，则只显示第 1 个匹配项；若未找到，则在 **Text2** 中显示**查无此人**。填空完成以下代码：

```
Private Sub Command1_Click()
     Dim k As Integer, n As Integer,
     found As Boolean
     found=False
     n=Len(______)
     k=0
     While  k < List1. ListCount  And
     Not found
        If Text1=Left (__________) Then
           Text2=List1.List(k)
           found=True
        End If
        k=k+1
     Wend
     If Not found Then
        Text2="查无此人"
     End If
 End Sub
```

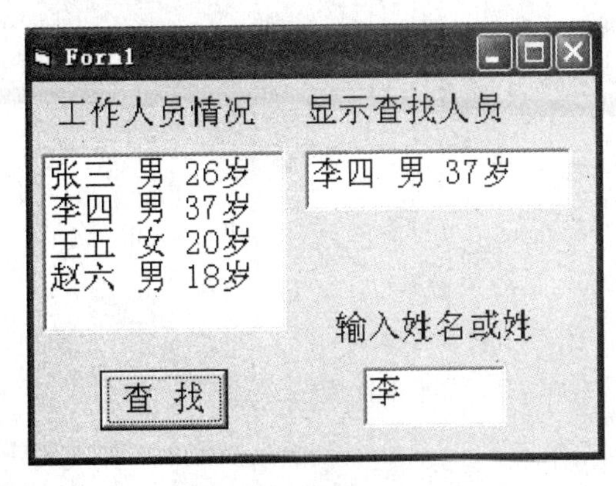

图 5.29　填空题 20 图

三、设计题

1. 设计一个电子时钟程序。

2. 设计一个能实现加法、减法功能的程序。要求由随机函数自动产生任意两个数，显示在屏幕上，然后由用户输入计算结果，程序对计算结果给出相应的提示，如**计算正确，请继续努力！**或**计算错误，还要加强学习！**等语句。

3. 编写程序，实现按秒计时，要求具有“开始计时”和“停止计时”功能。例如，执行开始计时功能后，经过两分钟，用户执行停止计时功能时，屏幕显示120秒。

4. 利用图像框和定时器控件设计一个简单的动画程序。

5. 编写程序，实现用单选按钮控制图像框中显示的图形。例如，单击名为**哭脸**、**笑脸**、**大笑**的单选按钮时，图像框中显示有相应的图形。

6. 编写程序，利用两个复选框实现对自身标题样式的设置，即是否加粗和倾斜。程序运行时，随着对两个复选框的选定或取消选定，复选框的标题字体也会应用或取消加粗、倾斜样式。

7. 编写程序，实现对列表框中的爱好进行添加、删除和清除功能。

8. 编写程序，要求图片框和图像框中的图形可以实现互换。

9. 编写程序，利用两组单选按钮分别控制文本框的字体和背景颜色。可以按个人喜好设置颜色选项，Color 常数有 vbwhite(白色)、vbBlack(黑色)、vbRed(色)、vbGreen(绿色)、vbYellow(黄色)、vbBlue(蓝色)、vbMagenta(紫红色)、vbCvan(青色)。

第6章 数　组

VB中包含的数据类型可分为基本类型数据和构造类型数据两大类。基本类型数据包括前面介绍的整型、实型、字符型和日期型等，是最常用的数据类型；构造类型数据除了前面已经介绍的用户定义类型(记录类型)外，还有就是本章要介绍的主要内容——数组。

数组是程序中最常用的结构数据类型，用来描述成批出现相关数据的数据结构。在其他高级语言中，数组中的所有元素都必须是同一数据类型；而在VB中，一个数组中的元素既可以是相同类型的数据，也可以是不同类型的数据。因此，数组变量在VB的程序设计中使用很频繁。本章主要讲述数组变量、静态数组、动态数组、控件数组的基本概念及其定义方法，并通过大量实例来讲解了数组的使用方法。

6.1 数组的概念

数组为用户处理同一类型的成批数据提供了方便。当有较多的同类型数据需要处理时，可以将其存入一个数组中，由于这些数据都同名而且是有序的，所以可以很方便地对它们进行存取操作。例如，处理一个班的学生课程考试成绩，可以用 $A_1, A_2, \cdots, A_n$ 来分别代表每个学生的分数。下面的例题是为了处理学生的平均成绩及高分人数问题。

例 6.1　求一个班50个学生的平均成绩，然后统计高于平均分的人数。

用简单变量结合 For…Next 语句求平均成绩的程序段如下：

```
S=0
for N=1  To  50
X=InputBox("输入第 "& N &"位学生的成绩:")
S=S+X
Next N
P=S/50
Print "平均分是 ";p
```

上面程序段实现求平均分，但若要统计高于平均分的人数，则无法实现。因为当平均成绩还没有计算出来时，无法在输入成绩时确认是否应将该成绩记入高分人数。50个成绩输入完成后，在变量X中只存放了最后一个学生的成绩，其他学生的成绩都被冲掉了，即此种方式无法完成题目要求。

如果定义50个变量X1,X2,X3,…来保存成绩，则要写50条输入语句对变量进行50次赋值操作。这样虽可以保存50个成绩，但过程非常烦琐。若考虑还要统计高于平均分的人数，必须再用50个If语句进行比较判断。如果再要求对50个成绩进行排序，可想而知，这种方法也是行不通的。由此可以引入数组来解决此类问题。

例 6.2　用数组解决求50人的平均分和高于平均分的人数的问题，完整程序编写如下：

```
Private Sub Command1_Click()
```

```
Dim X(1 To 50)  As Integer
Dim S!,N%,P!,M
S=0
For N=1 To 50
 X(N)=InputBox("请输入第" & N & "位学生的成绩:")
 S=S+X(N)
Next N
P=S/50
M=0
For N=1 To 50
 If X(N)>P Then M=M+1
Next N
Print "平均分=";P,"高于平均分的人数=";M
End Sub
```

在上面的程序中,定义了一个数组X,有50个元素,在循环体内被循环执行了50次赋值操作,将每次接受输入的成绩数据存放到数组变量X(1),X(2),X(3),…,X(49),X(50)中。这样就能保存所有输入的成绩数据,随时都可以调出来使用。

6.2 数组的定义

数组在使用前必须先定义。数组在计算机中占一块内存区域,数组名代表这个区域的名称,区域的每个单元都有自己的地址,该地址用下标表示。定义数组(也称声明数组)是为了确定数组的类型并给数组分配所需的存储空间。

在VB中,用于数组定义的语句有4个:①Dim语句,用于窗体模块或者过程中定义局部变量类型数组;②ReDim语句,用于过程中动态数组的重新定义;③Static语句,用于定义静态变量类型数组;④Public语句,用于标准模块中定义全局变量类型数组。

按数组下标的不同,数组又可以分为一维数组、二维数组和多维数组。本节以Dim语句为例来介绍数组定义的格式。用其他定义语句来定义数组,其格式是相同的。

6.2.1 一维数组

声明一维数组的形式如下:

```
Dim 数组名([下标下界 To]下标上界)[As 类型名称]
```

其中,下标只能为常数,不能是表达式或变量。

对一维数组,只有一个下标。下标的形式为(**下标的下界 to 下标的上界**),下标的上下界为大于等于-32768和小于等于32767间的整数,且定义时下界值必须小于上界值。如果省略下界值,则默认下界值为0,如写成

```
Dim  X(10) As Integer
```

表示定义数组的下标值是从0开始,到10为止,即有X(0),X(1),X(2),…,X(10)共计11个元素。

As类型名称表明所定义的数组的类型,即数组中每个元素变量的存储类型。数组在定义为相应类型后,所有的数组元素都为同一类型的变量,即都只能存储同一类型的数据。如果定义为变体型数组,则数组元素可以存储不同类型的数据。

如省略此项类型定义，则默认数组是变体数组类型。

Dim 语句定义数组实际上就是为系统提供数组名、数组类型、数组的维数和各维大小等相关信息。

对定义字符类型数组时，有定长和变长两种形式。例如，

```
Dim S(-5 to 8) As String *6
```

表示定义了 S 是数组名、字符串类型、一维数组、有 14 个元素，下标的范围为 −5～8，每个元素存放 6 个字符。

6.2.2 二维数组

定义二维数组形式如下：

```
Dim 数组名([下标下界 To]下标上界 [,下标下界 To]下标上界) [As 类型名称]
```

二维数组有两个下标即二维，每维的大小由其下标的上下界决定，数组的大小为两个维数大小的乘积。例如，

```
Dim X(1 to 3,1 to 4)As long
```

声明了一个长整型的二维数组 X，第一维下标范围为 1～3，第二维下标范围为 1～4，X 数组的元素数量为两个维数大小的乘积，即 3×4＝12 个元素，见表 6.1。

表 6.1 二维数组 X 各元素的排列

X(1,1)	X(1,2)	X(1,3)	X(1,4)
X(2,1)	X(2,2)	X(2,3)	X(2,4)
X(3,1)	X(3,2)	X(3,3)	X(3,4)

同一维数组一样，省略下界，表示下界从 0 开始。可以使用 **Option Base n** 重新设定数组的下界为 n。

6.2.3 多维数组

具有多个下标的下标变量组成的数组称为多维数组。VB 最多可以声明 60 维数组。多维数组的定义格式为

```
Dim 数组名([下标下界 To]下标上界 [,下标下界 To]下标上界.....) [As 类型名称]
```

例如，以下的例子定义了一个 3×4×5 的三维数组：

```
Dim  ThreeDimensions (1 to 3,1 to 4,1 to 5) as  Integer
```

在学习了一维数组、二维数组和多维数组的定义。在定义数组时需要明确以下几点说明。

(1) 格式中的数组名与简单变量的命名规则相同，可以是任何合法的变量名。

(2) 如果缺省下标值下界，系统默认该数组的下标下界为 0。如果希望其默认下界为 1 时，可以用 Option Base 1 来指定数组的默认下界；但需要注意的是 Option Base 语句不能出现在过程中，只能出现在窗体层或模块层，并且必须要放在数组定义语句之前。

(3) 数组必须要先定义后使用，是不允许对数组进行隐式声明的；而第 3 章中定义普通变量是可以作隐式声明的。

(4) 当用 Dim 及其他语句定义数组时，计算机在为其开辟相应的内存空间的同时，对数组内的所有元素都进行了初始化，即对它们赋初值为 0，而把字符串类型的数组的所有元素均初始化为空字符串。

(5) 在同一个过程中，数组名不能与其他数组名及变量名相同。

(6) 数组的类型说明可以用类型说明符替代，如 **Dim S(10) as Single** 和 **Dim S!(10)** 效果是相同的；但注意不要写成 **Dim S(10)!** 的形式。

6.2.4 Lbound 与 Ubound 函数

在 VB 中，定义数组的时候，其下标一定要为整型常数，而且下界一定要小于上界。VB 还提供了两个用于测定数组维数的上下界的函数，分别是 **LBound(数组名[,维])** 和 **UBound(数组名[,维])**，其中，“维”是被测试数组的某一“维”。当用于测定一维数组时，方括号中的指定“维”的部分可以省略。例如，

```
Dim a%(4 To 10),b%(1 to 3)
Print "A 数组的下界与上界:";Lbound (a);Ubound (a)
Print "B 数组的下界与上界:";Lbound (b);Ubound (b)
```

执行此段程序代码，可以得到如图 6.1 所示的结果。

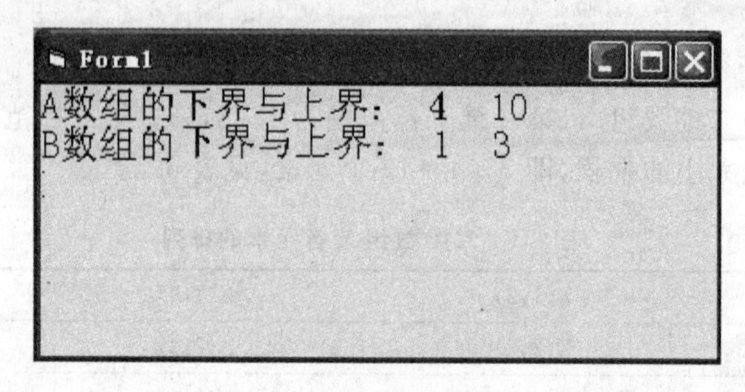

图 6.1 使用函数测定数组的上下界

6.3 数组的使用

定义数组后，可以对其进行操作。数组的基本操作包括赋值、输出及复制。

6.3.1 数组元素赋值

在程序中，通常凡是简单变量可以使用的地方，都可以用数组元素代替。给基本类型数据赋值的方法也同样适用于数组元素。例如，

```
M(0)=1
M(1)=2
M(2)=3
```

数组的数据有规律时，常结合循环语句给数组赋初值；此外，用 InputBox 函数也可以为数组赋值。当数组较大时可使用 Array 函数来完成数组的赋初值操作，或使用数据文件给数组赋值(本节内不讨论这种情况)。

1. 结合循环语句给数组赋初值

例 6.3 将数值序列 1,3,5,…,15 存入数组中，并输出。

```
Option Base 1
Dim M(15) As Integer,i%
Sub Form_Click()
      for i=1 to 15
```

```
        M(i)=i                              '给数组元素赋值
         print M(i)                         '依次输出数组元素的值
       Next  i
   End Sub
```

2. 使用 InputBox 函数对数组元素赋值

例 6.4 将 30 个数据输入数组 A 中,并求和。

```
Sub Form_Click()
Dim A(1 to 30) As Integer,S%,k%
S=0
For k=1 to 30
  A(k)=InputBox("请输入一个整数:")
  S=S+A(k)
Next K
End Sub
```

当循环变量 k=1 时,A(k)表示 A(1);k=2 时,A(k)代表 A(2);依此类推,k=30 时,A(k)表示A(30)。这样,从键盘输入的 30 个数据将分别存放在 A(1)～A(30) 中,并进行求和计算,结果存入变量 S 中。

3. 使用 Array 函数对数组赋值

VB 特提供了函数 Array,利用该函数可使数组在编译阶段得到初始值,而且该函数可将一个数据集读入某个数组,其格式如下:

```
数组变量名=Array (数据集)
```

说明:①这里的数组变量名即是数组名,需要注意的是在用函数 Array 给数组初始化之前,定义数组的时候,只能以定义简单变量的方法定义数组,不能确定其上下界;②"数据集"中的数据应当和数组元素一一对应,之间以逗号隔开;③在用函数 Array 给数组初始化前,定义的数组只能是变体类型(Variant);④这种方法只能用于一维数组;⑤对于该数组变量也可以不定义,而直接由函数 Array 来确定数组元素的初始值。

例 6.5 使用 Array 函数示例。

```
Private Sub Form_Click()
 Dim a
 a=Array(1,2,3,4)
 For i=0 To 3
   Print a(i),
 Next i
 End Sub
```

图 6.2 初始化数组

运行程序,得到结果如图 6.2 所示。

在程序中,要对数组 a 进行初始化赋值操作,定义语句只能表示为 **Dim A**,**Dim A()**或者 **Dim A as Variant** 形式,而下面的形式都是不正确的:

```
Dim   A(4)            '不能定义上下界
Dim   A(0 to 3)         '不能定义上下界
Dim   A() as   integer      '只能是变体类型 Variant
```

或者也可以省略 **Dim A** 语句,直接使用 **a=Array (1,2,3,4)**进行初始化数组。

使用 Array 函数为数组进行初始化后,数组的上下界默认从 0 开始;数组元素的个数由

Array 函数中的数据个数决定，如在上面的例题中，数组 a 的下、上界为 0 至 3。也可以使用 **Option Base n** 来确定下界。

4. 数组元素间的赋值

单个的数组元素也可以赋值给另一个数组的某个元素，两个数组维数不必相同，但元素个数一般应相同。例如：

```
Dim S(4),Y(2,2)
......
S(2)=Y(1,2)
```

在实现整个数组元素赋值时，通常与循环语句结合使用。

例 6.6 将一个二维数组 M(4,5)的所有元素按行的顺序存入一维数组中。

```
Option  Base 1
Dim M(4,5) As Integer,N(20) As Integer
For i=1 to 4
   For j=1 to 5
   M(i,j)=InputBox("请输入数据:")
   Next  j
Next i
For  i=1 to 4
    For j=1 to 5
    N((i-1)*5+j)=M(i,j)
    Next j
Next i
```

6.3.2 默认数组与数组的嵌套

1. 默认数组

在很多程序中，数组定义时要求数组中的元素能存放不同类型的数据，可以通过定义默认数组的方式来实现。

默认数组是在定义数组时不指定数组的类型，按 VB 规定，不指定类型的数组默认是 Variant 可变类型数组，定义方式为

```
Dim 数组名(下标)
```

例如，**Dim A(1 to 50)**定义 A 为默认数组，同 **Dim A(1 to 50)As Variant** 等价。

例 6.7 给数组元素存放不同类型的数据。

```
Private Sub Form_Click()
Dim c As Integer
Static a(1 To 4)
a(1)=100
a(2)=2.78
a(3)="default"
a(4)=Now
For c=1 To 4
 Print "a(";c;")=";a(c)
Next c
End Sub
```

程序运行后,得到的结果如图 6.3 所示。

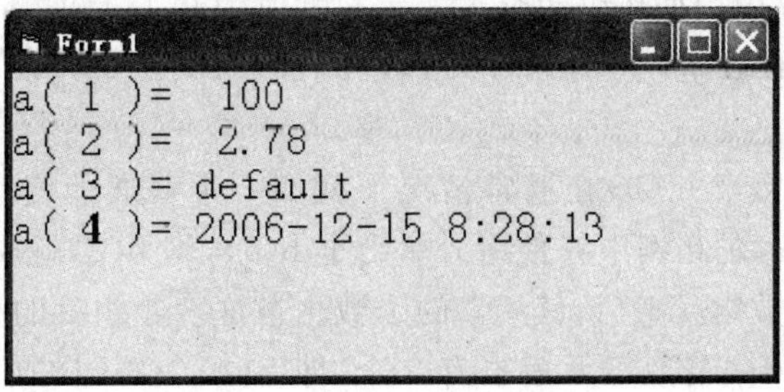

Form1

a(1)= 100
a(2)= 2.78
a(3)= default
a(4)= 2006-12-15 8:28:13

图 6.3 默认数组的赋值

2. 数组的嵌套

一般来说,数组元素的值是简单的基本类型值,如整型、单精度等,但有时候也可以将数组赋给数组元素。以数组为其元素的数组称为嵌套数组。需要注意的是,只有变体类型(Variant)才能成为嵌套数组,而被嵌套的数组却只能是基本类型数组。

例 6.8 嵌套数组的使用方法

```
Private Sub Form_Click()
Dim a(4) As Integer
Dim b(3)
Print "显示 数组 A 的元素:"
Dim i As Integer
For i=0 To 4
 A(i)=i *i     '给数组 a 的各个元素赋值
 Print a(i);
Next i
Print
B(0)=a()
Print  "直接显示数组 B(0)元素:";b(0)(0);b(0)(1);b(0)(2);b(0)(3);b(0)(4)
Print  "用循环语句显示数组 B(0)元素:"
For i=0 To 4
 Print b(0)(i);
Next i
End Sub
```

程序运行后,单击窗体,窗体上输出结果如图 6.4 所示。

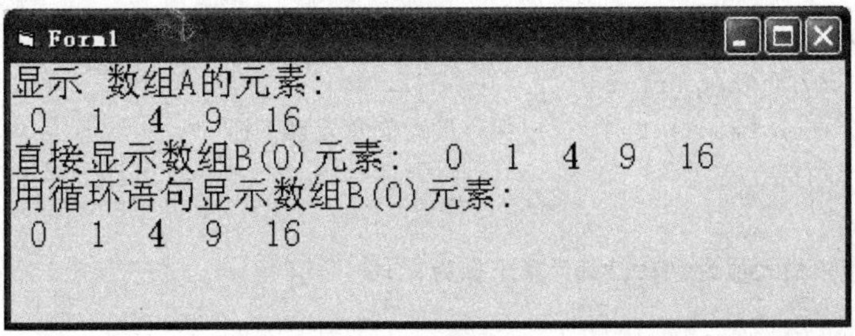

Form1

显示 数组A的元素:
 0 1 4 9 16
直接显示数组B(0)元素: 0 1 4 9 16
用循环语句显示数组B(0)元素:
 0 1 4 9 16

图 6.4 嵌套数组

在这个例子中，定义了两个数组a，b。a是普通的一维数组，有a(0)，a(1)，a(2)，a(3)，a(4)共5个元素，在程序中用循环语句给5个元素赋值为0，1，4，9，16，a将作为被嵌套数组。b也是定义为普通的一维数组，有b(0)，b(1)，b(2)，b(3)共4个元素，用来作嵌套数组，所以定义为变体类型数组。

b数组中的第0号元素b(0)在通常情况下就如一个普通的变量，如给它赋值b(0)=100，b(0)="String"等。在此例中将数组a赋给了b(0)，则b(0)就成为嵌套的数组元素。

b(0)元素成为嵌套数组元素后，其元素的个数由被嵌套数组a的元素个数决定。如此例中a有5个元素，则b(0)嵌套数组元素也有5个，即b(0)(0)，b(0)(1)，b(0)(2)，b(0)(3)，b(0)(4)。

注意，在赋值嵌套数组元素时，必须是用被嵌套数组a的数组名称赋值，如b(0)=a( )，b(1)=a都可以。a( )，a都是表示数组a的名称。如果用a数组的元素如a(0)，a(1)等为b数组元素赋值，如b(0)=a(1)，b(1)=a(2)等，则赋值后的b(0)，b(1)不是嵌套数组元素，而仍是一个普通的数组元素。

不能对数组名赋值，如b( )=a( )，b( )=25，b=100等都是错误的。

6.3.3 应用举例

例6.9 利用随机函数产生20个两位数的随机整数，存放到数组中，并求出20个元素之和，并将比平均值大的各元素的值打印出来，最后找出数组中的最大值元素及其位置。

程序代码如下：

```
Private Sub Command1_Click()
Dim Sum,T,B,a(20) As Integer
Randomize
Sum=0
For I=1 To 20
 a(I)=Int(Rnd * 90+10)
 If I=11 Then Print
 Print a(I);
 Sum=Sum+a(I)
Next I
Print
Print "20个数的累加和=";Sum," 平均值=";Sum/20
Print "比平均值大的各元素的值依次为:"
T=a(0):B=0
For I=1 To 20
 If a(I)>Sum/20 Then Print a(I);
 If T<a(I) Then T=a(I):B=I      '保存最大值及元素下标
Next I
Print
Print "数组中最大值为:";T,"其元素下标为:";B
End Sub
```

程序运行结果，如图6.5所示。

在利用二维数组编写程序时，二维数组通常与双重For循环结合使用，每重For语句中的

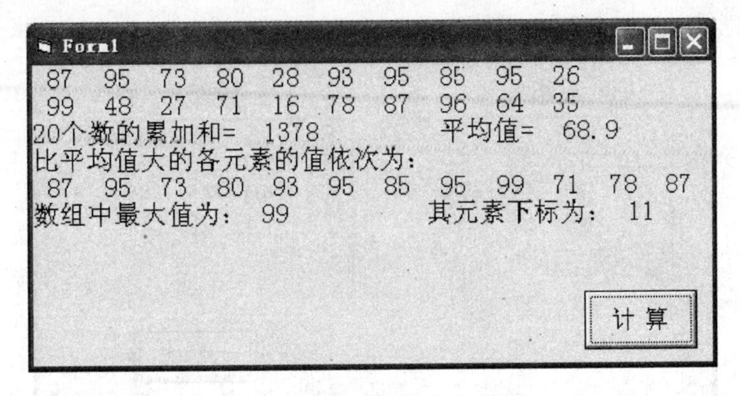

图 6.5 例 6.9 程序运行结果

循环变量分别作为数组元素的两个下标,通过循环变量的不断改变,达到对二维数组中每个数组元素依次进行处理的目的。

例 6.10 利用随机函数随机产生两个二维数组,大小都为 4×4。

```
Option Explicit
Option Base 1
Dim A(4,4) As Integer,B(4,4) As Integer
Private Sub command1_Click()       '生成并显示 A,B 矩阵
   Dim i%,j%
   Picture1.Cls
   Picture2.Cls
   For i=1 To 4
    For j=1 To 4
       A(i,j)=Int(Rnd * 90+10)
       Picture1.Print A(i,j);
       B(i,j)=Int(Rnd * 90+10)
       Picture2.Print B(i,j);
    Next j
    Picture1.Print     '换行
    Picture2.Print     '换行
    Next i
End Sub
```

程序运行后的结果,如图 6.6 所示。

例 6.11 用随机函数产生一个 5×5 的二维数组,在文本框中任意输入一个数,查找数组中有无该数,并给出相应的信息提示。

产生二维数组方法同上题,对任意输入的数 X,可以将 X 与数组中所有元素依次比较,若找到则设置标志量 P=1,退出循环。退出后根据 P 值判断是否查找到 X,并给出相应的信息显示。

设置两个图片框,一个放置产生的数组,另一个显示查找信息;设置一个文本框,用于输入要查找的数 X;设置两个命令按钮来建立数组和执行查找功能,如图 6.7 所示。

代码设计如下:

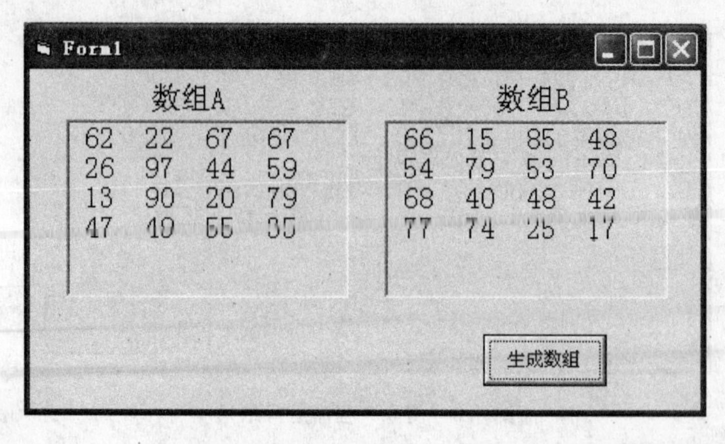

图 6.6　例 6.10 程序运行结果

```
Dim A(5,5) As Integer
Private Sub command1_Click()          '数组建立
    Dim i%,j%
    Picture1.Cls
    Randomize
    For i=1 To 5
     For j=1 To 5
        A(i,j)=Int(Rnd * 90+10)
        Picture1.Print A(i,j);
     Next j
     Picture1.Print      '换行
     Next i
     Text1.Enabled=True     '数组建立前 Text1,Command2 的 Enabled 属性为假
     Command2.Enabled=True '数组建立后才使 Text1,Command2 的 Enabled 属性为真
End Sub
Private Sub Command2_Click()
Dim x As Integer,m As Integer,n As Integer
Dim i As Integer,j As Integer
Picture2.Cls
P=0
x=Val(Text1.Text)
   For i=1 To 5
    For j=1 To 5
       If x=A(i,j) Then
         m=i:n=j
         p=1
         Exit For
       End If
    Next j
   If p=1 Then Exit For
   Next i
```

```
        If p=1 Then
          Picture2.Print "数组中查找到 " & x & ",位置在" & Chr(10)  _
                        & "第" & i & "行," & "第" & j & "列."
        Else
         Picture2.Print "没有查找到" & x
        End If
      End Sub
      Private Sub Text1_Change()
       If Val(Text1.Text)<=0 Then Text1.Text=""   '保证输入的是大于 0 的数
      End Sub
```

程序运行后,显示图 6.7 所示的画面,此时文本框及查找按钮都处于无效状态。单击**建立数组**按钮,在图片框 1 中显示建立的二维数组,且文本框及查找按钮可以使用。输入查找的数 X,单击**查找**按钮,显示相应的信息在图片框 2 中,如图 6.8 所示。

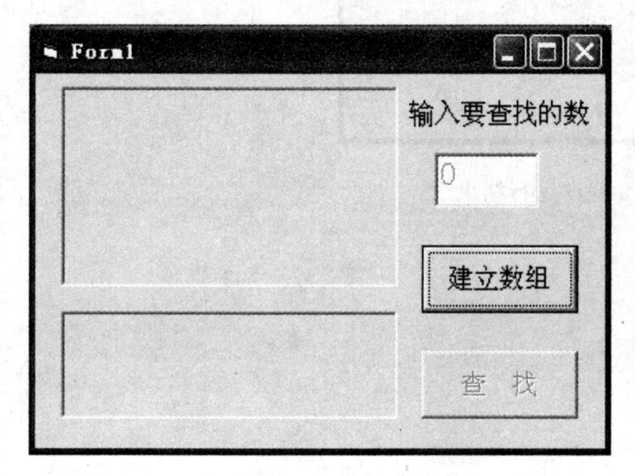

图 6.7 例 7.11 程序运行界面

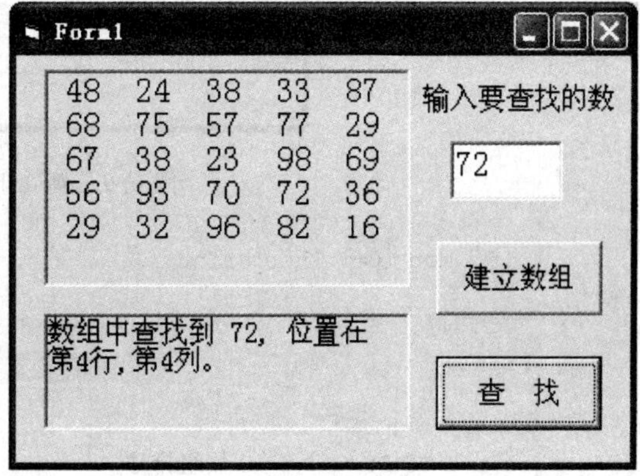

图 6.8 例 7.11 程序运行结果

例 6.12 使用随机函数产生 50 个学生的成绩,统计各分数段学生的人数。

定义两个数组 A 和 B,A 数组用来统计各分数段学生的人数,B 数组用来存放 50 个学生的成绩。为了便于核对,我们将成绩排序后输出显示。界面设计如图 6.9 所示,只有一个命令按钮。

代码设计如下:

```
      Private Sub Command1_Click()
      Dim a(10) As Integer,b(50) As Integer
       Randomize
       For i=1 To 10        '数组 A 各元素清 0
        a(i)=0
       Next i
       For i=1 To 50        '随机产生 50 个成绩放入 B 数组
        b(i)=Int(Rnd * 100+1)
        M=Int(b(i)/10)
        a(M)=a(M)+1         ' a(M)元素统计各个分数段人数
        If b(i) <10 Then Print " ";b(i);Else Print b(i);  ' 保证打印数据整齐
```

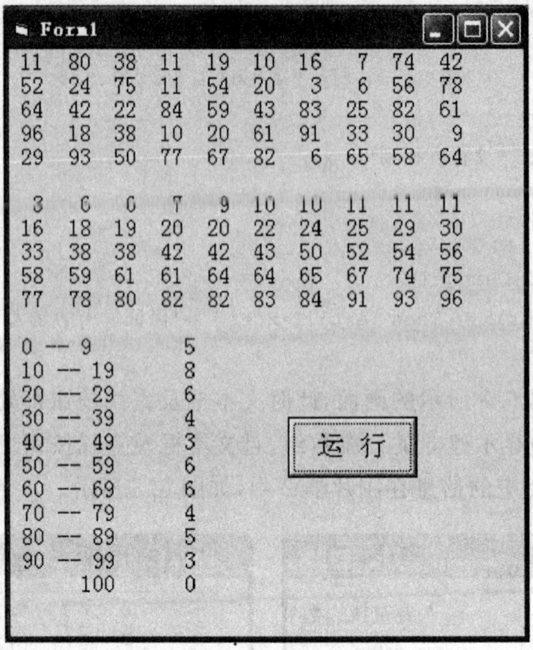

```
Form1
11  80  38  11  19  10  16   7  74  42
52  24  75  11  54  20   3   6  56  78
64  42  22  84  59  43  83  25  82  61
96  18  38  10  20  61  91  33  30   9
29  93  50  77  67  82   6  65  58  64

 3   6   6   7   9  10  10  11  11  11
16  18  19  20  20  22  24  25  29  30
33  38  38  42  42  43  50  52  54  56
58  59  61  61  64  64  65  67  74  75
77  78  80  82  82  83  84  91  93  96

0 -- 9       5
10 -- 19     8
20 -- 29     6
30 -- 39     4
40 -- 49     3
50 -- 59     6
60 -- 69     6
70 -- 79     4
80 -- 89     5
90 -- 99     3
   100       0
                    运 行
```

图 6.9　例 6.12 程序运行结果

```
    If i Mod 10=0 Then Print
  Next i
   Print
  For i=1 To 50          'B数组排序
   M=i
   For j=i+1 To 50
    If b(j) <b(M) Then M=j
   Next j
    If i <>M Then T=b(i):b(i)=b(M):b(M)=T
   Next i
   For i=1 To 50      '输出显示排序后的B数组
    If b(i) <10 Then Print " ";b(i);Else Print b(i);   '保证打印数据整齐
    If i Mod 10=0 Then Print
   Next i
   Print
   For i=0 To 9       '输出显示各分数段人数
    Print 10 *i;"--";i *10+9,a(i)
   Next i
   Print "     ";100,a(10)
  End Sub
```

程序运行后的结果,如图 6.9 所示。

6.4 静态数组与动态数组

6.4.1 静态数组

数组可以分成静态(Static)数组和动态(Dynamic)数组。所谓静态数组是指程序在编译阶段就给数组分配了内存单元,而动态数组是指在程序运行期间才开辟内存空间的数组,当程序没有运行的时候动态数组是不占据内存空间的。

静态数组变量的值在定义该变量的事件过程或子程序运行结束后,该变量所占据的内存空间并不立即释放,该变量的值仍在内存中,再次运行的时候将作为该变量的初始值,只有当整个应用程序退出时,被占据的内存空间才会被释放。

在过程中定义静态数组的方法有两种,一是在过程中用 Static 语句定义数组;二是用 Static 定义过程,而在过程中用 Dim 语句定义数组也是静态数组。

例 6.13 下面定义了静态数组 A 和非静态数组 B,观察程序运行后的结果区别。

```
Private Sub Command1_Click()
Static a(4) As Integer
Static s As Integer
Dim b(4) As Integer
Dim i As Integer
If s=0 Then Print "静态数组 A";,," 非静态数组 B"
For i=0 To 4
  b(i)=b(i)+i
Next i
For i=0 To 4
  a(i)=a(i)+i
Next i
For i=0 To 4
 Print a(i);
Next i
Print Tab(30);
For i=0 To 4
 Print b(i);
Next i
Print
s=s+1
End Sub
```

程序运行后,7 次单击**开始**按钮,窗体上显示的结果,如图 6.10 所示。

从上例可以看出,显然只要程序不完结,静态数组的数组元素依然保存着上次运行的结果,而非静态数组则每次重新赋值。

6.4.2 动态数组

动态数组也叫可调数组或可变长数组,与静态数组不同,动态数组在定义的时候未给出数组的大小(省略括号中的下标),当要使用它时,随时用 ReDim 语句重新声明数组大小。所以

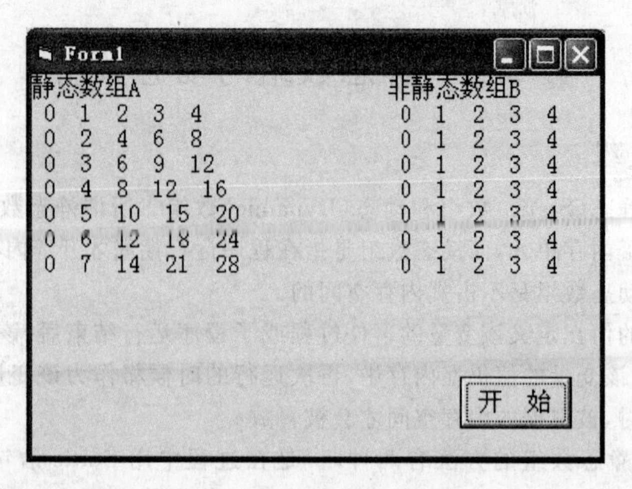

图 6.10 例 6.13 程序运行结果

在动态数组定义的时候,计算机并不为它开辟内存空间,而且动态数组的值在重定义该变量的程序运行结束后,该变量所占据的内存空间立即释放。

动态数组重定义时可以用变量及表达式作下标,不过变量和表达式这时一定要有确定的值,以便计算机开辟相应的内存空间。

动态数组的定义一般分两步完成:首先在窗体层、标准模块或者过程中用 Dim 或 Public 声明一个没有下标的数组,虽然没有下标,但是数组名后面的括号不能少;然后在过程中再用 ReDim 语句对数组进行重定义,来确定动态数组的大小以及维数。

使用动态数组的优点是根据用户需要有效地利用存储空间。它是在程序执行到 ReDim 语句时分配存储空间,而静态数组是在程序编译时分配存储空间。其定义一般格式如下:

```
Dim 数组名()as 类型名
ReDim  [Preserve] 变量(下标) [as 类型名]
```

例如,

```
dim M() as Integer
Sub  Command1_Click()
  ReDim  M(6)
  [其他语句内容
End Sub
```

上例在过程外定义了数组 M 为动态数组,在 Command1_Click 事件中使用 ReDim M(6)语句重新指明了该数组为一维数组,共有 7 个数组元素。

说明:①每次使用 ReDim 语句都会使原来数组中的数据值丢失,在重定义时,计算机会按照下标说明的上下界重新分配存储空间并且将数组中原有数据清除,如果在重定义语句中使用了可选项 Preserve,则会保留原有数据,但是这时不能改变数组的维数,只能改变数组最后一维的大小,前面几维的大小不能改变;②重定义语句可以重新定义数组的大小以及维数,但是不能改变数组的类型,在 ReDim 语句中[as 类型名]可有可无,但是如果有该项,其类型名一定要和 Dim 语句中的类型名一致,否则就会出错;③在窗体层或模块层定义的动态数组只有数组名和类型,其维数及大小在 ReDim 语句中确定,最多不能超过 8 维;④可以在没有定义数组的情况下直接用 ReDim 语句定义数组;⑤在同一个过程中,可以多次使用 ReDim 语句对一个数组进行重定义,也可改变数组的维数;⑥在定长(静态)数组声明中的下标只能是常量,在可调数组 ReDim 语句中的下标可以是常量，也可以是有了确定值的变量。

例 6.14 在窗体上显示随机产生的 10 个数，然后输入一个要删除的数 X，在 10 个数中查找 X。如果查到则删除，删除后仍在窗体上显示剩下的 9 个数。

随机产生的 10 个数，放入数组 C 中。在文本框中输入一个要删除的数 X，然后在数组中查找 X。如查找到 X，就将后面的数向前移，并用 ReDim 语句重新定义数组为 9 个元素。如未查找到 X 则显示相应信息提示。

界面设计如图 6.11 所示（窗体上部的信息是后产生的）。

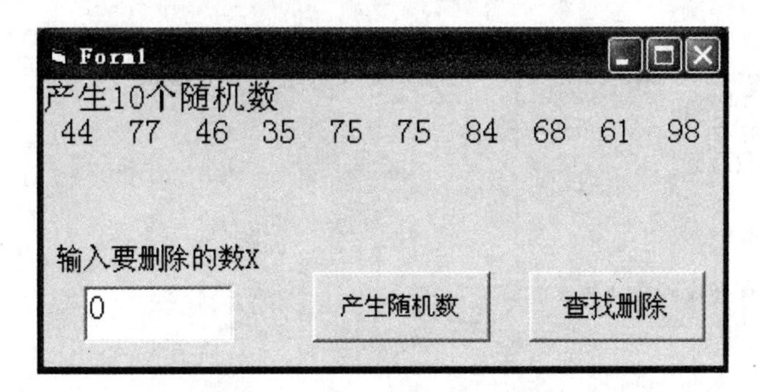

图 6.11　例 6.14 程序启动界面

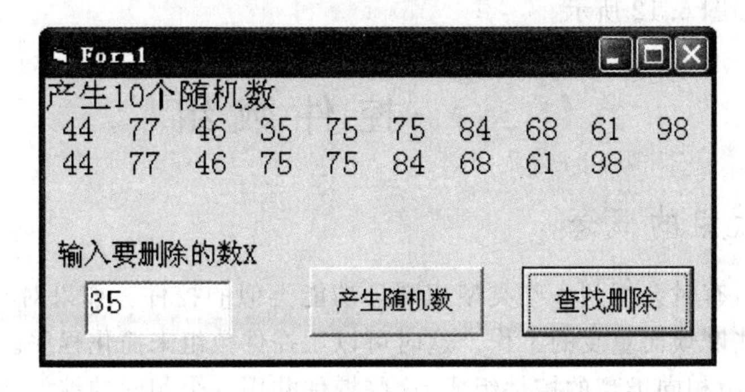

图 6.12　例 6.14 程序运行结果

代码设计如下：

```
Dim c() AS Integer,n  As integer
Private Sub Command1_Click()
   Cls
Print "产生 10 个随机数"
   Randomize
   n=10
ReDim c(1 To n)
For I=1 To n
    c(I)=Int(Rnd * 71+30)
    Print c(I);
Next I
   Print
End Sub
Private Sub Command2_Click()
```

```
m=0
x=Val(Text1.Text)
 For I=1 To n
  If x=c(I) Then Exit For
 Next I
 If I <>11 Then                    ' i<>11 表示查找到 x
   For m=I+1 To 10                 ' 后面的数顺序前移
     c(m-1)=c(m)
   Next m
   ReDim Preserve c(1 To n-1)      ' 重新定义数组为 9 个元素
   For I=1 To n-1
     Print c(I);
   Next I
 Else
  Print "没有查找到数 " & x
 End If
End Sub
```

程序运行后,单击**产生随机数**按钮,结果如图 6.11 所示。输入要删除的数 35 后,单击**查找删除**按钮,结果如图 6.12 所示。

6.5 控件数组

6.5.1 控件数组的概念

在实际应用中,有时会用到一些类型相同且功能类似的控件。如果对每一个控件都单独处理,就会多做一些麻烦而重复的工作。这时可以用控件数组来简化程序。

控件数组由一组相同类型的控件组成,这些控件共用一个相同的控件名字,并且绝大部分的属性也相同,共享同样的事件过程;但有一个属性不同,即 Index 属性的值不同。

控件数组中各个控件相当于普通数组中的各个元素,这些控件由控件数组的下标来区别,而下标由每个控件的唯一标识的索引号 Index 来标示,Index 属性就相当于普通数组中的下标,通过 Index 就可以区别控件数组元素。

当建立控件数组时,系统给每个元素赋一个唯一的索引号(Index),通过属性窗口的 Index 属性可以知道该控件的下标是多少,第一个元素下标是 0。

比如,假设有一个包含三个按钮的控件数组 Command1,它的三个元素就是 Command1(0), Command1(1),Command1(2)。不管单击哪一个按钮,都会调用同一个单击事件 Click 过程。为了区分是哪个按钮触发了 Click 事件,VB 会把触发该事件的控件的下标 Index(索引值)传给过程。

一个控件数组至少包含一个元素,最多可达 32768 个。

例 6.15 在下面的程序中显示控件数组下标 Index 的值。

设计如图 6.13 所示的界面,并编写如下的程序代码:

```
Private Sub Command1_Click(Index As Integer)
Dim S As String
```

```
S="控件数组下标是:" & Index
Text1.Text=S
  Select Case Index
  Case 0
  Label1.Caption="你单击了第  1  个按钮"
  Case 1
  Label1.Caption="你单击了第  2  个按钮"
  Case 2
  Label1.Caption="你单击了第  3  个按钮"
  End Select
End Sub
```

程序运行后，无论单击哪个按钮，都会触发该 Click 事件。如果单击中间那个按钮，结果如图 6.14 所示。

可以使用如下语句：

Label1.Caption="你单击了第 " & Index+1 & " 个按钮"

来替代例题中的 Select Case 语句，简化程序代码设计。

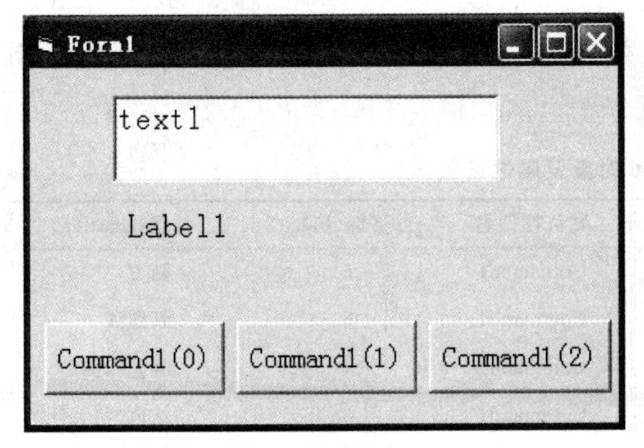

图 6.13 例 6.15 程序界面

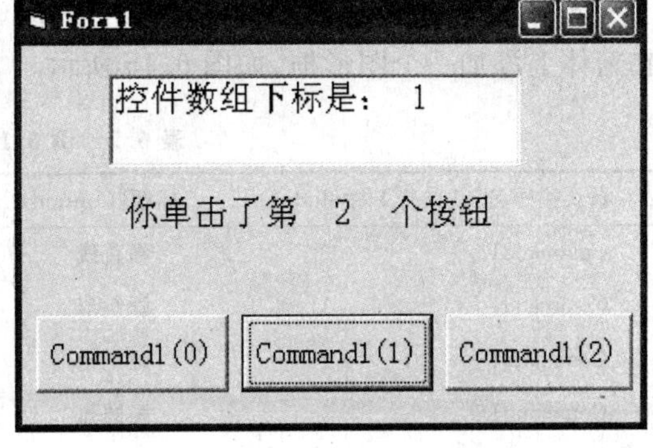

图 6.14 例 6.15 程序运行结果

6.5.2 控件数组的建立

1. 在设计时建立

在设计时建立控件数组的步骤如下：

(1) 在工具箱中选择控件对象，并在窗体上拖动画出控件对象，这是建立的控件数组中的第一个控件对象。如果该控件数组有一些公共属性需要设置，此时就要进行设置，以减少后续工作量。

(2) 选定该控件，进行复制和粘贴操作，系统会显示提示信息对话框(假设先画的是一个 Command1 命令按钮)：**已经有一个控件为"Command1"。创建一个控件数组吗？**单击是按钮后，就建立了一个控件数组元素，进行若干次粘贴操作，就建立了所需个数的控件数组元素。

(3) 对控件进行事件过程的编程。

2. 在运行时建立

在程序运行期间用 Load 方法添加控件数组，具体步骤如下：

(1) 在窗体上画出某个控件，设置数组的公共属性，将 Index 属性设置为 0，这时建立了控件数组的第一个元素(假设该控件 Name 属性为 Comm)。

(2) 编写程序代码。在适当的事件过程中，编写程序代码，用 Load 方法添加控件数组中的后续对象元素，其格式如下(添加的数组控件要设置 Visible，Left 和 Top 属性才能显示)：

```
Load  Comm(i)
```

其中 Comm 为数组名，i 为一个整型变量，为控件数组的第 i 个元素，对应于控件数组的下标(Index 值)。后续控件生成后，可以在程序代码中对其属性值进行修改。例如，

```
Comm(2).Caption="圆弧"
```

可实现在 Index 为 2 的控件上显示“圆弧”标记。

(3) 新添加的每个控件数组元素，需通过 Left 和 Top 属性的设置确定其在窗体中的位置，并将 Visible 属性设置为 true。

(4) 可以使用 Uload 方法删除某添加的数组元素，需要注意的是用 Uload 方法只能删除在程序运行中用 Load 方法添加的元素，而不能删除在设计过程中创建的控件。

(5) 在建立完数组后便可进行其他编程工作。

例 6.16 建立含有 9 个命令按钮的控件数组，当单击某个命令按钮时分别显示不同的图形和结束操作。

先在窗体上建立一个命令按钮控件数组(有 9 个数组元素)，名称及索引值见表 6.2，然后在窗体上添加一个图形框，如图 6.15 所示。

表 6.2 例 6.16 对象及属性设置

默认控件名	下标(Index)	标题(Caption)	默认控件名	下标(Index)	标题(Caption)
Command1	0	画直线	Command1	5	画方
Command1	1	画矩形	Command1	6	画螺线
Command1	2	画三角形	Command1	7	画艺术图
Command1	3	画圆弧	Command1	8	结束
Command1	4	画圆	Picture1	空白	

为命令按钮控件数组的对象编写如下代码：

```
Option Explicit
Private Sub Command1_Click(Index As Integer)
    dim i As Single,x As Single,y As Single
    dim r As Single,st As Single
    Picture1.Cls
    Select Case Index
Case 0
    Picture1.Print "画直线"
    Picture1.Line (-6,-6)-(8,8),RGB(0,0,0)    '黑色直线
Case 1
    Picture1.Print "画矩形"
    Picture1.Line (-6,2)-(6,7),RGB(0,250,0),BF '绿色矩形
Case 2
    Picture1.Print "画三角形"
```

```
        Picture1.Line (-5,5)-(0,-5),RGB(250,0,0)
        Picture1.Line (0,-5)-(5,5),RGB(250,0,0)
        Picture1.Line (5,5)-(-5,5),RGB(250,0,0) '红色三角形
    Case 3
        Picture1.Print "画圆弧"
        Picture1.Circle (0,0),9,RGB(0,0,250),-3.14/4,-3.14 '蓝色圆弧
    Case 4
        Picture1.Print "画圆"
        Picture1.Circle (0,0),7,RGB(50,50,150)  '深蓝色圆
    Case 5
        Picture1.Print "画方"
        Picture1.Line (-5,-5)-(5,5),,B
    Case 6
        Picture1.Print "画螺线"
        Picture1.Scale (-10,10)-(10,-10)
        Picture1.Line (0,11)-(0,-11)
        Picture1.Line (11,0)-(-11,0)
        For i=0 To 10 Step 0.0005
         y=i *Sin(i)
         x=i *Cos(i)
         Picture1.PSet (X,y)
        Next i
    Case 7
        Picture1.Scale (-10,10)-(10,-10)
        Picture1.Cls
        'Picture1.Print "画艺术图"
        r=4.5
        st=3.1415926/25
        For i=0 To 6.283185 Step st
         x=r *Cos(i)
         y=r *Sin(i)
         Picture1.Circle (x,y),r *0.9,RGB(50,50,150)
        Next i
    Case Else
        End
    End Select
    End Sub
    Private Sub Form_Load()
        Picture1.Scale (-10,10)-(10,-10)       '设置坐标系
    End Sub
       End Sub
```

程序运行后，分别单击**圆弧**、**螺线**、**艺术图**三个按钮，得到的结果如图 6.15 所示。

例 6.17 在程序运行期间添加控件数组。

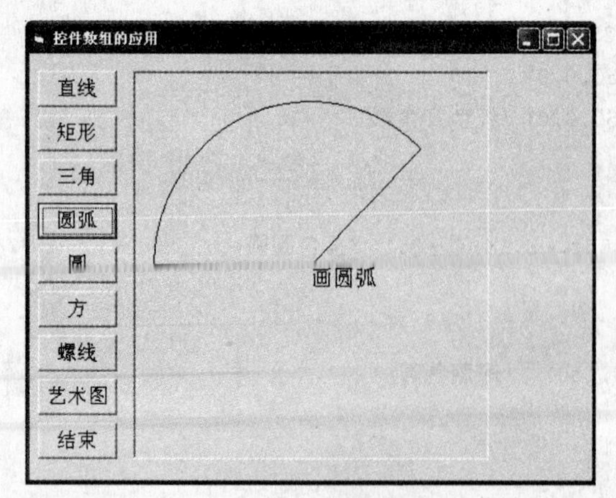

（a）圆弧

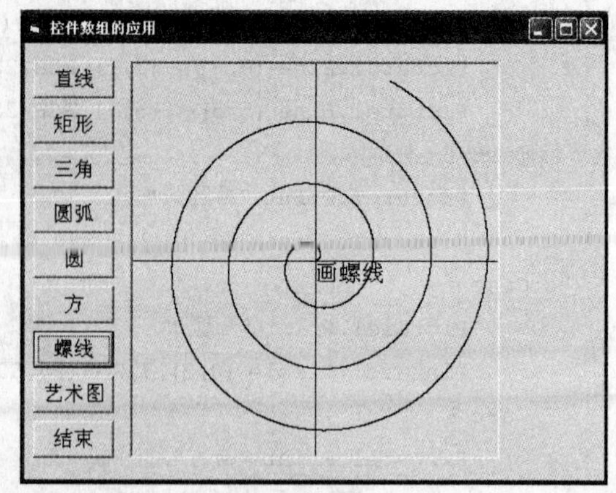

（b）螺线

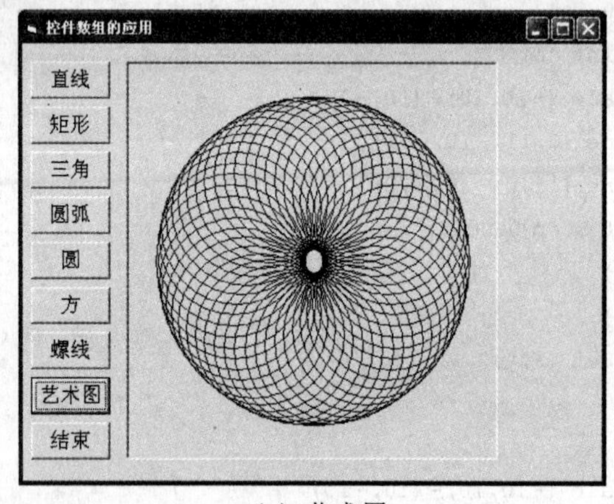

（c）艺术图

图 6.15　例 6.16 程序运行结果

在窗体上添加一个命令按钮对象，设置其基本属性见表 6.3。界面如图 6.16 所示（下面一排按钮是程序运行后添加上去的）。

表 6.3　例 6.17 对象及属性设置

控件名	Name	Index	Caption	Height	Width	Left	Top
命令按钮	Comm	0	控件数组	500	1000	250	250

编写控件组 Comm 程序代码如下：

```
Private Sub Comm_Click(Index As Integer)
Static i%,j%
i=i+1
j=j+1100
Load Comm(i)
Comm(i).Left=j
Comm(i).Top=1500
Comm(i).Caption="第" & i & "个按钮"
Comm(i).Visible=True
End Sub
```

设计阶段，在窗体上画出一个命令按钮，并将其 Index 属性设置为 0。程序运行后，单击**控件数组**按钮，窗体上添加第一个按钮控件组成员。之后随便单击在窗体上出现的任何一个控件数组按钮，都会在窗体上添加一个隶属于该控件数组的命令按钮，其显示如图 6.16 所示。

由此也可以看到，一个控件数组中的任何一个对象都能响应同一个事件。

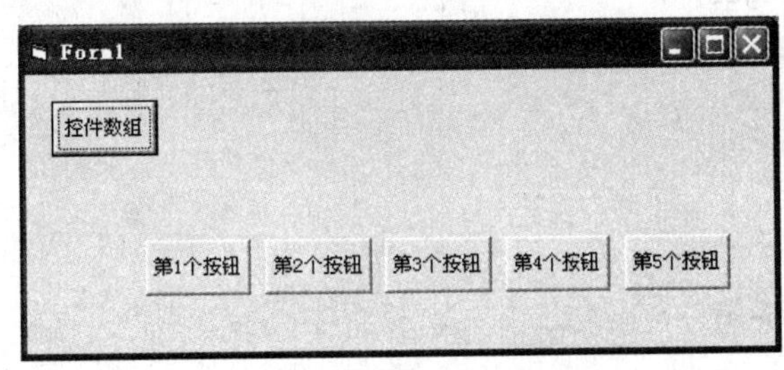

图 6.16　例 6.17 程序运行结果

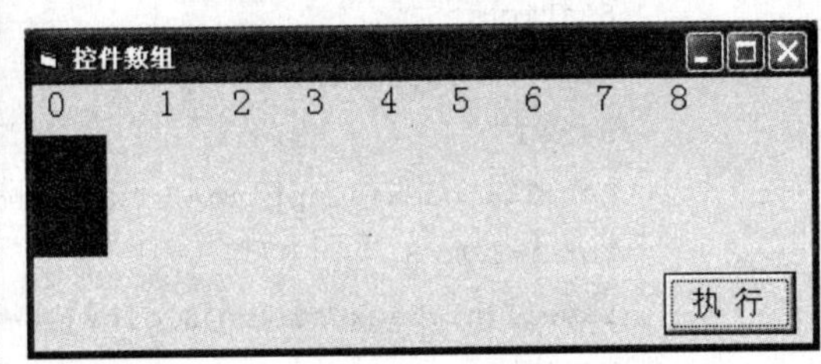

图 6.17　例 6.18 程序启动界面

例 6.18　在窗体上建立一标签控件数组，每个标签显示不同的颜色，设计界面如图 6.17 所示，运行界面如图 6.18 所示。要求：①设计时窗体上放 1 个 Label 控件，设置其 Index 属性为 0，BackColor 为黑色；②程序运行时单击按钮自动产生 8 个 Label 控件数组元素，BackColor 为不同颜色；③之后随意单击某个标签，改变其 BackColor 颜色，使每个标签显示其右边标签的颜色，并在单击的标签上显示其序号。

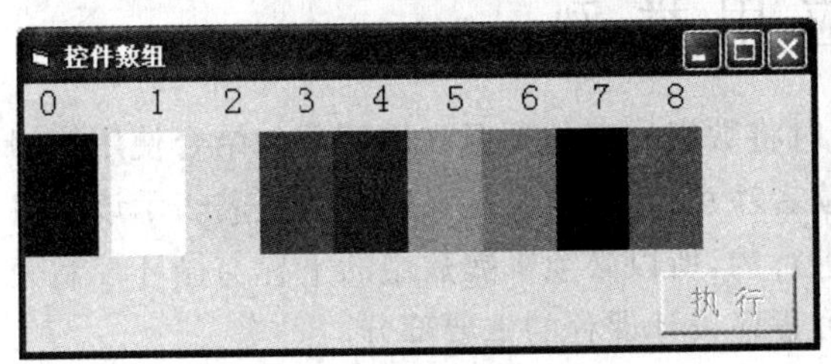

(a) 单击**执行**按钮后显示

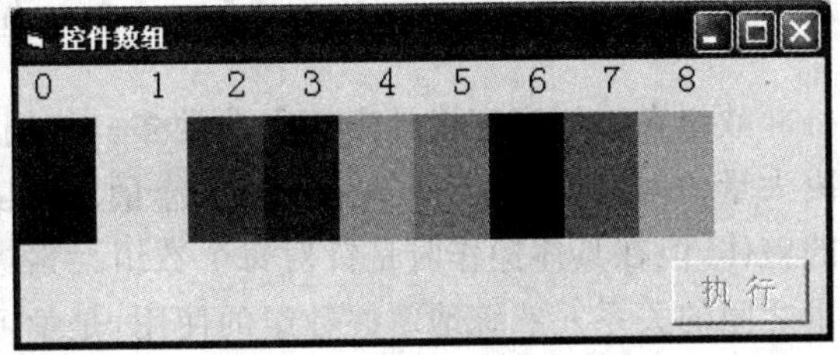

(b) 单击3号标签后显示

图 6.18　例 6.18 程序运行结果

控件数组有 9 个元素，为了编程方便，在设计时建立的第 0 个元素起一个模板的作用，在程序运行时产生下标为 1～8 的其余 8 个元素。这 8 个元素依次排列在同一行上，标签 BackColor 属性的赋值可以通过 QbColor(n)颜色函数来赋值，其中 n 的值为 0～15。

程序代码如下：

```
Option Explicit
Private Sub Command1_Click()
  Dim kleft As Integer,n As Integer
   kleft=700
   For n=1 To 8
    Load Label1(n)
    Label1(n).BackColor=QBColor(16-n)
    Label1(n).Visible=True
    Label1(n).top=400
    Label1(n).Left=kleft
    kleft=kleft+600
```

```
  Next n
  Command1.Enabled=false
End Sub

Private Sub Label1_Click(Index As Integer)
    Static s
    Dim n As Integer
    s=s+1
    Label1(Index).Caption=" " & Index
    For n=1 To 8
    Label1(n).BackColor=QBColor(16-n-s)
    Next n
    If s>7 Then s=0
End Sub
```

运行程序,单击命令按钮,在窗体上显示不同颜色的 0-8 号标签,如图 6.18(a)所示。单击 3 号标签,标签颜色前移,且 3 号标签上显示 **3**,如图 6.18(b)所示结果。

语句 **Command1. Enabled=false** 让控件产生后按钮无效,避免再次单击按钮时出错。

6.6 应用举例

数组在应用程序设计中用得非常多。使用时将数组元素的下标和循环语句结合使用能解决大量的问题,同时能降低编程的工作量。请读者注意的是,数组定义时用数组名表示该数组的整体,但在具体操作时是针对每个数组元素进行的,所以必须掌握数组的下标与循环控制变量之间的关系。熟练地掌握数组的使用,是学习程序设计课程的重要部分。

6.6.1 使用随机函数配合数组产生数据

例 6.19 用随机函数产生 20 个不小于 10 的两位正整数。

程序代码如下:

```
Private Sub Form_Click()
Dim a(20) As Integer,n As Integer
 Randomize
  For n=1 To 20
   x=Int(Rnd *100)
   While x <10             ' While 循环控制产生的数大于等于 10
     x=Int(Rnd *100)
   Wend
   a(n)=x
Print a(n);
If n Mod 5=0 Then Print:Print
Next n
```

运行程序,结果如图 6.19 所示。

例 6.20 在产生随机数时,有时不希望产生相同的数,如一个班级有 100 名同学,顺序编号 1～100 号。现要求随机挑选 50 个同学参加学校文艺晚会，编写程序，用随机函数产生 50 个不相同的 100 以内的序号来。

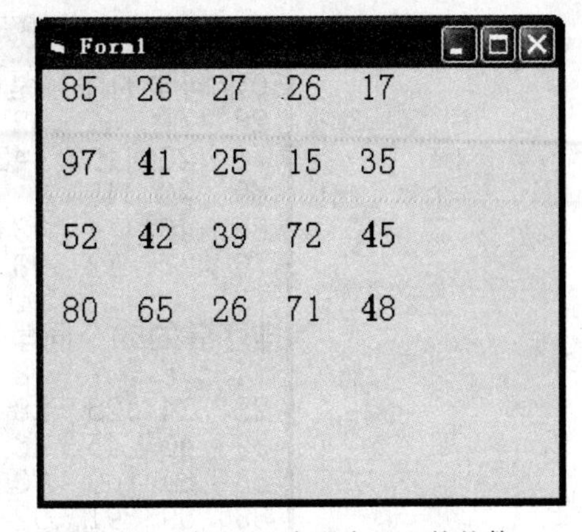

图 6.19 产生 20 个不小于 9 的整数

程序代码如下：

```
Private Sub Command1_Click()
Dim n As Integer,a(50) As Integer
Print "50个同学的序号是:"
Randomize
n=50                                    '挑选的同学人数
a(1)=Int(Rnd*100)+1                     '产生 1 到 100 间
                                         的随机整数
For I=2 To n
 P:  X=Int(Rnd*100)+1
     For j=1 To I-1                     'For 循环配合 goto 语句去掉重复产生的随机数
       If X=a(j) Then GoTo P:
     Next j
     a(I)=X                             '将产生的随机数赋给数组
     Print a(I);
     If I Mod 10=0 Then Print           '打印显示 10 个数一行
Next I
Print
Rem 为便于查看,将挑选出的序号排序,排序方法将在后面介绍
Print "排序后的 50 个同学的序号是:"
For I=1 To n
 M=I
     For j=I+1 To n
     If a(j)<a(M) Then M=j
 Next j
 If I <>M Then t=a(I):a(I)=a(M):a(M)=t
Next I
Rem 输出数组中序号
For I=1 To n
 If a(I)<10 Then Print " ";a(I);Else Print a(I);   '保证打印数据整齐
 If I Mod 10=0 Then Print
Next I
End Sub
```

运行程序，得到结果如图 6.20 所示。

6.6.2 数组排序

排序是将一组数按递增或递减的次序排列。排序的算法有许多，常用的有选择法、冒泡法、插入法、合并排序等，这里介绍选择法、冒泡法，其中最简单的是选择法。

1. 选择法排序

选择法排序是最为简单且容易理解的算法。假定有 n 个数的序列，要求按递增的次序排

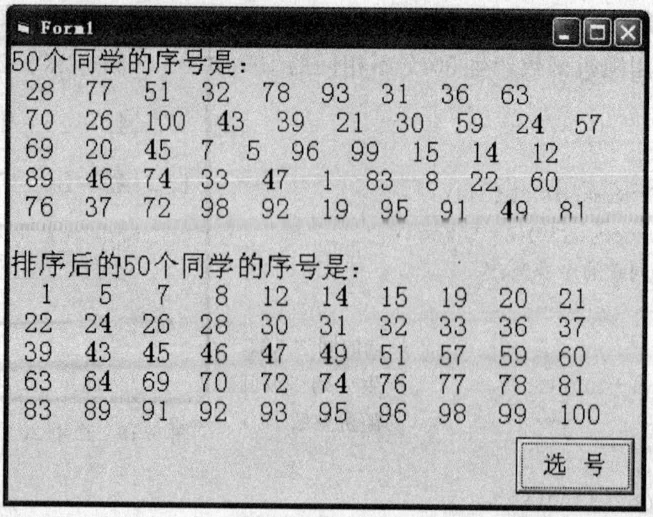

Form1

50个同学的序号是:
28 77 51 32 78 93 31 36 63
70 26 100 43 39 21 30 59 24 57
69 20 45 7 5 96 99 15 14 12
89 46 74 33 47 1 83 8 22 60
76 37 72 98 92 19 95 91 49 81

排序后的50个同学的序号是:
1 5 7 8 12 14 15 19 20 21
22 24 26 28 30 31 32 33 36 37
39 43 45 46 47 49 51 57 59 60
63 64 69 70 72 74 76 77 78 81
83 89 91 92 93 95 96 98 99 100

选 号

图 6.20　产生不相同的数

序,算法步骤如下:①用循环法从 n 个数中找到最小数的下标,循环完成后,将最小的数与第一个位置上的数交换位置;②选出的第一个数除外,其余 $n-1$ 个数再按步骤①的方法选出次小的数,并与第二个数交换位置;③重复以上步骤 $n-1$ 次,直到排好最后一个数止。

整个数组排序过程可以用两重循环实现。内循环功能是选择最小数,找到该数在数组中的有序位置;外循环共执行 $n-1$ 次,功能是将内循环选出的 $n-1$ 个数顺序排在 1,2,3,…,$n-1$位置上。

若要按递减次序排序,只要每次选最大的数即可。

例 6.21　用随机函数产生 100 以内的 10 个数,用选择法按递增顺序排序。

用随机函数产生 100 以内的 10 个不相同的两位正整数,存放到数组中去,然后对数组排序,程序代码编写如下:

```
    Private Sub Command1_Click()
    Dim i As Integer,j As Integer,k As Integer
    Dim m As Integer,n As Integer
    Dim A(10)
    Print "排序前的 10 个数据是:"
    Randomize
    For i=1 To 10
P:      x=Int(Rnd *100)+1
        If i=1 And x <10 Then GoTo P:
        For j=1 To i-1
           If x=A(j) Or x <10 Then GoTo P:
        Next j
        A(i)=x
        Print A(i);
     Next i
     Print
    Rem 下面对数组排序
```

```
    For i=1 To 9
      m=i                         '初始假定第 i 个元素最小
      For j=i+1 To 10             'j 在数组 i 至 10 个元素中选最小元素的下标
      If A(j)<A(m) Then m=j
      Next j
      Rem 在 i 至 10 个元素中选出的最小元素与第 i 个元素交换
      If i <>m Then k=A(i):A(i)=A(m):A(m)=k
    Next i
    Print "排序后的 10 个数据是:"
    For i=1 To 10
     Print A(i);
    Next i
    Print
End Sub
```

程序运行结果,如图 6.21 所示。

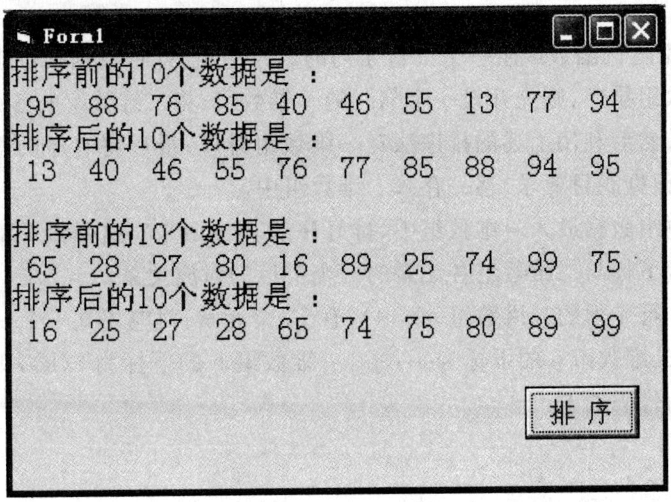

图 6.21　选择法排序

2. 冒泡法排序

冒泡法排序与选择法排序相似,选择法排序在每一轮排序时找最小(递增次序)数的下标,出了内循环(一轮排序结束),再交换最小数的位置;而冒泡法排序在每一轮排序时将相邻的数进行比较,当次序不对时就交换位置,出了内循环,最小数或最大数已经找出,再进入第二轮循环。

例 6.22　对上例的问题用冒泡法排序来实现。

编写程序如下:

```
Private Sub Command1_Click()
        Dim M%,n%,i%,J%,t%
        Dim A(10)
        Randomize
    For i=1 To 10
        A(i)=Int(Rnd *100)
    Next i
```

```
    Print "排序前的 10 个数据是:"
  For i=1 To 10
    Print A(i);
  Next i
  Print
   For i=1 To 9                          '冒泡法程序段开始,进行 9 轮比较
     For J=1 To 10-i
       If A(J)>A(J+1) Then          '前后两个元素两两比较,若次序不对即交换位置
         t=A(J):A(J)=A(J+1):A(J+1)=t
       End If
     Next J                              '每轮内循环排序结束,最小数已排到最上面
   Next i
     Print  "排序后的 10 个数据是:"
   For i=1 To 10
     Print A(i);
   Next i
  Print:   Print
  End Sub
```

例 6.23 利用随机函数产生一个 3 行 4 列的二维数组,并将数据按行顺序排序。

若要对二维数组排序,则先开设一个临时的一维数组,将二维数组的各元素逐一放入一维数组中,次序无关;然后利用上述的排序法对一维数组排序;最后将有序的一维数组的各元素按行或列的次序(根据题目要求)逐一存入二维数组中。

如何将二维数组数据放入一维数组中,排好序后再放回来?这是最关键的。主要是要找出一维数组各元素下标与二维数组各元素的两个下标的对应关系。

设建立一个 3 行 4 列的二维数组 a(3,4),有 12 个元素;对应建立一个一维数组 b(12),也是 12 个元素。设二维数组 a 的下标为 a(i,j),一维数组 b 的下标为 a(k),则有二维数组数据放入一维数组中的代码如下:

```
For I=1 To 3
  For J=1 To 4
    k=(I-1) *4+J
    B(k)=A(I,J)
  Next J
Next I
```

同样,将一维数组数据放入二维数组中的代码如下:

```
k=0
For I=1 To 3
  For J=1 To 4
    k=k+1
    A(I,J)=B(k)
  Next J
Next I
```

有了以上的转换代码,就可以完成以下的设计。在窗体上设置三个图片框和一个命令按钮,如图 6.22 所示。图片框 1 放置转换前的 a 数组;图片框 2 放置排序前后的一维 b 数组;图片框 3 放置排序后 a 数组;按钮控制执行全部转换排序操作。

代码设计如下：

```
Option Base 1
Dim A(3,4) As Integer,B(16) As Integer
Private Sub command1_Click()      '生成并显示 A、B 矩阵
Dim I%,J%
Picture1.Cls
Picture2.Cls
Picture3.Cls
Picture1.Print "被赋值后的 a 数组"
Randomize
For I=1 To 3
 For J=1 To 4
   A(I,J)=Int(Rnd * 90+10)
   Picture1.Print A(I,J);
  Next J
  Picture1.Print
 Next I

Picture2.Print "被赋值后的 b 数组"

Rem 将 a 数组的值按行顺序放入 B 数组
For I=1 To 3
 For J=1 To 4
   k=(I-1) * 4+J
   B(k)=A(I,J)
   Picture2.Print B(k);
  Next J
 Next I
 Picture2.Print

Rem B 数组排序
 For I=1 To 11
  m=I
  For J=I+1 To 12
   If B(J)<B(m) Then m=J
  Next J
  If I <>m Then k=B(I):B(I)=B(m):B(m)=k
 Next I
 Picture2.Print
 Picture2.Print "排序后的 b 数组"
 For I=1 To 12
  Picture2.Print B(I);
 Next I
```

```
Picture3.Print "排序完成后的 a 数组"
k=0
For I=1 To 3
 For J=1 To 4
  k=k+1
  A(I,J)=B(k)
  Picture3.Print A(I,J);
 Next J
Picture3.Print
Next I
```

运行程序,得到的结果如图 6.23 所示。

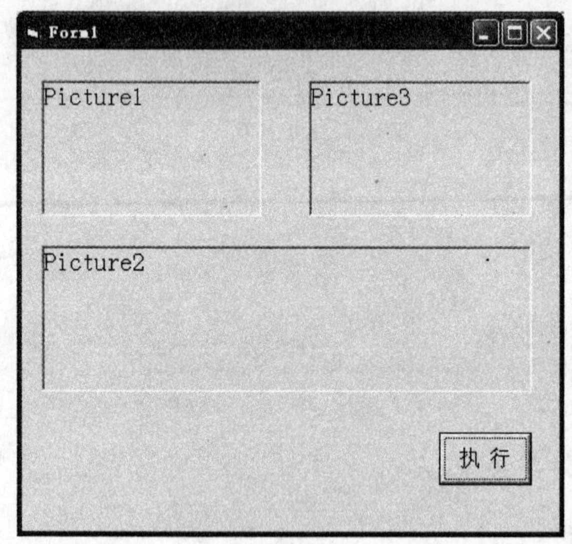

图 6.22 例 6.23 程序运行界面

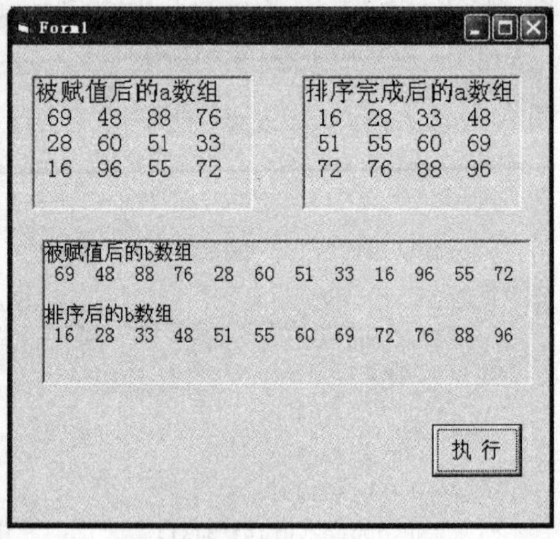

图 6.23 例 6.23 程序运行结果

6.6.3 显示杨辉三角形

例 6.24 输入整数 *n*,设计程序分别按直角三角形和等腰三角形显示,如图 6.24 所示。

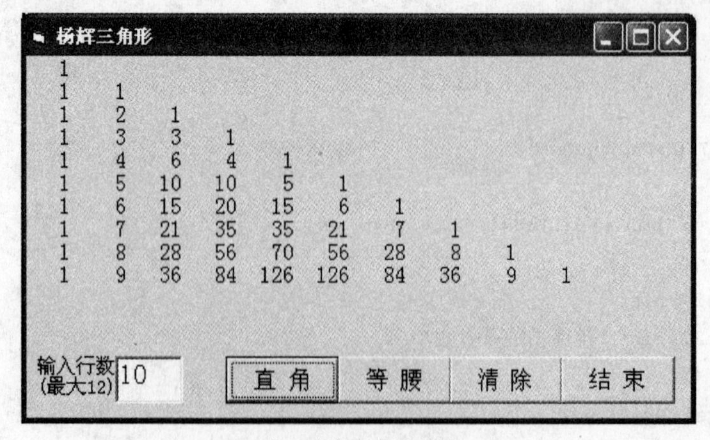

(a) 直角三角形显示

图 6.24 显示杨辉三角形

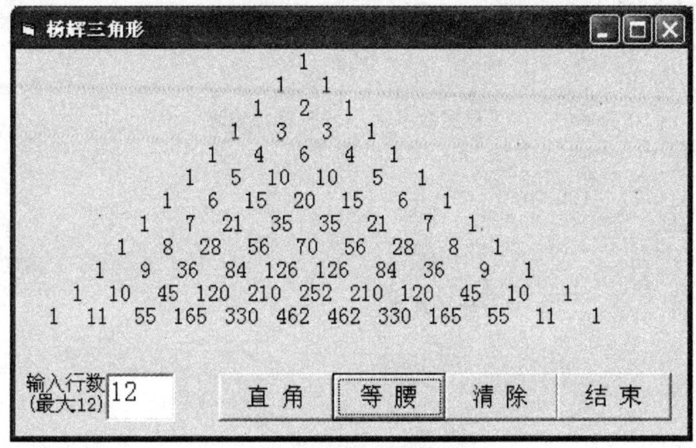

(b) 等腰三角形显示

图 6.24 显示杨辉三角形(续)

先定义一个二维数组,其中上三角各元素均为 0,对下三角各元素进行设置。第一列及对角线上均为 1,其余每一个元素正好等于它上面一行的与前一列的两个元素之和,即 A(I,j)=A(I-1,j-1)+A(I-1,j)。利用 Tab 函数定每行的起始位,利用两重循环显示上三角各元素。为便于控制,显示的内容在图形框中。

编写代码如下:

```
Option Explicit
Dim i%,J%,n%,A
Private Sub YangHui()       '自定义过程,将杨辉三角各数存入数组
If Text1="" Then  '若行数为空,退出过程
  Text1.SetFocus
  n=0
  Exit Sub
End If
n=Text1                    '行数存入 n,最多 12 行
If n>12 Then n=12:Text1="12"
 ReDim A(n,n)               '将动态数组 A 定义为 n 行 n 列的二维数组
 For i=1 To n                 '对角线和第一列为 1
  A(i,i)=1
  A(i,1)=1
 Next i
 For i=3 To n                 '其他数组元素赋值
  For J=2 To i-1
    '当前元素=双肩(上一行)二元素之和
    A(i,J)=A(i-1,J-1)+A(i-1,J)
  Next J
 Next i
End Sub
Private Sub Command1_Click()   '直角三角形
 YangHui                        '执行自定义过程
```

```
  If n=0 Then Exit Sub
  For i=1 To n                '输出杨辉三角
   For J=1 To i
    If A(i,J)<10 Then         '根据数字大小调整输出位置
     Print "  ";
    ElseIf A(i,J) <100 Then
     Print " ";
    End If
    Print A(i,J);             '输出数字
   Next J
   Print
  Next i
End Sub
Private Sub Command2_Click()  '等腰三角形
  YangHui                     '执行自定义过程
  If n=0 Then Exit Sub
  For i=1 To n              '输出杨辉三角
    Print Tab(26-i *2);     '改变各行起始位
    For J=1 To i
     If A(i,J)<10 Then   '根据数字大小调整输出位置
      Print " ";
     ElseIf A(i,J)<100 Then
      CurrentX=CurrentX+30
     Else
      CurrentX=CurrentX-60
     End If
     Print A(i,J);         '输出数字
    Next J
    Print
  Next i
End Sub
Private Sub Command3_cliCk()
  Cls
  Text1=""
  Text1.SetFocus
End Sub
Private Sub Command4_Click()
  End
End Sub
Private Sub Form_Load()
  Label1="输入行数" & vbCr & "(最大 12) "
End Sub
Private Sub Text1_KeyPress(KeyAscii As Integer)
  '若按键非数字键或回删键,则取消击键
```

```
  If Not IsNumeric(Chr(KeyAscii)) And KeyAscii <>vbKeyBack Then
   KeyAscii=0
  End If
End Sub
```

程序代码完成后，运行程序，得到结果如图 6.24 所示。

6.6.4 制作计算器

例 6.25 编写一个简易的能实现计算功能的计算器程序。

建立一个窗体，在窗体上建立如图 6.25(a)的控件对象，其中数字 0～9 按钮和四则运算符号"＋ － * /"按钮分别使用控件数组建立，用两个标签来显示输入的数据及运算结果，其主要对象的属性值见表 6.4。

表 6.4 例 6.25 对象及属性设置

控件	Name	Caption	BorderStyle	Alignment	功 能
标签	Label1		1	1	
	Label2		1	1	
命令按钮	Command1				数字按键控件数组 10 个
	Command2				算术运算控件数组 4 个
	Command3	=			
	Command4	恢复			

编写代码如下：

```
Option Explicit
Dim Num(1) As Long
Dim.flag As Integer
Dim opt
Dim i As Integer

Private Sub Command1_Click(Index As Integer)
  Label2.Caption=""
  Label1.Caption=Label1.Caption & Index
  Num(flag)=Num(flag) *10+Index
End Sub

Private Sub command3_Click()
  If Num(1)=0 And opt=4 Then:Command2_Click:Exit Sub
 Select Case opt
  Case 1:Label2.Caption=Str(Num(0)+Num(1))
  Case 2:Label2.Caption=Str(Num(0)-Num(1))
  Case 3:Label2.Caption=Str(Num(0) *Num(1))
  Case 4:Label2.Caption=Str(Num(0)/Num(1))
 End Select
Label2.Caption="=" & Label2.Caption
```

```
    Num(1)=0
    Num(0)=0
   For i=0 To 9
    Command3(i).Enabled=false
   Next i
   Command4.Enabled=false
   flag=0
   Exit Sub
  End Sub

  Private Sub Command2_Click(Index As Integer)
    Select Case Index
     Case 1
      Label1.Caption=Label1.Caption & "+":
     Case 2
      Label1.Caption=Label1.Caption & "-":
     Case 3
      Label1.Caption=Label1.Caption & "*":
     Case 4
      Label1.Caption=Label1.Caption & "/":
    End Select
    opt=Index
    flag=1
    For i=1 To 4
     Command1(i).Enabled=false
    Next i
  End Sub

  Private Sub Command4_Click()
  Num(0)=0
  Num(1)=0
  flag=0
   For i=1 To 4
    Command1(i).Enabled=true
   Next i
   For i=0 To 9
    command3(i).Enabled=true
   Next i
   command4.Enabled=true
  Label1.Caption=""
  Label2.Caption=""
  End Sub

  Private Sub Form_Load()
```

```
    Num(0)=0
    Num(1)=0
    flag=0
End Sub
```

运行界面如图 6.25(a)所示。输入 100＋20,单击“＝”按钮,结果显示为**120**,如图 6.25(b)所示。此时所有按钮全部无效,单击**恢复**按钮,又恢复到图 6.25(a)所示画面。

如果输入的除数为 0,如图 6.25(d)所示,单击“＝”按钮,仍将恢复到图 6.25(a)所示画面。

该计算器操作比较简单,读者可以应用前面章节所学的知识进一步完善计算器的功能。

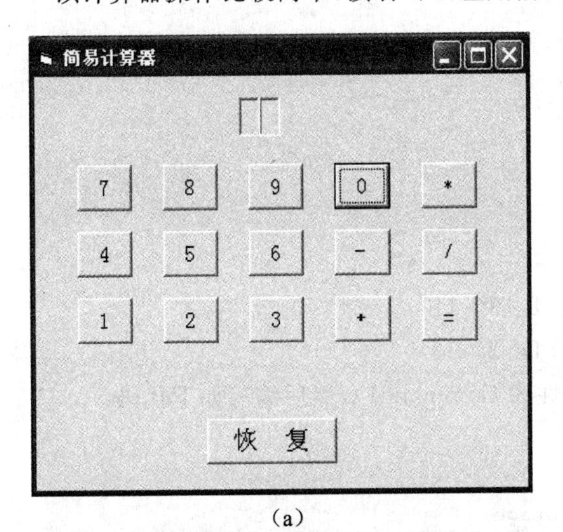

(a)

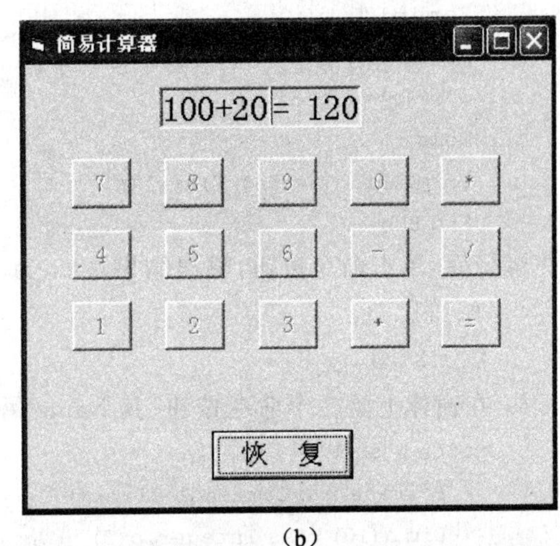

(b)

(c)

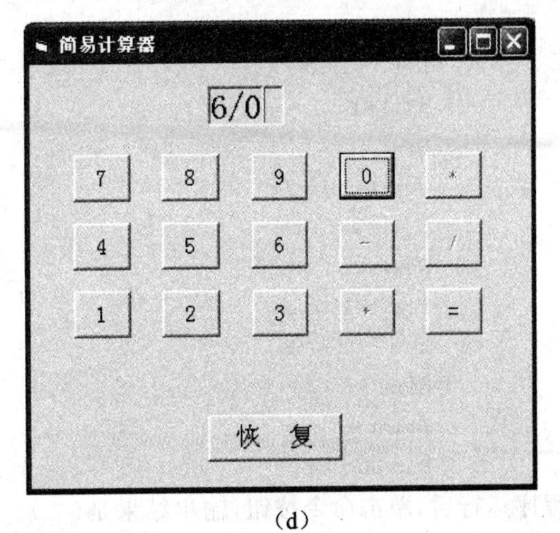

(d)

图 6.25　简易计算器

习　题　6

一、单选题

1. 用下面的语句所定义的数组的元素个数是(　　)。

```
Dim  A(-3 To 5)As Integer
```

A. 6　　　　　　　　B. 7

C. 8　　　　D. 9

2. 用下面的语句所定义的数组的元素个数是(　)。

```
Dimau(3 To 5,-2 To 2)
```

A. 20　　　　B. 12

C. 15　　　　D. 24

3. 在窗体上画一个命令按钮(其 Name 属性为 Command1),然后编写如下代码:

```
Private Sub Command1_Click()
  Dim Arr1(10)  As Integer,arr2(10)   As Integer
  n=3
  For i=1 To 5
  Arr1(i)=i
  arr2(n)=2 *n+i
  Next i
  Form1.Print arr2(n);Arr1(n)
  End Sub
```

程序运行后,单击命令按钮,输出结果是(　)。

A. 11　3　　　　B. 3　11

C. 13　3　　　　D. 3　13

4. 在窗体上画一个命令按钮(其 Name 属性为 Command1),然后编写如下代码:

```
Option Base 1
    Private Sub Command1_Click()
    Dim a(10)  As Integer,p(3)   As Integer
    k=5
    For i=1 To 10
    a(i)=i
    Next i
    For i=1 To 3
    p(i)=a(i+i)
    Next i
    For i=1 To 3
    k=k+p(i) *2
    Next i
    Print k
    End Sub
```

程序运行后,单击命令按钮,输出结果是(　)。

A. 35　　　　B. 28

C. 33　　　　D. 29

5. 在窗体上画一个命令按钮(其 Name 属性为 Command1),然后编写如下代码:

```
Option Base 1
 Private Sub Command1_CLick()
 Dim a
 a=Array(1,2,3,4)
 J=1
```

```
For i=4 To 1 Step-1
S=S+a(i) *J
J=J+10
Next i
Print S
End Sub
```

运行程序后,单击命令按钮,输出结果是(　)。

A. 4321　　B. 12

C. 34　　D. 110

6. 在窗体上画一个命令按钮(其 Name 属性为 Command1),然后编写如下代码:

```
Option Base 1
Private Sub Command1_Click()
   Dim a(4,4)
    For i=1 To 4
    For J=1 To 4
      a(i,J)=(i-1) *3+J
    Next J
   Next i
   For i=3 To 4
   For J=3 To 4
   Print a(J,i);
   Next J
   Print
   Next i
   End Sub
```

程序运行后,单击命令按钮,输出结果为(　)。

A. 6　9
　7　10

B. 7　10
　8　11

C. 9　12
　10　13

D. 8　11
　9　12

7. 在窗体上画一个名称为 Text1 的文本框和一个名称为 Command1 的命令按钮,然后编写如下事件过程:

```
Private Sub Command1_Click()
Dim array1(10,10) As Integer
Dim i As Integer,j As Integer
For i=1 To 3
For j=2 To 4
  array1(i,j)=i+j
Next j
Next i
Text1.Text=array1(2,3)+array1(3,4)
End Sub
```

程序运行后,单击命令按钮,在文本框中显示的值是(　)。

A. 12　　　　B. 13

C. 14　　　　D. 15

8. 在窗体上画一个命令按钮,其名称为 Command1,然后编写如下事件过程:

```
    Private Sub Command1_Click()
Dim a1(4,4),a2(4,4)
For i=1 To 4
For j=1 To 4
a1(i,j)=i+j
a2(i,j)=a1(i,j)+i+j
Next j
Next i
Print a1(3,3);a2(3,3)
End Sub
```

程序运行后,单击命令按钮,在窗体上输出的是(　)。

A. 6　6　　　　B. 6　12

C. 7　21　　　　D. 10　5

9. 有如下程序:

```
Option Base 1
Private Sub Form_Click()
Dim arr,Sum
Sum=0
arr=Array(1,3,5,7,9,11,13,15,17,19)
For i=1 To 10
If arr(i)/3=arr(i) \ 3 Then
Sum=Sum+arr(i)
End If
Next i
Print Sum
End Sub
```

程序运行后,单击窗体,输出结果为(　)。

A. 25　　　　B. 26

C. 27　　　　D. 28

10. 在窗体上画一个命令按钮,然后编写如下事件过程:

```
Private Sub Command1_Click()
Dim a(5) As String
For i=1 To 5
 a(i)=Chr(Asc("A")+(i-1))
Next i
Print
For i=1 To 5
 Print a(i);
Next
End Sub
```

程序运行后,单击命令按钮,输出结果是( )。

A. ABCDE　　　　B. 1 2 3 4 5

C. abcde　　　　D. 出错信息

11. 假定建立了一个名为 Command1 的命令按钮数组,则以下说法中错误的是( )。

A. 数组中每个命令按钮的名称(Name 属性)均为 Command1

B. 数组中每个命令按钮的标题(Caption 属性)都一样

C. 数组中所有命令按钮可以使用同一个事件过程

D. 用名称 Command1(下标)可以访问数组中的每个命令按钮

12. 在窗体上画一个名称为 Label1 的标签,然后编写如下事件过程:

```
Private Sub Form_Click()
 Dim arr(10,10) As Integer
 Dim i As Integer,j As Integer
 For i=2 To 4
 For j=2 To 4
 arr(i,j)=i*j
 Next j
 Next i
 Label1.Caption=Str(arr(2,2)+arr(3,3))
End Sub
```

程序运行后,单击窗体,在标签中显示的内容是( )。

A. 12　　　　B. 13

C. 14　　　　D. 15

13. 阅读程序:

```
   Option Base 1
Dim arr() As Integer
Private Sub Form_Click()
 Dim i As Integer,j As Integer
 ReDim arr(3,2)
 For i=1 To 3
 For j=1 To 2
 arr(i,j)=i*2+j
 Next j
 Next i
 ReDim Preserve arr(3,4)
 For j=3 To 4
 arr(3,j)=j+9
 Next j
 Print arr(3,2)+arr(3,4)
End Sub
```

程序运行后,单击窗体,输入结果为( )。

A. 21　　　　B. 13

C. 8　　　　D. 25

14. 在窗体上画一个名称为 Command1 的命令按钮,然后编写如下程序:

```
  Option Base 1
Private Sub Command1_Click()
 Dim c As Integer,d As Integer
 d=0
 c=6
 x=Array(2,4,6,8,10,12)
 For i=1 To 6
 If x(i)>c Then
 d=d+x(i)
 c=x(i)
 Else
 d=d-c
 End If
 Next
 Print d
End Sub
```

程序运行后,如果单击命令按钮,则在窗体上输出的内容为(　)。

A. 10　　B. 16

C. 12　　D. 20

15. 在窗体上画一个命令按钮(其 NAME 属性为 Command1),然后编写如下代码:

```
  Option Base 1
Private Sub Command1_Click()
 Dim a
 S=0
 a=Array(1,2,3,4)
 j=1
 For i=4 To 1 Step-1
 S=S+a(i) *j
 j=j *10
 Next i
 Print S
End Sub
```

运行上面的程序,单击命令按钮,其输出结果是(　)。

A. 4321　　B. 1234

C. 34　　D. 12

16. 在窗体上画四个文本框,并用这四个文本框建立一个控件数组,名称为 Text1(下标从 0 开始,自左至右顺序增大),然后编写如下事件过程:

```
Private Sub Command1_Click()
 For i=0 To 3
 Text1(i)=Text1(i).Index+2
Next
End Sub
```

程序运行后，单击命令按钮，四个文本框中显示的内容分别为(　)。

A. 0 1 2 3　　　　B. 1 2 3 4

C. 2 3 4 5　　　　D. 出错信息

17. 在窗体上画一个名称为 Command1 的命令按钮，然后编写如下程序：

```
Private Sub Command1_Click()
Dim i As Integer,j As Integer
Dim a(10,10) As Integer
For i=1 To 3
For j=1 To 3
a(i,j)=(i-1) *3+j
Print a(i,j);
Next j
Print
Next i
End Sub
```

程序运行后，单击命令按钮，窗体上显示的是(　)。

A. 123
246
369

B. 234
345
456

C. 147
258
369

D. 123
456
789

18. 设有如下程序：

```
Option Base 1
Private Sub Form_Click()
Dim a
Dim i As Integer
a=Array(1,2,3,4,5,6,7,8,9)
For i=0 To 3
Print a(5-i);
Next
End Sub
```

程序运行后，单击窗体，则在窗体上显示的是(　)。

A. 4 3 2 1　　　　B. 5 4 3 2

C. 6 5 4 3　　　　D. 7 6 5 4

二、填空题

1. 控件数组的名字由________属性指定，而数组中的每个元素由________属性指定。

2. 由 Array 函数建立的数组的名必须是________类型。

3. 在窗体上画一个命令按钮(其 Name 属性为 Command1)，然后编写如下代码：

```
Option BaSe 1
Private Sub Command1 C1iCk()
  Dim M(10) As Integer
```

```
For k=1 TO 10
M(k)=12-k
Next k
X=6
Print M(2+M(X))
End SUb
```

程序运行后,单击命令按钮,输出结果是________。

4. 在窗体上画一个命令按钮(其 Name 属性为 Command1),然后编写如下代码:

```
Option BaSe 1
Private Sub Command1 Click()
Dim a(5,5)
For i=1 To 3
For J=1 To 4
a(i,j)=i*J
Next j
Next i
For n=1 To 2
For M=1 TO 3
Print a(M,n);
Next M
Next n
End Sub
```

程序运行后,单击命令按钮,输出结果是________。

5. 设有如下程序,其功能是用 Array 函数建立一个含有 8 个元素的数组,然后查找并输出该数组中各元素的最小值。填空完成程序代码。

```
Option Base 1
Private Sub Command1_Click()
 Dim arr1
 Dim Min As Integer,i As Integer
 arr1=Array(12,435,76,-24,78,54,866,43)
 Min=________
 For i=2 To 8
 If arr1(i)<Min Then ______________
 Next i
 Print "最小值是:";Min
End Sub
```

6. 设有如下程序,程序运行后,输入三个整数,程序将输出三个数中的中间数,如图 6.26 所示。填空完成程序代码。

```
Option Base 1
Private Sub Form_Click()
Dim a(3) As Integer
Print "输入的数据是:";
For i=1 To 3
```

```
a(i)=InputBox("输入数据")
Print a(i);
Next
If a(1) <a(2) Then
t=a(1):a(1)=a(2):a(2)=______
End If
If a(2)>a(3) Then
  M=a(2)
ElseIf a(1)>a(3) Then
  M=________
Else
  M=__________
End If
Print "中间数是:";M
End Sub
```

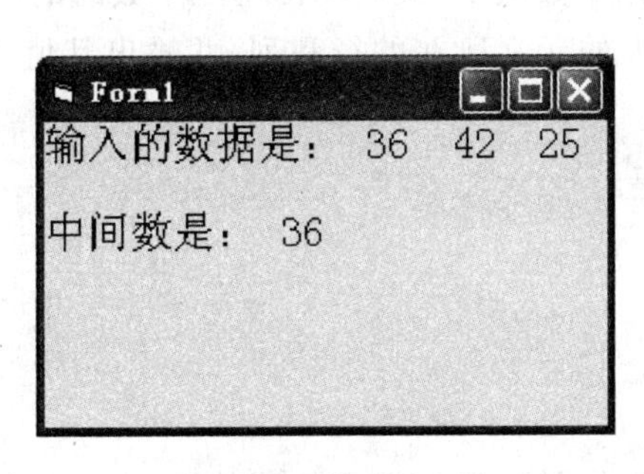

图 6.26　填空题 6 图

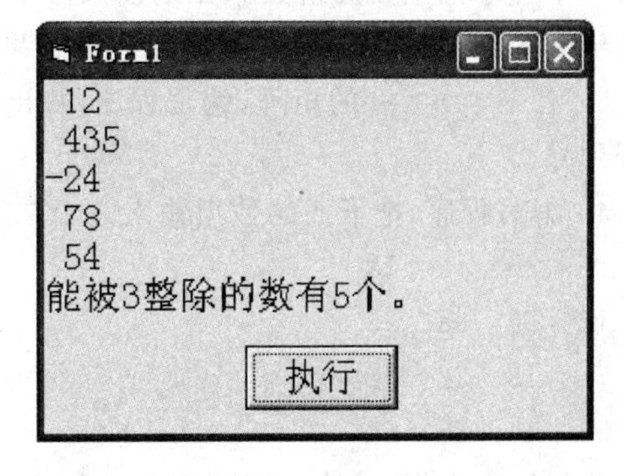

图 6.27　填空题 7 图

7. 设有如下程序，其功能是查找并输出该数组中能被 3 整除的元素及个数，如图 6.27 所示。填空完成程序代码。

```
Option Base 1
Private Sub Command1_Click()
Dim arr1
 Dim n As Integer,i As Integer
 arr1=Array(12,435,76,-24,78,54,866,43)
 n=0
 For i= ________ To 8
  If arr1(i) Mod 3=0 Then
     Print arr1(i)
   ____________
 endif
 Next
 Print "能被 3 整除的数有" & n & "个."
End Sub
```

8. 数组定义语句 Dim X(10) As String 定义了一个数组，其中数组的名称是________，类型是________，数组元素的个数是________，最小的下标序号是________，数组中第三个数组元素是________。

9. 要使用 Array 函数为 Max 的数组元素初始化，如初始化为三个元素 3,5,7，语句格式为 Dim ________。

10. 静态数组变量与非静态数组变量的主要区别在于在定义该静态数组变量的程序运行结束后，该变量所占据的________并不立即释放；只有________________时，被占据的内存空间才会被释放。

三、编程题

1. 从键盘上输入 10 个整数，并放入一个一维数组中，然后将其前 5 个元素与后 5 个元素对换，即第一个元素与第 10 个元素互换，第二个元素与第 9 个元素互换……第 5 个元素与第 6 个元素互换。分别输出数组原来各元素的值和对换后各元素的值。

2. 设有如下两组数据：

A:2,8,7,6,4,28,70,25

B:79,27,32,41,57,66;78,80

编写一个程序把上面两组数据分别读入两个数组中，然后把两个数组中对应下标的元素相加，即 2+79,8+27,…,25+80，并把相应的结果放入第三个数组中，最后输出第三个数组的值。

3. 有一个 $n\times m$ 的矩阵，编写程序，找出其中最大的元素所在的行和列，并输出其值及行号和列号。

4. 编写程序，把下面的数据输入一个二维数组中：

```
25  36  78  13
12  26  88  93
75  18  22  32
56  44  36  58
```

然后执行以下操作：①输出矩阵两个对角线上的数；②分别输出各行和各列的和；③交换第一行和第三行的位置；④交换第二列和第四列的位置；⑤输出处理后的数组。

5. 编写程序，建立并输出一个 10×10 的矩阵数组，要求该矩阵数组对角线元素为 1，其余元素均为 0。

6. 约瑟夫问题，m 个人围成一圈，从第一个人开始报数，数到第 n 个人退出圈外。再由下一个人开始报数，数到 n 个人出圈……编写程序，输出依次出圈的人的编号的值预先给出，n 的值由 InputBox 语句输入。

7. 编写程序计算任意一个十进制数 n 的各位数字之和。

8. 输入 n 个学生的成绩，编写程序，要求统计各个分数段的学生人数，并要求按大小顺序输出各个分数段的人数。分数分段依据是按每 10 分一个分段，如 90 分及以上、80 分及以上……低于 60 分为一个分段。

9. 输入一串字符，统计各个字符出现的次数，大小写字母不区分，效果如图 6.26 所示。

10. 调用随机函数，产生 n 个随机数，放入数组中，数组中的数无序。不断由键盘输入 X，每输入一个 X，就从数组中删除与 X 相同的所有元素。

第7章 过　程

在程序设计中,通常总是将一个较大的工程根据其中不同的功能划分成若干个功能模块,这些小项目称为子程序。程序设计中使用子程序的好处在于:①可以更容易地检查代码中的错误,因为每个子程序可以分别进行检查;②子程序一旦调试成功,可以多次调用,因此对于不断重复或需要共享的代码,将它们设计为子程序是非常有效的。在VB中,这些子程序称为过程,VB所提供的过程实现了程序设计的模块化。

在VB 6.0中的过程有两种:一是系统提供的内部函数过程以及事件过程;二是用户自定义过程:①以Sub保留字开始的子过程;②以Function保留字开始的函数过程;③以Property保留字开始的属性过程;④以Event保留字开始的事件过程。

本章中主要讲述以Sub保留字开始的子过程和以Function保留字开始的函数过程,并介绍鼠标、键盘等常用的事件及过程的使用。

子过程与函数过程的区别在于:①子过程较为灵活,可以带参数,也可以不带参数,而且不返回值;②函数通常都要求带参数,并有返回值。

7.1 事件过程

一个对象(如窗体)能够识别多少种"事件"(如单击、双击等)是预定的,一旦发生了某个事件并且需要作出反应或处理时,就必须设计相应的事件过程(即处理程序),而事件过程的框架(或格式)通常是由VB创建的,不能增加或删除;但事件过程的具体语句内容则是由程序设计者根据处理的需要加入的。

事件过程的语法格式为

```
Private  Sub 对象名_事件名(参数表)
    语句
    ......
EndSub
```

前几章介绍的程序都是在事件过程中编写的。

7.2 子　过　程

子过程必须由程序设计者在窗体模块或标准模块中创建,可被其他事件过程调用。在窗体模块中的子过程可以在所属窗体范围内调用,在标准模块中的子过程可以被程序项目中的任何模块或窗体的事件过程或其他过程所调用;子过程可用两种方式创建。

7.2.1 子过程的创建

1. 使用"添加过程"对话框创建

(1) 打开需要创建过程的模块的代码编辑窗口。

(2) 执行**工具**菜单中**添加过程**命令，弹出**添加过程**对话框，如图 7.1 所示。

(3) 在对话框中输入过程名；选择类型、范围等。

(4) 单击**确定**按钮。

上述步骤只是在模块中建立了过程的框架，过程(程序)的语句是由程序设计者根据需要加入的。

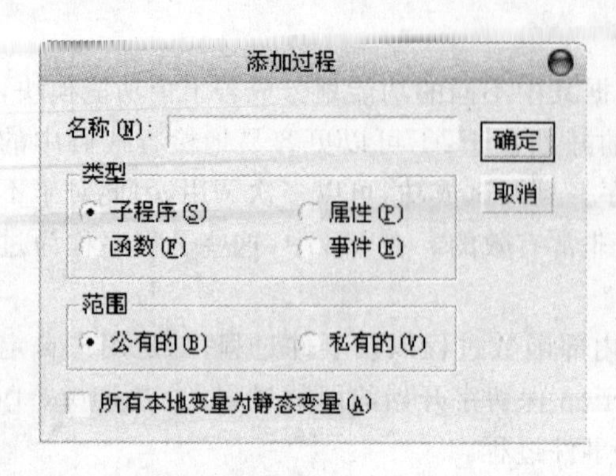

图 7.1 **添加过程**对话框

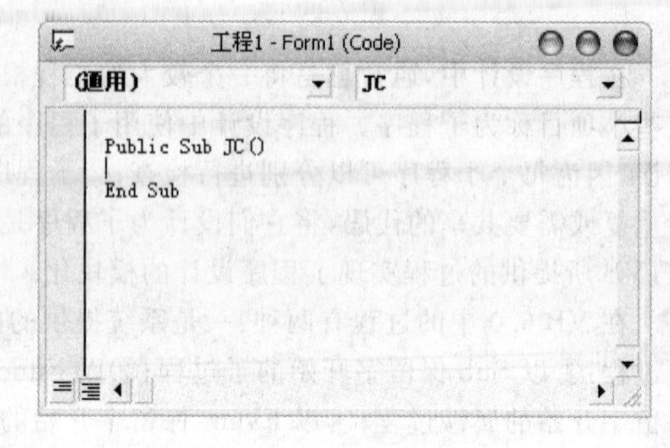

图 7.2 代码编辑器窗口

2. 在代码编辑窗口创建

此方法是由程序设计者直接在代码编辑窗口按照 VB 程序中过程的格式键入完整的过程。如图 7.2 所示。

7.2.2 定义格式与过程参数

通用过程的定义格式为

```
[Static][Public|Private]Sub 子过程名[(参数表)]
        [语句序列]
        [Exit  Sub]
        [语句序列]
    End  Sub
```

(1) 子过程必须以 Sub 开始，End Sub 结束。

(2) 过程名的命名规则与变量名的命名规则相同。由于自定义函数也是过程的一种，所以同一个模块内，同一名称不能既作 Sub 过程名，又作 Function 函数过程名。

(3) Public 为全局(公有)过程；Private 为局部(私有)过程；二者选其一，默认为 Public。有关全局过程和局部过程的知识将在后面介绍。

(4) Static 用来说明在过程中使用的局部变量在内存中的默认存储方式，如果使用了 Static，则表示在过程中的局部变量为静态变量，即在每次调用该过程时，局部变量的值，保留上次运行后的值。如果省略了 Static，则表示过程中的局部变量在每次调用过程时都会被初始化为 0 或者空字符串。不过需要注意的是，Static 对在过程外定义的变量没有影响。

(5) 参数表中若有多个参数，各个参数之间用逗号分隔。若该过程无参数，括号也不能省略。括号中的参数称为形式参数(简称形参)，它是过程和主程序之间进行数据传递的介质。形参变量只是在调用子过程时为其分配内存空间，即调用子过程时，形参变量才存在，调用结束形参变量就消失。形参的名字并不重要，重要的是在调用过程时，形参变量和对应的实际参数(简称实参)之间的数据传递的关系。不能用定长字符串变量或定长字符串数组作为形参，但可以在 Call 语句中用简单定长字符串变量作为实参，在调用 Sub 过程之前，把它转换为变长字符串变量。

(6) 形参有两种传递数据的形式，在参数表中的格式如下：

```
[ByVal][ByRef]参数名  [( )][As 数据类型]
```

其中，ByVal 表示该参数以传值的方式传递数据(值传递)，即在调用过程时传递给过程的是实参的值，值传递时，形参值在过程中的变化不返回主程序；ByRef 表示以传地址的方式传递数据，在调用过程时传递给过程的是参数在内存中的存储地址，也就是参数本身，即参数值在过程中的任何变化都将返回主程序。ByRef 是默认的传递参数方式，如

```
a() As Integer,  ByVal b as Long,  c As Single
```

参数 a，c 是传址方式的形参，其中 a(带有括号)为数组；b 是传值方式的形参。

(7) 过程中说明的变量和常量仅在该过程中有效。

(8) Exit Sub 表示退出过程，返回到调用过程的主程序的下一个语句继续执行。

(9) 在过程中不能再定义其他过程，即过程的定义不能嵌套。但是在过程体中可以调用其他允许调用的过程。

例 7.1 计算阶乘的过程。

```
Public  Sub JC (ByVal  n,s)
    Dim  K  As Integer
    P=1
    For  k=1 to n
        s=s*k
    Next  k
End Sub
```

在这个过程中，形参 n 接受主程序传递来的数据(计算阶乘的具体数值)；s 是传址方式的形参，它可以将计算结果传带回主程序。

7.2.3 子过程调用

过程一旦创建完毕，就可以在其他的过程中调用，调用子过程的方法有两种：

```
Call    <过程名>  [(实参表)]
<过程名>  [<实参表>]
```

过程调用时的参数称为实参。实参的个数、类型以及前后次序必须和形参一致。

实参可以是用逗号分隔的变量、常数、表达式等。程序运行时，将实参按次序一一对应形参，即将实参的值传送给对应的形参，而后在过程中进行相应的处理。

调用过程时，若实参为数组，则不必写数组的维数。

注意，使用第二种格式调用子过程时，实参不能加括号。若有参数，则参数直接跟在过程名之后，参数与过程名之间要空格，参数与参数之间用逗号间隔。

下面的程序是在窗体单击事件过程中调用例 7.1 中的计算阶乘的过程。m=10，对应形参 n，即计算 10 的阶乘；变量 x 对应形参 s，用于接受过程 JC 传回的计算结果。

例 7.2 阶乘过程调用。

```
Sub  Form_Click()
    Dim  x  As Long,m  As  Integer
    m=10
```

```
    Call  JC(m,x)
      print "x=";x
  End Sub
```

例 7.3 编写子过程调用程序,在窗体上打印显示一些信息。

新建工程,在窗体上建立一个命令按钮,双击打开程序代码编写窗口,建立两个子过程 zgc1、zgc2 及 Command1 的单击事件过程。

```
  Private Sub zgc1()      '定义子过程 zgc1,功能为打印一排"*"号
    Print "***************"
  End Sub
  Private Sub zgc2()      '定义子过程 zgc2,功能为打印一条信息文字
   Print "    欢迎使用过程调用方法!"
  End Sub
  Private Sub Command1_Click() '定义 command1 的单击事件过程
   Call zgc1        '调用过程 zgc1,打印一排"*"号
   Call zgc2        '调用过程 zgc2,打印一条信息文字
   Call zgc1        '调用过程 zgc1,打印一排"*"号
  End Sub
```

图 7.3 例 7.3 程序运行结果

程序运行后,单击**调用过程**按钮,执行三次调用子过程命令:第一次执行 Call zgc1 语句调用过程 1,打印出一排星号;第二次执行 Call zgc2 语句调用过程 2,打印出一条信息文字;第三次执行 Call zgc1 语句再次调用过程 1,又打印出一排星号。

程序运行结果显示如图 7.3 所示。

上面编写的子过程功能较简单,在定义子过程时,没有使用过程参数,这种子过程称为"无参过程",调用时不用考虑参数的传递。

注意,在定义无参子过程时,尽管没有使用过程参数,但定义子过程时过程名后的一对括号也不能省略,如上面的 Sub zgc1(),Sub zgc2();而在调用语句中的一对括号则不用要,如调用语句 Call zgc1,Call zgc2。

在多数情况下,子过程使用都会涉及参数的传递。

例 7.4 编写一个计算三角形面积的 Sub 子过程,运行程序,输入三角形的底边长和高,然后调用该过程计算三角形面积。

子过程设计分析。计算三角形面积有多种方法,在此选择利用三角形的底边长和高来计算面积,即计算任一个三角形面积,只要给出底和高即可。

在下面的程序代码中,定义了一个求三角形面积的通用子过程,子过程名是 Sjxmj。过程中使用了两个参数 L 和 H,分别接受调用程序传来的三角形底边长和高;然后在过程中计算面积,并保存在变量 S 中,最后打印输入 S 值。

程序代码设计如下:

```
  Rem 以下语句行定义了一个求三角形面积的子过程,过程名为 Sjxmj
  Private Sub Sjxmj(L As Single,H As Single)     '定义子过程
  Dim S As Single
```

```
  S=L *H/2                                                    '计算面积
  Print "三角形的面积为： ";S                                  '输出面积
End Sub
Rem 以下是主程序
Private Sub Command1_Click()
 Dim X As Single,Y As Single
 X=Val(Text1.Text)
 Y=Val(Text2.Text)
 Call Sjxmj(X,Y)     '调用求三角形面积的子过程 sjxmj,参数为 l,h
 End Sub
```

运行程序，在文本框1和2中输入三角形的底长和高度，例如输入长为**12**，高为**11**。单击**计算**按钮后，执行Command1的事件代码。首先将底边长12赋给变量X，高度11赋给变量Y。然后执行调用子过程语句**Call Sjxmj(X,Y)**，此时调用语句**Call Sjxmj(X,Y)**中的过程参数变量X和Y称为实参变量，其值分别为X=12，Y=11。再执行调用的子过程Sjxmj，子过程中的变量L和H称为形参变量，此时形参变量L和H的值分别与实参变量X和Y的值相对应，即L值为X的值12，H值为Y的值11。接着执行**S=L＊H/2**语句，计算出三角形面积值66并保存在变量S中。紧接着执行**Print 三角形的面积为:";S**，输出三角形面积，如图7.4所示。子过程调用结束，返回调用程序。

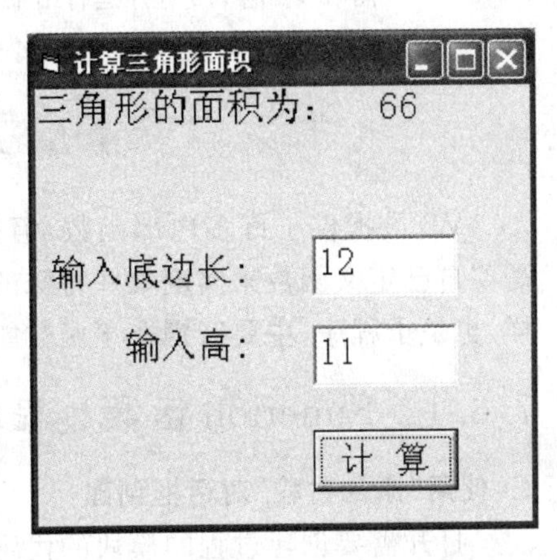

图 7.4　例 7.4 程序运行结果

本例中计算的结果面积S值没有传回主程序，所以直接在子过程中打印输出了；否则返回主程序后，将无法得到计算的面积数据。

在子过程中定义的形式参数变量L，H和局部变量S只能在子过程范围中起作用，调用结束后形参变量L，H和局部变量S都将被释放。也就是说，此时返回到调用程序中后，是不能再使用L，H和S的值。

例 7.5　编写子过程，功能为求N的阶乘N!，通过调用此子过程来计算5!+8!-6!。

程序代码如下：

```
 Private Sub Jch(n%,p&)       '求 N!的子过程,被事件过程调用时执行
 Dim i%,p&
 p=1
 For i=1 to n       '用循环求出 N!,形参 N 的值由调用语句中的相应实参获得
  p=p*i
 Next i             '循环结束后 p=N!
End Sub     '由于默认为传址,形参与实参共址,实参与 p 的值一样均为 N!
 PriVate Sub command1_Click()
 Dim a&,b&,c&,d&
 call Jch(5,a)      '调用子过程 JCh,此时会跳转到子过程处执行语句
 call Jch(8,b)      '子过程执行完后返回此语句,执行后再次转到子过程
 call Jch(6,c)      '同上
```

```
d=a+b-c         '三次调用子过程,使与形参 p 相对应的实参值为 5!,8!,6!
Print  "5!+8!-6!=";d
End Sub
```

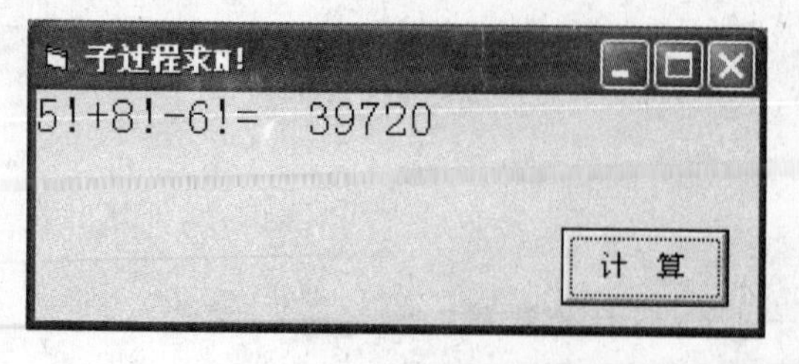

图 7.5　例 7.5 程序运行结果

输入完成后运行程序,单击命令按钮,会显示 5!＋8!－6!＝的计算结果,如图 7.5 所示。

在上例中,子过程中计算的阶乘结果被保留下来,并在调用程序中使用。这就是实参与形参按地址传递方式的结果。后文将详细讨论实参与形参值的两种传递方式。

7.3 用户自定义函数

VB 虽提供了许多内部函数,但往往难以满足应用中的特殊要求。为此程序设计者常常需要自己定义函数来实现某些特殊的功能,这类函数称为自定义函数。自定义函数与过程一样,也是子程序,主要区别在于函数能返回函数值。

7.3.1 Function 函数过程的创建

1. 使用“添加过程”对话框创建

打开需要创建过程的模块的代码编辑窗口。执行**工具**菜单中**添加过程**命令,弹出**添加过程**对话框,与添加过程不同的是在**类型**选项中选定**函数**。在对话框中输入函数名;选择类型(函数)、范围等。单击**确定**按钮,在形成的函数的框架中加入所需语句即可。

2. 使用代码编辑窗口创建

此方法是由程序设计者直接在代码编辑窗口按照 VB 程序中函数定义的格式来建立函数的过程。

7.3.2 Function 函数定义格式

自定义函数的格式如下:

```
[Static][Public|Private]Function 函数名([参数表])[As 类型]
        [语句序列]
        [Exit  Function]
        [语句序列]
        函数名=表达式
       End  Function
```

(1) 函数名即函数过程的名字。Function 函数过程以 Function 开头,End Function 结束,两者之间是过程代码,即语句序列,通常称为函数体或者过程体,Function…End Function 组成函数定义的框架,所有操作代码均应书写在 Function 和 End Function 之间,其他[Static][Public|Private]、函数名([参数表])的含义与 Sub 子过程中一样。

(2) 在建立函数时,与过程不同的是在参数表后有一选择项“As 类型”。它是自定义函数返回值的数据类型。若缺省类型,则默认为变体类型。

(3) 在函数体内必须将函数的计算结果值赋给函数名,即含有“函数名＝表达式”语句,这是函数返回值所必需的。若在函数过程中省略"<函数名>=<表达式>",则该过程返回一个默认值,数值函数过程返回0;字符串函数过程返回空字符串;变体类型返回空值;布尔类型返回false。

(4) 函数参数表的具体格式与过程参数相同。不论有无参数,函数名后面的括号均不能省略。

(5) 在函数过程体中,可以使用一个或多个Exit Function语句退出函数。

(6) 函数过程语法中其他部分的含义与子过程相同。

例7.6 设计一个计算阶乘的自定义函数。

```
Function Exp1(x as integer)As integer
Dim  P  As Single,K  As  Integer
P=1
If  X<0  Then
    Exit  Function                        '若X<0,退出本函数
EndIf
For  K=1  to  X                           '计算X1
   P=P*K
Next  K
Exp1=P                                    '对函数名赋值
End  Function
```

在这个函数中,形参X接受主程序传递来的数据(计算阶乘的具体数值);变量p将阶乘计算结果赋给函数名Exp1,由Exp1将计算结果传送回主程序。

7.3.3 函数的调用

调用函数与调用过程不同,过程调用是用Call语句完成的;而函数调用必须在表达式内实现,或直接作为参数出现在调用过程或函数中。

若调用上述例题中的函数Exp1,必须先确定一个变量用以接受函数的返回值,如

```
M1=Exp1(5)
```

将实参5替代Exp1函数中的X,变量M1则接受Exp1的返回值120。

例7.7 将例7.4中编写的求三角形面积的Sub子过程方法改为用函数过程来求。

```
Rem 以下语句行定义了一个函数过程,函数名为 Sjxmj
 Private Function Sjxmj(L As Single,H As Single)
    Sjxmj=L *H/2
    Print "在函数中输出三角形的面积为:";Sjxmj
 End Function
Rem 下面编写 command1 的单击事件过程代码
Private Sub Command1_Click()
Dim X As Single,Y As Single
X=Val(Text1.Text)
Y=Val(Text2.Text)
Print "在调用程序中输出三角形的面积为:";Sjxmj(X,Y)
End Sub
```

程序运行后,输入**12**和**11**,计算结果如图7.6所示。

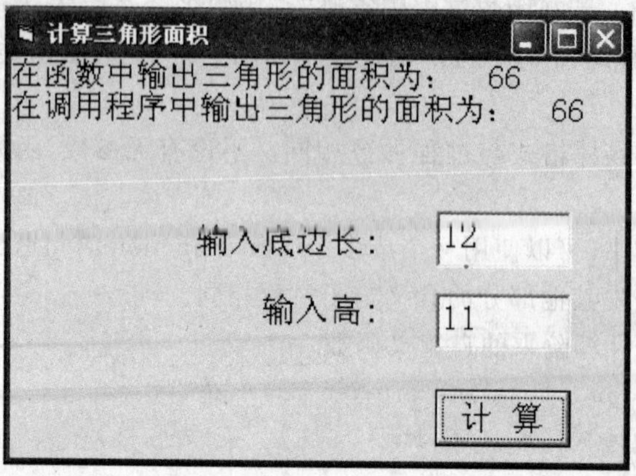

图 7.6　例 7.7 程序运行结果

Founction 函数过程不同于 Sub 子过程之处就在于函数有返回值。函数的返回值就是函数的名称，因而在函数中设置了 **Sjxmj＝L ＊ H/2** 语句，对函数 Sjxmj 计算并赋值。返回调用程序后，打印输出函数返回的值 66。可以看到在函数中计算的面积值确实是返回到了调用程序中。

注意，在自定义函数中，不能将函数的返回值写为有括号的形式使用，如下面函数中调用函数的两个地方（用下划线标出）写法是不正确的：

```
Private Function Sjxmj(L As Single,H As Single)
  Sjxmj(x,y) =L *H/2
  Print "在函数中输出三角形的面积为:";Sjxmj(x,y)
End Function
```

例 7.8　使用函数调用求阶乘 5！＋8！－6！。

程序如下：

```
Rem 定义求阶乘函数
Function JC&(N%)
  Dim I As Integer
  JC=1
  For I=1 To N
      JC=JC *I
  Next I
End Function
Rem 主调用程序
Private Sub Form_Click()
 Dim D&
 D=JC(5)+JC(8)-JC(6)
 Print "5!+8!-6!=";D
End Sub
```

例 7.9　用函数过程实现求两个正整数的最大公约数。

程序如下：

```
Rem 主调用程序代码
Private Sub Command1_Click()
Dim a!,b!,c!,d%
 a=Val(InputBox("请输入一个正整数"))
 b=Val(InputBox("请输入一个正整数"))
 Rem 下面 While 语句保证输入的数据为正整数
While(a<=0 or b <=0 or a <>Int(a) or b <>Int(b))
   MsgBox "输入错误!请重新输入正整数!"
   a=Val(InputBox("请输入一个正整数"))
   b=Val(InputBox("请输入一个正整数"))
Wend
d=gcd(a,b)
  Print a;"和";b;"的最大公约数为";d
End Sub
Rem“退出”命令按钮代码
Private Sub Command2_Click()
   End
End Sub
Rem 定义函数过程
Public Function gcd(ByVal i!,ByVal j!)
  Dim k%
  Do
   k=i Mod j
   i=j: j=k
  Loop Until k=0
  gcd=i
End Function
```

其中 gcd 为自定义的函数过程,用来求最大公约数,而 Command1_Click()事件过程则调用了该函数。

7.4 参数的传值

函数与过程的参数传递相同,具有值传递和址传递(地址传递)两种,即在参数前加上 By Val 或 By Ref,系统缺省值为 By Ref。

值传递时,形参值在子程序中的变化不影响调用该子程序时使用的实参值;若使用地址传递,则形参值在子程序中的变化都会返回给调用该子程序时使用的实参。

实参和形参在调用时,采用的是“一一对应传递”方式,这个概念是非常重要的。实参和形参的名称可以相同也可以不同,但在数目、数据类型上要能一一对应一致,因为在调用的过程中,它们是一一对应传递的。

例 7.10 为了考察值传递与地址传递的差别,设 Function pd()是窗体级的自定义函数,Sub Form_Click()是窗体单击事件过程,当该过程被激活时,将先后三次调用 pd 函数,请仔细分析每次调用后有关变量的变化情况。

```
Function  pd(ByVal  x  As  Integer,y  As  Integer) As  Integer
        Dim  m  As  Integer,  n  As  Integer
          m=x+y
          x=x+1
          y=y+1
          n=x-y
          print
          print"m=";m;"x=";x;"y=";y;"n=";n
          pd=n
End Function
Sub Form_Click()
     Dim a As Integer,b As Integer,c As Integer,d As Integer
      a=2
      b=3
      d=pd(a,b)               '第 1 次调用 pd 函数
      print"a=";a,"b=";b
      d=pd(a,b)               '第 2 次调用 pd 函数
      print"a=";a,"b=";b
      d=pd(a+b,c)             '第 3 次调用 pd 函数
      print"a=";a,"b=";b
Emd Sub
```

第一次调用函数 pd 时，实参 a 取代形参 x；形参 y 则等同于实参 b（地址传递），即 x＝2，y＝b。由于 y 是地址传递，所以 m＝x＋y 相当于 m＝x＋b；y＝y＋1 相当于 b＝b＋1，print "m＝";m;"x＝";x;"y＝";y;"n＝";n 语句的执行结果为

```
M=5  x=3  y=4  n=-1
```

返回主程序后，输出

```
a=2   b=4
```

由此可见，值传递时形参 x 在子程序中的变化不影响调用该子程序的实参 a 的值；而地址传递时，形参在子程序中的任何变化都会返回给调用该子程序的实参。

第二次调用函数 pd 时，形参 x 仍然等于 2，形参 y 等于实在参数 b 的地址，即 x＝2、y＝b（b＝4）。输出结果为

```
M=6  x=3  y=5  n=-2
```

返回主程序后，输出

```
a=2  b=5
```

第三次调用函数 pd 时，形参 x 等于 a＋b，形参 y 等于实在参数 c 的地址，即 x＝7，y＝c（c＝0）。输出结果为

```
m=7  x=8  y=1  n=7
```

返回主程序后，输出

```
a=2     b=5
```

即 a，b 的值保持不变。

7.4.1 按值传递

如果在声明过程或函数时，形参使用关键字 ByVal 声明，则规定了在调用此过程时，该参数将按值传递。调用该过程时，传递给该形参的只是调用语句中实参的值，即把调用语句中实参的值赋给子过程中的形参，之后实参和形式参数之间没有任何关系。若在子过程或函数过程中改变了形参的值，不会影响到调用程序中实参的值。当子过程或函数过程结束并返回调用它的过程后，实参的值还是调用前的值。

例 7.11 定义一个按值传递参数的子过程，并调用它。观察运行结果，并分析一下按值传递参数。

```
Rem 下面定义子过程 Prod
 Sub Prod(ByVal x As Integer,ByVal y As Integer,ByVal z As Integer)
   Print "子程序中运算前 x,y,z=";x;y;z      '打印显示语句 2
   x=10:y=20                         '为形式参数 x,y 重新赋值
   z=x+y                              '为形式参数 z 重新赋值
   Print "子程序中运算后 x,y,z=";x;y;z      '打印显示语句 3
 End Sub
 Rem 下面为主调用程序
Private Sub Form_Click()
  Dim a As Integer,b As Integer,c As Integer
  a=100:b=200:c=300
  Print "主程序调用前  a,b,c=";a;b;c     '打印显示语句 1
  Call prod(a,b,c)
  Print "主程序调用后  a,b,c=";a;b;c     '打印显示语句 4
End Sub
```

Prod 过程中的 byval 表示三个形式参数 x,y,z 都是执行按值传递方式。在调用程序中，变量 a,b,c 被分别赋值 100,200,300，然后打印显示为 **100 200 300**。

接着执行 **Call Prod(a,b,c)** 子过程调用语句，调用子过程 Proc，将实参变量 a,b,c 的值传递给子过程 Proc 中的形参变量 x,y,z，由于是按值一一对应传递方式，传递的过程及结果如下：

```
实参变量：  a(=100)   b(=200)   c(=300)
             ↙          ↙          ↙
形式变量：  x=100     y=200     z=300
```

可以看到，传递的结果就相当于执行了对 x,y,z 的三个赋值语句：

```
x=a  :  y=b  :  z=c
```

转入子过程后，首先执行打印显示 x,y,z 的值语句，此时 x,y,z 的值就对应 a,b,c 的值。然后执行语句对 x,y,z 重新赋值，得到形参 x,y,z 变化后的新值为 10,20,30。接着又执行打印显示 x,y,z 的值语句，显示为 10,20,30。子过程语句执行完后返回到调用程序中。

返回后，接着执行调用语句后的语句，再次打印实参变量 a,b,c 的语句。由于实参执行按值传递，所以形式变量 x,y,z 的变化对实参 a,b,c 没有任何影响，打印结果显示仍为 **100 200 300**。

程序运行结果，如图 7.7 所示。

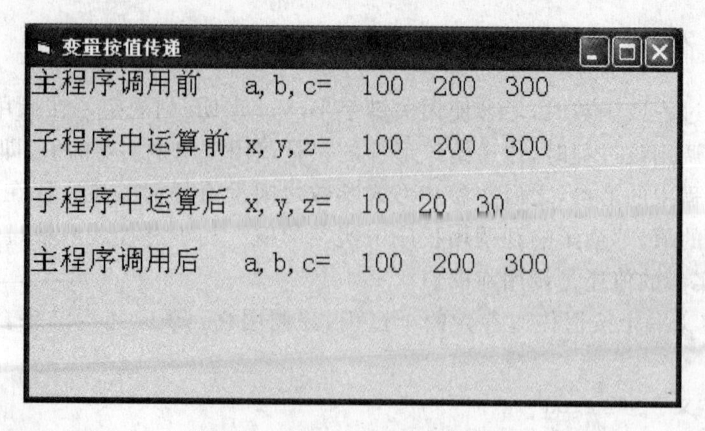

图 7.7　例 7.11 程序运行结果

7.4.2　按地址传递

在 VB 中,系统默认的参数传递的方式就是地址传递简称传址(引用)。在调用一个过程时,如果是用传址方式进行参数传递,则会将实参的内存地址传递给形参,即让形参和实参使用相同的内存单元,也就是说形参和实参是同一个变量的两种不同表现形式。因此,在被调用的过程或函数中对形参的任何操作都如同是对相应实参的操作,形参的任何变化都会使得实参的值改变。

当参数是数组或希望将子过程中的结果返回给主调程序时,只能用传址方式。

例 7.12　修改上面子过程定义语句中参数传递方式为按地址传递参数,调用它,观察运行过程的结果,体会一下按地址传递参数。

仅仅只要将子过程中的三个 byval 改为 byref 即可。

```
Sub Prod(ByRef x As Integer,ByRef y As Integer,ByRef z As Integer)
  Print "子程序中运算前 x,y,z=";x;y;z     '打印显示语句 2
  x=10:y=20
  z=x+y
  Print "子程序中运算后 x,y,z=";x;y;z '打印显示语句 3
End Sub
Private Sub Form_Click()
  Dim a As Integer,b As Integer,c As Integer
  a=100:b=200:c=300
  Print "主程序调用前  a,b,c=";a;b;c     '打印显示语句 1
  Call prod(a,b,c)
  Print "主程序调用后  a,b,c=";a;b;c     '打印显示语句 4
End Sub
```

程序运行结果如图 7.8 所示。

比较图 7.8 与图 7.7 中最后一行显示结果可以看到,本例中参数采用按地址传递后,子过程中的形参 x,y,z 的变化也就导致实参 a,b,c 的变化,即当实参与形参之间执行按地址传递时,在子过程中改变形参变量的值就等同于改变了与之对应的实际参数变量的值。

利用实参与形参按地址传递时这种规律,可以在调用程序中得到多个需要在子过程中改变的实参变量值。

变量按地址传递
主程序调用前 a, b, c= 100 200 300
子程序中运算前 x, y, z= 100 200 300
子程序中运算后 x, y, z= 10 20 30
主程序调用后 a, b, c= 10 20 30

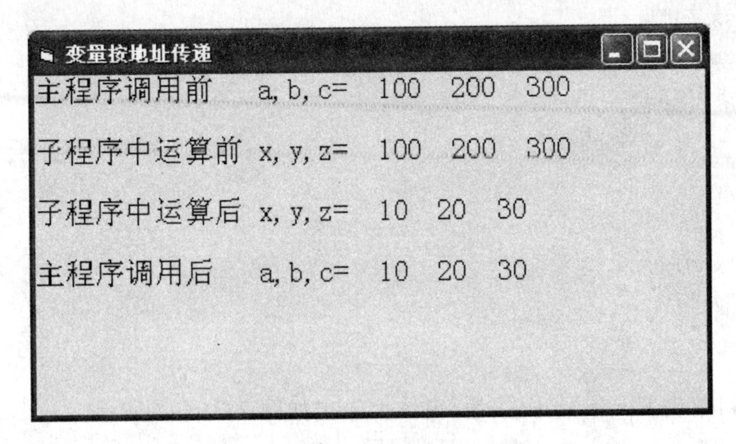

图 7.8 例 7.12 程序运行结果

在自定义的函数过程中的实参与形参的传递规律与子过程完全一样。

如果在参数传递时采用部分按地址传递、部分按值传递也是可以的，如修改例 7.12 中的子过程定义的第一行语句为 x 按值传递，其他不变：

```
Sub Prod(ByVal x As Integer,ByRef y As Integer,ByRef z As Integer)
```

则程序执行后得到的结果，如图 7.9 所示。

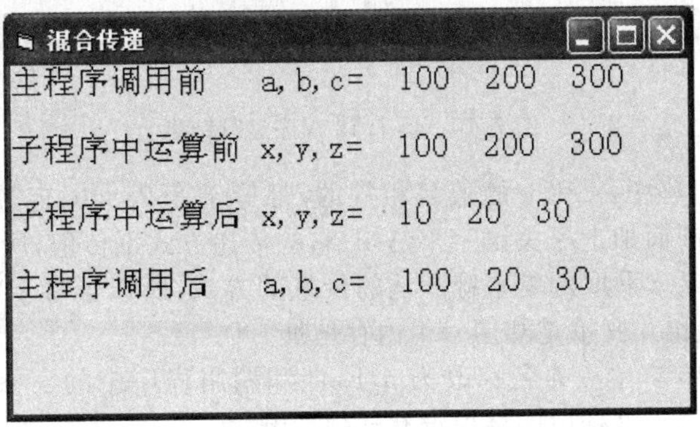

混合传递
主程序调用前 a, b, c= 100 200 300
子程序中运算前 x, y, z= 100 200 300
子程序中运算后 x, y, z= 10 20 30
主程序调用后 a, b, c= 100 20 30

图 7.9 混合传递结果

注意，因为按地址传递时，形参与实参共用同一个内存地址，所以实参与形参的数据类型必须严格一致，否则会出现“类型不匹配”的错误。

在参数按地址传递这种调用过程中，形参与实参的这种关系仅仅只在调用发生时存在，调用结束时形参都将被释放，它们相互之间也就不可能存在任何联系了。

下面两个例题将进一步帮助理解形参与实参的传址、传值关系。

例 7.13 传址、传值调用。

```
Private Sub Command1_Click()
Dim a As Long,b As Long
  a=10:b=10
  Call SS(a,b)
  Print "a=";a
  Print "b=";b
End Sub
```

```
Rem 定义 SS 子过程
Public Sub SS(ByVal x As Long,y As Long)
  Dim I As Integer
  For I=x-1 To 1 Step-1
    x=x *I
  Next I
  y=x
  Print "x=";x
  Print "y=";y
  Print
End Sub
```

程序运行后，单击 Command1 按钮，窗体上输出如图 7.10(a) 所示。

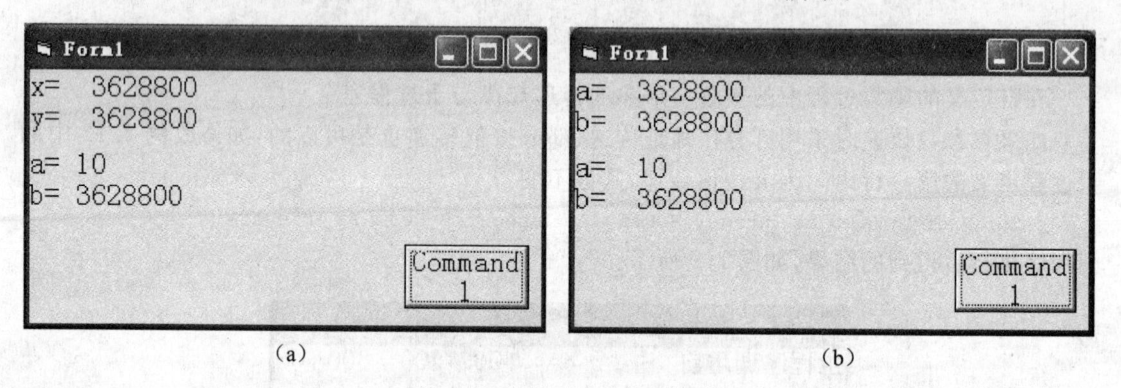

图 7.10　例 7.13 程序运行结果

显然，在 Sub 子过程中，x 和 y 的值是相等的，都等于 3628800；但过程调用完毕后，由于形参 x 在定义的时候前面加上了关键字 ByVal，它的传递方式是传值，所以形参 x 的变化对实参 a 没有影响。而形参 y 采取的是系统默认的传址的方式，所以形参 y 将它的值带到了主调程序中的实参 b 中，y 和 b 变量是共用一个内存地址。

如果将子过程中形参 x，y 的名称改为 a，b，即和调用程序中的实参同名，这样也是可以的，且对程序运行、调用子过程后的结果没有任何影响。

修改后的程序代码如下：

```
Rem 定义 SS 子过程
Public Sub SS(ByVal a As Long,b As Long)
Dim I As Integer
  For I=a-1 To 1 Step-1
   a=a *I
  Next I
  b=a
  Print "a=";a
  Print "b=";b
  Print
End Sub
```

运行程序得到图 7.10(b)所示的结果。显然，两者是完全一样的。

所以请读者注意，形参和实参即使用了同样的名称，也不是同一个变量。

为了避免变量名称的混淆，便于程序代码的理解，形参和实参还是最好不要用同样的名称。

例 7.14 分别使用传址和传值的参数传递方式编写“实现两数交换”的子过程，要求分别显示在这两种方式下实参与形参的前后变化。

新建工程，在窗体上建立两个单选按钮，分别设置单选按钮的 Caption 属性为**传址**和**传值**，并将**传址**单选按钮的 Valuc 属性设为 true。

双击窗体，输入代码如下：

```
Rem 下面是传址方式交换数据
Sub swap1(x%,y%)         '传址
 Dim t%
 Print      "交换前(传址):";"x=";x;"y=";y
 t=x:x=y:y=t
 Print      "交换后(传址):";"x=";x;"y=";y
End Sub
Rem 下面是传值方式交换数据
Sub swap2(ByVal x%,ByVal y%)       '传值
 Dim t%
 Print      "交换前(传值):";"x=";x;"y=";y
 t=x:x=y:y=t
 Print      "交换后(传值):";"x=";x;"y=";y
End Sub

Private Sub Form_Click()
Dim a%,b%
 a=5:b=8
 Print"调用前:";"a=";a;"b=";b
 If Option1.Value Then
   Call swap1(a,b)
 Else
   Call swap2(a,b)
 End If
 Print"调用后:";"a=";a;"b=";b
End Sub
```

运行程序，分别在**传址**和**传值**单选按钮处于选定状态时单击窗体，得到结果如图 7.11 所示。

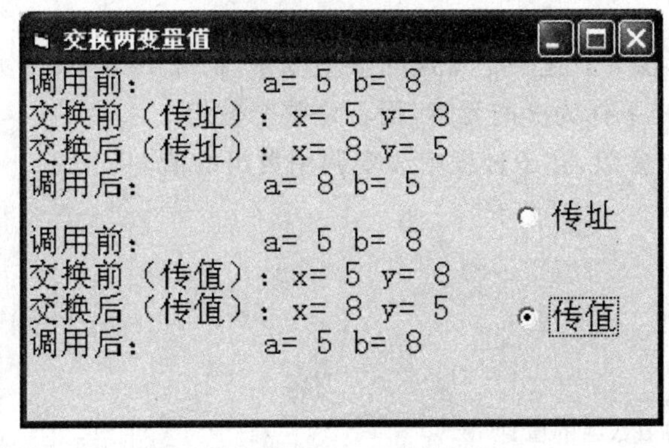

图 7.11 例 7.14 程序运行结果

图 7.11 前 4 行为调用“传址”子过程结果，后 4 行为调用“传值”子过程结果。从两种结果中可以看到，虽然在两种子过程调用中，形参 x，y 的值都被交换了，但如果要求交换的是调用程序中的实参变量 a，b 的值，显然只有调用“传址”子过程，才能实现要求。

7.4.3 数组作为参数

数组也可以作为子过程或函数的形式参数。在定义过程时，形参列表中的数组用数组名后的一对空的圆括号表示。当用数组作为过程的参数时，进行的不是“值”的传递，而是“址”的传递。例如下面定义了一个子过程：

```
Sub sum(a%())
  ......
End Sub
```

这里 sum 后面括号里的 a()就是该过程的形参，它是一个数组，为了不和其他简单变量混淆，所以在数组名后面加上了一对括号；但需要注意的是，仅仅只是加上了一对括号，并不需要写出数组维数以及上下界。可以使用下面的语句调用它：

```
......
Call sum(b())
......
```

调用它的时候，系统会将实参数组 b 的首地址传递给 a，因为数组在内存中占据一段连续区域，所以实际上数组 b 和数组 a 同占一段内存区域。简单地说，a 和 b 就是名称不同的同一个数组，在子过程 sum 中对数组 a 中元素做的任何改动，都会相应改变主调用程序中数组 b 的元素值。在过程调用时，实际参数表中的数组也可以只用数组名表示，省略圆括号。

如果并不需要传递整个数组，也可以用数组元素作为参数，不过这个时候实质上已经不再是数组作参数了。所以在定义过程的时候，形参列表里相对应的位置上应该定义的是一个与该数组元素类型相同的变量，而在调用语句里使用的实参也应该将数组元素的下标写清楚。如下面定义的这个过程：

```
Sub sum(a%)
 ......
End Sub
在调用的时候就可以使用数组元素作实参
......
Call sum(b%(2))
......
```

这里子过程中的形参 a 只是一个普通的整型变量，而非数组变量；实参 b(2) 也是一个普通的整型变量，是数组中下标为 2 的元素，而不是整个数组。

例 7.15 用数组做参数，在子过程中改变调用数组的值。

```
Rem 定义 SS 子过程
Sub ss(b%())
 For I=1 To 5
  b(I)=I*I
 Next I
 Print "子程序中 b 数组的值:"
 Print b(1);b(2);b(3);b(4);b(5)
```

```
  Print
End Sub
Rem 窗体 Form1 的 Click()事件过程
Private Sub Form_Click()
  Dim a(5) As Integer
  For I=1 To 5
    a(I)=I *10
  Next I
  Print "调用前 a 数组的值:"
  Print a(1);a(2);a(3);a(4);a(5)
  Print
  Call ss(a)
  Print "调用后 a 数组的值:"
  Print a(1);a(2);a(3);a(4);a(5)
End Sub
```

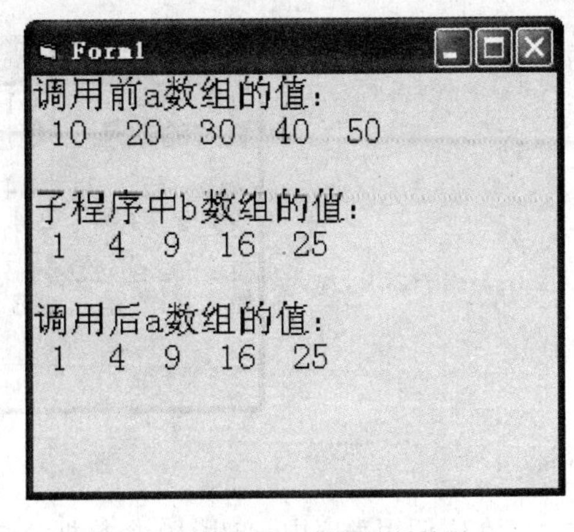

图 7.12　例 7.15 程序运行结果

运行程序,得到的结果,如图 7.12 所示。

从结果中可以看到,数组 a 在调用前的值是 10,20,30,40,50,调用子过程 ss 时,子过程中改变了形参数组 b 的值为 1,4,9,16,25,返回主调用程序后,实参数组 a 的值也被改变了。

通过上面的例子可以得到一个非常有用的结果,即数组作为实参参与过程或函数的调用,可以同时返回得到多个被改变的数据值。这给处理解决一些大量数据的变化带来极大的方便。

例 7.16　随机产生一组 10 个数,编写子过程找出其中最大的数,要求用数组做参数。

```
Rem 主调用程序
Private Sub Command1_Click()
  Dim a%(1 To 10),i%
  Randomize
  For i=1 To 10
    a(i)=Int(Rnd *100)
    Print a(i);
  Next i
  Print
  Call max(a)
  Print "最大的数是  ";a(1)
End Sub

Rem 子过程
Public Sub max(b%())
  Dim j%
  For j=2 To 10
    If b(j)>b(1) Then b(1)=b(j)
  Next j
End Sub
```

运行程序,单击三次**计算**按钮,得到结果如图 7.13 所示。

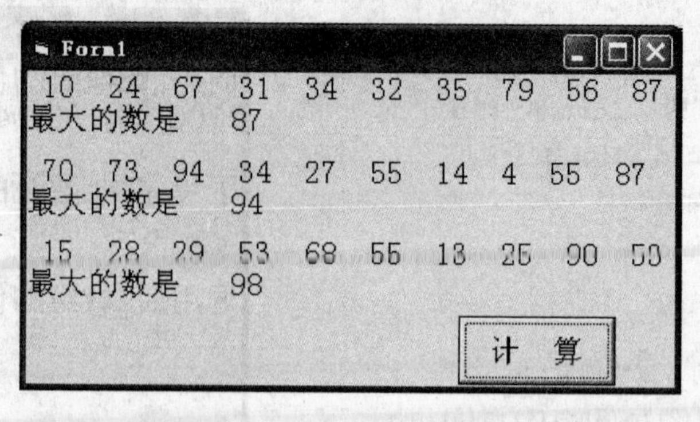

图 7.13 例 7.16 程序运行结果

在主调用程序中，产生 10 个数据，放在数组 a 中，然后调用 Max 子过程。在子过程中找到最大的数如 87 放在形参数组 b 的第一个元素 b(1) 中。返回调用程序后，输出 a 数组中的第一个元素 a(1) 即得到最大的数。

例 7.17 随机产生一组 10 个数，编写子过程将 10 个数据排序，用数组做参数。

程序如下：

```
Rem 主程序
Private Sub Command1_Click()
  Dim a% (1 To 10),i%
  Randomize
  Print "排序前 ";
  For i=1 To 10
   a(i)=Int(Rnd *100)
   Print a(i);
  Next i
  Print
  Call max(a)
  Print "排序后 ";
  For i=1 To 10
   Print a(i);
  Next i
  Print:Print
End Sub
Rem 排序子过程
Public Sub max(b% ())
  Dim i%,j%,t
  For i=1 To 9
   For j=i+1 To 10
     If b(j) <b(i) Then
      t=b(i):b(i)=b(j):b(j)=t
     End If
   Next j,i
End Sub
```

运行程序，得到结果如图 7.14 所示。

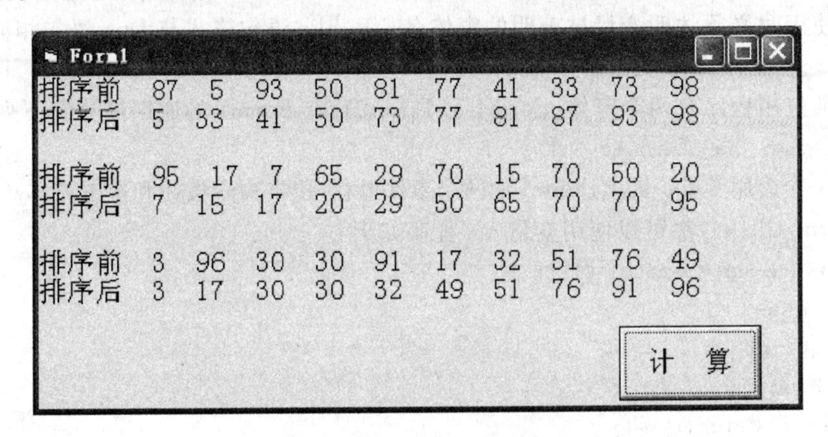

图 7.14 例 7.17 程序运行结果

7.5 常量和变量的作用域

不论是变量、函数或过程，在程序中都有一个使用范围的问题，即作用域问题。下面以变量为例加以说明。

变量的使用范围是指程序的某段范围，只有在这个范围内，能够识别该变量，即该变量有效。例如，在一个过程内部声明了一个变量，那么只有这个过程内部的代码才能访问或改变该变量的值；对过程来说该变量是局部的。但是，有时需要使用具有更大范围的变量，其值对于同一模块内的所有过程都有效，甚至对于整个应用程序的所有过程都有效，这样的变量视其作用范围的大小，可能被称为窗体变量、模块变量、全局变量。VB 允许在声明变量时指定它的范围。

7.5.1 局部变量

局部变量只能在定义它的过程内使用。例如，在 A 事件过程中使用 Dim 语句或 Static 语句声明如下变量：

```
Dim  intTemp  As  Integer
```

或

```
Static  intPermanent  As  Integer
```

这里，用 Dim 声明的变量 intTemp 只在 A 事件过程执行期间才有效，而用 Static 声明的局部变量 intPcrmanent 中的值虽然在整个应用程序运行时一直存在，但它只有在 A 过程执行期间才有效。

对任何一项临时计算任务来说，局部变量是最佳选择。例如，可以建立十个不同的过程，每个过程都声明了名为 intTemp 的变量，但只要每个 intTemp 都声明为局部变量，则每个过程只识别它自己的 intTemp 变量。任何一个过程都能够改变它自己的 intTemp 变量的值，但这种改变并不会影响其他过程中的 intTemp 变量。

7.5.2 全局变量

全局变量在整个窗体的程序内均可使用。如果在窗体的通用部分定义变量，则该窗体中的所有程序均能访问这个变量(该变量对窗体而言是全局的)。如果在通用部分用 Public 语句代替 Dim 语句，则该变量不仅对窗体本身而且对应用程序中的所有其他窗体或模块都可能有效，但在使用时必须注明变量被声明的窗体名。Public 语句格式与 Dim 语句相同：

```
Public 变量名  [As 类型]
```

例如，某应用程序有两个窗体(Form1 和 Form2)，在 Form1 的通用部分有下列声明语句：

```
Public  a  As  Integer
```

则变量 a 是一个公用变量，因此，Form1 的两个事件过程(单击命令按钮和单击窗体)Command1_Click()，Form_Click()都可以使用变量 a。程序如下：

```
  Private Sub Command1_Click()
     a=a+1
     print  a
  End Sub
Sub Form _Click()
   a=1
 Print a
End Sub
```

在程序运行后，若首先单击窗体，输出 1；然后再单击命令按钮，输出 2。由此可以理解，窗体 1 中的所有程序均能使用这个公用变量。如应用程序中还有一个窗体(Form2)，若 Form2 中有以下程序代码：

```
Private  Sub  Form_Click()
  Form1.a=Form1.a+10
  Print Form1.a
End Sub
```

其中，Form1.a 表示调用窗体 Form1 的变量 a，即这个公用变量被其他模块调用时，变量名前应加上声明它时所在的窗体名。

如果在标准模块中用 Global(或 Public)声明一个变量，那么该变量就是一个全局变量，它对整个应用程序的所有窗体、模块或过程均适用。

7.5.3 窗体/模块变量

在 VB 中，程序代码通常放在窗体模块、标准模块、类模块三种类型的模块中。每个模块可以包含过程(Sub，Function，Property 过程中均包含一个可作为整体来执行的程序代码)、声明(常量、变量、类型等)。

(1) 窗体模块。扩展名为 frm，可以包括：①处理发生在窗体内的事件过程；②通用过程和窗体级的常量、变量、类型和外部过程的声明。

(2) 标准模块。扩展名为 bas，可以包括全局(整个应用程序中均可用)或模块级的常量、变量、类型、外部过程和全局过程的声明。标准模块中的代码其缺省为全局的，若说明成局部的则只能在定义它的模块中使用。

(3) 类模块。扩展名为 cls，包括用来创建新对象的类定义(属性和方法定义)。

在模块和窗体的通用说明部分，可以声明比局部变量作用范围更广的变量，即用 Public 语句声明的变量，所有模块均可访问这些变量。Private 语句的作用及格式与 Dim 语句完全相同，但 Private 更好些，因为很容易把它和 Public 区别开来，使代码更容易理解。

变量使用时需注意：①不能在过程中声明公用变量，只能在通用声明部分中声明公用变量;②在通用声明部分声明的模块级和窗体级变量必须在过程中赋值;③当作用于不同范围内的变量(局部变量、模块级或窗体级变量、全局变量)名字相同时,VB 系统优先访问作用域小的变量,如

```
Public  a,b,c              '窗体变量
Sub  Form_Click()
  Dim  a,b,c               '局部变量
  a=1:b=2:c=3
  Form1.a=4:Form1.b=5:Form1.c=6
  Print"a=";a,"b=";b,"c=";c
  Print"form1.a=";Form1.a,"form1.b=";Form1.b,"form1.c=";Form1.c
End Sub
```

窗体变量与局部变量同名,VB 先访问局部变量,因此即使在同一段程序中,窗体变量之前也要加上窗体名,否则就作为局部变量处理。

过程同样可以分成全局和模块级两种:①过程名前加 Private 的是私有过程,如

```
Private  Sub  Exp()
```

②过程名前加 Public 或缺省的是公用过程,如

```
Public  Sub  Exp()
```

或

```
Sub  Exp()
```

和变量相似,公用过程可以被应用程序中的所有模块调用;私有过程可以被本窗体或模块的其他过程调用,但不能被应用程序中的其他窗体或模块调用。

除上述作用域的区别外,还存在 Static 声明。使用 Static 声明的局部变量被称为静态变量。静态变量只有在过程被第一次执行时才分配内存空间,过程执行结束后变量所占用的内存被保留,直到下一次过程执行时变量的值依然存在。如果在定义局部过程时使用了 Static 关键字,则该过程称为静态局部过程。静态局部过程的调用及定义同普通局部过程一样。不同的是,用 Static 定义的静态局部过程,在其中所定义的变量,都自动成为静态局部变量。

例 7.18 下面的程序定义了同名 A 变量,运行程序,看各级变量的有效范围。

```
Dim a As Integer               '定义模块级变量 a
Private Sub Command1_Click()
  a=a+100                      '对模块级变量 a 赋值
  Print " a=  ";a              '输出模块级变量 a
End Sub
Private Sub Command2_Click()
 a=a+100                       '对模块级变量 a 赋值
 Print " a=  ";a               '输出模块级变量 a
End Sub
Private Sub Command3_Click()
 Dim a As Integer              '定义局部级变量 a
 a=a+5                         '对局部级变量 a 赋值
 Print " a=    ";a             '输出局部级变量 a
End Sub
```

运行程序,顺次单击三个命令按钮后,得到图7.15所示的前三行数据。可以看到,模块级变量 a 在按钮 1,2 中都有效,执行了累加的操作,a 的值变为 200。

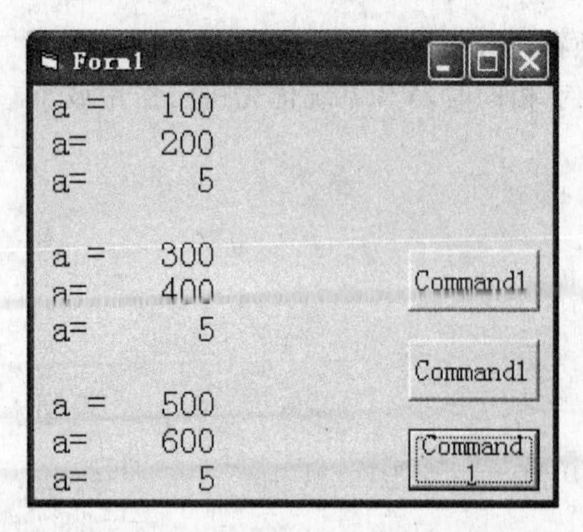

图 7.15 例 7.18 程序运行结果

而由于在按钮 3 中定义了局部变量 a,所以在按钮 3 的事件过程中,模块级变量 a 将无效;有效的是按钮 3 事件自己定义的局部变量 a,所以执行 a=a+5 的操作后,结果为 5,而不是 205。

继续顺次单击三个命令按钮后,得到图 7.15 所示的 4,5,6 行数据。请读者自己分析数据结果,加深对变量作用域的理解。

在前面局部变量使用的说明中,使用 Static 声明的局部变量被称为静态变量。下面通过一个例题来了解局部静态变量 Static 的作用。

例 7.19 建立一个窗体,设置三个命令按钮,用于了解局部静态变量的作用。

在窗体上设计三个命令按钮,各个按钮的代码如下:

```
Private Sub Command1_Click()
 Dim a As Integer
  a=a+1
  Print "局部变量 a=  ";a
End Sub
Private Sub Command2_Click()
Static b As Integer
  b=b+1
  Print "使用 static 后局部变量 b=  ";b
End Sub
Private Sub Command3_Click()
 Cls
End Sub
```

运行程序,单击**显示 a** 按钮 10 次,得到如图 7.16(a)所示结果;清除窗口内容后再单击**显示 b** 按钮 10 次,得到如图 7.16(b)所示结果。

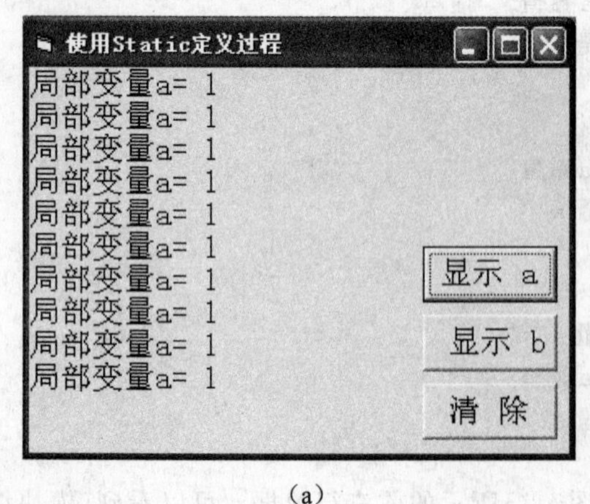

(a)

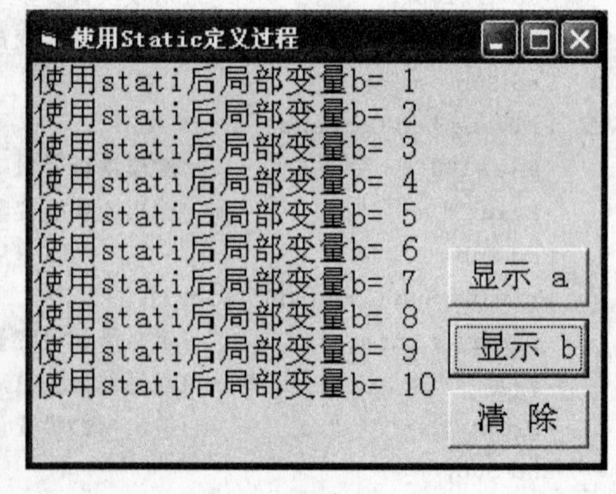

(b)

图 7.16 例 7.19 程序运行结果

运行程序，首先连续单击**显示 a** 按钮 10 次，执行对局部变量 a 的自增打印，结果如图 7.16(a)所示。可以看到变量 a 每执行完成一次操作后，其值没有被保存，因而每次执行 Command1 的单击事件过程，a 变量都重新定义为 0 值，再参与 a=a+1 操作，结果总是为 1。

而在 Command2 的单击子过程事件中定义 b 变量前使用了 static 项，所以局部变量 b 为静态局部变量。

清除屏幕后连续单击**显示 b** 按钮 10 次，可以看到变量 b 每完成一次操作后，其值都被保存下来，结果如图 7.16(b)所示，继续作为下次操作的初值，参加 b=b+1 的操作，所以出现 b 变量值逐渐增加的情况。

例 7.20 运行下面的程序，单击窗体和 4 个按钮，观察运行结果，进一步掌握局部过程级变量、静态的过程级变量、模块级变量的使用。

```
Private n1 As Single          '定义 n1 为窗体模块中的模块级变量
Private Sub Command1_Click()
  Dim n1 As Single            '定义 n1 为 Command1 单击事件中的局部变量
  n1=n1+1                     '此处 n1 为本按钮 1 事件中的局部变量
  Command1.Caption=n1
End Sub
Private Sub Command2_Click()
  Static n1 As Single         '定义 n1 为 Command2 单击事件中的局部静态变量
  n1=n1+1                     '此处 n1 为本按钮 2 事件中的局部静态变量
  Command2.Caption=n1
End Sub
Private Sub Command3_Click()
  n1=n1+1                     '按钮 3 的单击事件中未定义变量 n1,所以此处 n1 为窗体模
  Command3.Caption=n1         '块中定义的模块级变量 n1,在 Command3 单击事件中有效
End Sub
Private Sub Command4_Click()
  n1=n1+1                     '按钮 4 的单击事件中未定义变量 n1,所以此处 n1 为窗体模
  Command4.Caption=n1         '块中定义的模块级变量 n1,在 Command4 单击事件中有效
End Sub
```

程序运行后，首先单击 Command1 按钮 5 次，显示结果为 **1**，表明局部变量每次执行将重新定义。

然后单击 Command2 按钮 5 次，显示结果为 **5**，表明局部静态变量每次执行操作后的值被保存下来，下次操作可在前次的保存值基础上继续使用。

再单击 Command3 按钮 3 次，显示为 **3**。按钮 3 单击事件中未定义变量，所以按钮 3 中的 n1 为窗体模块变量 n1。每次单击后 n1 的值也保存下来了。注意，此处 n1 值保存下来的原因和按钮 2 中的局部静态变量 n1 的值保存下来是不同的。只要窗体未关闭，模块级变量 n1 的值就将持续有效。

最后单击 Command4 按钮 3 次，显示为 **6**。即按钮 4 中的 n1 也是模块级变量 n1，在 Command3 单击后已是 3，接着又单击 3 次，结果就为 6，如图 7.17 所示。

例 7.21 下面看一个在窗体及模块中设计的全局过程和调用全局过程的例题。

在窗体 form1 中编写如图 7.18(a)所示的程序代码。其中定义了两个事件及过程。一个是 Command1 的单击事件过程，其作用就是调用模块 1(Module1)中的 qq 全局过程。第二个

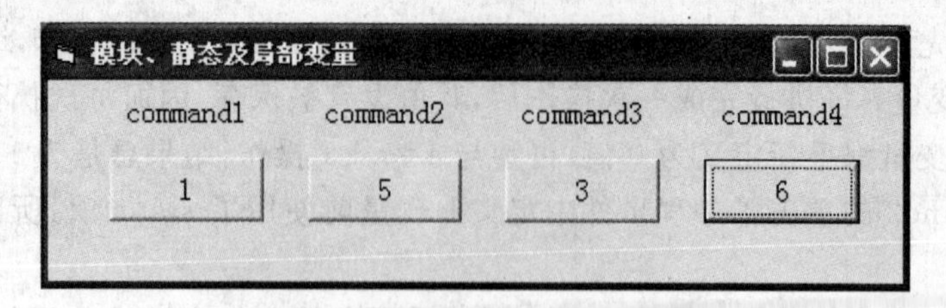

图 7.17　例 7.20 程序运行结果

是 SS 全局子过程。SS 全局子过程的作用是打印其中的变量 S1 的值 1000。

设计添加 Module1 模块，如图 7.18(b)所示。在模块中定义一个 qq 全局子过程，作用是打印其中的变量 q1 的值 2000，并调用 form1 中定义的全局过程 SS。

添加 Module1 模块的方法是，选择**工程**菜单中**添加模块**选项，在弹出的**新建**模块对话框中选择**打开**，即出现图 7.18(b)所示的模块代码编辑窗口。

窗体及模块都设计完成后，在工程资源管理器窗口可以看到如图 7.18(c)所示结果。

运行程序，单击 Command1 按钮，得到如图 7.18(d)所示结果。

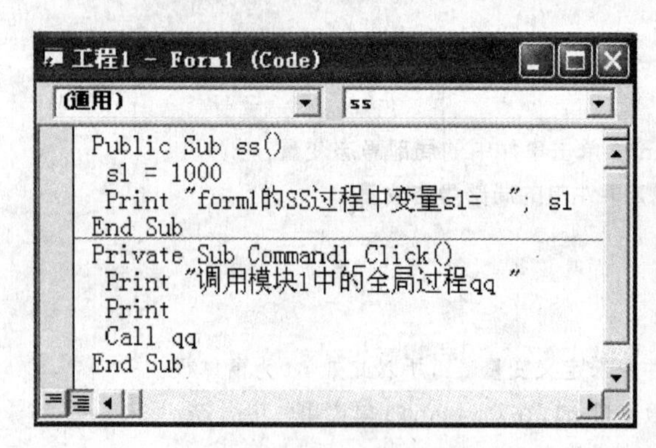

(a) 窗体全局过程

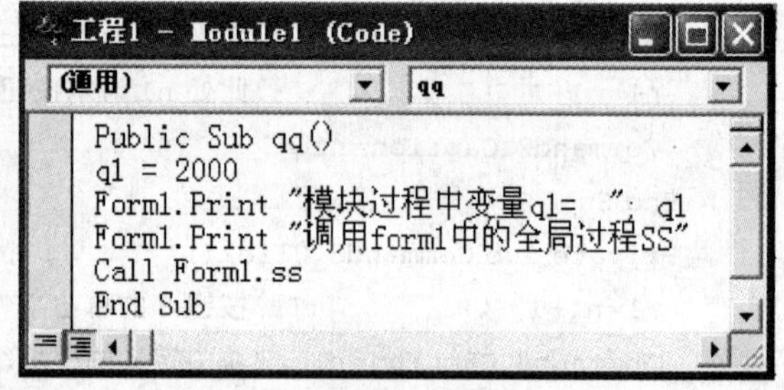

(b) 模块全局过程

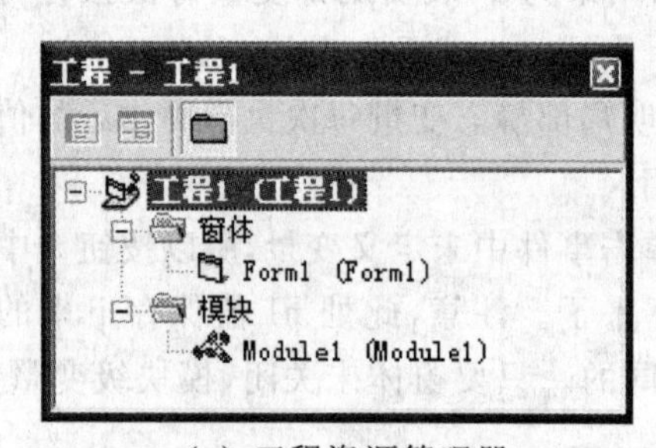

(c) 工程资源管理器

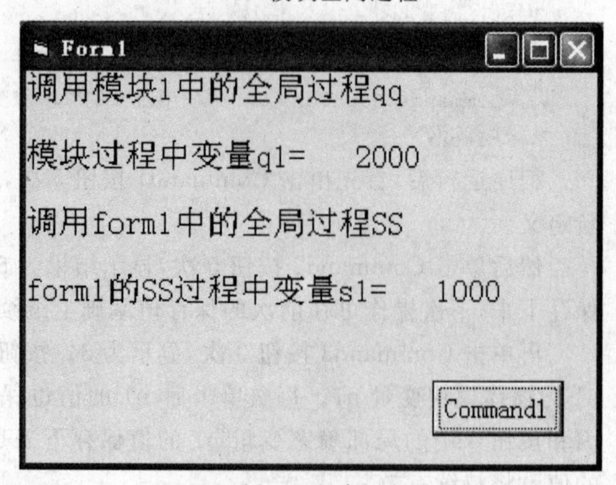

(d) 例7.21程序运行结果

图 7.18　全局过程调用

在图 7.18(a)中可以看到，调用模块中的 qq 过程可以直接使用 **Call qq** 语句；而在图 7.18(b)中也可以看到在模块中调用窗体中的过程 SS 时，必须在过程前加上窗体的名称，即 **Call form1. ss**。

如果在SS过程和qq过程定义时未加Public的关键字，则在窗体及模块之间是不能互相调用所定义的过程的。

在窗体中使用Print类的打印显示语句时，可以省略对象名直接使用，此时默认为在窗体上打印内容；但在模块中使用Print类打印语句时，一定要指明打印对象，否则将会出错。如图7.18(b)中所示的语句

```
Form1.Print "调用 form1 中的全局过程 SS"
```

程序代码如下：

```
Private Sub Command1_Click()              '窗体中 Command1 的单击事件
 Print "调用模块 1 中的全局过程 qq "
 Print
 Call qq
End Sub

Public Sub ss()                           '窗体中的全局过程 SS
 s1=1000
 Print "form1 的 SS 过程中变量 s1=   ";s1
End Sub

Public Sub qq()                           '模块 1 中的全局过程 qq
q1=2000
Form1.Print "模块过程中变量 q1=   ";q1
Form1.Print "调用 form1 中的全局过程 SS"
Call Form1.ss
End Sub
```

7.6 鼠标事件过程

VB 6.0所提供的大多数控件都能响应一定的鼠标或键盘事件，如鼠标键是否被按下，键盘的某个键是否被按下等。本节将就此进行一些讨论。

7.6.1 鼠标器事件过程语句

鼠标器事件是指由于用户操作鼠标而引发的事件。在前面学习的内容中我们已经使用到了两个常用的鼠标器事件，即鼠标的单击Click()事件和双击DblClick()事件。这里再介绍三个常用的鼠标器事件。

MouseDown事件，当鼠标的任意按钮被按下时触发的事件。

MouseUp事件，当鼠标的任意按钮按下后被释放时触发的事件。

MouseMove事件，当鼠标指针被移动时即触发。

注意，MouseDown，MouseMove，MouseUp这三个事件同前面学习的鼠标单击Click、双击DblClick事件是具有不同功能的事件。用下面的例题来观察鼠标单击、按下及松开事件发生的先后关系及顺序。

例7.22 同时定义鼠标单击、按下及松开三个事件，代码如下。

```
    Private Sub Command2_Click()  '单击事件
      Print "Click 单击事件发生"
    End Sub
    Private Sub Command2_MouseDown(Button As Integer, Shift As Integer, X As
Single,Y As Single)     '鼠标按下事件
      Print "MouseDown 按下事件发生"
    End Sub
    Private Sub Command2_MouseUp(Button As Integer,Shift As Integer,X As Single,Y
As Single)    '鼠标松开事件
      Print "MouseUp 放开事件发生"
    End Sub
```

运行程序，按下 **Command2** 按钮后，出现图 7.19(a)所示第一行结果，即鼠标按下事件发生。然后松开 **Command2** 按钮，出现图 7.19(a)所示第二、三行结果，即鼠标单击、鼠标松开事件顺序发生。

图 7.19　例 7.22 程序运行结果

可以看到，单击一次鼠标，三个事件都会发生，顺序如图 7.19(a)所示；但重要的是现在学习的三个鼠标事件可以区分出在操作鼠标时，使用的是鼠标的哪个键，即左键、右键或中间键，以及在按下鼠标键时是否同时按下 Shift，Ctrl，Alt 键。

例如，继续用鼠标右键单击窗体中的 **Command2** 按钮，得到图 7.19(b)所示结果。单击事件没有发生，但鼠标的按下及放开事件仍都发生了。

鼠标的按下、放开及移动三个事件处理过程的调用格式如下：

```
    Private Sub  Object_MouseDown(Button As Integer, Shift As Integer, X As
Integer,Y As Integer)
    Private Sub  Object_MouseUp(Button As Integer,Shift As Integer,X As Integer,
Y As Integer)
    Private Sub  Object_ MouseMove(Button As Integer, Shift As Integer, X As
Integer,Y As Integer)
```

其中 Object 是指响应事件的控件对象名称。

Button 参数为数值型参数，指示了用户按下或释放了哪个鼠标按钮，其对应值和含义如下：1 表示用户按下或释放鼠标器的左键；2 表示用户按下或释放了鼠标器的右键；4 表示用户按下或释放了鼠标器的中间键。

用户也可以使用下面 VB 符号常数来检测鼠标的状态：vbleftButton，用户按下或释放了

鼠标器左键;vbRightButton,用户按下或释放了鼠标器右键;vbMiddleButton,用户按下或释放了鼠标器中键。

例 7.23 编写 Command2 的 Mousedown 事件代码如下,区分按下的鼠标左右键。

```
    Private Sub Command2_Mousedown(Button As Integer, Shift As Integer, X As
Single,Y As Single)
    If Button=1 Then Print "按下鼠标左键"
    If Button=2 Then Print "按下鼠标右键"
    End Sub
```

运行程序,按下鼠标左键,得到图 7.20 所示第一行内容,即 Button 值为 1;然后按下鼠标右键,得到图 7.20 所示第二行内容,即 Button 值为 2。

图 7.20 例 7.23 程序运行结果

Shift 参数包含了 Shift,Ctrl 和 Alt 这三个键的状态信息,见表 7.1。Shift,Ctrl 和 Alt 键按下时分别对应为 1,2,4 值,而 Shift 参数值就由这三个键的各自取值组合而成。所以 Shift 参数值共有 7 种取值,见表 7.1。例如,当 Shift 参数值为 2 时表示用户仅仅按下了 Ctrl 键;而当 Shift 参数值为 6 时表示用户同时按下了 Ctrl 键和 Alt 键。

表 7.1 Shift 参数的取值

Shift 参数值	Shift 键(键值=1)	Ctrl 键(键值=2)	Alt 键(键值=4)
0			
1	√		
2		√	
3	√	√	
4			√
5	√		√
6		√	√
7	√	√	√

用户也可以使用下面的 VB 符号常数及其逻辑组合来检测这些辅助键:vbShiftMask,Shift 键被按下;vbCtrlMask,Ctrl 键被按下;vbAltMask,Alt 键被按下。

X 和 Y 这两个参数值对应于事件发生时鼠标的位置,采用的坐标系是用 ScaleMode 属性指定的坐标系。

7.6.2 MouseDown 鼠标事件过程

MouseDown 是最常用的鼠标事件,当按下鼠标按键时,就触发了 MouseDown 事件。在应用程序中,经常把 MouseDown 事件与 Move 方法和 Line 方法结合起来使用,以增强 MouseDown 的功能。

1. 结合 Move 方法

将 MouseDown 事件与 Move 方法结合起来使用可以将控件移动到窗体的不同位置。单击窗体的任意位置,控件将移动到光标的位置,即鼠标指针的位置决定控件的新位置。

例 7.24 有如下程序段,单击鼠标,窗体上的文本框随着移动到鼠标指针的位置。

```
    Private Sub Form_MouseDown(Button As Integer,Shift AS Integer,X As Single,Y
As Single)
    Text1.Move X,Y
    End Sub
```

程序运行后,如图 7.21(a)所示。在右上方单击鼠标,文本框移动到如图 7.21(b)所示位置。

(a) (b)

图 7.21 结合 Move 方法使用 MouseDown 事件

上例是将对象的左上角放置在鼠标指针的位置(X,Y)处,如果想要将对象的中心放置在鼠标指针的位置(X,Y)处,可以将上例作如下修改:

```
    Private Sub Form_MouseDown(Button As Integer,Shift AS Integer,X As Single,Y
As Single)
    Text1.Move  (X-Text1.Width/2),(Y-Text1.Height/2)
    End Sub
```

2. 结合 Line 方法

结合 Line 方法使用 MouseDown 事件可以在先前的绘制位置与鼠标指针的新位置之间画一条直线。

例 7.25 有如下程序段,它将画出一系列直线。第一条直线起始于默认起点,即窗体左上角。单击鼠标,应用程序就从先前直线结束的端点到鼠标目前的位置画一条直线。

```
    Private Sub Form_MouseDown(Button As
Integer,Shift As Integer,X As Single,Y As Single)
    Line-(X,Y)
    End Sub
```

图 7.22 结合 Line 方法使用 MouseDown 事件

程序运行后,在五角星几个顶点处单击鼠标,结果如图 7.22 所示。

例 7.26 利用鼠标事件画圆。使用 Mouse-Down 事件记录圆心的坐标,使用 MouseUp 事件记录半径端点的坐标,计算半径,再利用 Circle 方法在窗体上画圆。

程序代码如下:

```
     Option Explicit
     Dim StartX As integer,StartY as integer
    Private Sub Form_Mousedown(Button As Integer.Shift As Integer,X As Single,Y
As Single)
      StartX=X
      StartY=Y
    End Sub
    Private Sub Form_MouseUp(Button As Integer.Shift As Integer,X As Single,Y As
Single)
```

```
        Dim R As Integer,Color As Integer
        Dim EndX As Integer,EndY As Integer
        EndX=X
        EndY=Y
        Color=Int(16*Rnd)
        R=Sqr((EndX-StartX)^2+(EndY-StartY)^2)
        Form1.Circle(StartX,StartY),R,QBColor(Color)
    End Sub
```

程序运行后,将鼠标光标移到所需的圆心位置,按下鼠标左键,拖动鼠标到想要的半径大小,松开鼠标,则在窗体上画了一个圆。不断拖动鼠标,可以不断画出多个圆,如图7.23所示。

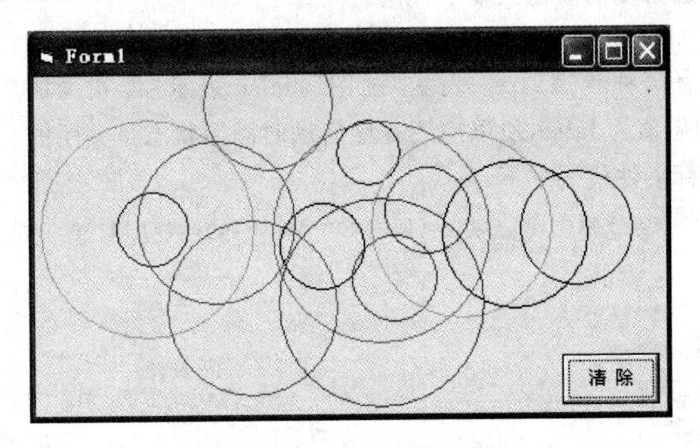

图7.23　例7.26程序运行结果

7.6.3 MouseMove鼠标事件过程

当鼠标指针在屏幕上移动时就会发生MouseMove事件。当鼠标指针处于某个对象的边框内时,该对象能够识别MouseMove事件。

MouseMove事件可以结合Line方法使用。

例7.27　应用程序在鼠标当前位置和先前位置之间绘制一条线,绘制的线从左上角开始。与MouseDown不同的是,它绘制的是曲线,而不是一系列直线。

```
    Private Sub Form_MouseMove(Button As Integer,Shift As Integer,X As Single,Y
As Single)
        Line-(X,Y)
    End Sub
```

程序运行后,用鼠标移动即可以画出如图7.24所示图形。

图7.24　结合Line方法使用MouseMove事件

7.6.4 MouseUp 鼠标事件过程

释放鼠标按键时,MouseUp 事件将发生。例 7.27 仅仅使用鼠标的 MouseMove 事件来画图,画出的曲线是不能中断的一根连续的曲线。在实际应用程序中,可以将 MouseDown,MouseMove 和 MouseUp 三个事件结合起来使用,会使画图更加方便。

例 7.28 将三个事件结合起来使用,实现在窗体内画图。

程序设定:①MouseDown,按下鼠标按键,通知应用程序开始画图;②MouseMove,移动指针,通知应用程序进行画图操作;③MouseUp,释放鼠标按键,通知应用程序停止画图。

在代码窗口的**通用**说明段输入如下代码:

```
Dim movenow As Boolean
```

其中,movenow 代表两种状态,true 表示"画图",false 表示"停止画图"。因为逻辑型变量 movenow 的默认初始值为 false,所以应用程序启动时画图状态是关闭的。

窗口的三个鼠标事件代码如下:

```
    Private Sub Form_MouseDown (Button As Integer, Shift As Integer, X As Single, Y
As Single)
       movenow=true
       CurrentX=X
       CurrentY=Y
    End Sub
    Private Sub Form_MouseMove (Button As Integer, Shift AS Integer, X As Single, Y
As Single)
       If movenow Then Line- (X,Y)
    End Sub
    Private  Sub  Form _ MouseUp  (Button  As
Integer, Shift  As  Integer, X  As  Single, Y  As
Single)
       movenow= false
    End Sub
```

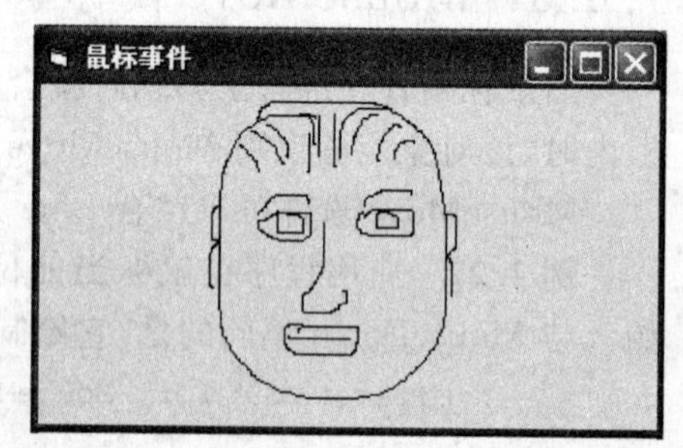

图 7.25 结合使用三个键盘事件

程序运行后,使用鼠标即可以在窗体上画出质量较好的图形,如图 7.25 所示。

7.7 键盘事件过程

在应用程序中,除了用鼠标进行操作外,键盘也是用来操作或输入信息的主要工具。在标准工具箱中的多数控件获得焦点时都具有响应键盘事件的能力。

7.7.1 键盘事件过程语句

在 VB 中常用的有三个键盘事件处理过程。

KeyPress 事件,用户按下并释放一个能产生 ASCII 码的键时发生。

KeyUp 事件,用户释放任一键时发生。

KeyDown 事件，用户按下任一键时发生。

以上三个事件的调用格式如下：

```
Private Sub Object_KeyPress(KeyAscii As Integer)
Private Sub Object_KeyUp(KeyCode As Integer,Shift As Integer)
Private Sub Object_KeyDown(KeyCode As Integer,Shift As Integer)
```

其中 Obiect 是指响应事件的控件名。

7.7.2 KeyPress 事件

用户按下并释放键盘上的键时触发 KeyPress 事件；但并不是按下键盘上的任意一个键都会引发 KeyPress 事件，KeyPress 事件只对会产生 ACSII 码的按键有反应，包括数字、大小写的字母，Backspace，Esc，Tab 等键。对于例如方向键"↑，↓，←，→"这类不会产生 ASCII 码的按键，KeyPress 事件不会发生。

事件过程中的 KeyAscii 参数为按键相对应的 ASCII 码值。例如，当键盘处于小写状态，用户在键盘上按 A 键时，KeyAscii 参数值为 97；当键盘处于大写状态，用户在键盘上按 A 键时，KeyAscii 参数值为 65。

KeyPress 键盘事件过程在截取文本框 TextBox 或组合框 ComboBox 控件所输入的击键时非常有用。它可以立即测试击键的有效性或在字符输入时对其进行格式处理。如在控件的 KeyPress 事件加上语句 KeyAscii＝KeyAscii＋2，这时如你输入的是大写字母 A，则其对应的 KeyAscii 参数值为 65＋2＝67。此时如输出对应的 KeyAscii 参数值字符，则将显示为 C（大写字母 C 的 KeyAscii 值为 67)，对输入字符进行了改变，而显示发送一个不同的字符，实现最简单的文字显示加密功能。如将 KeyAscii 值改变为 0 时，将取消击键，对象接收不到字符。

例 7.29 设计一个窗体用来输入学号、密码。要求学号由 6 位数字组成，密码由不超过 8 位的字母、数字序列组成。当输入完学号后按回车键，则光标自动跳到密码框中。当确认输入完成，单击**确定**按钮，将在第二个窗体中显示输入的学号和密码。

在 Form1 窗口中设计代码如下：

```
Public code As String  '定义全局变量 code,存放学号
Public passW As String '定义全局变量 passW,存放密码
Private Sub Command1_Click()
 If Len(Trim(code)) <>6 Then
  MsgBox "学号不足 6 位"
  Text1.SetFocus
 Else
  Form2.Show
 End If
End Sub
Private Sub Command2_Click()
 End
End Sub
Private Sub Text1_KeyPress(KeyAscii As Integer)
```

```
  Static codelen As Integer      'codelen 记录学号长度
  If KeyAscii=13 Then            '按下回车键时
   Text2.SetFocus                '焦点到密码框
  End If
   If codelen <>6 Then
    If Chr(KeyAscii)>="0" And Chr(KeyAscii) <="9" Then
     codelen=codelen+1
     code=code & Chr(KeyAscii) '按下的字符保存到 code
    Else
     KeyAscii=0                 '该字符不在学号框中显示
    End If
   Else
    KeyAscii=0
   End If
  End Sub
  Private Sub Text2_KeyPress(KeyAscii As Integer)
   Static passlen As Integer
   If passlen <=8 Then
    If Chr(KeyAscii)>="0" And Chr(KeyAscii) <="9" Or _
        LCase(Chr(KeyAscii))>="a" And LCase(Chr(keyacsii)) <="z" Then
     passlen=passlen+1
      passW=passW & Chr(KeyAscii)
     Else
      KeyAscii=0
     End If
    Else
     KeyAscii=0
    End If
  End Sub
```

在 Form2 窗口中设计代码如下：

```
  Private Sub Command1_Click()
   End
  End Sub
  Private Sub Form_Activate()
   CurrentX=500
   CurrentY=500
   Print "您的学号:";Form1.code
   CurrentX=500
   CurrentY=900
   Print "您的密码:";Form1.passW
  End Sub
```

程序运行后，输入学号及密码，结果如图 7.26 所示。

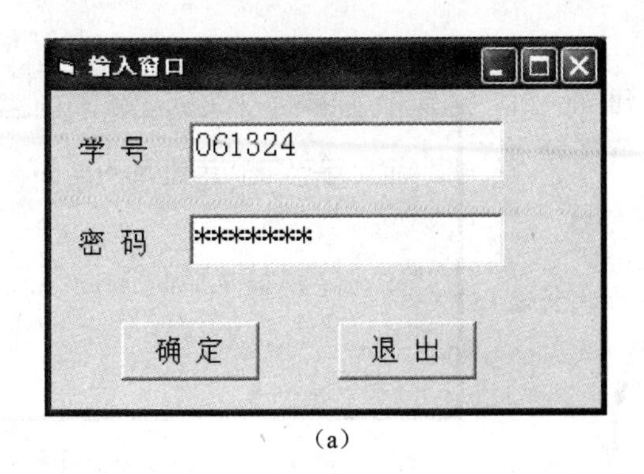

(a)

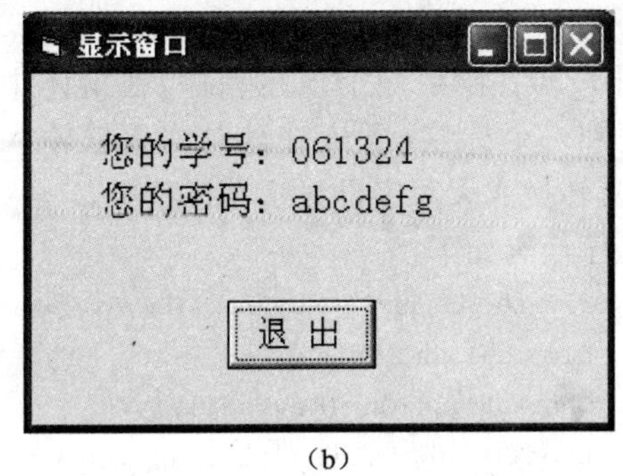

(b)

图 7.26　例 7.29 程序运行结果

7.7.3　KeyUp 与 KeyDown 事件

当控制焦点在某个对象上，用户此时按下键盘上的任一键，便会触发该对象的 KeyDown 事件，释放按键便触发 KeyUp 事件。

这两个事件过程的 KeyCode 参数值是用户所操作的键盘上的那个对应键的扫描码。KeyCode 扫描码参数是指在事件过程中用户所按下的物理键。例如，不管键盘处于小写状态还是大写状态，用户在键盘按 A 键时，KeyCode 参数值都为 65(对应的大小写的 KeyAscii 参数值为 65 和 97)。又如，数字键 3 和 # 键也是同一个键，这样输入 3 时和按住 Shift 键输入 # 时得到的 KeyCode 值都是 51。表 7.2 中列出部分字符的 KeyCode 值和 KeyAscii 值以供区别。

表 7.2　KeyCode 值与 KeyAscii 值

键(字符)	KeyCode(十进制)	Keyascii(十进制)	操作	键(字符)	KeyCode(十进制)	Keyascii(十进制)	操作
A	65	65		#(与 3 同键)	51	35	同时按下 Shift 键
a	65	97		3 (数字小键盘)	99	51	锁定数字小键盘
B	66	66		Pgdn(数字小键盘)	34	无	小键盘数字未锁定
b	66	98		Pgdn(编辑键盘上)	34	无	
3	51	51					

事件过程参数中的 Shift 参数是一个整数，参数包含了 Shift，Ctrl 和 Alt 键的状态信息，与前面鼠标器事件过程中的 Shift 参数意义相同。

KeyDown 和 KeyUp 事件经常用于判断下列情况：①扩展的字符键，如功能键等；②定位键；③键盘修饰和按键的组合；④区别数字小键盘和常规数字键。

下列情况不能引用 KeyDown 和 KeyUp 事件：①窗体有一个 CommandButton 控件且 Default 属性设置为 true 时的 Enter 键；②窗体有一个 CommandButton 控件且 Cancle 属性设置为 true 时的 Esc 键。

在默认情况下，当用户对当前具有焦点的控件进行操作时，该控件的 KeyPress，KeyUp 和 KeyDown 事件都可以被触发；但是窗体的 KeyPress，KeyUp 和 KeyDown 事件不会发生。为了启动窗体的这三个事件，必须将窗体的 KeyPreview 属性设置为 true，而该属性的默认值为 false。

如果窗体的 KeyPreview 属性被设置为 true，则首先触发窗体的 KeyPress，KeyUp 和 KeyDown 事件，利用这些事件过程可以先做一些处理，然后传送给当前具有焦点的控件对象的 KeyPress,KeyUp 和 KeyDown 事件。

例 7.30 设计一个应用程序,在窗体中建立一个文本框和一个标签,当从键盘向文本框输入英文字符时,将其转换成大写字母显示在标签中。

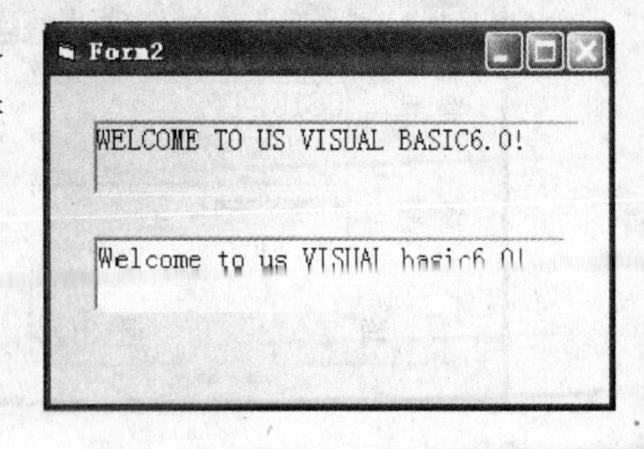

图 7.27 例 7.30 程序运行结果

程序代码如下:

```
Private Sub Text1 KeyPress(KeyAscii As Integer)
 Dim char As String
 Char=UCase(Chr(KeyAscii))
 Label1.Caption=Label1.Caption & char
End Sub
```

程序运行结果如图 7.27 所示。

例 7.31 设计一个应用程序,在其中可以控制窗体的 KeyPreview 属性真假,然后观察窗体随控件一起响应 KeyPress 事件的过程。

设计程序界面如图 7.28(a)所示,设置两个单选按钮 Option1,Option2 来控制 KeyPreview 属性的真假。设置一个按钮 Command1 来响应 KeyPress 事件。程序代码如下:

```
   Rem 按钮 1 的 KeyPress 事件
Private Sub Command1_KeyPress(KeyAscii As Integer)
 Print "按钮的 KeyPress 事件发生"
End Sub
   Rem 窗体的 KeyPress 事件
Private Sub Form_KeyPress(KeyAscii As Integer)
 Print "窗体的 KeyPress 事件发生"
End Sub
   Rem KeyPreview 属性为 true
Private Sub Option1_Click()
 Form1.KeyPreview=true
End Sub
   Rem KeyPreview 属性为 false
Private Sub Option2_Click()
 Form1.KeyPreview=false
End Sub
```

程序运行后,首先选定单选按钮 1,设置 Form 的 keypreview 属性为 **True**,使窗体能响应 KeyPress 事件。让 Command1 得到焦点,并按下键盘任意字符键,如图 7.28(b)所示,同时引发了窗体和 Command1 的 KeyPress 事件。清除屏幕显示内容,选定单选按钮 2,设置 KeyPreview 属性为 **Flase**,再让 Command1 得到焦点,按下键盘任意字符键,此次仅仅触发了 Command1 的 KeyPress 事件,如图 7.28(c)所示,窗体 KeyPress 事件没有被触发。

例 7.32 编写如图 7.29 所示的"追朋友"游戏程序。用户通过"↑,↓,←,→"键移动笑脸(Image1),当遇到哭脸(Image2)后,屏幕提示追上的按键次数。

设计如图 7.29(a)所示界面。利用"↑,↓,←,→"4 个键控制移动笑脸,它们的 KeyCode 码为"←"37(&H25),"↑"38(&H26),"→"39(&H27),"↓"40(&H28)。如果

```
Abs(Image2.Left-Image1.Left)<300 And  Abs(Image2.Top-Image1.Top)<300
```

成立,则认为笑脸追上哭脸,显示追上朋友及按键次数信息。设置变量静态变量 N 记录按键的次数。

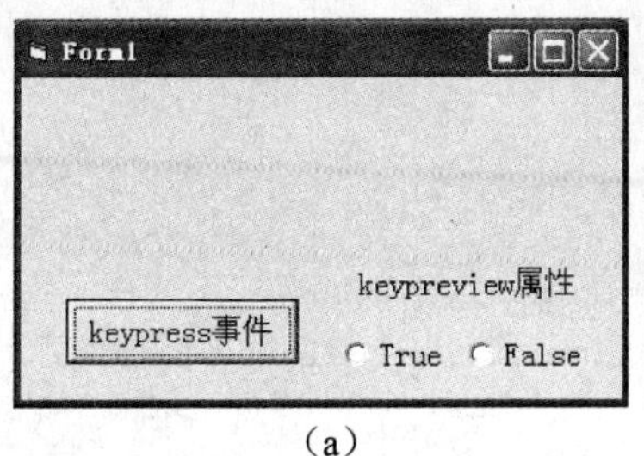

(a)

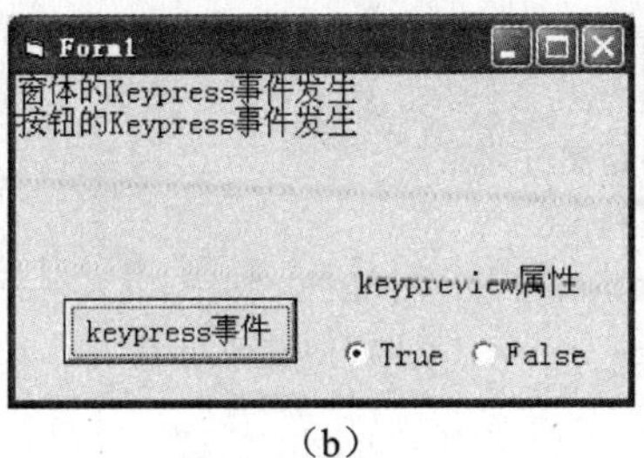

(b)

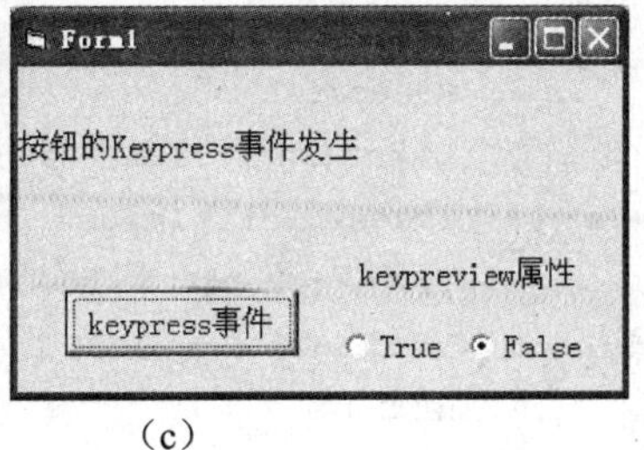

(c)

图 7.28　例 7.31 程序运行结果

当用户按下"↑,↓,←,→"键时触发窗体的 KeyDown 事件,在该事件中移动笑脸☺。代码如下:

```
Private Sub Form_KeyDown(KeyCode As Integer,Shift As Integer)
Static N as integer
N=N+1
  Select Case KeyCode
   Case 37
     Image1.Left=Image1.Left-200
   Case 38
     Image1.Top=Image1.Top-200
   Case 39
     Image1.Left=Image1.Left+200
   Case 40
     Image1.Top=Image1.Top+200
   End Select
If Abs(Image2.Left-Image1.Left) <300 And  _
   Abs(Image2.Top-Image1.Top)   <300 Then
   Label1.Caption="我按键" & N & "次追上了我朋友"
End If
End Sub
```

运行程序,按动 4 个方向键头,移动笑脸☺。当追上☹时,显示图 7.29(b)所示结果。

(a)

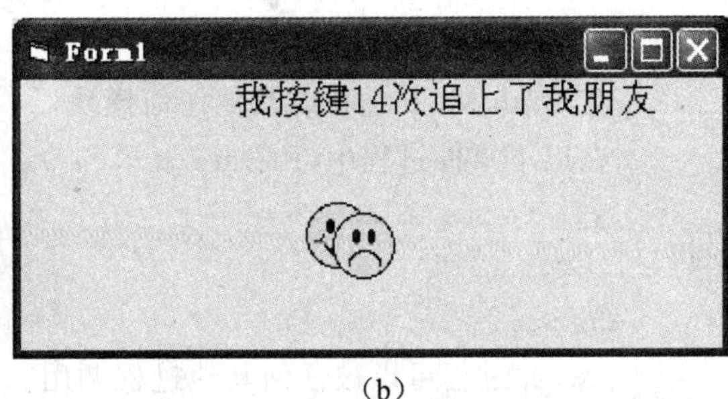

(b)

图 7.29　例 7.32 程序运行结果

例 7.33　修改上面的追击游戏方式,即将不动的哭脸☹变为不断移动的对象。

要让哭脸☹(Image2)在程序运行时移动,可以使用定时器控件来完成,如图 7.30 所示。设置定时器控件 Timer1 的 Interval 属性值为 10,Timer1 的 Timer 事件代码如下,这时的☹将在窗体中由左向右移动,且会不断下降位置。

```
Private Sub Timer1_Timer()
  Randomize
  L=Int(Rnd*50)   '移动距离
  Image2.Left=Image2.Left+L
  If Image2.Left>=5000 Then Image2.Left=0:Image2.Top=Image2.Top+800
  If Image2.Top>3400 Then Print "哈哈!你追不上我了!!":Timer1.Interval=0
End Sub
```

代码中 Image2 对象每次移动的距离由 L 决定，L 是一个随机产生的 50 以内的整数。第一个 If 语句作用是当对象超过窗口右边界时，则重新回到窗口左部，但对象顶部位置要“下移”800 的距离。当顶部位置超过窗口下边界时，显示信息：**哈哈！你追不上我了!!**，且定时器也停止工作，Timer1. Interval＝0。

当☺追上☹时，为使☹停下来，可以在上例的 Form 的 KeyDown 事件中加入相应的语句 Timer1. Interval＝0；否则☹又“逃脱了”。

图 7.30　使用 Timer 事件

习　题　7

一、单选题

1. 在 Visual Basic 工程中，可以作为“启动对象”的程序是(　)。

   A. 任何窗体或标准模块　　B. 任何窗体或过程

   C. Sub Main 过程或其他任何模块　　D. Sub Main 过程或任何窗体

2. 在以下事件过程中，Private 表示(　)。

```
Private Sub lblAbc_Change()
  ......
End Sub
```

   A. 此过程可以被任何其他过程调用

   B. 此过程只可以被本窗体模块中的其他过程调用

   C. 此过程不可以被任何其他过程调用

   D. 此过程只可以被本工程中的其他过程调用

3. 以下关于函数过程的叙述中，正确的是(　)。

   A. 如果不指明函数过程参数的类型，则该参数没有数据类型

   B. 函数过程的返回值可以有多个

C. 当数组作为函数过程的参数时，既能以传值方式传递，也能以引用方式传递

D. 函数过程形参的类型与函数返回值的类型没有关系

4. 以下关于变量作用域的叙述中，正确的是(　)。

A. 窗体中凡被声明为 Private 的变量只能在某个指定的过程中使用

B. 全局变量必须在标准模块中声明

C. 模块级变量只能用 Private 关键字声明

D. Static 类型变量的作用域是它所在的窗体或模块文件

5. 以下关于 KeyPress 事件过程中参数 KeyAscii 的叙述中正确的是(　)。

A. KeyAscii 参数是所按键的 ASCII 码

B. KeyAscii 参数的数据类型为字符串

C. KeyAscii 参数可以省略

D. KeyAscii 参数是所按键上标注的字符

6. 一个工程中含有窗体 Form1，Form2 和标准模块 Model1，如果在 Form1 中有语句 Pubilc X As Integer，在 Model1 中有语句 Pubilc Y As Integer，则以下叙述中正确的是(　)。

A. 变量 X、Y 的作用域相同　　B. Y 的作用域是 Model1

C. 在 Form1 中可以直接使用 X　　D. 在 Form2 中可以直接使用 X 和 Y

7. 如果一个工程含有多个窗体及标准模块，则以下叙述中错误的是(　)。

A. 任何时刻最多只有一个窗体是活动窗体

B. 不能把标准模块设置为启动模块

C. 用 Hide 方法只是隐藏一个窗体，不能从内存中清除该窗体

D. 如果工程中含有 Sub Main 过程，则程序一定首先执行该过程

8. 设有以下函数过程：

```
Function fun(m As Integer) As Integer
  Dim k As Integer,sum As Integer
  sum=0
  For k=m To 1 Step-2
  sum=sum+k
  Next k
  fun=sum
End Function
```

若在程序中用语句 s＝fun(10)调用此函数，则 s 的值为(　)。

A. 10　　B. 20

C. 30　　D. 40

9. 在以下描述中正确的是(　)。

A. 标准模块中的任何过程都可以在整个工程范围内被调用

B. 在一个窗体模块中可以调用在其他窗体中被定义为 Public 的通用过程

C. 如果工程中包含 Sub Main 过程，则程序将首先执行该过程

D. 如果工程中不包含 Sub Main 过程，则程序一定首先执行第一个建立的窗体

10. 程序运行后，在窗体上单击鼠标，此时窗体不会接收到的事件是(　)。

A. MouseDown　　B. MouseUp

C. Load　　　　　　　　　　　　　　　　D. Click

11. 将窗体的 KeyPreview 属性设置为 true，然后编写如下事件过程：

```
Private Sub Form_KeyPress(KeyAscii As Integer)
 Dim ch As String
 ch=Chr(KeyAscii)
 KeyAscii=Asc(UCase(ch))
 Print Chr(KeyAscii+2)
End Sub
```

程序运行后，按键盘上的 A 键，则在窗体上显示的内容是(　)。

A. A　　　　　　　　　　　　　　　　B. B

C. C　　　　　　　　　　　　　　　　D. D

12. 关键字(　)声明的局部变量在整个程序运行中一直存在。

A. Static　　　　　　　　　　　　　　B. Private

C. Dim　　　　　　　　　　　　　　　D. Public

13. 下列说法错误的是(　)。

A. 在同一模块不同过程中的变量可以同名

B. 不同模块中定义的全局变量不可以同名

C. 引用另一模块中的全局变量时，必须在变量名前加模块名

D. 同一模块中不同级的变量可以同名

14. 在窗体上画一个名称为 **Text1** 的文本框和一个名称为 **Command1** 的命令按钮。然后编写如下的事件过程：

```
Private Sub Command1_Click()
 Dim arr(5) As Integer,n As Integer
 For i=1 To 5
 arr(i)=i+I  2  4  6  8  10
 Next
 Fun arr,n
 Text1.Text=Str(n)
End Sub
Public Sub Fun(a() As Integer, x As Integer)
 For i=1 To 5
 x=x+a(i)
 Next
End Sub
```

程序运行后，单击命令按钮，则在文本框中显示的内容是(　)。

A. 30　　　　　　　　　　　　　　　　B. 25

C. 20　　　　　　　　　　　　　　　　D. 15

15. 设窗体上有一个名为 **Text1** 的文本框，并编写如下程序：

```
Private Sub Form_Load()
 Show
 Text1.Text=""
```

```
 Text1.SetFocus
End Sub
Private Sub Form_MouseUp(Button As Integer,_
 Shift As Integer,X As Single,Y As Single)
 Print "程序设计"
End Sub
Private Sub Text1_KeyDown(KeyCode As Integer,Shift As Integer)
 Print "Visual Basic";
End Sub
```

程序运行后,如果在文本框中输入字母 a,然后单击窗体,则在窗体上显示的内容是( )。

A. Visual Basic　　B. 程序设计

C. Visual Basic 程序设计　　D. a 程序设计

16. 在窗体上画一个名称为 **Text1** 的文本框,要求文本框只能接收大写字母的输入。能实现该操作的事件过程是( )。

A.
```
Private Sub Text1_KeyPress(KeyAscii As Integer)
 If KeyAscii <65 Or KeyAscii>90 Then
 MsgBox "请输入大写字母"
 KeyAscii=0
 End If
End Sub
```

B.
```
Private Sub Text1_KeyDown(KeyCode As Integer,Shift As Integer)
 If KeyCode <65 Or KeyCode>90 Then
 MsgBox "请输入大写字母"
 KeyCode=0
 End If
End Sub
```

C.
```
Private Sub Text1_MouseDown(Button As Integer,Shift As Integer,
 X As Single,Y As Single)
 If Asc(Text1.Text) <65 Or Asc(Text1.Text)>90 Then
 MsgBox "请输入大写字母"
 End If
End Sub
```

D.
```
Private Sub Text1_Change()
 If Asc(Text1.Text)>64 And Asc(Text1.Text) <91 Then
 MsgBox "请输入大写字母"
 End If
End Sub
```

17. 在窗体上画一个名称为 **Text1** 的文本框,一个名称为 **Command1** 的命令按钮,然后编写如下事件过程和通用过程:

```
Private Sub Command1_Click()
 n=Val(Text1.Text)
 If n\2=n/2 Then
 f=f1(n)
```

```
  Else
  f=f2(n)
  End If
  Print f;n
End Sub
Public Function f1(ByRef x)
  x=x*x
  f1=x+x
End Function
Public Function f2(ByVal x)
  x=x*x
  f2=x+x+x
End Function
```

程序运行后，在文本框中输入 **6**，然后单击命令按钮，窗体上显示的是(　)。

A. 72 36　　　　B. 108 36

C. 72 6　　　　D. 108 6

18. 在窗体上画一个文本框和一个计时器控件，名称分别为 **Text1** 和 **Timer1**。在属性窗口中把计时器的 Interval 属性设置为 **1000**，Enabled 属性设置为 false。程序运行后，如果单击命令按钮，则每隔一秒钟在文本框中显示一次当前的时间。以下是实现上述操作的程序：

```
Private Sub Command1_Click()
Timer1.__________
End Sub
Private Sub Timer1_Timer()
 Text1.Text=Time
End Sub
```

在下划线处应填入的内容是(　)。

A. `Enabled=true`　　　　B. `Enabled=false`

C. `Visible=true`　　　　D. `Visible=false`

19. 在窗体上画一个名称为 **Command1** 的命令按钮，然后编写如下通用过程和命令按钮的事件过程：

```
Private Function f(m As Integer)
  If m Mod 2=0 Then
  f=m
  Else
  f=1
  End If
End Function
Private Sub Command1_Click()
  Dim i As Integer
  s=0
  For i=1 To 5
  s=s+f(i)
  Next
```

```
Print s
End Sub
```

程序运行后,单击命令按钮,在窗体上显示的是(　)。

A. 11　　B. 10

C. 9　　D. 8

20. 函数过程 F1 的功能是,如果参数 b 为奇数,则返回值为 1;否则返回值为 0。以下能正确实现上述功能的代码是(　)。

A.
```
Function F1(b As Integer)
If b Mod 2=0 Then
Return 0
Else
Return 1
End If
End Function
```

B.
```
Function F1(b As Integer)
If b Mod 2=0 Then
F1=0
Else
F1=1
End If
End Function
```

C.
```
Function F1(b As Integer)
If b Mod 2=0 Then
F1=1
Else
F1=0
End If
End Function
```

D.
```
Function F1(b As Integer)
If b Mod 2 <>0 Then
Return 0
Else
Return 1
End If
End Function
```

21. 在窗体上画一个名称为 **Command1** 的命令按钮,然后编写如下通用过程和命令按钮的事件过程:

```
Private Function fun(ByVal m As Integer)
If m Mod 2=0 Then
fun=2
Else
fun=1
End If
```

```
End Function
Private Sub Command1_Click()
 Dim i As Integer,s As Integer
 s=0
 For i=1 To 5
 s=s+fun(i)
 Next
 Print s
End Sub
```

程序运行后,单击命令按钮,在窗体上显示的是(　)。

A. 6　　B. 7

C. 8　　D. 9

22. 在窗体上画一个名称为 **Command1** 的命令按钮,然后编写如下程序:

```
Dim SW As Boolean
Function func(X As Integer) As Integer
 If X <20 Then
 Y=X
 Else
 Y=20+X
 End If
 func=Y
End Function
Private Sub Form_MouseDown(Button As Integer,Shift As Integer,X
As Single,Y As Single)
 SW=false
End Sub
Private Sub Form_MouseUp(Button As Integer,Shift As Integer,X As
Single,Y As Single)
 SW=true
End Sub
Private Sub Command1_Click()
 Dim intNum As Integer
 intNum=InputBox("")
 If SW Then
 Print func(intNum)
 End If
End Sub
```

程序运行后,单击命令按钮,将显示一个输入对话框,如果在输入对话框中输入 **25**,则程序的执行结果为(　)。

A. 输出 0　　B. 输出 25

C. 输出 45　　D. 无任何输出

23. 子过程和函数的最大区别在于(　)。

A. Function 有返回值,Sub 没有

B. Function 需要输入参数，而 Sub 不用

C. Sub 可以用 Call 语句调用，而 Function 不行

D. 两者并无不同

24. 调用函数

```
Function F(A,b as integer) as integer
A=b
F=a+b
End Function
```

语句(　)不会发生错误。

A. F(1,5)　　B. X=F(1)

C. X=F(2,1.6)　　D. Call F 3,5

25. 接上题，在运行以下程序后的结果是(　)。

```
Private Sub Form_Click()
Dim X%,Y%
Y=F(X,5)
Prinf X,y
End Sub
```

A. 0　10　　B. 5　10

C. 10　10　　D. 5　5

二、填空题

1. 在窗体上画两个组合框，其名称分别为 **Combo1** 和 **Combo2**，然后画两个标签，名称分别为 **Label1** 和 **Label2**，如图 7.31 所示，程序运行后，如果在某个组合框中选定一个项目，则把所选定的项目在其下面的标签中显示出来。填空完成以下代码。

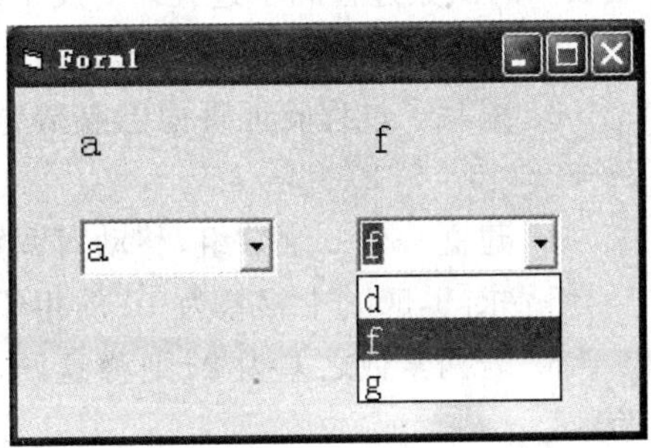

图 7.31　填空题图

```
Private Sub Combo1_Click()
 Call ShowItem(Combo1,Label1)
End Sub
Private Sub Combo2_Click()
 Call ShowItem(Combo2,Label2)
End Sub
Public Sub ShowItem(tmpCombo As ComboBox,tmpLabel As Label)
__________.Caption=________.Text
End Sub
```

2. 在窗体上画一个名称为 **Command1** 的命令按钮，然后编写程序，其功能是通过调用过程 swap，调换数组中数值的存放位置，即 a(1)与 a(10)的值互换，a(2)与 a(9)的值互换……a(5)与 a(6)的值互换。填空完成以下程序。

```
Option Base 1
Private Sub Command1_Click()
 Dim a(10) As Integer
 For i=1 To 10
 a(i)=i
```

```
  Next
  Call swap(        )
  For i=1 To 10
  Print a(i);
  Next
End Sub
Sub swap(b() As Integer)
  n=________
  For i=1 To n/2
  t=b(i)
  b(i)=b(n)
  b(n)=t
  ____________
  Next
End Sub
```

三、编程题

1. 分别编写一个计算级数

$$1+x+\frac{x^2}{2!}+\cdots+\frac{x^n}{n!}+\cdots \quad 精度为 \quad \left|\frac{x^n}{n!}\right|<10^{-5}$$

级数和的函数过程和子过程。x 及 n 由键盘输入,分别调用函数过程和子过程求出值。

2. 编写交换两个数的过程。一个用传值方式,一个用传址方式。

3. 编写子过程验证哥德巴赫猜想:一个不小于 6 的偶数可以表示为两个素数之和,如 6=3+3,8=3+5,10=7+3。

4. 建立一个二维数组,移动对调数组中任意两个元素的位置。

5. 求[5,500]中相差为 10 的相邻素数对的对数。

6. 若两素数之差为 2,则称这两个素数为双胞胎数。求[200,1000]之间有多少对双胞胎数。

7. 若某个整数 n 的所有因子之和是该数 n 的倍数,则称该数为多因子完备数。例如数 28,其因子之和 1+2+4+7+14+28=56,正好是 28 的两倍,28 就是多因子完备数。求[1,500]之间有多少多因子完备数。

8. 若素数 p 依次从最高位去掉 1 位、2 位、3 位……后仍是素数,且各位数字均不含 0,这样的数称为逆向超级素数。如 617,17,7 都是素数,故 617 是逆向超级素数,503 则不是。求出 100 到 1000 之间所有的逆向超级素数。

9. 编制子过程,判断一个数是否能同时被 17 和 37 整除。输出 1000～2000 间所有的能同时被 17 和 37 整除的数。

10. 由随机函数产生三个整数,放入数组 A 中。从键盘上输入一个整数 x,将 x 插入数组 A 中指定的位置。插入后的数组元素个数加 1,插入的位置由键盘输入数 n 决定(n 应不大于当前数组的最高维次)。该插入操作可以反复进行。

第8章 菜单程序设计

在 Windows 环境下，标准程序都有自己的菜单，几乎所有的应用程序都通过菜单来实现各种操作。对于 VB 应用程序来说，当操作任务简单时，一般通过控件来执行就可以了；而当要完成较复杂的操作时，使用菜单就具有十分明显的优势。本章介绍在 VB 中制作菜单程序。

8.1 Visual Basic 中的菜单

菜单的作用主要有两方面：①提供人机对话的界面，以便让用户选择相应的功能；②管理应用系统，控制各种功能模块的运行。一个高质量的菜单程序，不仅能使系统界面美观，而且使用户使用方便，还可以避免用户误操作所带来的严重后果。

菜单有下拉式菜单和弹出式菜单两种类型。下拉式菜单是指在屏幕上自上而下“下拉”一个个窗口菜单供用户选择或输入信息。下拉式菜单是一种典型的窗口式菜单。窗口是指屏幕上一个特定的矩形区域。它可以从屏幕上消失，也可以重新显示在屏幕上，各个窗口之间也允许覆盖。在 Windows 环境下，下拉式菜单的应用极为广泛，其中 VB 的主窗口的重要组成部分就是下拉式菜单。弹出式菜单是指右击窗体或其他对象时所显示的菜单。

8.2 菜单编辑器

VB 提供了一个强有力的菜单编辑工具——菜单编辑器。在 VB 中菜单的建立都是通过菜单编辑器来完成的。

8.2.1 打开菜单编辑器的方法

在 VB 中打开菜单编辑器主要有以下方法。

(1) 执行**工具**菜单中**菜单编辑器**命令。

(2) 单击工具栏中的**菜单编辑器**按钮。

(3) 使用 Ctrl+E 组合键。

(4) 右击窗体，在弹出的菜单中选择**菜单编辑器**命令。

通过以上任何一种方法都可以打开**菜单编辑器**如图 8.1 所示。

8.2.2 菜单编辑器的组成

菜单编辑器窗口分为数据区、编辑区和菜单显示区三部分，如图 8.2 所示。

1. 数据区

该区用来输入或修改菜单项，设置菜单属性。它分为若干栏，各栏的作用如下。

(1) 标题。是一个文本框，用来输入所建立的菜单的名字及菜单中每个菜单项的标题(相当于控件的 Caption 属性)。如果在该栏中输入一个减号“-”，则可在菜单中加入一条分隔线。

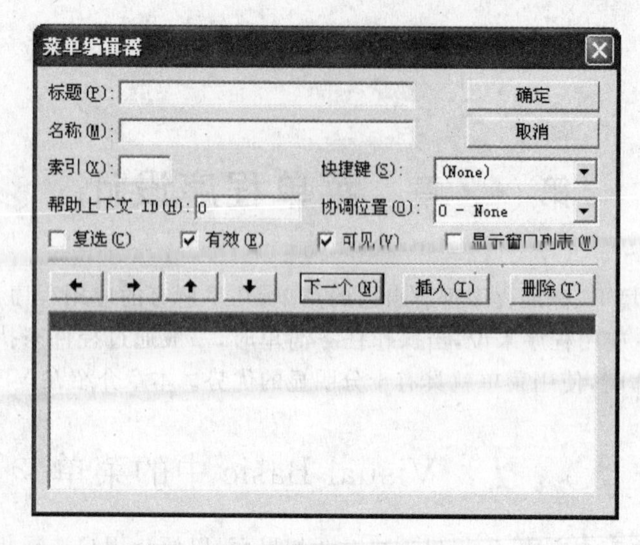

图 8.1　菜单编辑器

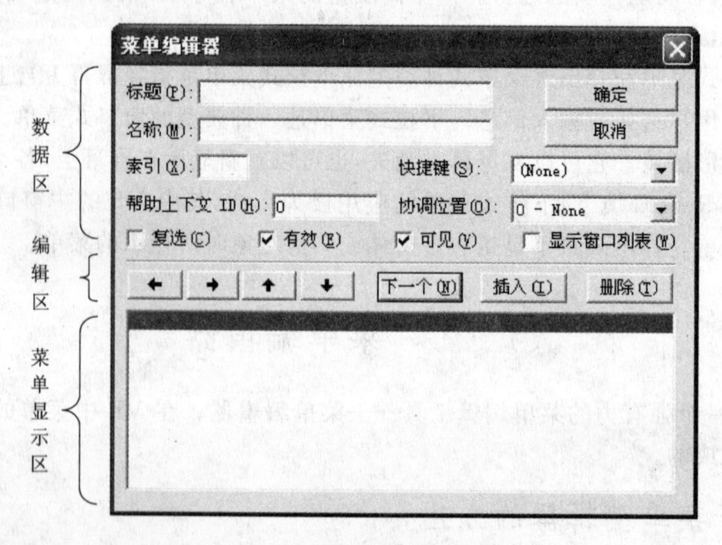

图 8.2　菜单编辑器的组成

(2) 名称。也是一个文本框,用来输入菜单名及各菜单项的控制名,相当于控件的 Name 属性,它不在菜单中出现。菜单名和每个菜单项都是一个控件,都要为其取一个控件名。

(3) 索引。用来为用户建立的控件数组设立下标,即当有两个菜单项的名字是相同时,索引下标就起作用了。

(4) 快捷键。是一个列表框,用来设置菜单项的快捷键(热键)。单击右端的箭头,将下拉显示可供使用的热键,可选择输入与菜单项等价的热键。

(5) 帮助上下文。是一个文本框,可在该框中键入数值,这个值用来在帮助文件(用 HelpFile 属性设置)中查找相应的帮助主题。

(6) 协调位置。是一个列表框,用来确定菜单或菜单项是否出现或在什么位置出现。单击右端的箭头,将下拉显示一个列表,如图 8.3 所示。该列表有 4 个选项,作用如下:①**0-None** 菜单项不显示;②**1-Left** 菜单项靠左显示;③**2-Middle** 菜单项居中显示;④**3-Right** 菜单项靠右显示。

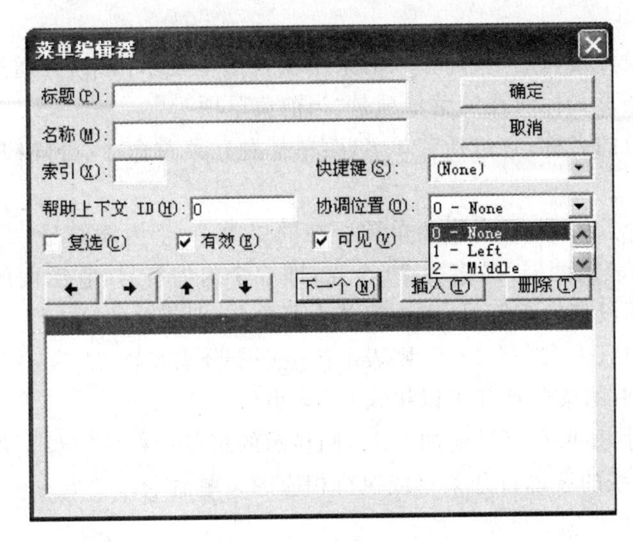

图 8.3　菜单编辑器的操作

(7) 复选。选择该项时,可以在相应的菜单项旁加上指定的记号,如“√”。它不改变菜单项的作用,也不影响事件过程对任何对象的执行结果,只是设置或重新设置菜单项旁的符号。利用这个属性,可以指明某个菜单项当前是否处于活动状态。

(8) 有效。用来设置菜单项的操作状态。在默认情况下,该属性被设置为 true,表明相应的菜单项可以对用户事件做出响应。如果该属性被设置为“false”,则相应的菜单项会“变灰”,不响应用户事件。

(9) 可见。确定菜单项是否可见。一个不可见的菜单项是不能执行的,在默认情况下,该属性为 true,即菜单项可见。当一个菜单项的**可见**属性设置为 false 时,该菜单项将暂时从菜单中去掉;如果把它的**可见**属性 Uisible 修改为 true,则该菜单项将重新出现在菜单中。

(10) 显示窗口列表。当该选项被设置为 on(框内有“√”)时,将显示当前打开的一系列子窗口。该选项用于多文档应用程序。

2. 编辑区

编辑区共有 7 个按钮,用来对输入的菜单项进行简单的编辑。菜单在数据区输入,在菜单项显示区显示。

(1) 左、右箭头。用来产生或取消内缩符号。单击一次右箭头可以产生 4 个点,单击一次左箭头则删除 4 个点。4 个点被称为内缩符号,用来确定菜单的层次,即每单击一次右箭头,菜单降一级,变为上一级的子菜单;每单击一次左箭头,菜单升一级。

(2) 上、下箭头。用来在菜单项显示区中移动菜单项的位置。把条形光标移到某个菜单项上,单击上箭头将使该菜单项上移,单击下箭头将使该菜单项下移,即用上下箭头来调整菜单项的排列位置。

(3) 下一个。如果在菜单显示区域里,当前所选定的菜单下面没有菜单项,单击**下一个**按钮,则开始一个新的菜单项(回车键作用相同);否则,就将下一个菜单项作为当前菜单项。

(4) 插入。用来插入新的菜单项。当建立了多个菜单项后,如果想在某个菜单项前插入一个新的菜单项,可先把条形光标移到该菜单项上(单击该菜单项即可),然后单击**插入**按钮,条形光标覆盖的菜单项将下移一行,上面空出一行,可在这一行插入新的菜单项。

(5) 删除。删除当前(即条形光标所在的)菜单项。

3. 菜单项显示区

该区位于菜单设计窗口的下部，输入的菜单项在这里显示出来，并通过内缩符号“...”表明菜单项的层次。条形光标所在的菜单项是“当前菜单项”。

菜单项是一个总的名称，它包括菜单名(菜单标题)、菜单命令、分隔线和子菜单 4 个方面的内容。

内缩符号由 4 个点组成，它表明菜单项所在的层次，一个内缩符号(4 个点)表示一层，两个内缩符号(8 个点)表示两层，最多为 20 个点，即 5 个内缩符号，它后面的菜单项为第 6 层。如果一个菜单项前面没有内缩符号，则该菜单为菜单名，即菜单的第一层。

如果在**标题**栏内只输入一个“-”，则表示产生一个分隔线。

除分隔线外，所有的菜单项都可以接收 Click 事件。

在输入菜单项时，如果在字母前加上 &，则显示的菜单中在该字母下加上一条下划线，可以通过 Alt+带下划线的字母打开菜单或执行相应的菜单命令。

8.3 下拉式菜单的制作

模仿 VB 的主菜单，做一个**文件**菜单和一个**编辑**菜单。**文件**菜单的名称为 **file**，其下有两个子菜单，分别为**打开**和**保存**，其名称分别为 **open** 和 **save**；**编辑**菜单的名称为 **edit**，其下有两个子菜单，分别为**复制**和**粘贴**，其名称分别为 **copy** 和 **paste**。具体制作过程如下。

(1) 启动 VB，新建一个工程，按下 Ctrl+E 键，打开**菜单编辑器**。

(2) 在菜单编辑器的数据区**标题**后的文本框中输入**文件**，在**名称**后的文本框中输入 **file**。

(3) 在编辑区中单击**下一个**按钮，新建一个菜单项。

(4) 在新建的菜单项的**标题**后的文本框中输入**打开**，在**名称**后的文本框中输入 **open**。

(5) 重复第(3)～(4)步，制作一个标题为**保存**，名称为 **save** 的菜单项。这时在菜单编辑器中看到的菜单，如图 8.4 所示。

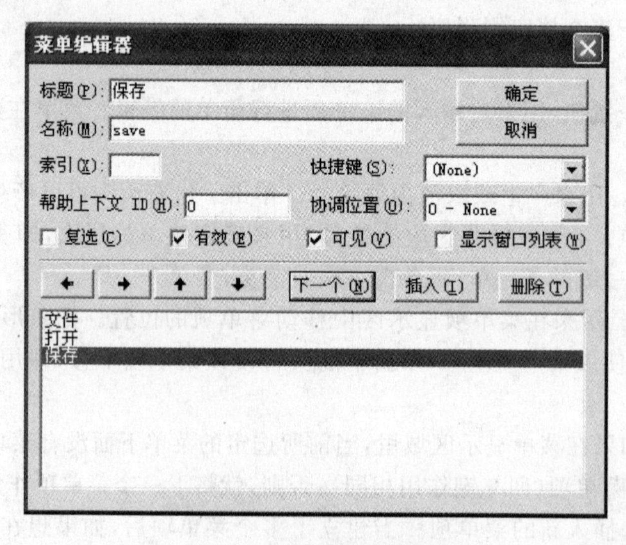

图 8.4　文件菜单的制作

(6) 单击**确定**按钮后，在窗体上看到的效果如图 8.5 所示。可以看到菜单**打开**和**保存**还不是菜单**文件**的子菜单。

(7) 再次按下 Ctrl+E 键，打开菜单编辑器，在菜单编辑器的显示区中选择**打开**菜单项，在编辑区中单击向右的箭头，使菜单**打开**降一级成为**文件**菜单的子菜单。用同样的方法，把菜单**保存**也降级为**文件**菜单的子菜单。

图 8.5 初始的文件菜单

(8) 重复第(3)～(4)步，制作一个**编辑**菜单，即标题为**编辑**，名称为 **edit**。

(9) 为**编辑**菜单制作两个子菜单。一个标题为**复制**，名称为 **copy**；一个标题为**粘贴**，名称为 **paste**。此时在菜单编辑器中看到的菜单，如图 8.6 所示。

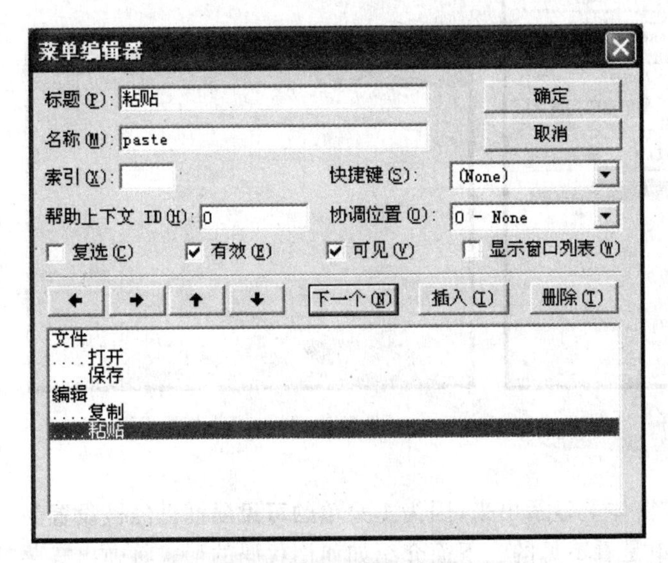

图 8.6 下拉式菜单的制作

图 8.7 下拉式菜单

(10) 单击**确定**按钮，运行程序。运行后的菜单效果，如图 8.7 所示，一个简单的下拉式菜单就制作好了。

8.4 弹出式菜单的制作与调用

前面已经介绍了下拉式菜单的功能和制作。在实际应用中，除了下拉式菜单外，还经常用到弹出式菜单，即右击对象显示一个弹出式菜单(也称快捷菜单)。与下拉式菜单不同的是弹出式菜单不需要在窗口顶部下拉打开，而是通过鼠标右键在窗口或对象的任意位置打开。

1. 弹出式菜单的制作

弹出式菜单在制作上与下拉式菜单的制作过程非常类似，唯一不同的是，弹出式菜单有一个主菜单，并且需要将主菜单的**可见**属性设置为不可见，即其值为 **false**。具体制作过程如下。

(1) 启动 VB，新建一个过程。

(2) 打开**菜单编辑器**。

(3) 首先建立一个主菜单，在**标题**后的文本框里输入**我的弹出菜单**，在**名称**后的文本框里输入主菜单的名字 **pop_menu1**。

(4) 去掉主菜单的可见性,即将**可见**前面的"√"去掉,如图 8.8 所示。

(5) 再为主菜单添加几个子菜单,在编辑区单击**下一个**按钮。

(6) 在**标题**后的文本框里输入**复制**;在**名称**后的文本框里输入 **copy**。

(7) 在编辑区单击向右的箭头一次,使**复制**菜单成为**主菜单**的子菜单。

(8) 再单击**下一个**按钮,重复第(5)~(7)步,再为主菜单制作一个**粘贴**的子菜单,即标题为**粘贴**,名称为 **paste**。

此时,一个简单的弹出式菜单就制作完成了。

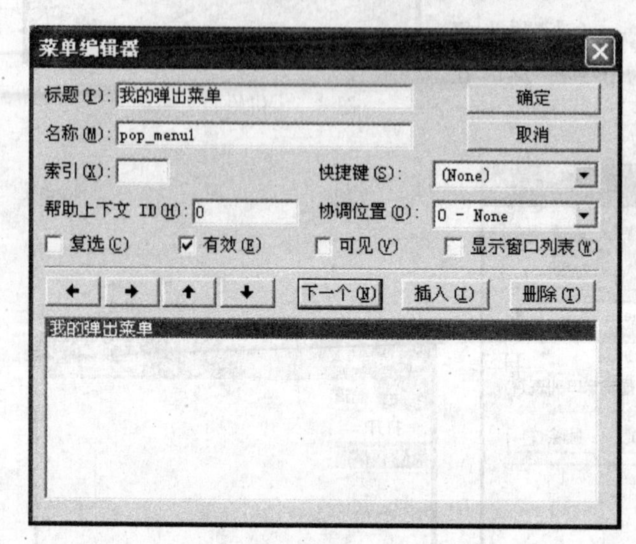

图 8.8 弹出式菜单的主菜单

图 8.9 弹出式菜单效果图

2. 弹出式菜单的调用

弹出式菜单制作好了以后,并不在窗体上显示出来,因为主菜单的**可见**属性已经被设置为**不可见**了,在默认的情况下,弹出式菜单是看不见的。下面介绍如何用代码的形式将弹出式菜单显示出来。

弹出式菜单显示需要调用 Popupmenu 方法,其格式为

```
对象.Popupmenu  菜单名,flags,X,Y,Boldcommand
```

其中,对象是指窗体的名称;菜单名指的是弹出式菜单的主菜单的名称;后面的参数是用来指定菜单弹出的位置和方式,一般可以省略。

以上面判作的**我的弹出菜单**为例,调用弹出式菜单的具体操作如下。

(1) 双击窗体,打开代码窗口。

(2) 在窗体的 MouseDown 事件中编写代码如下:

```
Private Sub Form_MouseDown (Button As Integer, Shift As Integer, X As Single, Y As
   Single)
   If Button=2 Then Form1.PopupMenu pop_menu1
End Sub
```

(3) 运行程序,在窗体上右击鼠标,弹出式菜单将在窗体上显示,如图 8.9 所示。

8.5 综合实例

例 8.1 为窗体 Form1 建立一个下拉式菜单,标题为**操作**,名称为 **op**。**操作**菜单下有两

个子菜单,标题分别为**显示**和**隐藏**,其子菜单的名称分别为 **show** 和 **hide**,如图 8.10 所示。在窗体上建立一个文本框 Text1。要求运行程序后,单击**显示**菜单,则文本框中显示为**计算机**,如图 8.11 所示;单击**隐藏**菜单,则文本框中的内容被清除。

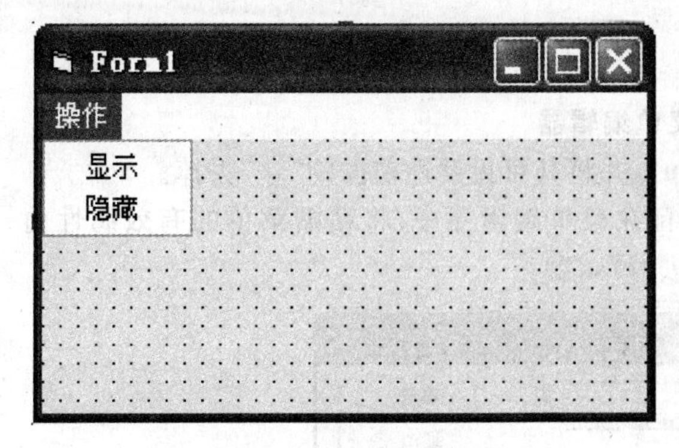

图 8.10　下拉式菜单

图 8.11　单击**显示**菜单效果图

操作步骤如下。

(1) 新建一个工程窗体,按下 Ctrl+E 键打开**菜单编辑器**。

(2) 按照题目要求,制作下拉式菜单,如图 8.12 所示。

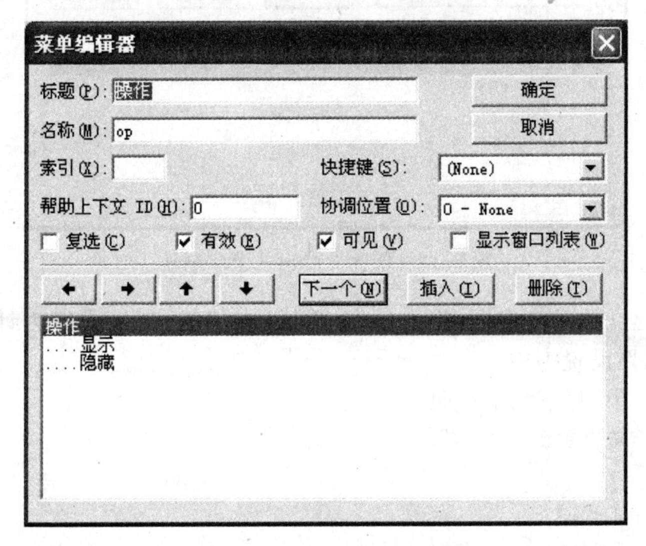

图 8.12　下拉式菜单的制作

(3) 打开代码窗口,为相应的事件编写代码,代码如下所示:

```
Rem"显示"子菜单的代码
Private Sub show_Click()
  Text1.Text="计算机"
End Sub
Rem "隐藏"子菜单的代码
Private Sub hide_Click()
  Text1.Text=""
End Sub
```

(4) 运行程序,单击**显示**菜单项,结果如图 8.11 所示。

例 8.2　在窗体上建立一个弹出式菜单,主菜单名称为 **menu1**。有两个子菜单,名称分别

为 **copy** 和 **paste**，子菜单标题分别为**复制**和**粘贴**。在窗体上建立两个文本框 **Text1** 和 **Text2**，Text1 的内容为**计算机你好**，Text2 的内容为空。要求运行程序时，菜单**粘贴**为灰色；单击**复制**菜单后，**粘贴**菜单变成可用。如果再单击**粘贴**菜单，则把 Text1 的内容复制到 Text2 上去，即 Text2 的内容也显示为**计算机你好**。

操作步骤如下。

(1) 新建一个工程，按下 Ctrl＋E 键打开**菜单编辑器**。

(2) 在菜单编辑器里首先做好主菜单 **menu1**，并将其**可见**属性前面的"√"去掉。

(3) 再为 menu1 菜单制作两个子菜单，并且在菜单编辑器中，将**粘贴**菜单的**有效**属性前面的"√"去掉，如图 8.13 所示(注意图中还未去掉"√")。

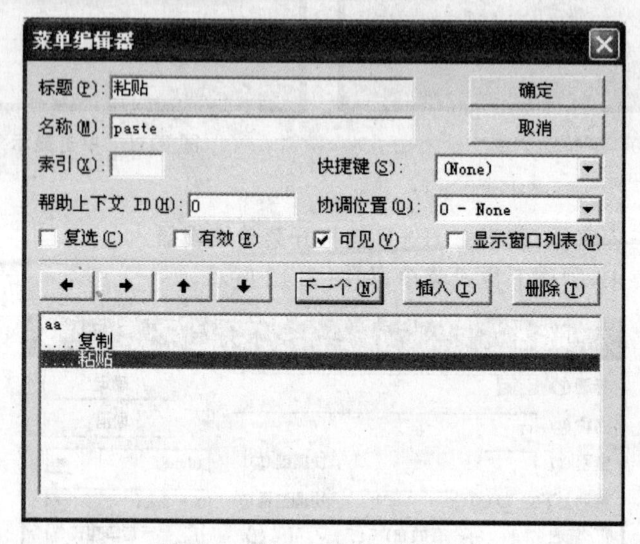

图 8.13　例 8.2 弹出式菜单制作

(4) 在窗体上建立两个文本框，将文本框 Text1 的 **Text** 属性设置为**计算机你好**，将文本框 Text2 的 **Text** 属性设置为空。

(5) 在代码窗口中，写下如下代码：

```
Rem 定义一个字符串变量
Dim x As String
Rem "复制"菜单的代码
Private Sub copy_Click()
  x=Text1.Text
  paste.Enabled=True
End Sub
Rem 是否单击"右键"代码
Private Sub Form_MouseDown(Button As Integer,Shift As Integer,x As Single,Y As Single)
   If Button=2 Then PopupMenu menu1
End Sub
Rem "粘贴"菜单的代码
Private Sub paste_Click()
  Text2.Text=x
End Sub
```

(6) 运行程序，按题目要求进行复制、粘贴操作。

习 题 8

一、单选题

1. Visual Basic 中的下拉式菜单最多可以达到(　)层。

A. 5　　　　B. 6

C. 7　　　　D. 8

2. 以下关于菜单编辑器中"索引"项的叙述中,错误的是(　)。

A. "索引"确定了菜单项显示的顺序

B. "索引"是控件数组的下标

C. 使用"索引"时,可有一组菜单项具有相同的"名称"

D. 使用"索引"后,在单击菜单项的事件过程中可以通过"索引"引用菜单项

3. 有一菜单项名为 Menu1,如果想在程序运行的过程中选中该菜单项,即在该菜单项前面显示"√"标记,可执行下面的语句(　)。

A. `Menu1.Enabled=true`　　　　B. `Menu1.Enabled=false`

C. `Menu1.Checked=true`　　　　D. `Menu1.Checked=false`

4. 在用菜单编辑器设计菜单时,不可缺少的项目是(　)。

A. 快捷键　　　　B. 名称

C. 索引　　　　D. 标题

5. 下列有关子菜单的说法中,错误的是(　)。

A. 除了 Click 事件之外,菜单项不可以响应其他事件

B. 每个菜单项都是一个控件,与其他控件一样也有其属性和事件

C. 菜单项的索引号必须从 1 开始

D. 菜单的索引号可以不连续

6. 下列说法正确的是(　)。

A. 任何时候都可以使用标准工具栏的**菜单编辑器**按钮打开菜单编辑器

B. 只有当代码窗口为当前活动窗口时,才能打开菜单编辑器

C. 只有当某个窗体为当前活动窗体时,才能打开菜单编辑器

D. 任何时候都可以使用**工具**菜单中**菜单编辑器**命令,打开菜单编辑器

二、填空题

1. 在 Visual Basic 中可以建立________菜单和________菜单。

2. 菜单编辑器可分为三个部分,即________、________和________。

3. 如果要将某个菜单项设计为分隔线,则该菜单项的标题应设置为________。

4. 设置菜单中有一个菜单项为 Open。若要为该菜单命令设置访问键,即同时按下 Alt 键和 O 键时,能够执行 Open 命令,则在菜单编辑器中设置 Open 命令的方式是________。

5. 不能设置快捷键的菜单类型有________。

6. 在菜单项显示区,除分隔线外,所有的菜单项都可以接收________事件。

7. 运行时,动态增减菜单项必须使用菜单数组,增加菜单项时需要采用________语句,减少菜单项时需要使用________语句。

8. 在菜单编辑器中建立了一个菜单,名为 menu1。用下面的语句可以把它作为弹出式菜单弹出:

```
Form1.________ menu1
```

第9章　对话框程序设计

VB 提供了 InputBox 函数和 MsgBox 函数，用这两个函数可以建立简单的对话框，即输入对话框和信息框。在有些情况下，这样的对话框可能无法满足实际需要。为此，VB 允许用户根据需要在窗体上设计较复杂的对话框。

9.1　对话框分类与特点

1. 对话框的分类

VB 中的对话框分为预定义对话框、自定义对话框和通用对话框三种类型。

预定义对话框也称预制对话框，是由系统提供的。VB 提供了两种预定义对话框，即输入框和信息框（或消息框），前者用 InputBox 函数建立，后者用 MsgBox 函数建立。

自定义对话框也称为定制对话框，这种对话框由用户根据自己的需要进行定义。输入框和信息框尽管很容易建立，但在应用上有一定的限制，很多情况下无法满足需要，用户可以根据具体需要建立自己的对话框。

通用对话框是一种随同 VB 提供给用户的 ActiveX 控件，用这种控件可以设计较为复杂的对话框，如**打开**、**保存**、**打印**、**颜色**、**字体**、**帮助**等标准对话框。

2. 对话框的特点

对话框与窗体是类似的，但它是一种特殊的窗体，具有区别于一般窗体的不同的属性，主要表现在以下几个方面。

(1) 在一般情况下，用户没有必要改变对话框的大小，因此其边框是固定的。

(2) 为了退出对话框，必须单击其中的某个按钮，不能通过单击对话框外部的某个地方关闭对话框。

(3) 在对话中不能有**最大化**按钮(Max Button)和**最小化**按钮(Min Button)，以免被意外地扩大或缩小图标。

(4) 对话不是应用程序的主要工作区，只是临时使用，使用后就关闭。

(5) 对话框中控件的属性可以在设计阶段设置，但在有些情况下，必须在运行时(即在代码中)设置控件的属性，因为某些属性设置取决于程序中的条件判断。

VB 的预定义对话框体现了前面 4 个特点，在定义自己的对话框时，也必须考虑到上述的特点。

9.2　自定义对话框

预定义对话框(信息框和输入框)很容易建立，但在应用上有一定的限制。例如，对于信息框来说，信息框上只能显示简单的信息，一个图标和有限的几种命令按钮，而且程序设计人员无法改变按钮上的说明文字，也不能接收用户输入任何信息。输入框可以接收输入的信息，但只限于使用一个输入区域，并且只能使用**确定**和**取消**两种命令按钮。

为了能得到比预定义对话框更多的功能，用户可以自己建立相应的对话框，通过用户自定义对话框来解决这些问题。

自定义对话框类似一个窗体，只不过自定义对话框是一个比较特殊的窗体，它具备以下特点：没有**最大化**和**最小化**按钮，窗体的大小不能随意改变，对话框窗口没有关闭时其他窗口不能被置为前台窗口等。

下面制作一个功能类似于 InputBox()的自定义对话框。

新建一个工程，执行**工程**菜单中**添加窗体**命令，为工程文件再添加一个窗体 **Form2**。在 **Form2** 上建立一个标签控件，其 **Caption** 属性值为**请输入数据：**；建立一个文本框控件，其 **Text** 属性值为空；建立两个命令按钮，名称分别为 **Command1** 和 **Command2**，其 **Caption** 属性值分别为**确定**和**取消**；Form2 的 MaxButton 属性和 MinButton 属性的值分别设置为 false，**Borderstyle** 属性值设置为 1，如图 9.1 所示。在窗体 **Form1** 上建立两个命令按钮，名称分别为 **C1** 和 **C2**，其 **Caption** 属性值分别为**输入数据**和**退出程序**；Form1 的 **Autoredraw** 属性值设置为 true，如图 9.2 所示。

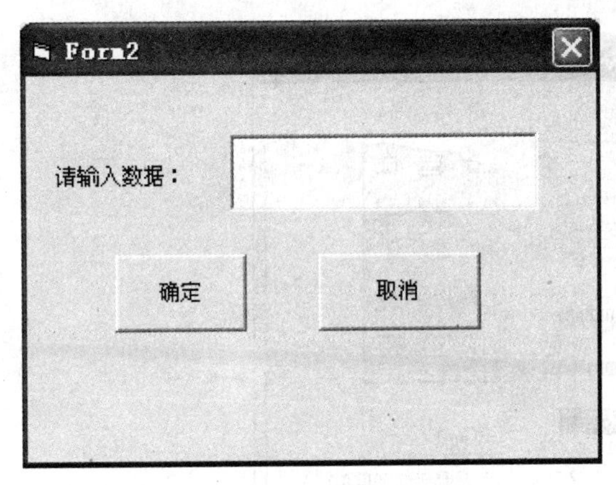

图 9.1　**Form2** 窗体

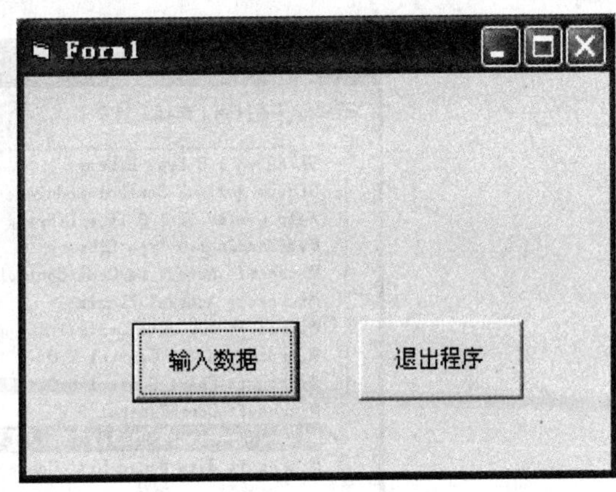

图 9.2　**Form1** 窗体

在代码窗口中编写如下代码：

```
Rem 窗体 Form1 上的命令按钮的代码
Private Sub C1_Click()
  Form2.Show1
End Sub
Private Sub C2_Click()
  End
End Sub
Rem 窗体 Form2 上的命令按钮的代码
Private Sub Command1_Click()
      Form1.Print Text1.Text
      Form2.Hide
      Form2.Text1.Text=""
End Sub
```

```
Private Sub Command2_Click()
    Form2.Hide
End Sub
```

其中,代码 Form2.show 1 是让 Form2 成为模态型窗口出现,即 Form2 没有被关闭时,不能将其他窗口作为前台窗口进行工作。

9.3 通用对话框

VB 6.0 提供了通用对话框控件,它可以设计定义较为复杂的对话框。

VB 6.0 提供了一个新的 Commmon Dialog 控件来解决问题。一般情况下,启动 VB 后,在工具箱中没有通用对话框控件,为了把通用对话框控件加到工具箱中,可以按如下步骤操作。

(1) 执行**工程**菜单中**部件**命令,打开**部件**对话框,或者右击工具箱窗口,在弹出的菜单上选择**部件**。

(2) 在对话框中选择**控件**选项卡,然后在控件列表框中选定 **Microsoft Commmon Dialog Control 6.0**,如图 9.3 所示,使该选项后面的方框中出现"√"。

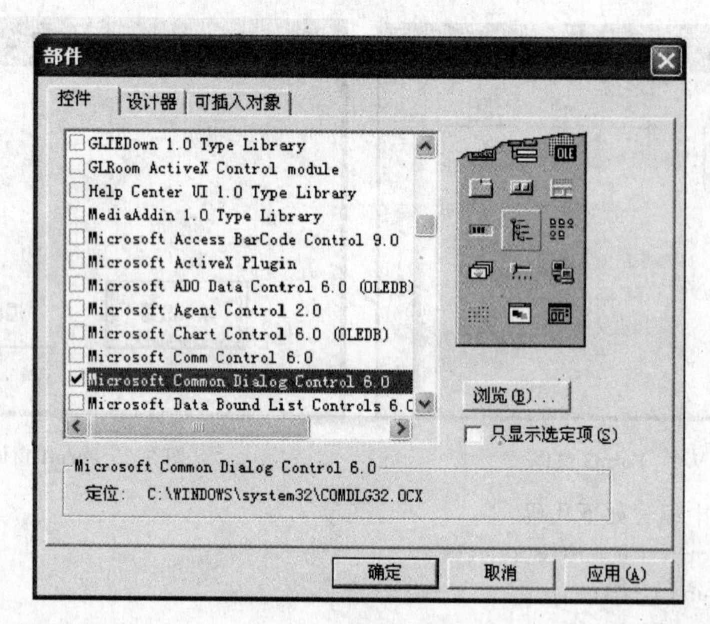

图 9.3 **部件**对话框

(3) 单击**确定**按钮,通用对话框即被加到工具箱中,如图 9.4 所示。

在窗体上添加一个通用对话框控件,其操作方法与其他控件的操作方法一样。通用对话框的默认名称(**Name** 属性)为 **CommonDialog1**。

通用对话框控件为程序设计人员提供了几种不同类型的对话框,利用这些对话框,可以获取所需要的信息,诸如取得文件名、打开文件、将文件存盘、打印等。这些对话框与 Windows 本身及许多应用程序具有相同的风格。对话框的类型可以通过 Action 属性设置,也可以用相应的方法设置。表 9.1 列出了各类对话框所需要的 Action 属性值和方法。

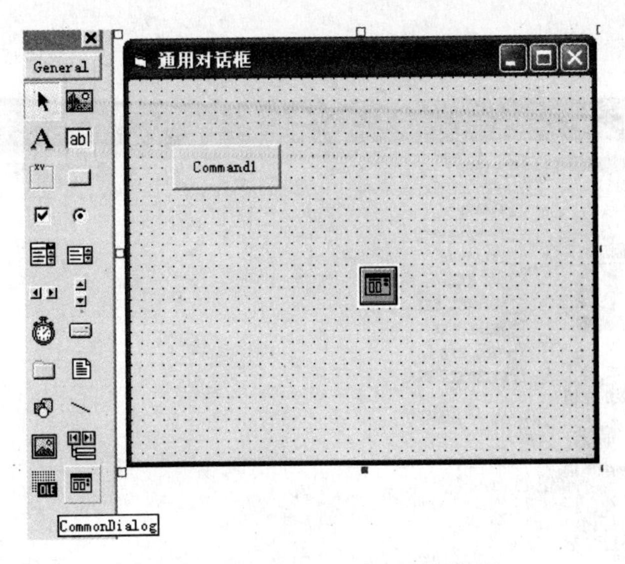

图 9.4　工具箱中的通用对话框控件

表 9.1　对话框类型

对话框类型	Action 属性值	方法	对话框类型	Action 属性值	方法
	0		选择字体	4	ShowFont
打开文件	1	ShowOpen	打印	5	ShowPrinter
保存文件	2	ShowSave	调用 Help 文件	6	ShowHelp
选择颜色	3	ShowColor			

在设计阶段，通用对话框按钮以图标形式显示，不能调整其大小(与计时器类似)，程序运行后消失。

下面将介绍如何建立 VB 提供的几种通用对话框，即文件对话框、颜色对话框、字体对话框和打印对话框。

9.3.1　文件对话框

文件对话框分为两种，即打开(Open)文件对话框和保存(Save As)文件对话框。通常通过代码来设置通用对话框的 Action 属性的值，其值为 1 则是打开文件的对话框，其值为 2 则是保存文件的对话框，或调用 ShowOpen 和 ShowSave 方法来实现通用对话框的文件功能。

1. 文件对话框的结构

从结构上来讲，**打开**和**保存**对话框是类似的，图 9.5 所示为**打开**对话框。

(1) 对话框标题。通用对话框的标题，通过 DialogTitle 属性设置。

(2) 文件夹。用来显示文件夹。单击右端的箭头，将显示驱动器和文件夹的列表，可以在该列表中选择所需要的文件夹。

(3) 选择文件夹级别。单击一次该按钮回退一个文件和文件夹。

(4) 新文件夹。用来建立新文件夹。

(5) 文件列表模式。选择是否以列表方式显示文件和文件夹。

(6) 文件列表。在该区域显示的是**文件夹**栏内文件夹的子目录，列出了准备使用的文件或文件夹，单击其中的文件名将选择该文件，所选择的文件名将在**文件名**栏内显示出来。

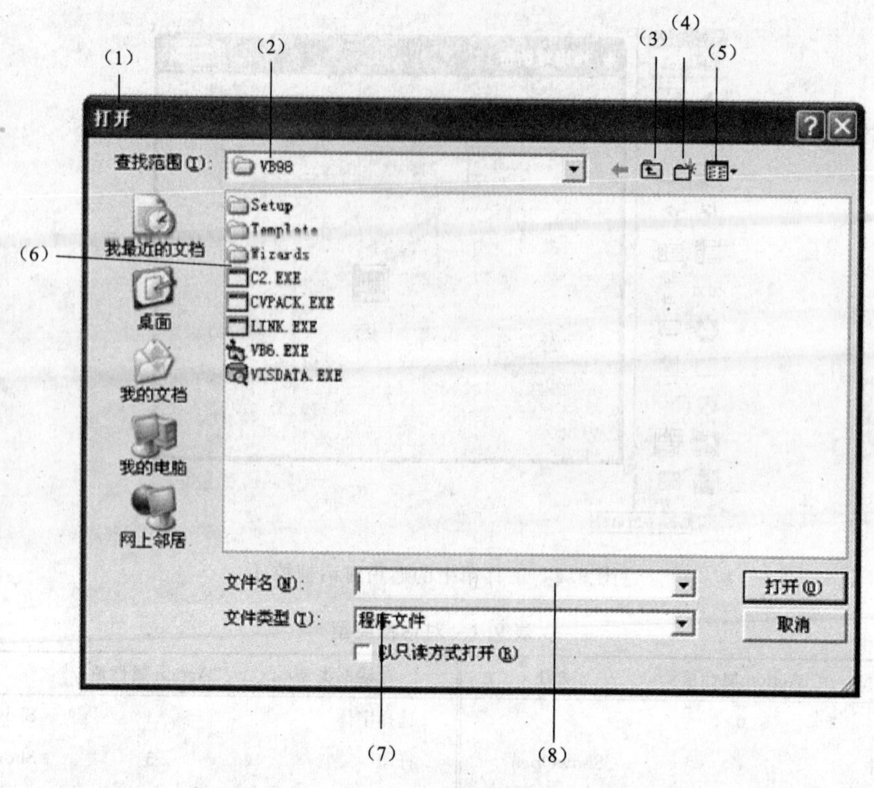

图 9.5　**打开对话框**

如果当前显示的文件列表中没有所需要的文件，可双击其中的文件夹显示下一级的文件或文件夹。

(7) 文件类型。指定要打开或保存的文件的类型。该类型由通用对话框的 Filter 属性确定。

(8) 文件名。所选择的或输入的文件名，用**打开**或**保存**对话框都可以指定一个文件名，所指定的文件名在该栏内显示，单击**打开**或**保存**按钮后，将以该文件名打开或保存文件。

在对话框的右下部还有两个按钮，即**打开**或**保存**。在**保存**对话框中，**打开**按钮用**保存**按钮取代。

2. 文件对话框的属性

(1) DefaultEXT 属性。设置对话框中默认文件类型，即扩展名。该扩展名出现在**文件类型**栏内。如果在打开或保存的文件名中没有给出扩展名，则自动将 DefaultEXT 属性值作为其扩展名。

(2) DialogTitle 属性。该属性用来设置对话框的标题。在默认情况下，**打开**对话框的标题是**打开**，**保存**对话框的标题是**保存**。

(3) FileName 属性。用来设置或返回要打开或保存的文件的路径及文件名。在文件对话框中显示一系列文件名，如果选定了一个文件并单击**打开**或**保存**按钮(或双击所选定的文件)，所选定的文件即为属性 FileName 的值，然后就可将该文件名作为要打开或保存的文件。

(4) FileTitle 属性。用来指定文件对话框中所选定的文件名(不包括路径)。该属性与 FileName 属性的区别是，FileName 属性用来指定完整的路径，如 **d:\program\vb\test.txt**；而 FileTitle 只指定文件名，如 **test.txt**。

(5) Filter 属性。用来指定在对话框中显示的文件类型。用该属性可以设置多个文件类型,供用户在对话框的**文件类型**下拉列表中选择。Filter 的属性值由一对或多对字符串组成,每对字符串用管道符"|"隔开,在"|"前面的部分称为描述符,后面的部分一般为通配符和文件扩展名,称为过滤器,如 *.txt 等,各对字符串之间也用管道符隔开。其格式为

```
[窗体.]对话框名.Filter=描述符 1|过滤器 1|描述符 2|过滤器 2......
```

如果省略窗体,则为当前窗体。例如,

```
CommonDialog1.Filter=Word Files|(*.DOC)
```

执行该语句后,在文件列表栏内将只显示扩展名为 dos 的文件。再如,

```
CommonDialog1.Filter=All Files|(*.*)|Word Files|(*.DOC) |Text Files|(*.TXT)
```

执行该语句后,可以在文件类型栏内通过下拉列表选择要显示的文件类型。

(6) FilterIndex 属性。用来指定默认的过滤器,其设置值为一整数。用 Filter 属性设置多个过滤器后,每个过滤器都有一个值,第一个过滤器的值为 1,第二个过滤器的值为 2……用 FilterIndex 属性可以指定作为默认显示的过滤器。例如,

```
CommonDialog1.FilterIndex=3
```

将第三个过滤器作为默认显示的过滤器。对于上面的例子来说,打开对话框后,在文件类型栏内显示的是(***.TXT**),其他过滤器必须通过下拉列表显示。

(7) Flags 属性。为文件对话框设置选择开关,用来控制对话框的外观,其格式为

```
对象.Flags[=值]
```

其中,对象为通用对话框的名称;值是一个整数,可以使用三种形式,即符号常量、十六进制整数和十进制整数。文件对话框的 Flags 属性所使用的值见表 9.2。

表 9.2 Flags 属性取值

符号常量	十六进制整数	十进制整数	符号常量	十六进制整数	十进制整数
vbOFNAllowMultiselect	&H200&	512	vbOFNNoValidate	&H100&	256
vbOFNCreatePrompt	&H2000&	8192	vbOFNOverwritePrompt	&H2&	2
vbOFNExtensionDifferent	&H400&	1024	vbOFNPathMustExist	&H800&	2048
vbOFNFileMustExist	&H1000&	4096	vbOFNReadOnly	&H1&	1
vbOFNHideReadOnly	&H4&	4	vbOFNShareAware	&H4000&	16384
vbOFNNoChangeDir	&H8&	8	vbOFNShowHelp	&H10&	16
vbOFNNoReadOnlyReturn	&H8000&	32768			

在应用程序中,可以使用三种形式中的任一种,例如,

```
CommonDialog1.Flags=vbOFNFileMustExist '符号常量
```

或

```
Commondialog1.Flags=&H1000&  '十六进制整数
```

或

```
CommonDialog1.Flags=4096 '十进制整数
```

一般来说,使用整数可以简化代码,而使用符号常量则可以提高程序的可读性,因为从符号常量本身可以大致地看出属性的含义。此外,Flags 属性允许设置多个值,这可以通过以下两种方法来实现。

如果使用符号常量,则将各值之间用 OR 运算符连接。例如,

```
CommonDialog1.Flags=vbOFNOverwritePrompt Or vbOFNPathMustExist
```

如果使用数值,则将需要设置的属性值相加。例如,上面的例子可以写为

```
CommonDialog1.Flags=2050  '即 2048+2
```

当设置多个 Flags 属性值时,注意各值之间不要发生冲突。文件对话框 Flags 属性各种取值的意义见表 9.3(只列出十进制值)。

表 9.3　Flags 属性取值的含义

值	作　用
1	在对话框中显示**只读检查**(ReadOnlyCheck)复选框
2	如果用磁盘上已有的文件名保存文件,则显示一个信息框,询问用户是否覆盖现有文件
4	取消**只读检查**复选框
8	保留当前目录
16	显示一个 **HELP** 按钮
256	允许在文件中有无效字符
512	允许用户选择多个文件(Shift 键与光标移动键或鼠标结合使用),所选择的多个文件作为字符串存放在 FileName 中,各文件名用空格隔开
1024	用户指定的文件扩展名与由 DefaultExt 属性所设置的扩展名不同,如果 DefaultExt 属性为空,则该标志无效
2048	只允许输入有效的路径,如果输入了无效的路径,则发出警告
4096	禁止输入对话框中没有列出的文件名,设置该标志后,将自动设置 2048
8192	询问用户是否要建立一个新文件,设置该标志后,将自动设置 4096 和 2048
16384	对话框忽略网络共享冲突的情况
32768	选定的文件不是只读文件,并且不在一个写保护的目录中

(8) InitDir 属性。用来指定对话框中显示的起始目录。如果没有设置 InitDir,则显示当前目录。

(9) MaxFileSize 属性。设定 FileName 属性的最大长度,以字节为单位。取值范围为 1～2048,默认为 256。

(10) CancelError 属性。如果该属性被设置为 true,则当单击 **Cancel**(取消)按钮关闭一个对话框时,将显示出错信息,如果设置为 false(默认),则不显示出错信息。

(11) HelpCommand 属性。指定 Help 的类型,可以取以下几种值:

1——显示一个特定上下文的 Help 屏幕,该上下文应先在通用对话框控件的 HelpConText 属性中定义;2——通知 Help 应用程序,不再需要指定的 Help 文件;3——显示一个帮助文件的索引屏幕;4——显示标准的**如何使用帮助**窗口;5——当 Help 文件有多个索引时,该设置使得用 HelpContext 属性定义的索引成为当前索引;257——显示关键词窗口,关键词必须在 HelpKey 属性中定义。

(12) HelpContext 属性。用来确定 Help ID 的内容,与 HelpCommand 属性一起使用,指定显示的 Help 主题。

(13) HelpFile 和 HelpKey 属性。分加紧用来指定 Help 应用程序的 Help 文件名和 Help 主题能够识别的名字。

通用对话框类似于计时器,在设计应用程序时,可以把它放在窗体中的任何位置,其大小

不能改变，程序运行时不出现在窗体上。

例 9.1 编写程序，建立**打开**和**保存**对话框。

在窗体上画一个通用对话框控件，其 **Name** 属性为 **CommonDialog1**（默认值），在窗体上，利用菜单编辑器，建立一个如图 9.6 所示的下拉式菜单。

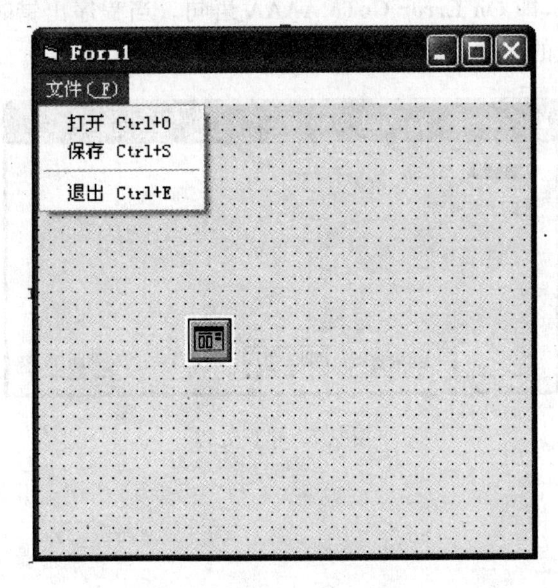

图 9.6 通用对话框实例

在相应的菜单事件中写下如下的代码：

```
Private Sub numopen_Click()
  Dim b
  CommonDialog1.FileName=""
  CommonDialog1.Flags=vbofnfilemustExist
  CommonDialog1.Filter="程序文件|*.exe|所有文件|*.*"
  CommonDialog1.Action=1
  On Error GoTo aaaa
  b=Shell(CommonDialog1.FileName,1)
aaaa:
End Sub
Private Sub numsave_Click()
  CommonDialog1.CancelError=true
  CommonDialog1.DefaultExt="txt"
  CommonDialog1.FileName="law.txt"
  CommonDialog1.Filter="程序文件|*.exe|所有文件|*.*|文本文件|*.txt"
  CommonDialog1.FilterIndex=1
  CommonDialog1.DialogTitle="保存文件类型*.txt"
  CommonDialog1.Flags=vbofnoverwriteprompt Or vbofnpathmustexist
  On Error GoTo AAAA
  CommonDialog1.Action=2
AAAA:
End Sub
```

```
Private Sub numexit_Click()
  End
End Sub
```

当单击**取消**按钮后会产生出错信息,如图 9.7 所示。为了解决事先可预料的出错,可采取上述程序中的处理方法,即 **On Error GoTo AAAA** 语句。当程序出错时,就跳到程序结束,就像什么事情都没有发生的一样,从而巧妙地解决了这 问题。

图 9.7 错误处理

9.3.2 其他对话框

1. 颜色对话框

颜色(Color)对话框用来设置颜色。迷幻具有与文件对话框相同的一些属性,包括 CanclellError,DialogTitle,HelpCommand,HelpContext,HelpFile 和 HelpKey;此外还有两个属性,即 Color 和 Flags 属性。

Color 属性用来设置初始颜色,并把在对话框中选择的颜色返回给应用程序。该属性是一个长整型数。Flags 属性的取值见表 9.4;Flags 属性值的含义见表 9.5。

表 9.4 颜色对话框 Flags 属性取值

符号常量	十六进制值	十进制值	符号常量	十六进制值	十进制值
vbCCFullOpen	&H2&	2	vbCCRGBinit	&H1&	1
vbCCPreventFullOpen	&H4&	4	vbCCShowHelp	&H8&	8

表 9.5 颜色对话框 Flags 属性值的含义

值	作用	值	作用
1	使得 Color 属性定义的颜色在首次显示对话框时随着显示出来	4	禁止选择规定自定义颜色按钮
2	打开完整对话框,包括用户自定义颜色窗口	8	显示一个 **Help** 按钮

为了设置或读取 Color 属性,必须将 Flags 属性设置为 1(vbCCRGBinit)。

2. 字体对话框

在 VB 中,字体通过字体(Font)对话框或字体属性设置。利用通用对话框控件,可以建立一个字体对话框,并可在该对话框中设置应用程序所需要的字体。字体对话框具有以下属性。

(1) CancelError,DialogTitle,HelpCommand,HelpContext,HelpFile 和 HelpKey 见前面

的介绍。

（2）Flags 属性取值见表 9.6，各属性值的含义见表 9.7。

表 9.6　字体对话框 Flags 属性取值

符号常量	十六进制值	十进制值	符号常量	十六进制值	十进制值
vbCFApply	&H200&	512	vbCFNoVectorFonts	&H800&	2048
vbCFANSIOnly	&H400&	1024	vbCFPrinterFonts	&H2&	2
vbCFBoth	&H3&	3	vbCFScalableOnly	&H20000&	131072
vbCFEffects	&H100&	256	vbCFScreenFonts	&H1&	1
vbCFFixedPitchOnly	&H4000&	16384	vbCFShowHelp	&H4&	4
vbCFForceFontExist	&H10000&	65536	vbCFTTOnly	&H40000&	262114
vbCFLimitSize	&H2000&	8192	vbCFWYSIWYG	&H8000&	32768
vbCFNoSimulations	&H1000&	4096			

表 9.7　字体对话框 Flags 属性值的含义

属性值	作　用	属性值	作　用
1	只显示屏幕字体	4096	不允许图形设备接口字体仿真
2	只列出打印机字体	8192	只显示在 Max 属性和 Min 属性指定范围内的字体（大小）
3	列出打印机和屏幕字体	16384	只显示固定字符间距（不按比例缩放）的字体
4	显示一个 **Help** 按钮	32768	只允许选择屏幕和打印机可用的字体。该属性值应当与 3 和 131072 同时设置
256	允许中划线、下划线和颜色	65536	当试图选择不存在的字体或类型时，将显示出错信息
512	允许 **Apply** 按钮	131072	只显示按比例缩放的字体
1024	不允许使用 Windows 字符集的字体（无符号字体）	262144	只显示 TrueType 字体
2048	不允许使用矢量字体		

（3）FontBold，FontItalic，FontName，Fontsize，FontStrikeThru，FontUnderline 这些属性可以在对话框中选择，也可以通过程序代码赋值。

（4）字体大小用点（一个点的高度是 1/72 英寸）量度。在默认情况下，字体大小的范围为 1～2048 个点，用 Max 和 Min 属性可以指定字体大小的范围（在 1～2048 间的整数）。注意，在设置 Max 和 Min 属性之前，必须把 Flags 属性值设置为 8192。

Font 对话框可以通过 ShowFont 方法或 Action 属性（=4）建立。

3. 打印对话框

用打印（Printer）对话框可以选择要使用的打印机，并可为打印处理指定相应的选项，如打印范围、数量等。打印对话框除具有前面讲过的 CancelError，DialogTitle，HelpCommand，HelpContext，HelpFile 和 HelpKey 等属性外，还具有以下属性。

（1）Copies 属性。指定要打印的文档的拷贝数。如果把 Flags 属性值设置为 262144，则 Copies 属性值总为 1。

（2）Flags 属性。该属性的取值见表 9.8，各属性值的作用见表 12.8。

表 9.8 打印对话框 Flags 属性取值

符号常量	十六进制值	十进制值	符号常量	十六进制值	十进制值
vbPDAllPages	&H0&	0	vbPDPrintSetup	&H40&	64
vbPDCollate	&H10&	10	vbPDPrintToFile	&H20&	32
vbPDDisablePrintToFile	&H80000&	524288	vbPDReturnDC	&H100&	128
vbPDHidePrintToFile	&H100000&	1048576	vbPDReturnIC	&H200&	256
vbPDNoPageNums	&H8&	8	vbPDSelection	&H1&	1
vbPDNoselection	&H4&	4	vbPDShowHelp	&H800&	1024
vbPDNoWarning	&H80&	128	vbPDUseDevModeCopies	&H40000&	262144
vbPDPageNums	&H2&	2			

表 9.9 打印对话框 Flags 属性值的作用

属性值	作用	属性值	作用
0	返回或设置**所有页**(All Pages)选项按钮的状态	128	当没有默认打印机时,显示警告信息
1	返回或设置**选定范围**(Selection)选项按钮的状态	256	在对话框的 hDC 属性中返回**设备环境**(Device Context),hDC 指向用户所选择的打印机
2	返回或设置**页**(Pages)选项按钮的状态	512	在对话框的 hDC 属性中返回**信息上下文**(Information Context),hDC 指向用户所选择的打印机
4	禁止**选定范围**选项按钮	2048	显示一个 **Help** 按钮
8	禁止**页**选项按钮	262144	如果打印机驱动程序不支持多份拷贝,则设置这个值将禁止拷贝编辑控制(即不能改变拷贝份数),只能打印 1 份
16	返回或设置校验(Collate)复选框的状态	524288	禁止**打印到文件**复选框
32	返回或设置**打印到文件**(Print To File)复选框的状态	1048576	隐藏**打印到文件**复选框
64	显示**打印设置**(Print Setup)对话框(不是 Print 对话框)		

(3) FromPage 和 ToPage 属性。指定要打印文档的页范围。如果要使用这两个属性,必须把 Flags 属性设置为 2。

(4) hDC 属性。分配给打印机的句柄,用来识别对象的设备环境。它用于 API 调用。

(5) Max 和 Min 属性。用来限制 FromPage 和 ToPage 的范围,其中 Min 指定所允许的起始页码,Max 指定所允许的最后页码。

(6) PrinterDefault 属性。该属性是一个布尔值,在默认情况下为 true。当该属性值为 true 时,如果选择了不同的打印设置(如将 Fax 作为默认打印机等),VB 将对 Win.ini 文件作相应的修改。如果把该属性设为 false,则对打印设置的改变不会保存在 Win.ini 文件中,并且不会成为打印机的当前默认设置。

习　题　9

一、单选题

1. 将 CommonDialog(通用对话框)的类型设置成**颜色**对话框,可以调用该对话框的(　)方法。

A. ShowOpen　　B. ShowSave

C. ShowColor　　D. ShowFont

2. 使用通用对话框打开字体对话框时,如果要在字体对话框中显示样式和颜色,必须将对话框控件的 Flags 属性设置为(　)。

A. 128　　B. 255

C. 256　　D. 127

3. 下列各选项说法错误的是(　)。

A. 文件对话框可分为两种,即打开(Open)文件对话框和保存(Save As)文件对话框

B. 通用对话框的 Name 属性的默认值为 CommonDialogX,此外,每种对话框都有自己的默认标题

C. 打开文件对话框可以让用户指定一个文件,由程序使用;而用保存文件对话框可以指定一个文件,并以这个文件名保存当前文件

D. DefaultEXT 属性和 DialogTitle 属性都是打开对话框的属性,但非保存对话框的属性

4. 要使文件列表框中的文件随目录列表框中所选择的当前目录的不同而发生变化,应该(　)。

A. 在 File1 中的 Change 事件中,输入 File1. Path=Dir1. Path

B. 在 Dir1 中的 Change 事件中,输入 File1. Path=Dir1. Path

C. 在 File1 中的 Change 事件中,输入 Dir1. Path=File1. Path

D. 在 Dir1 中的 Change 事件中,输入 Dir1. Path=File1. Path

5. 可以将打开的对话框的标题改为**新时代**的事件过程是(　)。

A.
```
Private Sub Command2_Click()
    CommonDialog1.DialogTitle="新时代"
    CommonDialog1.ShowOpen
End Sub
```

B.
```
Private Sub Command2_Click()
    CommonDialog1.DialogTitle="新时代"
    CommonDialog1.ShowFont
End Sub
```

C.
```
Private Sub Command2_Click()
    CommonDialog1.DialogTitle="新时代"
    CommonDialog1.Show
End Sub
```

D.
```
Private Sub Command2_Click()
    CommonDialog1.DialogTitle="新时代"
    CommonDialog1.ShowColor
End Sub
```

6. 下列说法正确的是(　)。

A. 在 Visual Basic 中的对话框分为预定义对话框和自定义对话框两种类型

B. 自定义对话框由用户根据自己需要定义的

C. 预定义对话框是用户在设置程序代码后定义的

D. MsgBox 函数是用户的自定义对话框的函数

7. 关于自定义对话框概念的说明,错误的是(　)。

A. 建立自定义对话框时必须执行添加窗体的操作

B. 自定义对话框实际上是 Visual Basic 的窗体

C. 在窗体上还要使用其他控件才能组成自定义对话框

D. 自定义对话框不一定要有与之对应的事件过程

8. 在窗体上画一个名称为 CommonDialog1 的通用对话框,一个名称为 **Command1** 的命令按钮,要求单击命令按钮时,打开一个保存文件的对话框,该窗口的标题为 **Save**,缺省文件名称为 **SaveFile**,在**文件类型**栏中显示 *. **txt**,则能够满足上述要求的程序是(　)。

A.
```
Private Sub Command1_Click()
    CommonDialog1.FileName="SaveFile"
    CommonDialog1.Filter="AllFiles|*.*|(*.txt) |*.txt|(*.doC) |*.doc"
    CommonDialog1.FilterIndex=2
    CommonDialog1.DialogTitle="Save"
    CommonDialog1.Action=2
End Sub
```

B.
```
Private Sub Command1_Click()
    CommonDialog1.FileName="SaveFile"
    CommonDialog1.Filter="AllFiles|*.*|(*.txt) |*.txt|(*.doC) |*.doc"
    CommonDialog1.FilterIndex=1
    CommonDialog1.DialogTitle="Save"
    CommonDialog1.Action=2
End Sub
```

C.
```
Private Sub Command1_Click()
    CommonDialog1.FileName="Save"
    CommonDialog1.Filter="AllFiles|*.*|(*.txt) |*.txt|(*.doC) |*.doc"
    CommonDialog1.FilterIndex=2
    CommonDialog1.DialogTitle="SaveFile"
    CommonDialog1.Action=2
End Sub
```

D.
```
Private Sub Command1_Click()
    CommonDialog1.FileName="SaveFile"
    CommonDialog1.Filter="AllFiles|*.*|(*.txt) |*.txt|(*.doC) |*.doc"
    CommonDialog1.FilterIndex=1
    CommonDialog1.DialogTitle="Save"
    CommonDialog1.Action=1
End Sub
```

9. 如果在窗体上添加一个通用对话框控件 DBT,那么语句 DBT. Action=4 的作用是(　)。

A. 显示**打开**对话框　　B. 显示**保存**对话框

C. 显示**字体**对话框　　D. 显示**打印**对话框

10. 对话框在关闭之前，不能继续执行其他操作，这种对话框属于(　)。

A. 输入对话框　　B. 输出对话框

C. 模式(模态)对话框　　D. 无模式对话框

二、填空题

1. 可以通过**打开**对话框的________属性设置起始路径。
2. 在颜色对话框中，用户选中的颜色可以通过________属性得到。
3. 下面代码的作用是将颜色对话框返回的颜色转化为RGB三元色，填空完成该程序。

```
private Sub Option1_Click(Index AS Integer)
    Dim a As Long
    CommonDialog1.ShowColor
    a=CommonDialog1.Color
    R=a\(256&*256)
    g=a\256-R*256
    b=________
    Print "RGB:",R,g,b
End Sub
```

第10章 文 件

本章讨论的主要是数据文件的建立、打开及读取。在实际应用中，经常涉及需要重复使用的大量数据，在这种情况下，如果每次都从键盘上输入，一方面造成大量的人力、物力浪费，另一方面又增大了输入出错的可能性。解决这种问题的常用方法是，把待输入的大量数据预先准确无误地以文件的形式存储到磁盘上，需要用到数据时，从文件中读出即可。同样，也可将程序运行后生成的大量数据结果存到文件中，这样既能长期保存数据，又能做到数据共享。

在VB中，按照文件的存取访问方式，分为顺序文件、随机文件、二进制文件。本章主要是讨论顺序文件与随机文件的操作。VB中对文件的操作有三个步骤：

①打开要操作的文件；②对所打开的文件进行读/写操作；③关闭文件。

10.1 打 开 文 件

当在程序中要使用文件时，事先必须说明文件在什么地方，文件叫什么名字，并指定文件的处理方式。所有这些过程都是在打开文件时就必须说明清楚。在VB中打开文件使用Open语句，其格式为

```
Open <文件名>for <访问方式>as #<文件号>   [len=记录长度]
```

其中，文件名为字符串表达式，指定文件名，还可以包括路径即文件夹及驱动器；访问方式，对于顺序文件有output，append，input三种方式，对于随机文件使用random方式；文件号，打开文件时所用的代号即文件标识符或通道号，其值在1～512的一个整型数据，在各种文件操作中代表该文件；记录长度，其值小于或等于32767的正整数，单位是字节，一般在随机文件中需指明，表示指定记录的长度，默认为128字节；对于顺序文件一般不需要指明，默认为512字节。

Output方式是对顺序文件写操作的方式，如果文件已经存在，这种方式会将新的内容以覆盖原文件的内容；如果文件不存在，则首先创建此文件，并将新的内容写入文件。

Append方式是对顺序文件写操作的方式，如果文件已经存在，这种方式会将新的内容以追加的方式写入原文件的后面；如果文件不存在，则首先创建此文件，并将新的内容写入文件。

Input方式是对顺序文件进行读操作的方式，即文件必须先存在，并将文件中的内容读出来。

Random方式是对随机文件进行读写操作的方式，如果文件不存在，进行写操作时，先创建此文件，然后将内容写入文件；如果进行的是读操作，文件必须先存在，并将其中的内容读出来。

例如，

```
Open  "c:\out.txt"  for output  as #1
```

本语句的作用是用Output的方式，打开c盘下的out.txt文件，用1作为文件号；

```
Open "file01.dat" For Append As #2
```

本语句的作用是用Append的方式，打开当前目录下的file01.dat文件，用2作为文件号；

```
Open App.Path & "\file02.txt" For Input As #3
```

本语句的作用是用 Input 的方式，打开 VB 工程文件所在的目录下的 file02.txt 文件，用 3 作为文件号；

```
Open App.Path+"\file03.dat" For Random As #4
```

本语句的作用是用 Random 方式，打开 VB 工程文件所在的目录下的 file03.dat 文件，用 4 作为文件号。

10.2 文件的关闭

文件使用完后必须关闭。关闭文件意味着把该文件的一切有关信息从应用程序中清除掉，把文件缓冲区中的剩余信息全部写入磁盘，释放该文件缓冲区所占用的内存。在 VB 中，关闭文件由 Close 语句来完成。Close 语句格式为

```
Close [[#]<文件号 1>][,[#][<文件号 2>]]...
```

功能是关闭与各文件号相关的文件。若没有指明文件号，则关闭所有打开的文件。例如，

```
Close  #1       '关闭 1 号文件
Close #2,#3     '关闭 2 号,3 号文件
```

说明：这里的 1 号、2 号、3 号，只是一个代号，具体的文件是与 Open 后所对应的文件名一致。例如，

```
Open "123.txt" For Output As #1
Close #1
```

这里用 1 号将文件 123.txt 打开，然后用 close 语句将 123.txt 关闭。

10.3 顺序文件

顺序文件的结构相对比较简单，文件中的记录一个接一个顺序地存放。这种文件中，只知道第一个记录的存放位置，其他的位置无法直接知道。当要查找某条记录时，只能从文件头开始，一个记录一个记录地顺序读取，直到找到该记录为止。这与听磁带歌曲很类似，只能按顺序播放。

顺序文件的组织比较简单，只要把数据记录一个接一个地写到文件中即可，但维护困难，为了修改文件中某个记录，必须把整个文件读入内存，修改完毕后再重新写入磁盘。对文件的操作有三个步骤：①打开文件；②对文件进行读或者写操作；③关闭文件。对顺序文件的操作有 Output(写)、Append(写)、Input(读)三种方式。

10.3.1 顺序文件的写操作

VB 用 Print 语句或 Write 语句向顺序文件写入数据。创建一个新的顺序文件或向一个已存在的顺序文件中添加数据，都是通过写操作实现的。另外，顺序文件也可由文本编辑器(记事本、Word 等)创建。

1. Print 语句

Print 语句的一般格式为

```
Print  #文件号 [,输出表列]
```

Print 语句的作用是将后面的输出列表的值写入文件号所指定的文件中去。其中的文件号与 Open 语句后的文件号相对应，输出列表可以是单个表达式，也可以是多个表示式。

Print 语句与前面所讲的 Print 方法的用法非常类似，只不过 Print 语句的作用是将输出列表的值写入一个指定的文件中，而 Print 方法是将表达式的值在指定的对象上输出。因此 Print 语句后的输出列表的格式与 Print 方法使用的格式有所相同，即有紧凑格式和分区格式两种形式。例如，

```
Open "d:\out6.txt" For Output As #2
Print #2,"output 方式写入"
Print #2,"欢迎";"你";"来学习 vb"
Print #2,78;99;67
Close #2
```

执行上面的程序段后，写入文件中的数据如下(可以用记事本打开 out6.txt)：

```
output 方式写入
欢迎你来学习 vb
 78  99  67
```

本例中用了三个 Print 语句，其中每个 Print 语句都会将其后的数据写入文件中去。在 Open 语句和 Close 语句之间可以用一个 Print 语句，也可以用多个 Print 语句。在多个表达式之间用分号作为间隔符号，用户可以试着将分号改成逗号，看其效果。

2. Write 语句

用 Write 语句项文件写入数据时，与 Print 语句不同的是，Write 语句能自动在各数据项之间插入逗号，并给各字符串加上双引号。Write 语句的一般格式为

```
Write  #文件号 [,输出表列]
```

例如，

```
Open "d:\out6.txt" For Output As #2
Print #2,"output 方式写入"
Print #2,"欢迎";"你";"来学习 vb"
Print #2,78;99;67
Close #2
```

执行上面的程序段后，写入文件中的数据如下：

```
"output 方式写入"
"欢迎","你","来学习 vb"
78,99,67
```

10.3.2 顺序文件的读操作

顺序文件的读操作，就是从已存在的顺序文件中读取数据记录。在读一个顺序文件时，首先要用 Input 方式将准备读的文件打开。VB 提供了 Input 语句、Line Input 语句和 Input 函数将顺序文件的内容读入。

1. Input 语句

Input 语句一般格式为

```
Input  #文件号,变量表列
```

Input 语句的作用是从指定的文件中将数据读入后面的变量，即将文件中的数据按顺序的赋值给后面所指定的变量。例如，假使 d 盘有一个文件名为 in.txt 的文件，其中文件中有以下数据：

```
1 2 3 4 5
```

在程序中写入以下代码：

```
Open "d:\in.txt"  For Input As #1
Input #1,x,y,z
Close #1
Print x;y;z
```

执行以上代码后，x 的值为 1，y 的值为 2，z 的值为 3，并在屏幕上输出结果：

```
1  2  3
```

在使用 Input 语句时，需要注意以下几个问题：①首先要打开的文件必须存在；②文件中必须有数据；③Input 后面变量的个数不得多于文件中数据的个数；④文件中的数据是按顺序赋值给变量的；⑤Input 语句不仅可以读取数值型数据，也可以读取字符型数据。

假使 d 盘有一个文件名为 **in.txt** 的文件，其中文件中有以下数据：

```
1  2  3  4  5
```

如果将上面的程序代码改写如下：

```
Open "d:\in.txt" For Input As #1
Input #1,x,y,z
Input #1,m,n
Close #1
Print x;y;z;m;n
```

执行以上代码后，x 的值为 1，y 的值为 2，z 的值为 3，m 的值为 4，n 的值为 5，并在屏幕上输出结果：

```
1  2  3  4  5
```

假使 d 盘有一个文件名为 **in.txt** 的文件，其中文件中有以下数据：

```
1  2  3  4  5
```

如果执行以下代码：

```
Open "d:\in.txt" For Input As #1
Input #1,x,y,z
Input #1,m,n,k
Close #1
Print x;y;z;m;n
```

程序提示出错，因为变量的个数已经超出了文件中数据的个数，使得变量 k 得不到值。

假使 d 盘有一个文件名为 **in.txt** 的文件，其中文件中有以下数据：

```
1 2 "abc"  "www" 3 4 5
```

在程序中编写以下代码：

```
Open "d:\in.txt" For Input As #1
Input #1,x,y,z
Input #1,m,n,k
Close #1
Print x;y;z;m;n
```

如果执行以上代码，x 的值为 1，y 的值为 2，z 的值为"abc"，m 的值为"www"，n 的值为 3，并在屏幕上输出结果：

```
1  2 abcwww 3
```

例 10.1　D 盘有一个名为 **datain.txt** 的文本文件，其内容如下：

```
32 43 76 58 28
12 98 57 31 42
53 64 75 86 97
13 24 35 46 57
68 79 80 59 37
```

用记事本打开后，如图10.1所示。

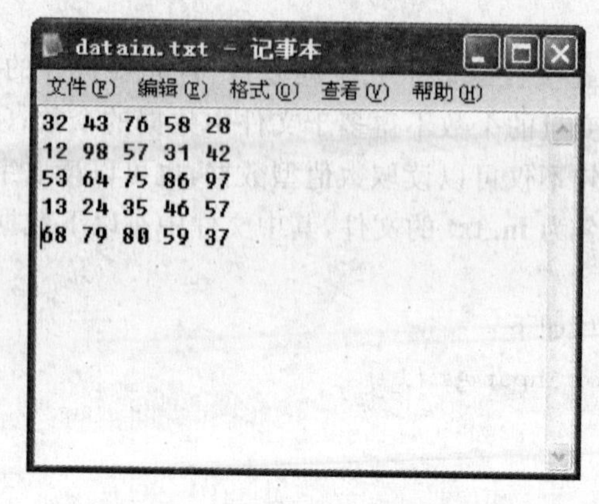

图10.1 记事本打开数据

建立程序，设计代码，要求将文件 **datain.txt** 中的数据输入二维数组 Mat 中，在窗体上按5行5列的矩阵形式显示出来。

程序代码如下：

```
Private Sub Form_Click()
  Const N=5
  Const M=5
  Dim Mat(1 To N,1 To M) As Integer
   Dim i,j
   Open "D:\datain.txt" For Input As #1
   For i=1 To N
      For j=1 To M
         Input #1,Mat(i,j)
      Next j
  Next i
  Close #1
  Print
  Print "初始矩阵为:"
  Print
  For i=1 To N
     For j=1 To M
        Print Tab(5 *j);Mat(i,j);
     Next j
     Print
   Next i
End Sub
```

运行程序，结果如图10.2所示。

2. Line Input 语句

Line Input 语句是从打开的顺序文件中读取一行数据记录，其一般格式为

```
Line Input  #文件号,字符串变量
```

例如，D 盘有一个文件名为 **in5. txt** 的文件，其中文件的内容如下：

床前明月光
疑是地上霜
举头望明月
低头思故乡

该文件有 4 行，输入时每行均以回车键结束。在窗体上建立一个命令按钮，编写以下代码：

```
Private Sub Command1_Click()
 Dim str1 As String
 Open "d:\in5.txt" For Input As #1
 Line Input #1,str1
 Close #1
 Print str1
End Sub
```

图 10.2　例 10.1 程序运行结果

运行程序，单击命令按钮，在屏幕上会显示：

床前明月光

如果想把上面文件中的 4 行文字都显示出来，可以参考以下程序代码：

```
Private Sub Command1_Click()
 Dim str1 As String
 Dim s As String
 s=""
 Open "d:\in5.txt" For Input As #1
 While Not EOF(1)
   Line Input #1,str1
   s=s+str1+Chr(13)+Chr(10)
   Rem 注释说明:这里的 Chr(13)+Chr(10) 表示回车换行的意思
 Wend
 Close #1
 Print s
End Sub
```

运行程序，单击命令按钮，在屏幕上会显示：

床前明月光
疑是地上霜
举头望明月
低头思故乡

3. Input 函数

Input 函数格式为

```
Input(n,#文件号)
```

Input 函数返回从指定文件中读出 n 个字符的字符串，即从指定的数据文件中读取指定数目的字符。其中 n 时代表字符的个数。例如，D 盘有一个文件名为 **in5. txt** 的文件，其中文件的内容如下：

```
床前明月光
疑是地上霜
举头望明月
低头思故乡
```

编写以下代码：

```
Dim s As String
 Open "d:\in5.txt" For Input As #1
  s=Input(5,#1)
 Close #1
 Print s
```

运行以上代码，屏幕上会显示：

```
床前明月光
```

Input 函数可以和函数 LOF()结合使用，实现读取整个文件中的内容。其中，LOF(文件号)的作用是求出文件号所指定的文件的字节数。例如以下程序段：

```
Dim s As String
 Open "d:\sua.txt" For Input As #1
  s=Input(LOF(1),#1)
 Close #1
 Print s
```

以上代码作用是将文件 **sua. txt** 中所有的内容都读入变量 s 中，然后在屏幕上显示出来。

注意，如果文件中的内容包含汉字，则用 LOF()函数所得到的字节数并不等于文件中的字符个数，也就是说，如果文件中的内容包含有汉字的话，用 s=Input(LOF(1), #1)命令来读取整个文件的内容是不可取的，往往在 VB 中提示有错误。

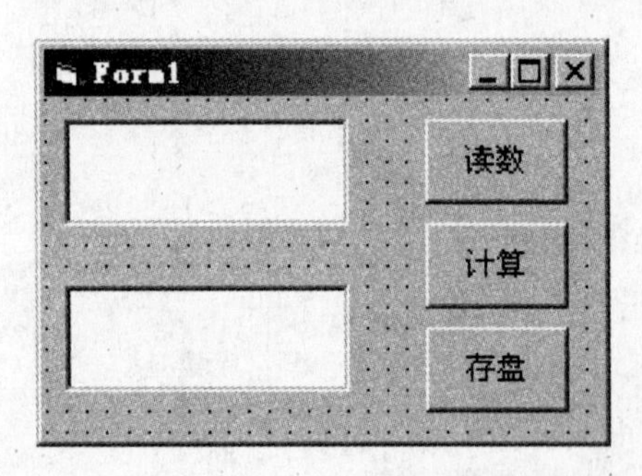

图 10.3 例 10.2 程序界面图

例 10.2 在窗体上画三个命令按钮，名称分别为 **C1**，**C2**，**C3**，标题分别为**读数**、**计算**、**存盘**；画两个文本框，名称分别为 **Text1**，**Text2**。要求编写适当的程序完成以下功能：单击**读数**按钮，则将 c:\in. txt 文件中的一个数据读出，并在 Text1 中显示出来；单击**计算**按钮，则计算出大于该数的第一个素数，并显示在 Text2 中；单击**存盘**按钮，再把找到的素数存到 c:\out. txt 文件中。本例假设文件 in. txt 中的数据为 1000，界面如图 10.3 所示。

分别在三个命令按钮的单击事件里写下如下的代码：

```
Private Sub C1_Click()
    Dim a As Integer
     Open "c:\in.txt" For Input As #1
     Input #1,a%
     Text1.Text=a%
     Close #1
```

```
End Sub
Private Sub C2_Click()
  Dim n As Integer
  n=Val(Text1.Text)
   Do
     For i=2 To n-1
       If n Mod i=0 Then Exit For
     Next i
     If i>=n Then
       Text2.Text=n
       Exit Do
     Else
       n=n+1
     End If
  Loop
End Sub

Private Sub C3_Click()
   Open "c:\out.txt" For Output As #1
   Print #1,Text2.Text
   Close #1
End Sub
```

10.4 随机文件

10.4.1 随机文件的特点

与顺序文件不同，在访问随机文件中的数据时，不必考虑各个记录的排列顺序或位置，可以根据需要访问任一条记录。

随机文件中，每条记录的长度是固定的，记录中的每个字段的长度也是固定。此外，随机文件中的每个记录都有一个记录号，在写入数据时，只要指定记录号，就可以把数据直接写入指定的位置。而在读取数据时，只要给出记录号，就能直接读取该条记录。在随机文件中，可以同时进行读、写操作，因而能快速地查找和修改每个记录，不必为修改某个记录而对整个文件进行读、写操作。由此可见，随机文件的优点是数据的存取较为灵活、方便，速度较快，容易修改等。但缺点是占用空间较大，数据组织较复杂。

在应用程序访问一个文件时，应根据文件包含什么类型的数据，确定合适的访问类型。VB 为用户提供了多种处理文件的方法，具有较强的文件处理能力。

10.4.2 随机文件的操作

使用顺序文件的缺点就在于它必须顺序访问，即使所要的数据是在文件的末端，也要把前面的数据全部读完才能取得该数据。而随机文件则可直接快速访问文件中的任意一条记录，它的缺点是占用空间较大。

随机文件由固定长度的记录组成，一条记录包含一个或多个字段。具有一个字段的记录对应于任一标准类型，比如整型数据或者定长字符串数据。具有多个字段的记录对应于用户定义类型。随机文件中每个记录都有一个记录号，只要指出记录号，就可以对该文件进行读写。

在对一个随机文件操作之前，也必须用 Open 语句打开文件，随机文件的打开方式必须是 Random 方式，同时要指明记录的长度。与顺序文件不同的是，随机文件打开后，可同时进行写入与读出操作。

1. 随机文件的打开

Open 语句的一般格式为

```
Open  文件名  For  Random  As  #文件号  Len=记录长度
```

在对随机文件操作时，一般都要先定义记录类型的数据和记录类型的变量。

对记录类型的定义需用 Type…End Type 来定义，并且记录类型一般要在标准模块中说明或在窗体的通用模块中说明，不允许在其他过程中说明。

在标准模块中说明一个记录类型的具体操作如下：首先创建一个工程，执行**工程**菜单中**添加模块**命令，在出现的对话框中选定**新建**选项卡中的**模块**，然后单击**打开**按钮，在出现的代码窗口中输出要定义的记录类型代码即可。例如，定义以下记录：

```
Type student
     Name  As  String*10
     Age  As  Integer
End  Type
```

这里用 Type…End Type 定义了一个 student 记录类型，其中包含了两个元素分别为 Name 和 Age。

如果是在窗体模块中说明记录类型，必须在 Type 前面加上关键字 Private。窗体模块说明如下：

```
Private Type student
  name As String *10
  age As Integer
End Type
```

在使用时，一般要定义一个记录变量，具体操作如下：

```
Dim stu1 as student
Rem  student 是事先定义的记录类型
Rem  可以用下面的语句打开文件
Open  "d:\Test.dat"  For  Random  As  #1  Len=Len(stu1)
```

Len()函数在这里是用来求记录的长度，其长度为字节数。默认记录长度为 128 个字节，在对随机文件操作时，最好给出 Len＝Len(stu1)。

2. 随机文件的关闭

随机文件的关闭同顺序文件的操作是一样的，用 Close 语句，格式为

```
Close  #<文件号>
```

10.4.3 随机文件的写操作

对随机文件的写操作用 Put 语句来实现，即用 Put 语句把外部数据写入指定的文件中去。Put 语句的格式为

```
Put  #文件号,[记录号],变量
```

Put语句把变量的内容写入文件中指定的记录位置。记录号是一个大于或等于1的整数,如果省略了记录号,则写入当前位置(记录指针所指的位置;文件刚打开时,记录指针是指在第一条记录上)。这里的变量是一个记录类型的变量。例如,

```
Type student
   Name  As  String*10
   Age  As  Integer
End  Type
Private Sub Command1_Click()
 Dim stu1 As student
 stu1.name="刘德华"
 stu1.age=30
 Open "d:\test.txt" For Random As #1 Len=Len(stu1)
 Put #1,,stu1
 Close #1
End Sub
```

运行以上代码,程序将把stu1.name和stu1.age的值**刘德华**和**30**作为一条记录写入test.txt文件中去。

注意,对记录字段操作的格式为

```
<记录变量>.<元素名>
```

如stu1.name和stu1.age。

上面Put #1,,stu1语句中省略了记录号,指的是将记录的内容写入当前记录上,文件刚刚打开,当前记录为第一条,这条语句的作用是将上述数据写入第一条记录上。值得注意的是,随机文件的操作是随机的,不一定是从第一条记录开始,如果把Put #1,,stu1改成Put #1,9,stu1,则记录的内容将直接写入第9条记录上。Put后面的变量是一个记录类型的变量,如stu1;但在这里不能用stu1.name或stu1.age。

10.4.4 随机文件的读操作

对随机文件的读操作用Get语句来实现,即用Get语句把文件中的记录内容读取出来赋值给变量,使其参加运算。Get语句格式为

```
Get  #<文件号>,[记录号],变量
```

Get语句把文件中由记录号指定的记录内容读入指定的变量中。记录号可以省略,同Put语句。这里变量也是一个记录类型的变量。

```
Type student
    Name  As  String*10
    Age  As  Integer
End  Type
Private Sub Command2_Click()
 Dim st As student
 Open "d:\test.txt" For Random As #1 Len=Len(st)
 get #1,,st
 Close #1
```

```
Print st.name;st.age
End Sub
```

运行上述代码,屏幕上会显示文件中第一条记录的内容,即

```
刘德华    30
```

10.5 文件系统控件

前面介绍了 VB 中数据文件的存取操作。计算机的文件系统包括用户建立的数据文件和系统软件及应用软件中的文件。为了管理计算机中的文件,VB 提供了文件系统控件。接下来介绍这些控件的功能和用法,并介绍如何用它们来开发应用程序。

VB 提供了驱动器列表框、目录列表框和文件列表框三个文件系统控件。

1. 驱动器列表框

驱动器列表框及后面介绍的目录列表框和文件列表框有很多标准属性,包括 Enabled, Fontbold, Fontname, Fontsize, Height, Width, Left, Top, Name, Visible 等。此外,驱动器列表框还有一个 Drive 属性,用来设置或返回所指定的驱动器的名字。Drive 属性只能用程序代码设置,不能在属性窗口里设置,其格式为

```
<驱动器列表框名称>.Drive[=<驱动器名>]
```

这里的驱动器名指的是在 Windows 系统中**我的电脑**里所看到的盘符,如 C 盘。如果省略驱动器名,则 Drive 属性指的是当前驱动器。

2. 目录列表框

目录列表框是用来显示当前驱动器上的目录结构,默认情况下,显示的是 VB 的安装目录。在目录列表框中只能显示当前驱动器上的目录。如果要显示其他驱动器上的目录,必须重新设置目录列表框的 Path 属性。Path 属性只能在代码窗口中设置,不能在属性窗口中设置,其格式为

```
[窗体名.]目录列表框名.path[="路径"]
```

例如,

```
dir1.Path="d:\"
```

在实际应用中,往往是在驱动器列表框的 Change()事件中写下如下代码:

```
Dir1.Path=Drive1.Drive
```

这行代码的意思是当驱动器列表框的 Drive 属性发生改变时,目录列表框的目录结构做相应的改变。

3. 文件列表框

文件列表框主要是用来显示当前目录的文件。具体操作是通过文件列表框的 Path 属性来实现的,Path 属性只能在代码窗口中设置,不能在属性窗口中设置。

一般要在目录列表框的 Change 事件里写下如下的代码:

```
File1.Path=Dir1.Path
```

这行代码的意思是当目录列表框的目录发生了改变,文件列表框的文件列表也要做相应的改变。

下面通过一个完整的例子来看看这三个文件系统控件的用法。

例 10.3 在窗体上分别建立驱动器列表框 DrivelistBox、目录列表框 DirlistBox、文件列表框 FilelistBox 控件，它们的名称属性分别为 Drive1，Dir1，File1，如图 10.4 所示。

在代码窗口中，写下如下的代码：

```
Private Sub Drive1_Change()
  Dir1.Path=Drive1.Drive
End Sub
Private Sub Dir1_Change()
  File1.Path=Dir1.Path
End Sub
```

运行本程序，用鼠标在驱动器列表框中选择不同的驱动器，则在目录列表框和文件列表框中都会做出相应的变化，如图 10.5 所示。

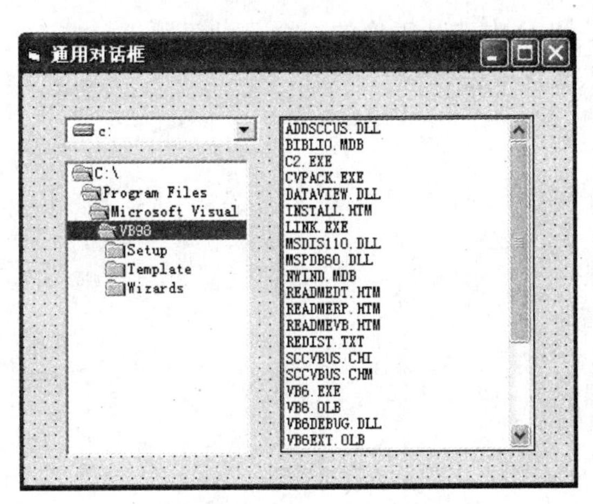

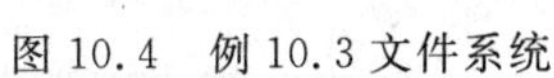
图 10.4 例 10.3 文件系统

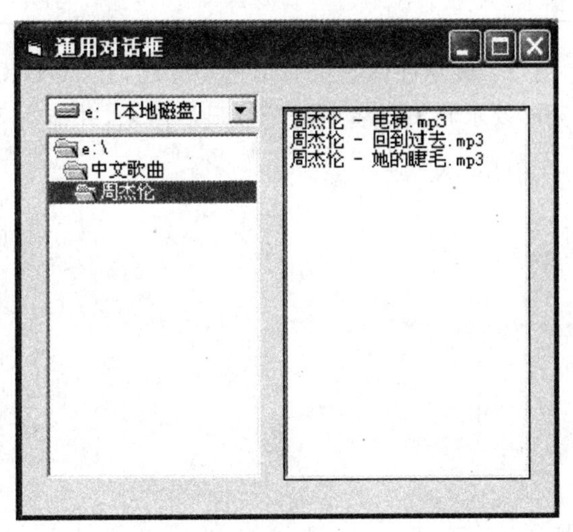

图 10.5 例 10.3 文件系统运行效果图

习 题 10

一、填空题

1. 打开文件使用的语句为________。在语句中，可以设置的输入输出的方式包括________、________、________、________和________，则为________方式。存取类型分为________、________和________三种。

2. 顺序文件通过________语句或________语句把缓冲区中的数据写入磁盘，但只有在满足三个条件之一时才写盘，这三个条件是________、________和________。

3. 在 Visual Basic 中，顺序文件的读操作通过________、________语句或________函数实现。随机文件的读写操作分别通过________和________语句实现。

二、编程题

1. 假定在磁盘上有一个学生成绩表文件"C:\成绩.dat"，存放了 10 个学生的情况，包括学号、姓名、性别和成绩，如下表所示。试编写一个程序，实现以下两个要求：

(1) 将所有女生记录挑选出来写入文件 **Girl.txt** 中；

(2) 按成绩对所有学生进行升序排列，写入文件 **Sort.txt** 中。

序　号	No(学号)	Name(姓名)	Sex(性别)	Cj(成绩)
1	1001	AA	男	90
2	1002	BB	女	80
3	1003	CC	男	70
4	1004	DD	女	60
5	1005	EE	男	50
6	1006	FF	女	55
7	1007	GG	女	65
8	1008	HH	女	75
9	1009	II	男	85
10	1010	JJ	女	95

2. 假定在磁盘上有单选 100 题,在 A,B,C 和 D 中选其正确的一个。设每题 1 分共 100 分。要求将测试者所得分数显示出来,并能写入文件中去。